테스 1

순수한 여인

옮긴이 김명신

이화여자대학교 영어교육과를 졸업하고 중·고등학교 영어 교사 생활을 하다가 평소 관심을 두고 있던 번역 일을 업으로 삼기로 결심한 뒤 열정적으로 번역 일에 매진하고 있다. 번역한 책으로는 《폭풍의 언덕》 《젊은 교사에게 보내는 편지》 《헬렌 켈러 자서전》 《나의 스승 설리번》 《플랜더스의 개》 《셰익스피어 이야기》 《조엔 롤링》 《한편이라고 말해》 《탐정 레이디 조지애나》 《미스터 핍》 《교사로 산다는 것》 《겨울 나라의 앨리스》 등이 있다.

테스 1 순수한 여인

초판 1쇄 펴낸 날 2014년 9월 1일
초판 6쇄 펴낸 날 2021년 1월 30일

지 은 이   토머스 하디
옮 긴 이   김명신
펴 낸 이   장영재
펴 낸 곳   (주)미르북컴퍼니
자 회 사   더클래식
전   화   02)3141-4421
팩   스   02)3141-4428
등   록   2012년 3월 16일(제313-2012-81호)
주   소   서울시 마포구 성미산로32길 12, 2층 (우 03983)
E-mail   sanhonjinju@naver.com
카   페   cafe.naver.com/mirbookcompany

* (주)미르북컴퍼니는 독자 여러분의 의견에 항상 귀 기울이고 있습니다.
* 파본은 책을 구입하신 서점에서 교환해 드립니다.
* 책값은 뒤표지에 있습니다.

테스 1

순수한 여인

토머스 하디 지음 | 김명신 옮김

더클래식

| 차례 |

제1부
처녀

1

　5월 하순의 어느 날 저녁, 중년의 한 남자가 샤스톤에서 자기 집이 있는 말롯 마을을 향해 걸어가고 있었다. 말롯은 블레이크모어 또는 블랙무어라 불리는 골짜기에 인접한 마을이다. 그는 몸을 지탱하고 있는 다리가 부실한 탓에 걸을 때 왼쪽으로 다소 기울어지는 경향이 있었다. 그리고 어떤 생각을 확인이라도 하듯 이따금 세차게 고개를 끄덕였으나 특별히 무슨 생각을 하고 있는 것은 아니었다. 팔에는 빈 달걀 바구니가 걸려 있었고, 모자는 결이 가지런하지 않은 데다 벗을 때 엄지손가락이 닿는 부분이 몹시 닳아 있었다. 이윽고 그는 잿빛 암말을 타고 오는 늙수그레한 교구 신부와 마주쳤다. 신부는 무슨 노래인지 알 수 없는 곡조를 흥얼거리고 있었다.
　"안녕하세요."
　바구니를 든 남자가 말했다.
　"안녕하시오, 존 경."
　신부가 대답했다.
　남자는 한두 걸음을 가다가 멈춰 서서는 뒤를 돌아보며 말했다.

"그런데 신부님, 실례합니다만 한 가지 여쭤 볼 게 있습니다. 요전 장날에도 이맘때쯤 이 길에서 마주쳤을 때 제가 '안녕하세요.' 하고 인사를 드리자 지금처럼 '안녕하시오, 존 경'이라고 대답하셨지요?"

"그랬지요." 신부가 대답했다.

"그리고 전에도 한 번, 거의 한 달 전쯤에도 그렇게 말씀하신 적이 있으셨지요?"

"그랬을 겁니다."

"저는 그저 평범한 도붓장수에 불과한 잭 더비필드인데요. 이렇게 여러 번 저를 '존 경'이라고 부르는 까닭이 무엇인지요?"

신부는 말을 탄 채 두어 걸음 다가섰다.

"그냥 그러고 싶었던 것뿐이오."

신부는 이렇게 말하고는 잠시 머뭇거리다 말을 이었다.

"그건 새 향토지(鄕土誌)를 내려고 족보를 뒤지다 얼마 전에 새로운 사실을 알아냈기 때문이라오. 난 스택풋 레인에 사는 트링엄 신부인데 고서 연구를 하고 있지요. 더비필드, 당신은 정말 당신이 유서 깊은 기사 가문인 더버빌가의 직계 후손이라는 것을 모르고 있소? 배틀 수도원 문서에 따르면 당신 집안은 정복 왕 윌리엄과 함께 노르망디에서 건너온 저명한 기사 페이건 더버빌 경에서부터 비롯된 가문이라오."

"난생처음 듣는 얘긴데요!"

"흠, 그건 사실이오. 옆얼굴이 잘 보이도록 잠깐 턱 좀 들어 보시오. 맞군 그래, 코와 턱 선이 영락없는 더버빌가 사람이로군요. 다소 격이 떨어지긴 하지만. 당신의 조상은 노르망디의 에스트레마빌라 공이 글러모건셔를 정복할 때 도와준 열두 기사 가운데 한 명이었소. 그 가문의 후손들은 이 지방의 모든 영지를 소유하고 있었다오. 스티븐 왕 시절의 국고 연감에 그들의 이름이 나오더군요. 존 왕 치세 때에는 병원 기사단에 영지를 기부할 정도로 부유한 분도 계셨지요. 에드워드 2세 때 브라이언이라는 분은 웨스트민스터에 불려 가 그곳에서 열리는 왕정청(王政廳) 회의에 참석하기도 했어요. 올리버 크롬웰 시대에 약간 기울기는 했지만 심각한 정도는 아니었고, 찰스 2세의 치세 때에는 충성을 인정받아 왕실 오크 기사로 책봉되기도 했지요. 이렇게 당신 조상들은 대대로 기사였소. 만약 준남작처럼 기사도 세습이 된다면 당신은 존경이라고 불리웠겠지요. 옛날에는 정말 그랬다오. 아버지의 기사 작위를 아들이 물려받았지요.”

“설마요.”

“요컨대, 영국에 이런 집안은 또 없을 거요.”

신부는 나뭇가지로 자기 다리를 찰싹 때리며 말을 맺었다. 그러자 더비필드가 말했다.

“얼떨떨하네요. 그게 정말입니까? 저는 이 교구에서 가장 비천한 사람이나 다름없이 해마다 여기저기를 정처 없이 떠돌아다니고 있는데 말이에요. 그런데 트링엄 신부님, 저에 관한 이런 사실이 알려진 지는 얼마나 오래되었습니까?”

신부는 자기가 알고 있는 한 그 사실은 사람들 기억 속에서 거의 완전히 사라진 터라 알려졌다고는 말할 수 없으며, 자기도 지난봄부터 조사를 시작했는데 더버빌가의 변천사를 추적하던 어느 날, 그의 마차에서 더비필드라는 이름을 발견하고는 그때부터 그의 부친과 조부에 대해 연구를 하여 확실히 알게 되었다고 설명했다.

“처음에는 이런 부질없는 사실을 알려서 괜히 당신 마음을 어수선하게 하지 않으려고 했소만 이따금 인간의 충동이 분별력보다 강할 때가 있어요. 그리고 나는 당신이 어느 정도는 알고 있으리라고 생각했소.”

“아, 사실 저도 우리 집안이 블랙무어로 오기 전에는 잘살았다는 말을 한두 번쯤 들은 적이 있어요. 그러나 지금 한 필이던 말이 그때는 두 필이었다는 뜻이겠거니 여겨 별 관심을 기울이지 않았지요. 집에 오래된 은수저와 문장(紋章)이 새겨진 도장이 있긴 하지만, 신부님, 은수저와 도장이 무슨 소용이겠어요? 그런데 제가 그 고귀한 더버빌 가문과 한 핏줄이라는 이야기를 들으니 생각이 납니다만, 저희 증조부님께서는 무슨 비밀을 간직하신 채 어디에서 오셨는지 좀체 말씀하시려고 하지 않으셨다더군요. 그런데 신부님, 이렇게 여쭤도 실례가 안 될지 모르겠습니다만 그렇다면 지금 우리 집안은 어디에서 연기를 피워 올리고 있습니까? 그러니까 제 말뜻은 우리 더버빌가 사람들이 어디에 살고 있느냐는 거지요."

"어디에도 살고 있지 않다오. 지방의 가문으로는 전멸한 셈이죠."

"그것 참 유감이네요."

"그래요. 엉터리 족보 책에는 대가 끊겼다고 나와 있더군요. 그러니까 몰락해 버렸다는 말이죠."

"그럼 우리 조상들은 어디에 묻혀 있나요?"

"킹스비어 서브 그린힐 가족 묘지에 줄줄이 묻혀 있지요. 그 가족 묘지는 천장이 퍼벡 대리석으로 되어 있고 무덤 옆에는 조각상들도 세워져 있다오."

"그렇다면 우리 가문의 저택이나 토지는 어디에 있습니까?"

"전혀 없다오."

"예? 땅이 조금도 없다고요?"

"없어요. 아까 내가 말한 대로 한때는 번창해서 자손도 많고 너른 땅을 갖고 있었지만 말이오. 이 지방만 해도 킹스비어에 영지를 갖고 있었고, 또 셔턴에도 밀폰드, 럴스테드, 웰브리지에도 영지를 갖고 있었다오."

"우리 가문이 다시 그 땅을 찾을 수 있게 될까요?"

"아, 그건 나도 알 수 없소."

"제가 할 수 있는 일은 없을까요, 신부님?"

잠시 잠자코 있던 더비필드가 물었다.

"음, 아무것도, 아무것도 없소. 그저 '용사들은 쓰러졌도다(다윗이 사울과 요나단의 죽음을 슬퍼하며 탄식한 노래의 후렴구를 인용한 것. 〈사무엘하〉 1장 19절 25절 참조_옮긴이)'라고 생각하며 마음을 누그러뜨리는 수밖에 없을 거요. 향토사학자나 족보학자에게나 흥미로운 사실이지, 그이상은 아무것도 아니니까요. 사실 이 주에는 당신네 가문 못지않은 영광을 누린 집안이 여럿 있다오. 그럼, 잘 가시오."

"그런데 트링엄 신부님, 이왕 이야기가 나온 김에 발길을 돌려 조금만 되돌아가서 저와 맥주 한잔 하시는 게 어떻습니까? 퓨어 드롭 주막에 가면 제법 괜찮은 맥주가 있거든요. 물론 롤리버 주막의 맥주만큼 훌륭하지는 않지만요."

"고맙지만 사양하겠소. 오늘 저녁에는 안 되겠어요, 더비필드. 게다가 댁은 벌써 꽤 취했소."

신부는 이렇게 말을 맺고는 계속 가던 길을 가려고 말을 몰았다. 그는 내심 이 호기심 끄는 이야기를 발설한 것이 경솔한 행동은 아니었나 하는 걱정이 들었다.

신부가 떠나자, 더비필드는 깊은 몽상에 잠긴 채 몇 걸음을 걷다가 길 가장자리의 풀이 무성한 둔덕에 앉아서 앞에 바구니를 내려놓았다. 몇 분쯤 뒤에 저 멀리서 청년 하나가 더비필드가 가는 방향으로 걸어오는 것이 보였다. 그를 본 더비필드가 손을 들어 올리자 청년은 걸음을 빨리하여 다가왔다.

"여보게, 이 바구니를 들게나! 자네가 내 심부름을 좀 해 주었으면 좋겠는데."

윗가지처럼 비쩍 마른 그 청년은 미간을 찌푸리며 말했다.

"존 더비필드, 대체 당신이 뭔데 나를 자네라고 부르며 이래라저래라 명령하는 겁니까? 내가 당신 이름을 아는 것처럼 당신도 내 이름을 알고 있지 않습니까?"

"자네가 나를 안다고? 진짜 안단 말인가? 그건 아무도 모르는 비밀인데. 비밀이고말고! 자, 내 말을 잘 듣고 그대로 해 주게나. 음…… 그런데 프레드, 자네한테는 이 비밀을 말해 줘도 될 것 같구먼. 그 비밀이란 말일세, 내가 귀족의 혈통이라는 거라네. 오늘 오후에야 그 사실을 알게 되었지 뭔가."

풀밭에 앉아 있던 더비필드는 선언하듯 말하며 데이지 꽃이 만발한 둑 위로 사지를 뻗고 편안히 드러누웠다.

청년은 더비필드 앞에 서서 그를 머리에서 발끝까지 찬찬히 훑어보았다.

"존 더버빌 경. 사실 난 이렇게 불려야 한다네."

더비필드는 누운 채 말을 이었다.

"기사가 준남작하고 같다면 말이야. 사실 다를 게 없지. 나에 관한 모든 게 역사책에 기록되어 있단 말씀이야. 자네, 킹스비어 서브 그린힐이라는 데를 아는가?"

"그럼요. 그린힐 장이 설 때 가 봤죠."

"음, 그 도시의 예배당 아래에 묻혀 있는……."

"제가 말한 그곳은 도시가 아닌데요. 적어도 제가 거기에 갔을 때는 한눈에 다 들어올 만큼 형편없이 작은 마을이던걸요."

"그 장소에 대해서는 신경 쓸 것 없어. 중요한 건 그게 아니니까. 그 교구 예배당 아래에는 수백 명이나 되는 우리 조상들이 미늘 갑옷을 입고 보석을 두른 채 수십 톤 무게의 거대한 납관 속에 안치되어 있지. 남부 웨섹스 지방에서 나보다 더 훌륭하고 뼈대 있는 가문은 없다이 말씀이야."

"예?"

"자, 이제 바구니를 들고 말롯으로 가게. 퓨어 드롭 주막에 가서 날

집에 데려다 줄 마차를 곧 보내 달라고 전해 주게나. 그리고 0.5리터짜리 작은 병에 담은 럼주를 마차 바닥에 넣어 주고 외상 장부에 적어 놓으라고 하게. 그다음엔 바구니를 들고 우리 집에 가서 우리 집사람에게 빨래는 할 필요 없으니 빨래통은 그만 치워 놓고 내가 집에 가서 새 소식을 전할 때까지 기다리라고 전하게."

청년이 미심쩍은 태도로 가만히 서 있자, 더비필드는 주머니에 손을 넣고 자기도 좀처럼 가져 보기 어려운 1실링을 꺼냈다.

"자, 이건 수고비야."

그러자 더비필드의 신분에 대한 청년의 태도가 돌변했다.

"예, 존 경, 고맙습니다. 시키실 일은 더 없습니까, 존 경?"

"집에 가서는 내가 저녁 식사로 음, 가능하다면 양고기 튀김을 먹었으면 한다고 전하게. 그걸 준비할 수 없다면 검은 소시지가 좋겠는데, 그것도 안 된다면 곱창도 괜찮겠지."

"알겠습니다, 존 경."

청년이 바구니를 들고 출발하려 할 때 마을 쪽에서 관악대 소리가 들려왔다.

"저건 무슨 소리지? 나 때문에 연주하는 건 아니겠지?"

더비필드가 말했다.

"오늘 부녀회 축제가 있어요, 존 경. 따님도 부녀회 회원일 텐데요."

"그렇지, 더 큰일이 있다 보니 깜빡 잊고 있었군! 그럼, 자네는 얼른 말롯으로 가서 마차를 보내 달라고 전하게. 마차를 몰고 부녀회 축제를 둘러볼 수도 있으니까."

청년은 떠났고, 더비필드는 저녁 햇살을 받으며 데이지 꽃과 풀이 우거진 그 풀밭에 드러누운 채 마차가 오기를 기다렸다. 오랜 시간이 흘렀지만 그곳을 지나는 사람은 아무도 없었고, 푸른 언덕으로 둘러싸인 그곳에서 들을 수 있는 사람의 소리라고는 악대의 희미한 가락뿐이었다.

2

　말롯 마을은 앞서 말한 아름다운 블레이크모어 또는 블랙무어 골짜기의 동북쪽으로 물결치듯 굽이치는 언덕들 사이에 자리하고 있었다. 이 아름다운 골짜기는 높은 언덕에 에워싸인 외진 곳이어서, 런던에서 네 시간 만에 닿을 수 있는 거리에 있으면서도 아직까지 대부분의 지역에 관광객이나 풍경 화가의 발길이 닿지 않았다.

　이 골짜기를 가장 잘 보기 위해서는 여름 가뭄 때를 피해 그곳을 에워싸고 있는 언덕의 정상에 올라가면 된다. 나쁜 날씨에 안내자 없이 골짜기 깊숙한 곳까지 걸어 들어갔다가는 좁고 꼬불꼬불한 진창길에 낭패를 보기 쉽다.

　들판이 말라붙어 갈색이 되거나 샘이 마르는 법이 없는 비옥하고 아늑한 이 고장은, 남쪽으로 햄블던 힐, 벌배로, 네틀콤 타우트, 독베리, 하이스토이, 법 다운 등의 봉우리를 아우르는 험준한 석회질 산맥과 경계를 이루고 있다. 해안 쪽에서 오는 여행객은 석회질 고원과 밀밭을 넘어 북쪽으로 32킬로미터쯤 터덜터덜 걸어와 이 깎아지른 절벽의 가장자리에 다다르면, 그때까지 지나온 것과는 전혀 다른 풍경이 발아래에 지도처럼 펼쳐진 것을 보고 놀라움과 기쁨의 탄성을 지르게 된다. 언덕 아래는 훤히 트여 있고, 끝없이 펼쳐진 풍경이라는 느낌을 줄 만큼 드넓은 들판 위로 햇빛이 내리쬐고 있다. 마을의 오솔길은 하얗게 뻗어 있었다. 울타리를 이룬 키 작은 나무들은 가지가 맞닿을 만큼 촘촘히 심어져 있고, 대기는 투명하다. 이 골짜기 안의 세계는 더 작고 더 정교하게 만들어진 것처럼 보인다. 들판은 그저 마구간에 딸린 작은 목초지에 지나지 않은 것 같고, 높은 곳에서 조그맣게 보이는 들판의 산울타리는 연한 녹색의 풀밭에 펼쳐놓은 진녹색 실로 된 그물망 같다. 발아래 대기는 나른하고, 화가들이 중경이라고 부르는 지점

16

의 하늘색을 띠는 반면, 저 멀리 지평선은 짙은 군청색을 띤다. 경작지는 얼마 되지 않고 좁아서, 약간의 예외를 제외하곤 거의 전부가 풀과 나무로 이루어진 목초지로 커다란 언덕과 골짜기 안에 작은 언덕과 골짜기가 겹겹이 둘러진 지형을 하고 있었다.

이 지역은 지형적으로 흥미로운 것 못지않게 역사적으로도 유명한 곳이다. 이 골짜기는 헨리 3세 때의 이상한 전설 때문에 예로부터 '흰 수사슴의 숲'으로 알려졌는데, 그 전설에 따르면 왕이 사슴 사냥을 할 때 너무 아름다워서 그냥 놓아 준 흰 수사슴을 토머스 드 라 린드라는 사람이 죽이는 바람에 엄청난 벌금을 물었다고 한다. 그 당시는 물론 비교적 최근까지도 이 지역은 나무가 울창했다. 지금도 여전히 산비탈에 살아남은 떡갈나무 고목 숲과 갖가지 수종이 어우러진 삼림 지대, 그리고 수많은 목초지에 그늘을 드리우고 서 있는 속이 빈 나무들에게서 그때의 흔적을 찾아볼 수 있다.

울창했던 숲은 사라졌지만 숲속 그늘에서 행해졌던 옛 풍습들 가운데 일부는 아직도 남아 있다. 그러나 그 대부분은 본래의 모습을 알아보기 어려울 만큼 다른 형태로 바뀌었다. 그 예로, 오월제(伍月祭)의 무도회는 부녀회 잔치—그곳에서는 '부녀회 들놀이'라 불리는—로 변형되었는데 그날 오후에 주의를 기울여 그 잔치를 살펴보면 그것을 알 수 있을 터였다.

부녀회 들놀이는 말롯의 젊은이들에게 흥미로운 행사였다. 하지만 진짜 흥미로운 의식은 참가자들에 의해 지켜지고 있지 않았다. 이 행사의 독특한 점은 행렬을 지어 마을을 돌아다니고 춤을 추는 풍습을 유지한다는 사실보다도, 회원들이 오로지 여자들뿐이라는 데 있었다. 남자들 모임에서 이런 행사는 비록 사라져 가고 있기는 해도 그렇게 보기 드물지는 않았다. 하지만 여성들의 천성적인 수줍음 때문인지 아니면 주위에 있는 남자들의 냉소적인 태도 때문인지 이와 같은 여자들 모임(부녀회 외에 남아 있는 것이 있다면)에는 그네들의 화려함과 절정의 환희 같은 것이 사라지고 없었다. 오직 말롯의 부녀회만이 명맥을 유지하며 농업의 여신 케레스를 모시는 풍년제를 이어 오고 있는 것이다. 이 모임은 자선 단체는 아니지만 여성들로만 이루어진 일종의 종교 단체로서 수백 년 동안 계속되어 왔고 여전히 계속되고 있었다.

행렬에 참가한 이들은 모두가 흰색 드레스를 입고 있었는데, 이는 쾌적함과 5월이 같은 뜻이던 구력(舊曆, 율리우스력에 따른 날짜 결정법으로, 16세기 말까지 유럽에서 사용되었음_옮긴이) 시절부터, 즉 먼 앞날을 걱정하는 습관 때문에 사람들의 정서가 단조로운 평균치로 축소되기 이전 시절부터 이어 내려온 화려한 유풍이다. 이들이 처음 모습을 드러내는 것은 둘씩 짝을 지어 교구 안을 행진하면서부터다. 담쟁이덩굴로 뒤덮인 주택 정면과 녹색 나무 울타리를 배경으로 햇빛 속에 이들의 모습이 나타나면 이상과 현실이 가벼운 충돌을 일으켰다. 모두들 흰옷을 입고 있기는 했으나 똑같은 흰색은 아니기 때문이다. 어떤 것은 순백에 가까운 흰색이었고, 어떤 것은 푸른빛이 돌 만큼 창백한 흰색이었고, 좀 더 나이 든 여인네가 입은(아마 여러 해 동안 개켜진 채로 있었을) 옷은 시체처럼 창백한 색조에 모양은 조지 왕조 풍이었던 것이다.

흰옷을 입는 것도 눈에 띄는 특징이지만, 이외에도 이 행렬에 참가한 모든 부인들과 처녀들은 오른손에는 버드나무 가지의 껍질을 벗겨만든 가느다란 지팡이를, 왼손에는 흰 꽃을 한 다발씩 들고 있었다. 이행사가 있기 전에 각자 정성껏 버드나무 가지 껍질을 벗기고 흰 꽃을모아서 준비한 것이었다.

행렬 속에는 중년 부인과 심지어 초로의 부인도 몇몇 끼어 있었다. 오랜 세월 겪은 풍상으로 인해 황폐해진 그들의 주름진 얼굴과 뻣뻣한 은백색 머리칼은, 그토록 쾌활한 분위기에서는 확실히 처량했고 기

18

이한 느낌마저 주었다. 진실한 관점에서 보면 아마도 젊은 처녀들보다는 '이제 아무런 낙이 없구나.' 하고 말해야 될 시기가 다가오고 있는 이 근심 많고 경험 많은 이들에 대해 더 쓸 게 많을지도 모른다. 하지만 여기서는 나이 든 축은 제쳐 놓고 코르셋 아래에 빠르고 따뜻하게 약동하는 생명을 지닌 젊은이들에 대해 이야기해 보도록 하자. 사실 이 행렬의 대다수가 젊은 처녀들이었고, 그들의 숱 많은 머리카락은 햇빛을 받아 갖가지 색조의 황금색, 검정색, 갈색으로 빛났다. 몇몇은 눈이 아름다웠고 몇몇은 코가 잘생겼고, 몇몇은 입과 몸매가 고왔으나 이 모든 것을 고루 다 갖춘 처녀는 거의 없었다. 뭇사람들의 면밀한 시선에 자신의 모습이 숨김없이 드러나는 상황에서 입술 표정을 어떻게 지을지 난감해하는 모습이나, 자신의 외모에 대한 자의식을 떨쳐 내지 못하여 고개를 자연스레 들지 못하는 모습이 역력했다. 이런 모습은 이들이 많은 사람들의 눈길에 익숙하지 않은 진짜 시골 처녀들임을 의미했다.

바깥에서 햇볕이 따뜻하게 비추고 있는 것처럼 이들 모두는 각자 자신의 영혼을 따뜻이 비춰 줄 작은 태양 하나씩을 갖고 있었다. 어떤 이는 꿈을, 어떤 이는 사랑을, 어떤 이는 취미를, 또 어떤 이는 아득하고 막연한 희망을 영혼의 태양으로 간직하고 있는 것이다. 언젠가 그 희망이 점점 사그라져 아무것도 남지 않게 되는 날이 올지도 모르지만 희망은 늘 그렇듯 아직 살아 있다. 그래서 이들은 모두 쾌활했고 대부분 기쁨에 들떠 있었다.

이들 일행이 퓨어 드롭 주막 옆을 돌아 한길을 지나고 쪽문을 통과해 초원으로 들어섰을 때, 처녀 하나가 이렇게 말했다.

"하느님 맙소사! 어머, 애, 테스 더비필드, 저기 마차를 타고 가는 사람 네 아버지잖아."

이 말에 일행 중 한 처녀가 고개를 돌렸다. 기품 있고 아름다운 처녀였다. 일행 중에는 더 아름다운 처녀도 더러 있었겠지만, 표정이 풍부한 작약 빛 입술과 순진무구한 커다란 눈은 그녀의 피부색과 전체 모습을 도드라져 보이게 했다. 그녀는 머리에 빨간 리본을 달고 있었다. 흰옷을 입은 무리 가운데 그렇게 눈에 띄는 장식을 한 사람은 그녀뿐이었다. 그녀가 주위를 둘러보니 퓨어 드롭 주막 소유의 이륜마차를 타고 길을 따라오는 더비필드의 모습이 눈에 들어왔다. 소매를 팔꿈치 위까지 걷어붙인 곱슬머리의 건장한 처녀가 말을 몰고 있었는데, 이 처녀는 퓨어 드롭 주막에서 갖가지 자질구레한 일을 하고 이따금 말을 돌보고 말을 모는 마부 노릇도 하는 쾌활한 하녀였다. 더비필드는 몸을 뒤로 젖힌 채 기분 좋게 눈을 감고서 두 손을 머리 위로 흔들며 느린 곡조로 노래를 부르고 있었다.

"나는 킹스비어에 거대한 가족 묘지를 가지고 있다네. 거기에는 기사 작위를 받은 조상님들이 납으로 만든 관에 누워 계신다네."

테스라는 처녀만 빼고 일행들이 킬킬댔다. 그녀는 자기 아버지가 사람들 앞에서 추태를 부리고 있다는 생각에 얼굴이 화끈거렸다.

"피곤하셨나 봐. 오늘 우리 집 말이 쉬어야 해서 마차를 빌려 타고 집에 가시는 거야."

그녀가 서둘러 변명했다.

"너 참 순진하구나, 테스. 장에 갔다가 한잔 걸치신 것 같은데, 호호."

친구들이 말했다.

"야! 우리 아버지를 놀리면 너희랑 한 걸음도 같이 가지 않을 거야."

테스는 소리를 질렀다. 그녀의 뺨의 홍조가 얼굴과 목으로 퍼져 나갔다. 곧 그녀의 두 눈에 눈물이 맺혔고 시선은 아래를 향했다. 그런 모습을 본 친구들은 자기들이 정말로 테스를 힘들게 한다는 것을 알아차리고는 더 이상 아무 말도 하지 않았다. 그러자 다시 행렬에 질서가 잡혔다. 테스는 아버지가 왜 저러시는지 알아보고 싶었으나 자존심 때문에 다시 고개를 돌릴 수가 없었다. 그래서 그녀는 춤판을 벌이기로 한 풀밭을 향해 일행과 함께 계속 걸어갔고, 그 장소에 도착했을 때쯤 에는 평정을 되찾아 옆 친구를 버드나무 가지로 톡톡 치면서 여느 때 처럼 재잘거리고 있었다.

이 무렵의 테스 더비필드는 경험이 스며들지 않아 감정만 있는 아이 에 지나지 않았다. 마을 학교를 다니고 있었지만 그녀의 말투에는 약 간의 사투리가 묻어났다. 이 지방 사투리의 특징적인 억양은 음절 UR 을 발음할 때 나는 소리와 비슷한데, 아마도 인간이 내는 소리 가운데 이것만큼 풍부한 소리는 없을 것이다. 이 고장 처녀인 그녀가 본토 발 음으로 이 음절을 소리 낼 때 삐죽 내미는 빨간 입술은 아직 명확한 형태로 규정되지 않았고, 한 단어를 발음하고 입술을 오므릴 때마다 아랫입술이 윗입술 가운데 부분을 위로 밀어 올리는 버릇이 있었다.

그녀의 외모에는 아직 어릴 적 모습이 남아 있었다. 오늘 다른 부녀 회 회원들과 걸어갈 때만 해도 그 탄력 있고 아름다운 여성스러움에도 불구하고 이따금 두 볼에서는 열두 살 때의 모습이, 두 눈에서는 아홉 살 때의 생기가, 입의 곡선에서는 심지어 다섯 살 때의 천진스러움을 볼 수 있었다. 그러나 그것을 아는 사람은 거의 없었고, 깊이 생각하는 사람은 더 드물었다. 그저 외지인 몇 명만이 지나가다 무심코 그녀를 한참 동안 바라보고는 잠시 그녀의 신선함에 매료되어 다시 그녀를 볼 기회가 있을까 하고 자문해 보곤 했지만, 대다수 사람들에게 그녀는 참하고 아름다운 시골 처녀일 뿐 그 이상은 아니었다.

주막집 하녀가 모는 개선 마차를 탄 더비필드의 모습이 이제는 보이 지 않았고 그의 목소리도 들리지 않았다. 부녀회원들이 지정된 장소에 도착하자 춤이 시작되었다. 일행 중에는 남자가 없었기 때문에 처음에 는 여자들끼리 춤을 췄으나 일이 파하는 시간이 다가오자 마을 남자들 과 어슬렁대던 행인들이 주변에 모여들더니 그들의 파트너가 되어 춤을 추고 싶은 듯 바라보았다.

　이 구경꾼들 중에는 상류층으로 보이는 세 청년이 있었는데, 어깨에는 작은 배낭을 메고 손에는 단단한 지팡이를 짚고 있었다. 얼굴이 서로 닮은 점이나 층층이 연이은 나이로 보아 형제 같았는데, 실제로 그랬다. 맏이는 보좌 신부가 입는 흰 넥타이에 목까지 올라오는 조끼와 챙이 좁은 모자를 쓰고 있었고, 둘째는 평범한 대학생 차림이었다. 가장 어린 막내는 뭐라 딱 꼬집어 말하기 어려웠다. 눈빛과 복장이 틀에 갇히거나 속박된 티가 없어 아직 자기에게 딱 맞는 일을 찾지 못한 듯 보였다. 뭐든 닥치는 대로 시험 삼아 배우고 있는 학생이라는 것만은 짐작할 수 있었다.

　이 삼형제는 우연히 인사를 나눈 사람에게 자기들은 성령 강림절 휴가 동안 블랙무어 골짜기를 지나는 도보 여행을 하고 있으며 동북쪽의 샤스톤 읍에서부터 서남쪽으로 가고 있는 중이라고 말했다.

　이들은 한길 옆 출입문 위로 상체를 구부리고는 사람들에게 여자들이 흰옷을 입고 춤을 추는 의미가 무엇인지 물었다. 두 형은 더 있고 싶지 않은 기색이 역력했으나 셋째는 남자 파트너도 없이 한 무리의 처녀들이 춤을 추는 광경이 재미있는지 서둘러 떠나고 싶은 마음이 없었다. 그는 배낭을 끌러 지팡이와 함께 울타리 둑에 내려놓고 출입문을 열었다.

　"뭐 하려고, 엔젤?"

　맏형이 물었다.

　"들어가서 아가씨들과 한판 춤을 추고 싶어서요. 형들도 같이 안 출래요? 잠깐이면 될 텐데. 오래 걸리지 않을 거예요."

　"아니, 안 돼! 말도 안 되는 소리! 사람들 앞에서 시골 말괄량이들하고 춤추는 모습을 상상해 봐! 가던 길이나 계속 가자. 그러지 않으면 스타워캐슬에 당도하기도 전에 날이 어두워질 거야. 그 전에는 묵을 만한 곳도 없어. 게다가 잠자리에 들기 전에 《불가지론에 대한 반박》을 한 장(章) 읽어야 하잖아. 이렇게 책까지 갖고 왔는데."

맏형이 말했다.

"알았어요. 5분 안에 형들 뒤를 따라갈게요. 형들은 계속 가세요. 필릭스 형, 약속할게요."

두 형은 내키지 않았지만 막내를 두고 다시 길을 떠나면서 동생이 따라올 때 덜 힘들도록 동생의 배낭까지 집어 들었고, 막내는 풀밭으로 들어섰다.

"이거 정말 안됐군요. 파트너는 어디에 있나요, 아가씨들?"

춤이 잠시 멈추자마자 그는 제일 가까이에 있는 여자 두세 명에게 정중하게 말을 건넸다.

"아직 일이 안 끝나서요."

그중 제일 대담한 처녀가 대답했다.

"이제 곧 나타나겠지요. 그때까지 함께 출래요?"

"물론이죠. 하지만 아가씨들은 이렇게 많은데 나 혼자라서!"

"없는 것보다야 낫지요. 여자들끼리 마주 보고 스텝을 밟는 건 서글픈 일이에요. 손을 맞잡거나 끌어안지도 못하니까요. 자, 파트너를 골라 보세요."

"쉿, 너무 나대지 마!"

수줍음을 타는 처녀가 말했다.

이렇게 초대를 받은 청년은 그들을 찬찬히 둘러보며 마음에 드는 처녀를 골라 보려고 했지만, 다들 낯선 얼굴들이어서 누가 더 나을지 가늠할 수 없었다. 그는 가장 먼저 손에 닿는 처녀를 골라잡았는데, 청년과 말을 나누고 은근히 기대를 하던 처녀도 아니었고 테스 더비필드도 아니었다. 족보나 조상의 유골, 역사상의 기록, 더버빌 가문 특유의 용모 등은 아직 테스가 인생이라는 전투를 치러 나가는 데 아무런 도움이 되지 않았다. 심지어 보잘것없는 시골뜨기들을 제치고 춤 파트너로 선택될 만큼도 되지 못했다. 빅토리아 왕조의 금전적인 도움을 받지 못하는 노르망디 혈통이란 고작 이 정도에 불과했던 것이다.

다른 처녀들을 제치고 선택된 처녀가 누구였는지 그 이름은 전해지지 않지만, 그날 저녁 맨 먼저 남자 파트너를 만나는 호사를 누린 그 처녀는 모두의 부러움을 샀다. 시범의 힘은 대단했다. 막는 사람이 없는데도 선뜻 들어가지 못하고 머뭇거리기만 하던 마을 청년들이 재빨리 안으로 들어가 짝을 이루었다. 그러자 분위기가 한껏 고조되었고 가장 못생긴 회원도 남자 쪽에 서서 스텝을 밟을 필요가 없게 되었다.

예배당 시계가 울리자 청년은 갑자기 가 봐야겠다고 말했다. 형들을 뒤따라가야 한다는 것을 깜빡 잊고 있었던 것이다. 그가 춤판을 빠져나올 때 그의 두 눈이 테스 더비필드에게 머물렀다. 사실 그녀의 커다란 눈동자에는 그가 자기를 선택해 주지 않은 데 대한 희미한 원망의 기운이 서려 있었다. 그 역시 그녀가 뒤에 물러서 있어 그녀를 알아보지 못했던 것이 유감스러웠다. 그는 마음속에 아쉬움을 느끼며 풀밭을 떠났다.

시간이 너무 지체됐기 때문에 그는 서쪽으로 난 길을 나는 듯이 달려 내려갔다. 그는 곧 골짜기를 지나고 다음 산등성이에 올랐다. 아직 형들을 따라잡지는 못했지만 숨을 고르느라 잠시 걸음을 멈추고 뒤를 돌아보았다. 자기가 그곳에 있을 때와 마찬가지로 흰옷을 입은 처녀들이 녹색 풀밭에서 빙글빙글 돌며 춤을 추는 모습이 보였다. 그들은 이미 그를 완전히 잊은 듯했다. 그러나 한 명은 아니었던 모양이다. 하얀 옷을 입은 한 처녀가 산울타리 옆에 떨어져서 혼자 서 있었다. 그는 그녀의 위치로 보아 자기와 춤을 추지 않은 그 예쁜 처녀라는 것을 알았다. 비록 사소한 일이었지만, 그는 자기가 그녀를 선택하지 않아서 그녀가 상심했다는 것을 직감적으로 느꼈다. 그녀에게 춤을 청했으면 좋았을 것이라는 생각이 들었다. 이름이라도 물어볼걸, 하는 후회도 들었다. 그녀는 매우 얌전하고 표정도 풍부한 데다 얇은 흰옷을 입은 모습이 어찌나 다정다감해 보이던지, 그는 자신의 행동이 어리석었다고 느꼈다. 하지만 뒤늦게 후회해 봐야 아무 소용이 없었기 때문에, 돌아서서 빠르게 걸음을 옮기며 머릿속에서 그 생각을 몰아냈다.

3

테스 더비필드는 그 일을 쉽게 잊을 수 없었다. 춤을 청해 오는 파트너가 많았지만 꽤 오랫동안 다시 춤을 출 기분이 나지 않았다. 슬프게도 그들은 그 낯선 청년이 그랬던 것처럼 상냥하게 말할 줄 몰랐다. 그 청년의 모습이 언덕 위로 사라지고 나서야 그녀는 일시적인 슬픔을 털어 내고 함께 춤을 추자고 하는 청년의 청에 응했다. 그녀는 회원들과 함께 해질 녘까지 남아서 꽤 열심히 춤을 추었다. 아직 사랑을 해 본 경험이 없었기 때문에 그저 박자에 맞춰 춤추는 것만 즐겼는데, 남자들의 구애를 받고 사랑에 빠진 처녀들의 감미로운 고뇌와 쌉쌀한 달콤함, 즐거운 고통, 기분 좋은 비애 같은 것들을 볼 때면 자기 자신은 그런 경우에 어떻게 할지 전혀 알 수 없었다. 지그(빠르고 경쾌한 서양의 민속춤_옮긴이)를 출 때 남자들이 그녀의 손을 잡으려고 다툼을 벌이는 것도 그녀에게는 재밋거리일 뿐 그 이상은 아니었고, 남자들이 격렬하게 다툴라치면 그녀는 그들을 나무라곤 했다.

그녀는 더 나중까지 춤을 추다 올 수도 있었지만, 아버지의 이상한 모습과 행동이 마음에 남아 있었던 터라 아버지한테 대체 무슨 일이 일어났는지 궁금하기도 하고 걱정도 되어 춤판을 벗어나 마을 끝에 있는 부모님의 오두막으로 걸음을 옮겼다. 아직 집까지는 수십 미터가 남아 있었지만, 조금 전과는 다르게 아주 귀에 익은 가락이 들려왔다. 그것은 집 안에서 쿵덕쿵덕 하고 들려오는 규칙적인 소리였다. 돌바닥에 요람이 격렬하게 부딪히면서 내는 그 소리에 맞춰 한 여자가 활기찬 춤곡조로 애창곡 '얼룩소'를 노래하고 있었다.

　　나는 보았네 저어기 푸른 숲속에 암소가 누워 있는 걸.
　　내 사랑, 이리로 와요! 어딘지 말해 줄게요!

　이따금 요람 흔드는 소리와 노랫소리가 동시에 잠시 멈추고 고음으로 부르짖는 소리가 노랫가락을 대신하곤 했다.
　"하느님, 우리 아기의 초롱초롱한 두 눈에 축복을 내려주소서! 보드라운 뺨과 앵두 같은 입술에도! 큐피드 같은 허벅지에도! 복스러운 우리 아기 온몸에 고루고루 축복을 내려 주소서!"
　이런 기도가 끝나고 나면 요람 흔드는 소리와 노랫소리가 다시 시작되어 '얼룩소'의 노랫가락이 좀 전과 마찬가지로 이어지곤 했다. 테스가 문을 열고 문간의 매트 위에 서서 집 안을 둘러보았을 때의 모습은 그랬다. 노랫가락에도 불구하고 집 안 광경은 테스에게 이루 말할 수 없는 쓸쓸한 느낌을 주었다. 들판에서의 축제—흰색 드레스와 꽃다발, 버드나무 가지, 녹색 풀밭에서 빙글빙글 돌며 추는 춤, 낯선 사람에게 향하던 상냥한 감정—와 촛불 하나가 켜진 이 누르께하고 우울한 광경은 얼마나 대조적인가! 테스에게는 이런 차이가 불러일으킨 충격뿐 아니라, 바깥에서 노는 일에만 정신이 팔려 있지 말고 좀 더 일찍 돌아와서 엄마의 집안일을 거들어 드릴걸 하는 싸늘한 자책감이 밀려왔다.
　어머니는 테스가 집을 나설 때처럼 아이들에 둘러싸여 빨래통 위에 몸을 숙인 채 서 있었다. 월요일마다 하기로 되어 있는 빨래가 늘 그렇듯 주말까지 밀려 있었다. 지금 테스가 입고 있는 흰색 드레스도 그 전날 그 빨래통에서 어머니가 손수 빨아서 다려 준 옷인데, 축축한 풀밭에서 주의하지 않은 탓에 치맛자락에 푸르스름한 물이 들었기 때문에 테스는 양심의 가책을 느꼈다.

여느 때처럼 더비필드 부인은 빨래통 옆에 한쪽 발로 균형을 잡고 서서 다른 쪽 발로는 앞서 말한 대로 막내의 요람을 흔들어 대고 있었다. 요람은 오랜 세월 동안 돌바닥 위에서 많은 아이들의 무게를 지탱하며 고된 임무를 수행해 온 탓에 낡을 대로 낡아서 바닥이 거의 평평해져 있었다. 그래서 더비필드 부인이 하루 온종일 비누 거품에 절어 지내고도 즐겁게 노래를 부르며 남은 기력을 다해 요람 받침대를 밟을 때마다 요람이 심하게 요동쳐, 아기는 마치 베틀의 북처럼 한쪽 옆에서 다른 쪽 옆으로 급격하게 흔들렸다.

덜커덕덜커덕 소리를 내며 요람이 흔들렸고, 촛불의 불꽃은 높이 솟아오르다 지그 춤이라도 추듯 빠르게 너울대기 시작했다. 부인의 팔꿈치에서 물방울이 뚝뚝 떨어지고 노래는 빠른 속도로 마지막 소절로 달음질쳤다. 그때 더비필드 부인은 딸을 물끄러미 바라보았다. 아이들 등쌀에 쉴 틈이 없는 지금도 조운 더비필드는 노래에 대한 열정을 잃지 않았다. 바깥세상에서 블랙무어 골짜기로 어떤 노래가 흘러들어 오든 테스의 어머니가 일주일 만에 완전히 익힐 수 없는 노래는 없었다.

부인의 얼굴에는 젊은 시절의 싱싱함이랄까, 어여쁨까지도 어렴풋하게나마 남아 있었다. 그걸로 보아 테스가 자랑할 수 있는 개인적인 매력의 대부분은 어머니에게서 물려받은 것이지, 기사 작위나 역사적 사실과는 아무런 관련이 없는 것 같았다.

"어머니, 요람은 제가 흔들게요. 아니면 외출복을 벗고 빨래 짜는 걸 도와 드릴까요? 전 벌써 일을 끝내신 줄 알았어요."

딸이 상냥하게 말했다.

테스의 어머니는 딸이 그렇게 오랫동안 자기에게만 집안일을 맡겨 두고 집을 비운 데 대해 전혀 나쁜 감정을 품고 있지 않았다. 실제로 조운이 그런 일로 테스를 나무라는 일은 좀처럼 없었다. 다만 아주 조금 테스의 도움이 부족하다고 느끼긴 했지만, 일이 버거울 때에는 천성적으로 일을 뒤로 미루곤 했기 때문에 별 문제가 없었다. 그런데 오늘 밤에는 여느 때보다 훨씬 더 기분이 좋아 보였다. 어머니의 표정에는 테스로서는 이해할 수 없는, 꿈을 꾸는 듯 무언가에 홀린 듯 멍하면서도 무척 흡족해하는 기색이 있었다.

"그래, 잘 들어왔다. 이제 네 아버지를 모셔 와야겠구나. 아니, 그보다도 우선 오늘 무슨 일이 있었는지 알려 주마. 애야, 너도 이 사실을 알게 되면 우쭐해질 거다(더비필드 부인은 습관적으로 사투리를 썼지만, 런던에서 교육받은 여선생 밑에서 초등학교 6학년 과정을 교육받은 딸은 두 가지 말씨를 모두 사용했다. 테스는 집에서는 대체로 사투리를 썼지만 밖에서는, 그리고 점잖은 사람들한테는 표준말을 썼다)!"

마지막 소절을 마치자마자 어머니가 말했다.

"제가 없는 동안에요?"

테스가 물었다.

"그래!"

"아버지가 오늘 오후에 마차를 타고 그 야단이셨던 게 그것 때문이었군요? 아버지도 참, 왜 그런 행동을 하셨담! 창피해서 쥐구멍에라도 숨고 싶었지 뭐예요!"

"그래, 그게 다 이 일과 관련이 있단다! 우리가 이 고장에서 제일가는 집안이라는구나. 우리 가문은 올리버 그럼블('크롬웰'을 잘못 말한 것_옮긴이) 시대보다 훨씬 이전으로 거슬러 올라가서 이교도 야만족들의 시대에서부터 시작되었는데, 기념비와 가족 묘지, 투구 장식과 문장 등 없는 것이 없다지 뭐니. 성(聖) 찰스 시대에는 '왕실 오크' 기사 작위를 받았고 우리 집안의 진짜 성은 더버빌이란다! 이 얘길 들으니 가

28

슴이 막 부풀어 오르지 않니? 네 아버지가 마차를 타고 집에 오신 것도 다 그 때문이야. 다른 사람들이 생각하는 것처럼 술을 드셨기 때문이 아니란다."

"좋은 소식이네요. 그런데 그게 우리에게 도움이 될까요?"

"아, 그럼. 그렇고말고! 굉장한 일이 있을 것 같구나. 이 사실이 알려지기만 하면 우리와 같은 계급 사람들이 마차를 타고 여기로 찾아올 거야. 아버지가 샤스톤에서 돌아오시는 길에 이 이야기를 듣고는 나한테 전부 이야기해 주셨단다."

"아버지는 어디 계세요?"

테스가 불쑥 물었다.

어머니는 이 질문에 대한 대답 대신 엉뚱한 이야기를 전했다.

"네 아버지가 오늘 샤스톤에서 의사한테 진찰을 받았는데, 폐병은 절대 아닌 모양이야. 그런데 의사가 심장 주위에 지방이 끼었다고 하더란다. 이렇게 말이야."

조운 더비필드는 물에 젖은 엄지손가락과 집게손가락을 C 자 모양으로 구부리고 다른 손으로 그것을 가리키며 말했다.

"의사가 네 아버지한테 이렇게 말했대. '현재 당신의 심장은 여기도 막혀 있고 여기도 막혀 있어요. 이 사이만 아직 열려 있는데, 이게 서로 맞닿기라도 하는 날에는 정말 큰일입니다'"

더비필드 부인은 손가락을 붙여 완전한 원 모양을 만들어 보이며 다시 말을 이었다.

"'당신은 그림자처럼 사라져 버리고 말 것이오, 더비필드 씨. 십 년을 더 살 수도 있겠지만 잘못하면 열 달이나 열흘 만에 가실 수도 있습니다' 하고 말이야."

테스는 너무 놀랐다. 뜻밖에 좋은 소식도 들었는데 아버지가 그렇게 일찍 영원의 구름 저편으로 사라져 버릴지도 모른다니!

"그런데 아버지는 지금 어디 계세요?"

테스가 다시 물었다.

어머니는 나무라는 표정을 지으며 말했다.

"화내지 마라! 그 불쌍한 양반은 신부님이 알려 순 소식에 아수 우쭐해져서 기쁨을 주체하지 못하고 이십 분 전에 롤리버 술집으로 가셨단다. 내일 그 많은 벌통을 싣고 먼 길을 가려면 기운을 내야 한다고 하시더구나. 가문이고 뭐고 간에 벌통은 배달을 해야 하니까. 길이 멀어서 오늘 밤 자정이 지나면 바로 출발해야 할 텐데."

"기운을 낸다고요? 맙소사! 기운을 내려고 술집에 가시다니! 게다가 엄마까지 그러라고 하신 거예요?"

테스는 참지 못하고 소리쳤다. 금세 두 눈에 눈물이 고였다. 그녀의 나무람과 노여움이 방 안에 가득 차오르는 듯했고, 가구며 촛불이며 놀고 있는 아이들이며 어머니의 얼굴에 겁먹은 표정이 역력했다.

"아니다. 난 그러라고 한 적 없다. 난 니가 와서 집을 보는 동안 네 아버지를 모셔 오려고 기다리고 있었던 거야."

어머니가 발끈하며 말했다.

"제가 갔다 올게요."

"아, 아니다, 테스야. 네가 가 봐야 소용이 없단 거 알잖니."

테스는 어머니가 왜 반대하시는지 알고 있었기 때문에 더 이상 자기가 가겠다고 우기지 않았다. 더비필드 부인의 재킷과 모자는 이 계획된 나들이를 위해 옆 의자 위에 슬그머니 놓여 있었고, 그런 이유 때문인지 부인은 필요 이상으로 탄식을 했다.

"그리고《운세대감》을 바깥채에 내다 놓아라."

조운은 계속 말을 하며 재빨리 손을 닦고 옷을 걸쳤다.

《운세대감》은 낡고 두툼한 책으로, 어머니 옆 탁자 위에 놓여 있었다. 주머니에 넣고 다니는 바람에 어찌나 닳았던지 가장자리가 거의 활자가 인쇄된 곳까지 닿을 지경이었다. 테스는 그 책을 집어 들었고, 어머니는 집을 나섰다.

칠칠치 못한 남편을 찾으러 이렇게 주막에 가는 것은, 더비필드 부인이 아이들을 기르는 힘겨운 일상에 아직 남아 있는 한 가지 즐거움이었다. 롤리버 주막에서 남편을 찾아내어 그 옆에서 한두 시간 앉아 있다 보면 아이들에 대한 생각과 걱정이 사라지고 행복해졌다. 그럴 때면 그녀의 삶에도 저녁노을 같은 일종의 후광이 비치는 것 같았다. 걱정거리와 현실적인 문제들은 실체 없는 형이상학적인 문제가 되어 아득해지면서 그저 고요한 명상을 위한 정신적인 현상으로 가라앉아, 더 이상 몸과 마음을 괴롭히는 절박하고 구체적인 문제로 다가오지 않았다. 아이들이 당장 눈에 보이지 않아서 그런지 다른 때와는 달리 오히려 훌륭하고 소중한 부속물처럼 여겨졌고, 그곳에 있으면 일상의 모든 일들에서 그 나름의 유쾌함과 즐거움이 느껴지곤 하는 것이었다. 지금은 결혼하여 자신의 남편이 된 그 남자 옆에 연애할 때와 같은 자리에 앉아 그의 모든 결점은 눈감아 주고 그를 이상적인 연인이라 생각하며 바라보고 있노라면 그때의 느낌이 조금이나마 되살아나곤 했다.

어린 동생들과 집에 남겨진 테스는 우선 운세를 점치는 그 책을 바깥채로 가져가서 짚단 사이에 쑤셔 넣었다. 어머니에게는 이 때 묻은 책을 두려워하는 이상한 미신이 있어서 밤에는 그 책을 집 안에 놓아두지 못하게 했고, 보고 난 뒤에는 언제나 여기에 도로 갖다 놓게 했다. 미신과 민간 풍속, 사투리, 구전 민요 등 빠르게 소멸해 가는 잡동사니에 젖어 있는 어머니와 무수히 개정된 교육 법령에 따라 의무 교육을 받고 표준 지식을 습득한 딸 사이에는 흔히들 말하듯이 이백 년의 거리가 있었다. 그 모녀가 함께 있을 때는 마치 제임스 1세 시대와 빅토리아 여왕 시대가 공존하는 것 같았다.

테스는 뜰 사이에 난 오솔길을 따라 걸어오며 오늘은 어머니가 그 책에서 무엇을 확인하고 싶었을까 하고 생각해 보았다. 조상을 발견한 일에 대해서 찾아봤을 거라고 짐작은 했지만 테스 자신에 대해서 점을 쳐 보았을 것이라고는 전혀 생각하지 못했다. 그녀는 이 생각을 놓아내고 낮에 말린 내복에 바지런히 물을 뿌렸다. 아홉 살배기 남동생 에이브러햄과 '리자 루'라고 불리는 열두 살 반짜리 여동생 일라이자 루이자가 테스를 거들었고, 더 어린 동생들은 잠들어 있었다. 테스와 그 아래 동생과는 네 살 반이나 터울이 졌는데, 그것은 그사이에 태어났던 두 동생이 갓난아기였을 때 죽었기 때문이다. 그래서 어머니가 안 계실 때면 테스가 어머니 역할을 했다. 에이브러햄 밑으로 호프와 모데스티라는 여동생이 두 명 더 있었고, 그 아래로 세 살배기 남동생과 갓 돌이 지난 막내가 있었다.

이 모든 아이들은 더비필드라는 배에 탄 승객들인 셈이었다. 이들의 기쁨과 의식주, 건강, 심지어 목숨까지도 더비필드라는 두 어른의 결정에 완전히 달려 있었으니 말이다. 더비필드가의 우두머리들이 고생과 재앙, 궁핍, 질병, 몰락, 죽음 쪽으로 배를 몰고 가더라도 갑판 아래에 갇힌 포로 신세인 이 여섯 아이들은 그들과 함께 항해할 수밖에 없었다. 이들은 어떤 조건 아래서 태어나고 싶은가 하는 질문은 고사하고 무능한 더비필드네 집처럼 어려운 조건에서 살고 싶은가 하는 질문조차 받은 적 없는 무력한 피조물들이었다. 이쯤 되면 어떤 사람들은 이즈음 시 세계가 자연스럽고 순수한 만큼 철학 또한 심오하고 신뢰할 만하다는 평가를 받고 있는 시인(낭만주의 시인 윌리엄 워즈워스를 가리킴_옮긴이)이 무슨 근거로 '자연의 성스러운 계획' 운운하는지 알고 싶을 것이다.

밤은 깊어 가는데 아버지도 어머니도 돌아오지 않았다. 테스는 문밖을 내다보며 머릿속으로 말롯 마을을 더듬어 갔다. 마을은 잠들고 있었다. 여기저기서 촛불과 등잔불이 꺼지고 있었다. 테스는 머릿속에서 소등기(消燈器)와 불을 끄려고 뻗은 손을 보는 듯했다.

어머니가 간 것은 데려올 사람이 한 사람 더 늘었다는 것을 의미할 따름이었다. 테스는 몸도 성치 않은 분이 새벽 1시 전에 길을 떠날 계획이면서 유서 깊은 집안을 자랑하느라 이렇게 늦도록 술집에 있어서는 안 된다는 생각이 들었다.

"에이브러햄, 모자를 쓰고 롤리버 주막에 가서 아버지와 어머니가 왜 이렇게 안 오시나 알아봐라. 무섭지 않지?"

테스가 남동생에게 말했다.

소년은 얼른 자리에서 일어나 문을 열고 밖으로 나갔고, 어둠이 금세 그를 삼켜 버렸다. 또 반 시간이 흘렀지만 아버지와 어머니는 물론 동생도 돌아오지 않았다. 에이브러햄도 그의 부모와 마찬가지로 주막이라는 끈끈이 덫에 걸려 붙잡히기라도 한 걸까?

"내가 직접 가 봐야겠어."

테스가 말했다.

리자 루가 잠자리에 들자, 테스는 밖에서 문을 잠그고는 어두컴컴하고 구불구불한 오솔길을 따라 걷기 시작했다. 그 길은 땅 한 뼘에도 값이 붙기 이전, 바늘이 하나뿐인 시계로도 하루의 시간을 충분히 가늠하던 시절에 만들어진 길이었기 때문에 빨리 걷기가 힘들었다.

4

롤리버 주막은 인가가 드문드문 흩어진 기다란 마을 끝자락에 있는 유일한 술집으로, 점외(店外) 주류 판매 면허만 있었기 때문에 법적으로는 상점 안에서 아무도 술을 마실 수 없었다. 그래서 손님을 위한 시설이라곤 선반으로 쓰기 위해 마당 울타리 위에 철사로 고정시켜 놓은 길이 1.8미터, 너비 15센티미터짜리 작은 판자가 전부였다. 목마른 나그네들은 길에 서서 목을 축일 때 잔을 이 판자 위에 내려놓곤 했고, 마시고 남은 술은 먼지 풀풀 날리는 흙바닥에 폴리네시아 모양으로 쏟아내며 실내에 쉴 만한 자리가 있으면 좋겠다고 생각했다. 나그네들에게는 당연한 일이었다. 그러나 마을의 단골들 역시 이런 생각을 했고, 뜻이 있는 곳에는 길이 있는 법이었다.

이 주막의 안주인인 롤리버 부인이 최근까지 쓰던 커다란 모직 숄로 창문에 두껍게 커튼을 드리운 이층의 넓은 방에, 오늘 저녁에는 거의 여남은 명이 더없는 행복을 찾아 모여 있었다. 모두 말롯 마을 이쪽 끝에 오래 거주해 온 주민들이었고 이 아늑한 공간에 자주 드나드는 단골들이었다. 인가가 드문드문 흩어진 이 마을의 저쪽 끝에는 술집으로 완전한 허가를 받은 퓨어 드롭 주막이 있었으나, 거리가 너무 멀어서 이쪽 끝에 사는 사람들에게는 사실 이용할 수 없는 가게나 다름없었다. 더구나 그보다 훨씬 중요한 문제는 술의 질인데, 바로 이 집의 술맛은 널찍한 곳에서 그 주인하고 마시느니 집 꼭대기 한쪽 구석에서 롤리버와 마시는 게 더 낫다는 세간의 평을 확고하게 했다.

방 안에 놓인 네 개의 기둥이 달린 초라한 침대는 그 삼면의 둘레에 모인 대여섯 사람들에게 앉을 자리를 제공했다. 그 밖에 두어 사람은 서랍장 위에 올라가 앉았고, 또 한 사람은 부조를 새긴 참나무 궤짝 위에, 또 두 사람은 세면대에, 또 한 사람은 의자 위에, 이런 식으로 모두들 어떻게든 편안히 자리를 잡았다. 이때쯤 그들이 도달한 정신적 안락함은 영혼이 피부 바깥으로 부풀어 올라 온 방 안에 각자의 개성을 따스하게 퍼뜨리는 단계에 이르러 있었다. 이 과정에서 방이며 가구들은 점점 더 근사하고 고급스러워 보였다. 창문에 드리운 숄도 융단처럼 화려해 보였고, 서랍장의 놋쇠 손잡이는 황금 손잡이처럼 보였으며, 침대 기둥은 솔로몬 성전의 장대한 기둥처럼 보였다.

테스와 헤어진 뒤 이쪽으로 서둘러 걸어온 더비필드 부인은 앞문을 열고 들어가서 깜깜한 아래층 방을 가로질러 간 다음에, 마치 빗장의 비밀을 잘 알고 있는 사람처럼 계단 문의 빗장을 땄다. 휘어진 계단을 오르느라 그녀의 발걸음이 느려졌다. 마지막 층계를 지나 불빛에 드러난 그녀의 얼굴이 그 방에 있는 모든 사람들의 시선과 마주쳤다.

"비용은 내가 댈 테니 들놀이를 계속하자고 친한 친구들 몇몇을 초대했지요."

발걸음 소리를 듣자 안주인은 마치 교리 문답을 암송하는 어린아이처럼 빠르게 소리치며 계단 쪽을 쳐다보았다.

"휴, 난 또 누구라고. 더비필드 부인이잖아. 어찌나 놀랐던지! 관청에서 보낸 감독원인 줄 알았지 뭐예요."

더비필드 부인은 이 비밀 장소에 모인 나머지 사람들과 눈짓과 고갯짓으로 인사를 주고받으며 남편이 앉아 있는 곳으로 갔다. 그는 멍한 표정으로 나직하게 콧노래를 흥얼거리고 있었다.

"나는 이 마을의 어느 누구 못지않다네! 킹스비어 서브 그린힐에는 훌륭한 가족 묘지가 있고, 웨섹스의 어느 누구보다 뼈대 있는 가문이라!"

그러자 쾌활한 그의 아내가 소곤거렸다.

"그 문제에 관해 당신한테 할 말이 있어요. 멋진 계획이 떠올랐지 뭐예요! 여보, 나 안 보여요?"

그녀가 그의 옆구리를 찔렀으나, 그는 마치 유리창 밖을 바라보기라도 하듯 아내가 있는 곳 너머에 초점을 맞추고 계속 콧노래를 흥얼거렸다.

"쉿! 제발 그렇게 큰 소리로 노래하지 마세요. 관청에서 나온 사람이 지나가기라도 하면 허가증을 빼앗고 말 거예요!"

안주인이 말했다.

"이 양반이 우리한테 무슨 일이 있었는지 이야기하던가요?"

더비필드 부인이 물었다.

"그래요, 그런 셈이죠. 그 일로 돈이나 좀 생길 것 같아?"

"아, 그건 비밀이에요. 어쨌거나 대형 마차를 타지는 못하더라도 그런 마차를 타는 이들과 친척 간이라니 잘된 일이죠."

조운 더비필드가 점잔을 빼며 말했다. 그녀는 여럿에게 말하던 목소리를 낮추고는 남편에게 계속 말했다.

"당신한테서 그 소식을 듣고 곰곰이 생각해 봤는데, 체이스 숲 끝자락 트랜트리지 마을에 더버빌이라는 이름을 가진 부잣집 마나님이 살아요."

"어, 뭐라고?" 하고 존 경이 말했다.

그녀는 그 말을 되풀이했다.

"그 부인은 우리 친척이 틀림없어요. 테스를 그 부인에게 보내 우리가 친척이라는 사실을 알릴 계획이에요."

"당신 말을 듣고 보니 생각이 나는구려. 정말 더버빌이라는 부인이 있지. 트링엄 신부님은 그 생각을 못하셨나 보구려. 그러나 그 부인은 우리 집에 비하면 아무것도 아니야. 틀림없이 노르망디 왕조 이후로 우리 집안에서 갈라져 나온 분파일 거야."

더비필드가 말했다.

두 사람은 이 문제를 놓고 의논하느라 정신이 팔려서 어린 에이브러햄이 살그머니 들어와 그들에게 집으로 돌아가자고 말할 기회를 엿보고 있는 것도 모르고 있었다.

"그분은 부자니까 틀림없이 테스를 후하게 대접해 줄 거예요."

더비필드 부인이 말을 계속했다.

"그러면 참 좋겠어요. 같은 가문의 두 집안이 서로 왕래하지 말아야 할 이유는 없잖아요."

"맞아요, 우리 모두 친척이라는 걸 알려요. 테스 누나가 그 마님과 살게 되면 우리도 누나를 만나러 그 집에 가요. 마님의 마차도 타고 검은색 양복도 입고요!"

어느 틈에 침대 밑에 들어가 있던 에이브러햄이 신이 나서 외쳤다.

"애야, 넌 어떻게 여기에 왔니? 별소릴 다 하는구나! 나가서 엄마와 아빠가 나올 때까지 층계참에서 놀고 있어라. 테스를 그 집에 보내야겠어요. 그 애는 분명 그 집 마님의 마음에 들 거예요. 그렇고말고요. 그러면 지체 높은 신사분과 결혼하게 될지도 모르죠. 요는 틀림없이 그렇게 될 것이라는 거예요."

"그걸 어떻게 알아?"

"《운세대감》에서 테스의 운수를 보았는데 바로 그렇게 나오더라니까요! 오늘은 또 그 애가 어찌나 예뻐 보이던지 당신이 보셨어야 했는데. 피부가 공작부인 못지않게 고왔지요."

"테스는 그 집에 가는 것에 대해 뭐라고 그래?"

"아직 물어보지 않았어요. 그 애는 친척 마님이 있다는 것도 아직 몰라요. 하지만 틀림없이 좋은 혼처도 생길 텐데 안 가겠다고 하지는 않을 거예요."

"걔가 좀 별난 데가 있어서 그러지."

"그래도 본바탕은 유순한 아이니, 테스는 내게 맡겨요."

이 대화는 남이 듣지 않게 나직이 주고받았지만 주변에 있는 사람들에게 그 중요성이 충분히 전해졌다. 사람들은 더비필드 부부가 다른 이들보다 훨씬 중요한 문제를 이야기하고 있고, 그 부부의 예쁜 맏딸 테스한테 장차 좋은 일이 있을 것임을 눈치챘다.

나이 지긋한 술꾼 하나가 나직하게 말했다.

"오늘 그 애가 다른 부녀회원들과 마을을 행진하는 걸 보고 내가 혼잣말로 중얼거렸지만, 테스는 명랑한 애일뿐 아니라 참 자태가 고운 아이예요. 하지만 더비필드 부인은 그 아이가 새파란 맥아를 바닥에 늘어놓지(임신하다라는 뜻을 지닌 이 지방의 속담_옮긴이) 않도록 조심해야 할 서요."

이 말은 특이한 뜻을 지닌 이 지방 속담이었는데, 이 말에 대꾸하는 이는 아무도 없었다.

대화는 다시 뒤섞였고, 곧이어 아래층 방을 지나는 발소리가 들렸다.

"비용은 내가 낼 테니 들놀이를 계속하자고 친한 친구들 몇몇을 초대했지요."

안주인은 별안간 들이닥치는 사람에 대비하여 미리 준비해 둔 말을 다시 내뱉고 나서야 들어온 사람이 테스라는 것을 알았다.

그녀의 어머니가 보기에도 술 냄새가 떠도는 이곳의 분위기는 주름진 중년들에게나 어울리지 테스의 앳된 모습과는 전혀 어울리지 않았다. 그래서 테스의 까만 눈에 나무라는 빛이 어리기도 전에 부부는 자리에서 일어나 서둘러 맥주잔을 비우고 딸을 따라 층계를 내려갔고, 롤리버 부인의 잔소리가 그들의 발소리를 뒤따랐다.

"좋은 일 하는 셈치고 제발 소리 좀 낮춰요. 잘못하다간 허가증을 뺏기고 불려 가서 온갖 고초를 겪게 될지도 몰라요! 잘들 가요."

테스가 아버지의 한쪽 팔을, 더비필드 부인이 다른 쪽 팔을 부축한 채 그들은 함께 집을 향해 걸어갔다. 사실 더비필드가 마신 술의 양은 그리 많지 않았다. 보통 술고래라면 주일 오후에 교회에서 동쪽 제단을 향하거나 무릎을 꿇는 일을 무리 없이 해낼 수 있을 양의 4분의 1도 마시지 않았다. 그러나 존 경은 몸이 약한 탓에 이렇게 조금만 마셔도 곤드레만드레 취해 버렸다. 신선한 바깥 공기를 쐬니까 더욱 취기가 도는지 그는 몸을 가누지 못했다. 그 바람에 세 사람으로 이루어진 줄이 한 번은 런던으로 향했다가 다음에는 바스 쪽으로 돌아서곤 했다.

밤늦게 집에 돌아가는 가족에게는 꽤 흔한 모습이었지만 우스꽝스러운 장면이 아닐 수 없었다. 그러나 대부분의 우스꽝스러운 장면이 그렇듯, 사실 따지고 보면 그다지 우습지 않았다. 두 여자는 비틀대며 앞으로 나아갔다 뒤로 물러났다 하는 행렬의 원인인 더비필드에게는 물론, 에이브러햄과 그들 자신에게조차 이런 걸음걸이를 최대한 위장하기 위해 사뭇 의연하게 행동하느라 무진장 애썼다. 그렇게 해서 그들은 차츰 자기들 집으로 다가갔는데, 이 집안의 가장은 집이 가까워 오자 눈앞에 보이는 자기 집의 초라한 모습을 보고 의기소침해졌는지 일부러 기운을 북돋우려는 듯 별안간 좀 전에 부르다 만 노래를 다시 부르기 시작했다.

"킹스비어에 가족 묘지가 있다네!"

"쉿, 주책 좀 부리지 말아요, 여보. 당신네 집안만 옛날에 굉장했던 건 아니에요. 앤크텔, 호지, 트링엄 집안들을 봐요. 당신네 집안 못지않게 몰락했잖아요. 하기야 당신네 가문이 그들보다 나았던 건 사실이지만요. 내가 명문가 출신이 아니라 그런 면에서는 아쉬울 게 없다는 게 다행이다 싶네요."

그의 아내가 말했다.

"그렇게 단정적으로 말하지 말라고. 당신 인품으로 보면 어느 명문가보다 더 높은 데서 몰락한 집안일 것 같으니. 어쩌면 왕과 여왕을 지낸 집안이었을지도 모르지."

테스는 그 순간 조상에 대한 생각보다 그녀의 머릿속에 더욱 또렷이 떠오르는 생각을 입 밖에 내어 화제를 돌렸다.

"아무래도 아버지는 내일 그렇게 일찍 벌통을 가지고 먼 길을 떠나지 못하실 것 같아요."

"나 말이냐? 한두 시간 쉬면 괜찮아질 거다."

더비필드가 말했다.

11시가 되어서야 가족은 모두 잠자리에 들었는데, 토요일 장이 서기 전에 캐스터브리지의 소매상들에게 벌통을 배달하려면 늦어도 다음 날 새벽 2시에는 출발해야 했다. 거기로 가는 길은 험하고 거리가 30~50킬로미터나 되었으며 밀과 마차가 부실했기 때문이다. 1시 반이 되자 더비필드 부인은 테스와 어린 동생들이 잠들어 있는 큰 방에 들어왔다.

"그 불쌍한 양반은 갈 수 없을 것 같구나."

그녀는 맏딸에게 말했다. 테스는 어머니의 손이 문에 닿는 순간 이미 그 큰 눈을 떴다. 테스는 꾸고 있던 꿈과 어머니의 말 사이의 불명확한 공간에서 멍한 상태로 침대에 일어나 앉았다.

"하지만 누군가는 가야 해요. 벌통은 벌써 철이 지났어요. 이제 곧 올해 분봉도 끝날 테니까요. 다음 장날까지 배달을 미루었다간 살 사람이 없어서 우리가 다 처분해야 할 거예요." 테스가 말했다.

더비필드 부인은 이 돌발 사태를 해결할 여력이 없어 보였다.

"혹시 청년들 중에 갈 사람이 없을까? 어제 너랑 춤추려고 쫓아다니던 애들 중 한 명이라도 말이야."

어머니가 제안하자 테스가 딱 잘라 말했다.

"말도 안 돼요. 절대 그런 일은 없을 거예요. 그리고 그러려면 모두에게 이유를 알려야 하는데…… 창피한 일이잖아요! 에이브러햄이 동행하면 제가 갈 수 있을 것 같아요."

그녀의 어머니는 마침내 그 계획에 동의하고 같은 방 한구석에 깊이 잠들어 있던 어린 에이브러햄을 깨워서 아직 정신이 다른 세계에 있는 아이에게 옷을 입혔다. 그러는 동안 테스도 서둘러 옷을 입었다. 둘은 초롱에 불을 켜고 마구간으로 나갔다. 낡고 조그만 짐마차에는 이미 짐이 실려 있었다. 테스는 짐마차보다 조금 덜 부실해 보이는 말 프린스를 끌고 나왔다.

그 가여운 짐승은 모든 생물들이 보금자리에서 편히 쉬어야 할 그 시간에 나가서 일해야 한다는 사실을 믿을 수 없다는 듯이 의아한 표정으로 밤하늘과 초롱과 두 사람을 번갈아 두리번거렸다. 그들은 초 몇 동강을 초롱에 넣고 그것을 짐짝 오른쪽에 건 다음에 말을 몰았다. 처음에는 오르막길이었기 때문에 그 기력 없는 짐승에게 과중한 부담을 주지 않도록 그 옆에서 걸어갔다. 그들은 되도록 명랑한 기분을 내기 위해 초롱 불빛 아래서 버터 바른 빵을 먹고 이야기를 나누며 일부러 아침이 온 것처럼 행동했지만 날이 새려면 아직 까마득했다.

에이브러햄은 완전히 잠에서 깨자(그때까지도 비몽사몽으로 걷고 있었다) 하늘을 배경으로 갖가지 어두운 물체들이 빚어내는 기이한 형상에 대해 조잘대기 시작했다. 이 나무는 굴속에서 뛰어나오는 성난 호랑이 같다느니, 저 나무는 거인의 머리통 같다느니 하면서 말이다.

그들은 진갈색 초가지붕 아래 말없이 잠들어 있는 스타워캐슬이라는 읍을 지나 높은 지대에 이르렀다. 왼쪽으로는 벌배로 혹은 빌배로라 불리는 남부 웨섹스에서 가장 높은 고원이 흙구덩이에 둘러싸인채 하늘 위로 높이 솟아 있었다. 여기서부터는 꽤 평탄한 도로가 길게 뻗어 있었다. 그들은 짐마차 앞쪽에 올라탔고, 에이브러햄은 생각에 잠겼다.

"누나!" 하고 그는 한참 동안 말이 없다가 무언가 중요한 말을 꺼내려는 듯한 어조로 입을 열었다.

"응, 에이브러햄."

"우리가 유명한 가문이라는 게 좋지 않아?"

"특별히 좋을 것도 없지."

"누나가 신사와 결혼하게 되는데도?"

"뭐라고?" 하고 테스가 고개를 들며 말했다.

"부자 친척이 누나가 신사와 결혼할 수 있게 도와줄 거라는데."

"내가? 부자 친척이라고? 우리에게 그런 친척은 없어. 대체 어떻게 그런 생각을 하게 된 거야?"

"아버지를 찾으러 롤리버 주막에 갔을 때 두 분이 얘기하는 걸 들었어. 트랜트리지에 지체 높은 친척 부인이 살고 있대. 누나가 가서 그 마님에게 친척이라고 말하면 신사와 결혼할 수 있는 길이 열린다고 어머니가 그러던걸."

그의 누나는 돌연 입을 다물고 깊은 생각에 빠졌다. 에이브러햄은 대답을 듣고 싶어서라기보다 말하고 싶어서 계속 조잘댔기 때문에 누이가 멍하니 생각에 잠겨 있는 것엔 개의치 않았다. 그는 벌통에 등을 기대고 고개를 젖혀 별을 바라보았다. 텅 빈 검은 하늘에 차갑게 명멸하는 별들은 보잘것없는 이 두 사람과 아무 상관이 없다는 듯 차분히 빛나고 있었다. 그는 저 별들이 얼마나 멀리 떨어져 있는지, 그리고 그 너머에 하느님이 계시는지 물었다. 그러다 간간이 그의 어린애 같은 조잘거림은 자연의 경이로움보다 그의 마음속에 더 깊은 인상을 남기는 문제로 되돌아가곤 했다. 테스 누나가 높은 신분의 신사와 결혼하여 부자가 된다면, 저 별들을 네틀콤타우트만큼이나 가까이 볼 수 있는 망원경을 살 수 있을 정도로 많은 돈을 가지게 될까?

온 가족의 머릿속을 점령해 버린 듯 이 얘기가 또 나오자 테스는 짜증이 치밀었다.

"그 얘기는 이제 그만해." 하고 그녀가 소리쳤다

"별 하나하나가 세상이라고 누나가 그랬지?"

"응."

"우리가 사는 세상과 비슷해?"

"잘은 모르지만 그럴 거야. 어떤 때는 우리 집 사과나무에 열린 사과들처럼 보일 때도 있단다. 대부분은 탐스럽고 싱싱하지만 몇몇은 시들시들하지."

"우리는 어디에 살아? 싱싱한 쪽이야, 시들한 쪽이야?"

"시들시들한 별이야."

"싱싱한 별이 그렇게 많은데 그런 별을 만나지 못했으니까 우린 아주 운이 나쁜 거네?"

"그래."

"정말 그런 거야, 누나?"

에이브러햄은 이 희한한 이야기에 상당히 충격을 받은 듯 다시 곰곰이 생각해 보더니 누나를 쳐다보며 물었다.

"우리가 싱싱한 별을 만났다면 어떻게 됐을까?"

"글쎄, 아버지가 지금처럼 기침을 하며 힘겹게 걸어다니는 일도 없을 테고, 너무 취해 배달을 못 나가는 일도 없으시겠지. 어머니 역시 늘 빨래를 하셔도 일을 끝내지 못해 허덕이는 일은 없을 거야."

"그리고 누나도 이미 부잣집 처녀일 테니까 부자가 되려고 일부러 높은 신분의 남자와 결혼할 필요가 없겠지?"

"이런, 에이비(에이브러햄의 애칭_옮긴이), 제발 그 얘기 좀 그만할 수 없겠니?"

에이브러햄은 혼자 무언가 곰곰이 생각해 보다가 곧 졸기 시작했다. 테스는 말을 능숙하게 다루지는 못했지만, 그래도 당분간은 혼자서도 짐마차를 몰 수 있을 거라 생각하고 에이브러햄을 깨우지 않았다. 그녀는 동생이 떨어지지 않도록 벌통 앞쪽에 편안한 잠자리를 만들어 주고는 두 손에 말고삐를 쥐고 이전처럼 천천히 말을 몰았다. 프린스는 불필요한 동작을 할 만큼 기력이 남아돌지 않았기 때문에 그다지 신경을 쓰지 않아도 되었다. 성가시게 하는 동행도 잠이 들었으니 테스는 벌통에 기대어 이전보다 더 깊은 공상에 잠겼다. 테스의 어깨를 스치는 말 없는 나무며 산울타리의 행렬은 현실 바깥의 환상적인 풍경처럼 보였다. 그리고 이따금 불어오는 바람은 공간적으로는 우주에, 시간적으로는 역사에 맞닿아 있는 어떤 거대하고 슬픈 영혼의 한숨이 되었다.

테스는 자신이 이제껏 살아오는 동안 일어났던 여러 가지 사건의 그물망을 가만히 생각해 보았다. 그러나 보니 아버지가 으스대는 것이 얼마나 허황된 것인지 알 수 있었다. 그리고 어머니의 상상 속에서 자신을 기다리고 있는 높은 신분의 청혼자가 인상을 찌푸리는 모습이며 자신의 가난이며 옛날에 기사를 지냈다는 수의 입은 자신의 조상들을 비웃는 모습이 눈앞에 보이는 듯했다. 모든 것들이 점점 더 터무니없어졌고, 그녀는 시간이 얼마나 흘렀는지 알 수 없었다. 별안간 마차가 덜커덩 하고 요동을 치는 바람에 어느새 까무룩 잠이 들었던 테스는 눈을 떴다. 잠에 빠져들던 때보다 훨씬 멀리까지 와 있었고 마차는 멈춰 있었다. 앞쪽에서 난생처음 들어보는 힘없는 신음 소리가 나더니, 뒤이어 "어이, 이봐요!" 하는 외침 소리가 들렸다.

그녀의 짐마차에 걸어 놓은 초롱불은 이미 꺼져 있었고, 초롱불이 켜져 있을 때보다 훨씬 밝은 불빛이 그녀의 얼굴을 비추는 것이었다. 무언가 안 좋은 일이 벌어진 듯했다. 마구가 길을 가로막은 어떤 물체에 걸려서 옴짝달싹 못했다.

깜짝 놀라 뛰어내린 테스는 끔찍한 사실을 발견했다. 신음 소리는 아버지의 가엾은 말 프린스의 입에서 흘러나오고 있었다. 바퀴 소리가 나지 않는 아침 우편 마차가 여느 때처럼 그 길을 쏜살같이 달려오다가 불도 켜지 않은 채 천천히 마주 오던 그녀의 짐마차를 들이받았던 것이다. 우편 마차의 뾰족한 끌채가 불쌍한 프린스의 가슴에 칼처럼 박혀 버렸고 상처에서는 마치 시냇물이 흐르듯 피가 솟아 쏴 하는 소리를 내며 길바닥으로 흘러내리고 있었다.

가슴이 철렁 내려앉은 테스는 앞으로 튀어나가 상처를 손으로 막아 보았지만 얼굴에서 치마까지 온통 진홍빛 핏방울만 튈 뿐 아무런 효과가 없었다. 결국 그녀는 속수무책이 되어 그저 바라보고 서 있을 수밖에 없었다. 프린스 역시 미동도 않고 가만히 서서 안간힘을 쓰며 버티다가 갑자기 풀썩 하고 바닥에 고꾸라져 버렸다.

그때 우편 마차의 마부가 다가와서 프린스의 따뜻한 몸뚱이를 길가에 끌어당겨 놓고 마구를 풀기 시작했다. 그러나 말은 이미 죽어 있었다. 당장은 더 이상 할 수 있는 일이 없다고 판단한 마부는 자기 말에게로 돌아갔다. 그의 말은 다친 곳이 없었다.

"우측통행을 했어야지. 난 우편 행낭을 운반해야 하니까 아가씨는 여기서 짐을 지키고 있는 수밖에 없어. 내가 되도록 빨리 도와줄 사람을 보내도록 하지. 이제 곧 날이 밝을 테니 무서워할 건 없어."

말을 마친 그는 마차에 올라 가던 길을 서둘러 갔고, 테스는 선 채로 기다렸다. 하늘이 희부옇게 밝아 오자 산울타리에 있던 새들이 몸을 털며 일어나 지저귀기 시작했다. 도로가 온통 흰색으로 모습을 드러냈고 테스는 그보다 훨씬 더 창백해 보였다. 그녀 앞에 흥건히 고인 피는 어느새 엉겨 붙어 무지개 색을 띠었는데, 해가 떠오르자 갖가지 찬란한 색으로 빛났다. 프린스는 뻣뻣이 굳은 채 누워 있었다. 눈은 반쯤 뜬 상태였고, 가슴팍의 구멍은 그를 살아 움직이게 해 주던 모든 것을 다 쏟아 버릴 정도로 크지는 않은 것 같았다.

테스는 이 광경을 바라보며 울부짖었다.

"내가 저지른 일이야. 다 내 잘못이야. 변명의 여지가 없어, 전혀 없다고. 이제 어머니와 아버지는 어떻게 살아갈까? 에이비, 에이비."

그녀는 이런 참상이 일어나는 동안에도 깊이 잠들어 있던 동생을 흔들어 깨웠다.

"우리는 이제 짐을 싣고 갈 수가 없어. 프린스가 죽었어."

사태를 모두 알아차린 에이브러햄은 어찌나 인상을 찌푸리던지 얼굴에 이내 쉰 살쯤 먹은 노인의 주름살이 생겨났다.

"이런, 어제만 해도 춤을 추고 웃으며 다녔는데 이게 무슨 날벼락이니. 나 같은 바보는 또 없을 거야."

그녀는 계속 혼잣말을 했다.

"누나, 이런 일이 생긴 것두 우리가 싱싱한 별이 아니라 시들시들한 별에서 태어났기 때문이야, 그렇지?"

에이브러햄이 울먹울먹하며 중얼거렸다.

잠자코 기다리는 동안 그들에게 시간은 끝없이 길게만 느껴졌다. 마침내 소리가 들리더니 무언가 다가오는 것이 보였다. 우편 마차 마부가 약속을 지킨 것이었다. 인근의 스타워캐슬에서 농부 한 사람이 튼튼한 말을 몰고 나타났다. 벌통을 실은 짐마차는 프린스 대신 이 말에 매여 캐스터브리지로 운반되었다.

그날 저녁 빈 짐마차는 다시 사고 현장에 당도했다. 프린스는 아침에 도랑으로 치워 놓은 뒤부터 계속 거기에 있었고, 길 한가운데의 피가 고였던 흔적은 지나다니는 마차 바퀴에 긁히고 뭉개졌어도 선명했다. 이제 프린스의 시체는 전에 자신이 끌던 짐마차 위에 실려서 말굽을 공중으로 쳐들고 석양빛에 편자를 반짝이며 13, 14킬로미터쯤 되는 말롯 마을까지 되돌아갔다.

테스는 더 일찍 돌아와 있었다. 어떻게 이 사고 소식을 알려야 할지 생각이 나지 않았다. 부모님의 얼굴을 보고 이미 소식을 들었다는 것을 알아차리고는 제 입으로 말하지 않아도 되어 다행이다 싶었지만, 자신의 부주의로 인한 사고였다는 끝없는 자책감은 덜어지지 않았다.

이 일은 잘사는 집에서라면 그저 불편을 의미하는 데 그쳤겠지만 이 집의 처지에는 파산을 의미했다. 그럼에도 불구하고 이 집 부모는 원래 될 대로 되라는 식의 만사태평한 태도의 소유자들이었기 때문에 이 불행을 그다지 끔찍하게 받아들이지 않았다. 그래서 딸이 잘되길 바라는 야망을 가진 부모라면 노발대발했을 일이었건만 더비필드 부부의 얼굴에서 그런 노여움은 전혀 찾아볼 수가 없었다. 테스가 자기 자신을 나무라는 것만큼 그녀를 나무라는 사람은 아무도 없었다.

말이 너무 노쇠해서 폐마 도살업자와 무두장이가 프린스의 시체에 단 몇 실링밖에 쳐 줄 수 없다고 했다는 말을 전해 들은 더비필드는 이렇게 대꾸했다.

"안 돼. 그 말의 늙은 몸뚱이를 팔지 않겠어. 우리 더버빌 가문이 이 땅에서 기사로 있을 때는 자신의 애마를 고양이 먹이로 팔아먹는 일은 하지 않았어. 그까짓 푼돈은 그냥 갖고 있으라고 해! 프린스는 평생 동안 나를 잘 도와줬으니 죽었다고 버릴 순 없지."

다음 날 그는 프린스를 묻기 위해 뜰에 구덩이를 팠다. 그는 지난 몇 달 동안 자기 가족을 위해 곡식을 재배할 때도 그렇게 열심히 일한 적이 없었다. 묘혈이 마련되자 더비필드 부부는 말의 몸뚱이를 밧줄로 묶어서 끌고 갔고, 아이들은 그 뒤를 따라가며 장례식 행렬을 이루었다. 에이브러햄과 리자 루는 흐느꼈고, 호프와 모데스티는 담벼락이 울릴 정도로 대성통곡을 하며 슬퍼했다. 프린스를 묘혈에 굴려 넣자 그들은 모두 무덤가로 모여들었다. 이제 그들은 생계수단을 잃어버렸다. 어찌해야 한단 말인가?

"프린스는 천국에 갔을까?"

에이브러햄이 흐느끼다 말고 물었다.

더비필드가 삽으로 흙을 떠 넣기 시작하자 아이들은 또 울었다. 그러나 테스는 울지 않았다. 자기가 그 말을 죽였다고 여기는 듯 그녀의 얼굴은 새파랗게 질려 있었다.

5

주로 말에 의존해 왔던 도붓장수 일이 당장 힘들게 되었다. 이런 상
태로 계속 가다가는 극빈은 아니더라도 머지않아 가난이 들이닥치리
라는 것은 뻔한 일이었다. 더비필드는 이 고장에서 게으름뱅이로 정평
이 나 있었다. 일을 할 수 있을 만큼 힘이 날 때도 가끔 있었지만, 이렇
게 힘이 날 때와 일이 있을 때가 좀처럼 맞아떨어지지 않았다. 그리고
그 두 시기가 맞아떨어질 때에도 그는 날품팔이 일꾼이 으레 하게 되
는 고된 노동에는 익숙하지 않았기 때문에 끝까지 견뎌 내지 못했다.

한편 테스는 자기가 부모를 이런 곤경에 빠뜨린 장본인이라는 생각
에 그 곤경에서 부모님이 빠져나오도록 도와드릴 일이 뭐 없을까 하고
말없이 궁리하고 있었는데 마침 그때 어머니가 마음속에 담아 두었던
계획에 대해 운을 뗐다.

"테스야, 좋은 일이 있으면 나쁜 일도 있는 법이란다. 네가 높은 혈
통이라는 사실이 이보다 더 요긴할 때 밝혀질 수 있었을까. 네가 친척
을 찾아가 봐야 할 것 같구나. 체이스 숲 끝자락에 돈 많은 우리의 친
척 더버빌 부인이 살고 있다는 사실을 알고 있니? 네가 그 부인에게
가서 친척이라고 말하고 우리가 곤경에 처해 있으니 좀 도와 달라고
부탁해 봐."

"그러고 싶지 않아요. 그런 부인이 있다 하더라도 그분이 우리에게
친절하게 대해 주면 그걸로 충분한 것이니, 도움까지 기대하지는 마
세요."

테스가 말했다.

"애야, 네가 가면 그분은 뭐든 해 주고 싶어 할 거다. 게다가 네가 알
지 못한 더 좋은 일이 있을지도 모르지. 내가 들은 게 있어서 그래."

테스는 자기가 피해를 끼쳤다는 강박감을 떨쳐 내지 못하고 있었기

48

때문에 어머니의 요구에 고분고분한 태도를 보였다. 그러지 않았다면 아마 다르게 반응했을 것이다. 그녀는 어머니가 그토록 성과가 불확실한 일을 계획하며 왜 그렇게 만족스러워하는지 이해할 수가 없었다. 어머니는 아마도 수소문을 해 보고 더버빌 부인이 비교할 사람이 없을 만큼 대단한 덕성과 인정을 지닌 사람이라는 것을 알아낸 모양이었다. 그러나 테스는 가난한 친척 노릇을 해야 한다는 게 자존심이 상해 어머니의 제안에 따르기가 끔찍이도 싫었다.

"차라리 일자리를 찾아보겠어요." 하고 테스가 투덜댔다.

"여보, 당신이 결정을 내려요. 테스는 당신이 가라고 말하면 갈 거예요."

더비필드 부인은 뒤쪽에 앉아 있는 남편을 향해 말했다.

"난 우리 애들이 낯선 친척 집에 가서 신세를 지는 게 싫소. 난 우리 가문에서 가장 존귀한 집안의 가장이니까 거기에 걸맞은 행동을 해야 하오."

그가 중얼거렸다.

테스는 가지 말라는 아버지의 이유가 가기 싫은 자신의 반발심보다 더 가슴에 사무쳤다. 그녀가 침울하게 말했다.

"하라는 대로 하겠어요, 엄마. 제가 말을 죽였으니까 무언가 하긴 해야 하겠지요. 가서 그 부인을 만나는 건 괜찮아요. 하지만 도움을 청하는 문제는 저한테 맡겨 주세요. 그리고 그분이 저한테 중매를 서 줄 거라는 기대는 하지 마세요. 그건 터무니없는 생각이에요."

"옳은 말이다, 테스야."

그녀의 아버지는 짐짓 위엄을 부리며 말했다.

"내가 그런 생각을 한다고 누가 그러든?"

조운이 물었다.

"그런 생각을 하고 계신 거 다 알아요, 엄마. 아무튼 갈게요."

테스는 다음 날 일찍 일어나서 샤스톤이라는 언덕 위 마을까지 걸어 갔다. 그리고 거기에서 일주일에 두 번 체이스버러까지 운행하는 마차 를 이용했다. 이 마차는 모호하고 신비스런 존재인 더버빌 부인이 살 고 있는 교구인 트랜트리지 부근을 지난다고 했다.

이 잊지 못할 아침에 테스 더비필드는 그녀가 태어나고 자란 골짜 기의 동북쪽 구릉들 사이로 이어진 길을 지나갔다. 블랙무어 골짜기는 테스에게 온 세상이었고 그곳의 주민들은 세상의 모든 사람들이었다. 호기심 많던 어린 시절에 그녀는 말롯에 있는 목장 대문과 울타리 디 딤대에서 골짜기 전체를 내려다보곤 했다. 그때 신비에 싸여 있던 것 들은 지금도 마찬가지로 신비롭기만 했다. 그녀는 날마다 자기 방 창 문에서 탑들이며, 마을들, 어슴푸레한 흰색 저택들, 우뚝 솟은 장엄한 샤스톤 읍과 석양빛을 받아 반짝이는 그곳의 창문들을 바라보곤 했다. 테스는 샤스톤 읍까지 나가 본 적이 없었고, 골짜기와 이 부근조차도 자세히 둘러본 곳은 일부 지역에 불과했다. 하물며 골짜기를 벗어나 멀리까지 가 본 적은 더더욱 없었다. 그녀에게 마을을 에워싸고 있는 언덕의 윤곽은 친척의 얼굴처럼 친숙했다. 하지만 그녀가 그 너머에 있는 것에 대해 판단을 내릴 때에는 한두 해 전에 우등으로 졸업한 마 을 학교에서 배운 것에 의존하는 수밖에 없었다.

학창 시절에 그녀는 또래 여자 아이들에게 인기가 많았다. 같은 나 이의 세 여학생이 나란히 학교에서 집으로 걸어가는 모습이 마을 근처 에서 자주 눈에 띄곤 했는데 가운데 자리에는 늘 테스가 있었다. 그녀 는 색이 바래서 형용하기 힘든 색으로 변해 버린 모직 원피스 위에 촘 촘한 그물 모양으로 날염된 분홍색 앞치마를 덧입고 길가 둔덕에 무릎 을 꿇고 진기한 풀이나 돌멩이를 찾느라 해져서 사다리 모양으로 작은 구멍이 난 꽉 끼는 긴 양말을 신은 가느다란 다리로 걸어다녔다. 그때 그녀의 흙빛 머리칼은 냄비 거는 고리 모양으로 드리워져 찰랑거렸고,

양쪽에서 걸어가는 두 소녀가 그녀의 허리에 팔을 두르고 그녀는 양쪽 두 친구의 어깨에 팔을 올려 어깨동무를 하곤 했다.

　나이가 들어 집안 형편을 알게 되자 테스는 아이들을 키우고 보살피는 일이 힘든 형편에 생각 없이 그렇게나 많은 동생들을 낳은 어머니에 대해 맬서스 식(맬서스는 산아 제한을 하지 않으면 인간의 운명이 나아질 가망이 없다고 역설한 영국의 경제학자이자 인구 통계학자이다. _옮긴이) 생각을 품게 되었다. 그녀의 어머니의 지능은 늘 행복해하는 어린아이 수준이었다. 그래서 조운 더비필드는 하느님의 섭리를 충실히 따르느라 불어난 자신의 대가족에 그저 하나 더 있는 아이였을 뿐 연장자로서의 역할을 하지 못했다.

　그러나 테스는 어린 동생들을 자상하고 다정하게 보살폈고 할 수 있는 한 최선을 다해 그들을 도왔다. 학교를 졸업하자마자 이웃 농장에서 건초를 만드는 일 혹은 추수하는 일을 거들거나 소젖을 짜거나 버터를 만드는 일을 했다. 그중에서 그녀는 소젖을 짜고 버터 만드는 일을 특히 좋아했는데, 그녀는 손재주가 있어서 아버지가 젖소를 기를 때 배워 놓은 그 일을 훌륭한 솜씨로 해낼 수 있었다.

　가족의 부담은 날이 갈수록 점점 더 무겁게 어린 그녀의 어깨를 짓누르는 듯했다. 이런 상황에서 테스가 더비필드 집안을 대표하여 더버빌 저택에 가야 하는 건 어쩌면 당연한 일인지도 모른다. 이 경우 더비필드 집안은 가장 아름다운 면을 외부에 내놓고 있다는 것을 인정해야 한다.

　그녀는 트랜트리지 네거리에서 내려 체이스 숲을 향해 언덕길을 걸어 올라갔다. 그녀가 들은 대로 체이스 숲의 가장자리에서 더버빌 부인의 저택인 슬로프를 찾을 수 있었다. 일반적인 장원 저택은 밭과 목초지, 그리고 주인과 그 가족에게 이런저런 방법으로 수입을 착취당하는 것에 대해 불평을 늘어놓는 농부가 딸려 있게 마련인데, 그 저택은 그렇지 않았다. 그보다 더 나았다. 훨씬 더 훌륭했다. 그저 편안한 생활을 누리기 위해 지은 전원주택으로, 주거 목적에 필요한 것 말고는 성가신 토지는 조금도 붙어 있지 않았다. 다만 주인이 취미 삼아 가꾸고 관리인이 놀보는 자그마한 농지가 있을 뿐이었다.

울창한 상록수들에 의해 처마까지 가려진 진홍색 벽돌집이 먼저 테스의 눈에 들어왔다. 테스는 이 벽돌집이 바로 자기가 찾는 그 저택이려니 생각했다. 그러나 다소 떨리는 마음으로 샛문을 지나 진입로가 굽이진 지점에 이르자 본채가 완전히 모습을 드러냈다. 그것은 최근에 지어진 건물—정말 거의 새 건물—이었고 상록수와 강한 대조를 이루던 처음에 본 벽돌집과 같은 진홍빛을 띠고 있었다. 주위의 차분한 색조를 배경으로 한 떨기 제라늄 꽃처럼 솟아 있는 이 저택의 모퉁이 뒤쪽 저 멀리에는 체이스 숲의 연한 푸른색 풍경이 펼쳐져 있었다. 체이스 숲은 굉장히 유서 깊은 삼림 지대로 원시 시대부터 내려온 영국에 몇 안 남은 숲 가운데 하나인데, 이 숲에서는 드루이드교에서 숭배하던 겨우살이(참나무 등에 기생하는 관목_옮긴이)를 아직도 늙은 참나무에서 찾아볼 수 있었다. 그리고 사람 손으로 심지 않은 거대한 주목(朱木)들이 활을 만들기 위해 가지를 쳐 내던 당시에 자라던 그 모습 그대로 자라고 있었다. 그러나 오래된 이 숲은 슬로프 저택에서 보이기는 해도 영지의 경계 바깥에 있었다.

이 아늑한 저택에 있는 모든 것들은 밝고 찬란하고 손질이 잘되어 있었다. 몇 에이커(1에이커는 4047제곱미터_옮긴이)나 되는 온실이 경사지를 따라 발치에 있는 잡목 숲까지 뻗어 있었다. 모든 것이 돈—조폐국에서 갓 찍어 낸 동전—처럼 보였다. 오스트리아산 소나무와 상록 떡갈나무로 일부가 가려진 마구간은 온갖 최신 설비를 갖추고 있었는데, 교회의 분회당만큼이나 위엄이 있었다. 드넓은 잔디밭에는 테스쪽으로 입구가 뚫린 근사한 천막이 있었다.

순진한 테스 더비필드는 자갈길 끝에서 놀란 눈으로 저택을 응시했다. 발이 이끄는 대로 그곳까지 와서야 비로소 그녀는 자기가 어디에 있는지 알게 된 것이다. 와서 보니 모든 것이 그녀가 예상했던 것과는 정반대였다.

"난 우리 집안이 오래된 가문인 줄 알았는데 이건 완전히 새 집이잖아!"

그녀는 솔직하게 말했다. 그리고 친척이라는 것을 알리라는 어머니의 계획에 그렇게 쉽게 굴복하고 만 것을 후회했다. 이럴 줄 알았으면 이웃에게 도움을 청하는 편이 나았을 거라고 생각했다. 이 모든 것의 소유주인 더버빌가 정확히 말하면 스토크 더버빌가(처음 지었던 이름)는 이렇게 케케묵은 지방에서는 찾아보기 어려운 다소 특이한 집안이었다. 비틀걸음을 걷는 우리의 존 더비필드가 이 지방 또는 이 부근에 남아 있는 유서 깊은 더버빌 가문의 유일한 직계 후손이라고 한 트링엄 신부의 말은 거짓이 아니었다. 그러나 트링엄 신부는 자기도 아주 잘 알고 있듯, 자기가 더버빌가가 아닌 것과 마찬가지로 스토크 더버빌가 역시 더버빌가가 아니라는 사실까지 덧붙여 말해 주었다면 좋았을 것이다. 그렇더라도 그 집안은 혁신이 몹시 필요할 뿐 아니라, 이름을 접목해도 될 만큼 아주 튼실한 원줄기를 형성하고 있었다는 점을 인정해야 한다.

근래에 작고한 사이먼 스토크 옹은 성실한 장사꾼(고리대금업자였다는 소문도 있음)이었는데, 북부 지방에서 돈을 벌자 자기가 장사하던 곳에서 멀리 떨어진 남부 지방의 유지로 정착할 결심을 했다. 그러던 차에 그는 사람들이 자기를 지난날의 약삭빠른 장사꾼으로 쉽게 알아볼 수 없도록 새로운 성이 필요하다고 느꼈다. 그리고 본래의 단조롭고 딱딱한 이름보다 덜 평범한 성으로 짓고 싶었다. 그는 대영 박물관에서 자기가 정착하려는 지방과 연관이 있는 성들 가운데 아주 사라졌거나, 반쯤 사라졌거나, 알려지지 않았거나, 몰락한 가문들이 기록된 책을 한 시간 동안 뒤적이다가 '더버빌'이라는 성이 제일 보기도 좋고 부르기도 좋다고 생각했다. 그 결과 더버빌은 그와 그의 후손들의 이름에 영원히 덧붙여지게 된 것이다. 그러나 그는 터무니없이 허황된 사람은 아니어서, 새로 족보를 만들 때 집안 내 결혼이나 귀족과의 유대를 적당히 꾸며 냈을 뿐 적당한 선을 넘어서는 작위는 절대 끼워 넣지 않았다.

이렇게 이름이 위조된 사실을 불쌍한 테스와 그녀의 부모는 당연히 모르고 있었다. 그들에게 몹시 낭패스런 일이 아닐 수 없었다. 사실 그렇게 이름을 접붙일 수 있다는 것도 그들은 알지 못했다. 용모가 아름다운 거야 행운의 선물일지 모르지만, 성씨만은 타고나는 것이라고 여기는 그들로서는 상상할 수도 없는 일이었다.

테스는 물러나야 할지 버티고 있어야 할지 아직도 결정을 못한 채 마치 물속으로 뛰어들기 직전의 수영선수처럼 엉거주춤한 자세로 서 있었다. 그때 세모꼴의 어두운 천막 입구에서 한 사람—키가 큰 젊은 남자—이 담배를 피우며 나왔다.

그의 피부는 가무잡잡했고, 입술은 붉고 매끄러웠지만 볼품없이 두툼했다. 입술 위에는 끝을 둥글게 말아 올린 검은 콧수염이 잘 손질되어 있었으나 나이는 많아야 스물서너 살쯤 되어 보였다. 외모에서 풍기는 거칠고 교양 없는 느낌에도 불구하고 그 신사의 얼굴과 대담하게 움직이는 눈동자에는 독특한 힘이 서려 있었다.

"어, 예쁜이 아가씨, 어떻게 오셨소?"

그는 앞으로 나서며 말했다. 그리고 몹시 당황하는 그녀의 모습을 보고 이렇게 덧붙였다.

"겁낼 것 없소. 난 더버빌이라고 하오. 날 만나러 왔소, 아니면 어머니를 만나러 왔소?"

더버빌 가문이 실제 인물로 구현된 모습, 다시 말해 더버빌이란 성을 가진 사람의 실제 모습은 저택이나 정원보다 훨씬 더 테스가 예상했던 모습과 달랐다. 그녀는 수백 년 동안 이어져 내려온 가문과 영국의 역사를 상형 문자로 나타내듯, 육체에 남긴 기억의 흔적인 깊은 주름과 더버빌가 사람들의 특징적인 얼굴 윤곽을 모두 고상하게 아우르는 중후하고 기품 있는 노년의 얼굴을 상상했던 것이다. 하지만 이제는 빠져나갈 수도 없는 노릇이어서 그녀는 눈앞에 닥친 상황에 용기를 내어 대답했다.

"댁의 어머님을 뵈러 왔습니다."

"미안합니다만 어머니는 뵐 수 없습니다. 편찮으시거든요."

그 사내가 대답했다. 그는 얼마 전에 작고한 분의 외아들 알렉 씨였으므로 그 위조된 집안의 현 대표자인 셈이었다.

"내가 대신 대답해 주면 안 되겠어요? 무슨 용무로 어머니를 뵈려고 하나요?"

"용무까지는 아니고, 그게…… 뭐라고 말해야 할지 모르겠어요!"

"그럼 놀러 왔나요?"

"아, 아뇨. 그러니까, 말씀드리자면, 아마……."

테스는 그 사람이 두렵고 거기에 있는 것이 어색하고 불편했지만, 자기가 그곳에 온 이유가 어쩌나 우스꽝스럽다는 생각이 들던지, 그녀의 장밋빛 입술의 양쪽 끝이 살짝 들리며 미소가 나왔다. 그때 가무잡잡한 알렉산더는 그녀의 모습에 상당한 매력을 느꼈다.

"너무 우스꽝스러운 일이라서…… 말씀드릴 수 없을 것 같아요."

그녀가 더듬거리며 말했다.

"괜찮아요. 난 우스꽝스러운 일을 좋아합니다. 어서 말해 봐요, 아가씨."

그가 다정하게 말했다.

"어머니가 가 보라고 해서 왔는데……."

테스가 말을 이었다.

"사실은, 저도 그럴 생각이 있었지만요. 그런데 이럴 줄은 몰랐어요. 그러니까……, 저는요, 우리 집이 이 댁하고 친척이라는 걸 말씀드리러 왔어요."

"허어, 가난한 친척이시구먼?"

"네, 그렇죠."

"스토크 집안이신가?"

"아뇨, 더버빌 집안이에요."

"아, 그래요. 나도 더버빌이라는 뜻이었소."

"세월이 흐르면서 우리 집안의 성이 더비필드로 바뀌기는 했지만, 우리가 더버빌 가문이라는 증거는 여럿 있답니다. 고고학자들도 그렇다고 하고…… 또…… 우리 집에는 방패를 배경으로 앞발을 들고 서 있는 사자와 그 위쪽에 성곽이 새겨진 도장이 있어요. 그리고 아주 오래된 은수저도 있는데 작은 국자처럼 가운데가 우묵하고 도장에 새겨진 것과 똑같은 성곽이 새겨져 있지요. 그렇지만 너무 낡아서 어머니가 완두콩 수프를 저을 때만 쓰이죠."

"은빛 성곽은 분명 우리 가문의 문장이죠. 앞발을 든 사자도 우리 문장이고요."

그가 덤덤하게 말했다.

"그래서 어머니는 우리가 이 댁과 친척 간이라는 걸 알려야 한다고 하셨어요. 우린 사고로 말을 잃었는데요. 우리 집안은 일가 중에서도 가장 유서 깊은 집안이래요."

"아가씨의 어머니는 아주 친절한 분이시군요. 적어도 나는 그분의 방식을 언짢게 생각하지 않습니다. 그러니까 우리 예쁜 아가씨는 친척 집에 문안 인사를 하러 온 셈이군요?"

알렉은 이렇게 말하며 테스를 바라보았는데, 그 눈길에 테스의 얼굴이 약간 붉어졌다.

"그런 셈이지요."

테스는 다시 불안한 표정을 지으며 어물거렸다.

"그렇다면…… 그렇게 주눅 들 거 없어요. 집이 어디에요? 그리고 집에선 무슨 일을 하죠?"

테스는 간단하게 설명을 해 주었다. 그리고 그가 더 자세한 것을 묻자 자기는 올 때 타고 온 마차 편으로 되돌아갈 생각이라고 말했다.

"그 마차가 다시 트랜트리지 네거리로 돌아오려면 한참 있어야 돼요. 그동안 우리는 정원이나 산책하는 게 어때요, 사촌 아가씨?"

테스는 되도록 빨리 이 방문을 끝내고 싶었지만, 그 청년이 재촉하는 바람에 마지못해 따라나섰다. 그는 잔디밭을 지나 화단과 화초 온실을 보여 주었고, 뒤이어 과수원과 과수용 온실로 안내했다. 과수용 온실에 이르자 그는 테스에게 딸기를 좋아하느냐고 물었다.

"예, 좋아해요. 딸기 철이 되면요."

테스가 대답했다.

"여긴 딸기가 벌써 익었지요."

더버빌은 딸기를 따기 시작하더니 허리를 구부린 채 그것을 테스에게 건넸다. 그리고 곧 '브리티시 퀸' 품종의 딸기 가운데 특히 잘 익은 걸 고른 다음, 허리를 펴고 일어서서 꼭지를 쥔 채 딸기를 그녀의 입에 내밀었다.

"아니, 아니에요! 제 손으로 먹을게요."

그녀는 자기 입과 그의 손 사이를 막으며 황급히 말했다.

"그러지 말아요!"

그가 고집을 부리자, 그녀는 좀 난처했지만 입을 벌리고 딸기를 받아먹었다.

그들은 그렇게 정처 없이 이리저리 거닐며 시간을 보냈다. 테스는 더버빌이 주는 것을 반쯤은 즐겁게 반쯤은 마지못해 받아먹었다. 배가 불러서 더 이상 딸기를 먹을 수 없을 정도가 되자 그는 그녀의 작은 바구니에 딸기를 담아 주었다. 그러고 나서 그들은 장미꽃 나무가 있는 곳으로 갔다. 거기서 그는 장미꽃을 꺾어 그녀에게 주며 가슴에 꽂으라고 했다. 그녀는 꿈속에 있는 듯 시키는 대로 했고, 더 이상 꽂을 데가 없자 그는 직접 장미꽃 두어 송이를 그녀의 모자에 꽂아 준 다음, 장미꽃을 그녀의 바구니에 넘치도록 담았다. 이윽고 그가 시계를 보며 말했다.

"샤스톤으로 가는 마차를 탄다고 했죠? 떠나기 전에 뭘 좀 먹을 시간이 있겠어요. 자, 이리 와요. 내가 먹을 걸 좀 찾아보도록 하죠."

스토크 더버빌은 그녀를 다시 잔디밭의 천막으로 데리고 와서, 거기에 그녀를 두고 나갔다가 간단한 점심이 든 바구니를 들고 곧 다시 나타났다. 그러고는 그가 직접 그녀 앞에 음식을 놓아 주었다. 그 신사는 둘 만의 오붓한 만남을 하인들에게 방해받고 싶지 않은 게 분명했다.

"담배 좀 피워도 괜찮겠소?"

그가 물었다

"네, 괜찮아요."

그는 천막 안에 자욱한 담배 연기 너머로 아무 의식도 하지 않고 맛있게 음식을 먹는 그녀의 예쁜 모습을 바라보았다. 그러나 테스 더비필드는 마약 성분의 푸르스름한 연기 저편에 자기 인생을 비극으로 몰고 갈지도 모르는 무엇—찬란하게 펼쳐질 그녀의 청춘을 핏빛으로 물들이게 될 사람—이 있다는 것을 알아채지 못하고 제 가슴에 꽂은 장미꽃만을 천진하게 내려다보았다. 지금 그녀는 자기 자신에게 불리하게 작용할지 모르는 특징을 지니고 있었다. 알렉 더버빌이 그녀에게서 눈을 떼지 못하는 것도 그녀의 이런 특성 때문이었다. 그 특성이란 그녀를 실제 나이보다 더 여성스럽게 보이게 하는, 외모에서 풍기는 아름다움과 한껏 피어난 풍성함이었다. 그녀는 어머니에게서 이런 용모를 물려받아 성숙해 보이는 것일 뿐 실제로는 아직 순진하기만 한 어린애에 불과했다. 그래서 그녀는 너무 성숙해 보이는 자신의 외모 때문에 가끔 걱정을 하기도 했지만 친구들은 시간이 지나면 해결될 일이라고 말하곤 했다.

그녀는 곧 점심 식사를 마쳤다.

"이젠 집에 가 봐야겠어요."

일어서며 그녀가 말했다.

"그런데 이름이 뭐예요?"

그는 저택에서 보이지 않는 지점까지 그녀와 함께 진입로를 따라 걸어 내려오며 물었다.

"테스 더비필드에요. 말롯에서는 저를 그렇게 불러요."

"말을 잃었다고 했던가요?"

"저 때문에…… 말이 죽었어요!"

그녀가 대답했다. 그녀는 눈에 눈물을 글썽이며 프린스의 죽음에 대해 설명했다.

"그래서 아버지를 도와 드려야 할 텐데 무슨 일을 해야 좋을지 모르겠어요."

"내가 해 줄 수 있는 일이 없나 생각해 봐야겠군요. 어머니가 틀림없이 당신에게 일자리를 마련해 줄 거예요. 하지만 테스, '더버빌 가문'에 대해 터무니없는 이야기는 하지 말아요. '더비필드' 하나로 충분하잖아요. 더비필드와 더버빌은 다른 성이에요."

"저도 더는 바라지 않습니다."

다소 위엄 있게 그녀가 말했다. 그들이 키 큰 철쭉과 침엽수 사이의 진입로 모퉁이에 이르렀을 때 잠시, 그야말로 일순간 그는 얼굴을 그녀에게로 향하고 마치……. 그러나 아니었다. 그는 생각을 고쳐먹고 그녀를 보내 주었다.

이렇게 해서 일은 시작되었다. 그녀가 이 만남이 무엇을 의미하는 지 감지했더라면 모든 면에서 훌륭하고 바람직한 다른 남자—이 세상에 존재 가능한 인간 가운데 가장 훌륭하고 바람직한 남자—의 눈에는 자기가 눈에 들지 않고 그날 왜 엉뚱한 그 남자의 눈에 들어 그가 탐내는 상대가 되고 말았는지 의아했을 것이다. 사실 그녀가 만났던 남자들 가운데 그녀가 바라는 이상에 근접했을 수도 있는 한 남자가 있었지만, 그녀는 그에게 그저 일시적인 인상만 남겼을 뿐 거의 잊혀져 있었다.

잘 판단해서 세운 계획도 실행을 잘못하면 뜻한 바를 이루기 어려울 뿐 아니라, 사랑할 수 있을 때와 사랑할 사람을 보게 되는 때가 맞아떨어지는 경우 역시 드물다. 조물주가 자신의 불쌍한 피조물이 보는 것만으로도 행복한 결과를 이끌어 낼 수 있을 때 "보라"고 말해 주는 경우는 흔치 않다. 그리고 조물주는 피조물이 이런 숨바꼭질에 짜증이 나고 지쳐 버릴 때까지 "제 짝은 어디에 있나요?" 하고 묻는 절규에 "여기에!"라고 대답해 주지 않는다. 인류가 진보하여 최고의 전성기에 이르면, 이런 시간적인 불일치가 더욱 섬세한 직관이나, 지금 우리를 이리저리 흔들어 대고 있는 것보다 더욱 정교한 사회 체계에 의해 교정될 수 있을까 하는 의문을 품게 된다. 그런 완전무결함은 예언할 수도 없고, 가능하리라고 생각할 수조차 없다. 그날의 일은 수많은 경우와 마찬가지였다. 두 사람은 완벽한 순간에 만났지만 완전한 하나를 이루는 두 반쪽이 아니었던 것이다. 한편 어디에 있는지 알 수 없는 진짜 반쪽은 마지막 순간이 올 때까지 어리석고 우둔하게 기다리기만 하면서 홀로 세상을 떠돌아다녔다. 이런 어설픈 지체(遲滯)로 인해 걱정과 실망, 파국과 얄궂은 운명이 생겨나는 것이었다.

더버빌은 천막으로 돌아와 의자에 걸터앉아 기분 좋은 표정으로 생각에 잠겼다. 그러다 갑자기 크게 웃음을 터뜨렸다.

"이런, 그럴 수야 없지! 그것 참 웃기는 일이로군. 하하하! 참 탐스런 아가씨란 말이야."

6

테스는 트랜트리지 네거리까지 언덕길을 내려가서 체이스버러에서 샤스톤으로 돌아오는 마차를 타려고 무심히 기다렸다. 그녀는 마차에 올라탈 때 다른 승객들이 하는 말에 고개를 끄덕여 인사를 하긴 했으나 그들이 뭐라고 하는지 알아채지 못했다. 그리고 마차가 다시 출발하자, 외부 세계에 관심을 두지 않고 혼자 골똘히 생각에 잠겼다.

같이 탄 승객 가운데 한 사람이 좀 전에 말을 건넨 사람들보다 더 직접적으로 말을 건넸다.

"어머, 아가씨 모습은 완전히 꽃다발이로군요! 6월 초에 이런 장미꽃이 다 있어요?"

그제야 테스는 자신의 모습이 다른 사람들을 놀라게 할 정도로 특이하다는 것을 깨달았다. 가슴에도 장미, 모자에도 장미, 바구니에도 장미와 딸기가 넘칠 듯 가득했으니 말이다. 그녀는 당황해서 얼굴을 붉게 물들이며 누가 준 거라고 말했다. 승객들이 다른 데로 눈길을 돌리자 그녀는 모자에 꽂혀 있어 유난히 눈에 잘 띄는 장미 송이들을 살며시 떼어 바구니에 담고 손수건으로 바구니를 덮었다. 그러고는 다시 생각에 잠기며 고개를 숙이는데 가슴에 남아 있던 장미 가시에 턱을 찔리고 말았다. 블랙무어 골짜기에 사는 사람들이 모두 그렇듯이 테스도 다가올 사건을 예시하는 미신이나 육감 같은 것들을 믿고 있었다.

그래서 그녀는 그것을 불길한 징조라 여겼다. 그녀로서는 태어나서 처음으로 느낀 흉조였다.

마차는 샤스톤까지만 운행했기 때문에, 언덕 위에 자리한 그 읍에서 말롯 골짜기까지 몇 킬로미터는 걸어서 내려가야 했다. 테스의 어머니는 그녀에게 혹시 너무 피곤해서 걸어올 수 없을 것 같으면 알고 지내는 아주머니 댁에서 하룻밤을 묵고 오라고 미리 일러두었다. 테스는 그렇게 했고 다음 날 오후가 되어서야 집에 돌아왔다.

집으로 들어서는 순간 테스는 어머니의 의기양양한 태도에서 자기가 없는 동안 무슨 일이 있었다는 것을 감지했다.

"아! 그래, 내 다 알고 있다! 내가 잘될 거라고 하지 않던! 거 봐라, 내 말대로 됐잖니!"

"제가 없는 사이에 무슨 일이 있었는데요?"

테스가 다소 지친 표정으로 말했다.

그녀의 어머니는 장난기 어린 얼굴로 대견하다는 듯 딸을 위아래로 훑어보고는 놀리는 투로 말을 계속했다.

"네가 그분들 마음을 사로잡았더구나."

"엄마가 그걸 어떻게 아세요?"

"편지를 받았단다."

그제야 테스는 충분히 그럴 만한 시간이 있었겠다는 생각이 들었다.

"더버빌 부인이 취미 삼아 하는 작은 양계장을 네가 돌봐 줬으면 좋겠다는구나. 그렇지만 이건 그저 네 희망을 너무 부풀리지 않고 너를 그곳으로 불러들이기 위한 방편에 불과해. 그분의 진짜 마음은 너를 친척으로 인정하려는 것일 테니까."

"하지만 전 그분을 만나지 못했는데요."

"그래도 누구든 만났을 거 아니니?"

"그분의 아들을 만났어요."

"너를 친척으로 대해 주든?"

"글쎄요…… 저를 사촌이라고 부르기는 했어요."

"그래, 그럴 줄 알았어! 여보, 그 집 아들이 얘를 사촌이라고 불렀대요."

조운은 남편을 향해 소리치고는 다시 말을 이었다.

"그 청년이 어머니에게 네 얘기를 했겠지. 그래서 더버빌 부인이 너더러 오라고 하는 걸 거야."

"하지만 제가 그 일을 잘 할 수 있을지 모르겠어요."

테스가 자신 없이 말했다.

"네가 못한다면 누가 그 일을 잘 할 수 있다는 말이냐? 너는 닭을 기르는 집에서 태어나서 그 일을 어떻게 하는지 보며 자라 왔잖니. 그 일을 하는 집에서 태어난 사람은 처음 하는 사람보다 항상 더 잘하는 법이지. 게다가 그 댁에 와서 무슨 일을 해 달라고 하는 건 네가 신세 진다고 느끼지 않게 하려고 만들어 낸 구실일 뿐이라니까."

"꼭 가야 된다고 생각하지는 않아요. 누가 쓴 편지였는데요? 어디 좀 보여 주세요."

테스가 신중하게 말했다.

"더버빌 부인이 썼더라. 여기 있다."

편지는 삼인칭으로 되어 있었고, 더비필드 부인에게 딸이 양계장 관리를 거들어 주면 도움이 되리라는 것, 올 수 있다면 안락한 방을 제공하겠다는 것, 그리고 마음에 들면 보수도 후하게 주겠다는 것 등을 간단하게 알리고 있었다.

"어머, 이게 다라고요?"

테스가 말했다.

"대번에 부둥켜안고 입을 맞춰 줄 거라 기대할 수는 없잖니."

테스는 창밖을 바라보며 말했다.

"전 엄마, 아버지와 함께 그냥 여기 있고 싶어요."

"대체 그 집에 가지 않으려는 이유가 뭐니?"

"이유는 말하고 싶지 않아요, 엄마. 사실은 저도 그 이유를 잘 모르
겠어요."

일주일이 지난 어느 날 저녁, 그녀는 이웃 마을에 가벼운 일자리를
알아보러 나갔다가 허탕만 치고 돌아왔다. 그녀는 여름 한철 동안 부
지런히 일하면 말을 살 수 있을 만큼 충분한 돈을 모을 수 있을 거라
는 생각을 했던 것이다. 그녀가 문간을 넘기도 전에 동생 하나가 껑충
껑충 달려오며 말했다.

"그 신사분이 왔었어!"

급히 설명을 늘어놓는 어머니의 얼굴에 기쁜 기색이 가득했다. 더버
빌 부인의 아들이 우연히 말을 타고 말롯을 지나다가 들렀다는 것이었
다. 그는 지금까지 양계장을 관리하던 청년을 믿을 수 없게 되어 테스
에게 부탁하는 건데, 테스가 와서 양계장 일을 맡아 줄 수 있는지 자기
어머니를 대신하여 알아보러 왔다고 했다.

"더버빌 씨는 네가 겉으로 보이는 것처럼 틀림없이 착한 아이일 거
라고 하더라. 마치 너를 금덩이나 되는 것처럼 귀중하게 여기는 듯했
어. 솔직히 말해서 너한테 관심이 많은 것 같더라."

테스는 스스로 형편없다고 여기고 있을 때 낯선 사람이 자기를 그토
록 대단하게 생각하고 있다는 얘기를 듣자 잠깐이었지만 진심으로 마
음에 기쁨이 차올랐다.

"그렇게 생각해 주다니 고마운 분이군요. 거기서 어떻게 살게 될지
확실해지면 언제든 가겠어요."

그녀가 중얼거렸다.

"그분 참 잘생겼더구나."

"그런 것 같지는 않던데요."

테스가 쌀쌀맞게 말했다.

"어쨌거나 너한테는 좋은 기회야. 그리고 그분은 아주 근사한 다이아몬드 반지를 꼈더라."

"맞아요. 저도 봤어요. 손으로 콧수염을 쓰다듬을 때 반짝거리던걸요. 그런데 엄마, 그 굉장한 친척이라는 분은 왜 계속 콧수염을 만지작거렸던 거예요?"

창가에 놓인 긴 의자에 앉아 어린 에이브러햄이 명랑하게 말했다.

"저 녀석 말하는 것 좀 봐!"

더비필드 부인이 감탄의 기색을 감추며 소리쳤다.

"다이아몬드 반지를 자랑하려고 그랬을 거다."

존 경이 의자에서 몽롱한 목소리로 중얼거렸다.

"생각해 볼게요."

테스가 방을 나서며 말했다.

"그러니까 테스가 대번에 우리 일가집 아들의 마음을 사로잡은 모양이에요."

부인은 남편을 향해 말을 이었다.

"이런 기회를 놓치면 바보라고요."

"난 우리 아이들이 집을 떠나는 게 마뜩치 않소. 우리가 가문의 종가니까 다른 사람들이 나한테로 와야지."

도붓장수가 말했다.

"그래도 보내 줍시다, 여보. 그 청년은 테스한테 반한 모양이에요. 보면 알아요. 그리고 테스를 사촌이라고 불렀다잖아요! 그는 십중팔구 테스와 결혼할 테고, 그럼 우리 테스는 귀부인이 되는 거예요. 선조들처럼 말이에요."

그의 아내가 멋모르고 남편을 부추겼다.

존 더비필드는 활력이 있거나 건강하다기보다는 자만심이 더 많은 사람이어서 이런 상상에 귀가 솔깃해졌다.

"그래, 그게 그 젊은 더버빌 씨의 속셈인지도 모르겠군. 하긴, 유서 깊은 직계 혈통과 혼인을 해서 자신의 혈통을 높여 보자고 진지하게 생각했던 게 틀림없어. 테스, 요 깜찍한 녀석이 그 댁을 방문해서 이런 결과를 얻어 왔단 말이지?"

그가 수긍했다.

한편 테스는 생각에 잠겨 구스베리 덤불 사이로 해서 프린스의 무덤까지 뜰을 거닐었다. 다시 집에 들어오자 어머니가 다그쳐 물었다.

"그래, 어떻게 하기로 했니?"

"더버빌 부인을 만나 볼 걸 그랬어요."

"엄마 말대로 하렴. 그러면 그분도 곧 뵐 수 있잖니."

그녀의 아버지는 의자에서 기침을 했다.

"어떻게 말해야 할지 잘 모르겠어요! 부모님이 결정을 내리세요. 제가 말을 죽였으니까, 새 말을 사 드리려면 제가 일을 해야 한다고 생각해요. 하지만…… 그 댁에 더버빌 씨가 있어서 영 내키지가 않아요."

테스는 불안해하며 대답했다.

어린 동생들은 말이 죽은 뒤로 누나가 부자 친척(이 아이들은 저쪽 집안을 그렇게 생각했다) 집에 가서 살게 될 거라는 생각을 위안으로 삼았던 터라 테스가 내켜 하지 않자 울음을 터뜨리며 망설이는 누나를 조르고 심지어 원망까지 했다.

"테스 누나는 안 간대 으앙, 으앙…… 귀부인도 안 된대 으앙! 안 간대, 엉엉! 그러면 우리는 새로 좋은 말을 살 수도 없고 장날에 물건을 살 금화도 얻지 못할 거야! 그리고 테스 누나도 이제 더는 좋은 옷을 입을 수 없으니 예뻐 보이지 않을 거야, 으앙!"

아이들이 입이 찢어져라 울어 댔다.

어머니도 여기에 맞장구를 쳤다 집안일을 한정 없이 미뤄 자신의 일거리가 실제보다 더 힘들어 보이게 하는 방법을 썼는데 이 수법은 결정을 좌우하는 큰 요인이 되었다. 아버지만 중립적인 태도를 유지했다.

"갈게요." 하고 마침내 테스가 말했다.

딸이 승낙하자 어머니는 머릿속에 떠오르는 결혼식의 환상을 억누를 수 없었다.

"잘 생각했다! 너처럼 예쁜 아이에겐 이번이 좋은 기회야!"

테스는 시무룩한 웃음을 지었다.

"돈을 벌 기회가 됐으면 해요. 그 외에는 아무 일도 없을 테니까 제발 그런 터무니없는 얘기를 하며 동네를 돌아다니는 일은 없도록 하세요."

더비필드 부인은 약속하지 않았다. 더버빌 씨의 말을 들은 뒤부터 그녀는 사람들에게 자랑하고 싶은 말이 너무 많아서 그러지 않을 자신이 없었던 것이다.

이렇게 해서 가기로 결정이 났다. 테스는 필요한 날에 맞춰 언제든 떠날 준비를 하겠다는 편지를 보냈다. 곧 답장이 왔는데, 테스가 오기로 결정을 내려 줘서 더버빌 부인이 기뻐하고 있으며, 모레 골짜기 꼭대기로 짐마차를 보낼 테니 때맞춰 출발할 수 있도록 준비해 두라는 내용이었다. 그런데 더버빌 부인의 필체는 다소 남성적이었다.

"짐마차라고? 친척이니까 승용마차를 보낼 줄 알았는데!"

조운 더비필드가 의아해하며 중얼거렸다.

일단 결정을 하고 나자 테스는 불안감이 줄어들고 멍하니 생각에 잠기는 일도 없어졌다. 별로 힘들지 않은 일을 하고도 아버지께 말을 새로 사 드릴 수 있다고 생각하니 안심이 되어 이 일 저 일을 더 열심히 챙길 수 있었다. 그녀의 꿈은 학교 선생님이 되는 것이었으나 운명은 그녀를 다른 쪽으로 몰고 가는 것 같았다. 그녀는 정신적으로 어머니보다 한층 더 성숙했기에 더비필드 부인이 딸의 결혼에 대해 바라는 것을 한순간도 진지하게 받아들인 적이 없었다. 그 경박한 여자는 딸이 태어나던 해부터 좋은 신랑감을 물색해 왔던 것이다.

7

출발하기로 한 날 아침, 테스는 날이 밝기 전에 일어났다. 어둠의 끝자락이 남아 있어 숲은 아직 고요했다. 다만 예언자 격인 한 마리의 새만이 자기는 적어도 동이 틀 시간은 정확히 알고 있다는 듯 확신에 찬 분명한 소리로 지저귀고 있었다. 그러나 나머지 새들은 마치 그 새가 잘못 알고 있다는 것을 그 못지않게 확신하고 있다는 듯 침묵을 유지했다. 테스는 아침 식사 시간이 될 때까지 이층에서 짐을 꾸리다가 평상복을 입고 내려왔다. 주일에 입는 외출복은 잘 접어 짐 상자 안에 넣어 두었기 때문이다.

어머니가 타일렀다.

"친척을 만나러 가는데 좀 차려입어야지."

"하지만 일을 해야 하는데요!"

테스가 말했다.

"그래, 그렇구나."

더비필드 부인이 나직하게 덧붙였다.

"처음에는 좀 그런 척할 필요도 있겠지. 하지만 다른 사람들 앞에 나설 때는 너의 가장 예쁜 모습을 보여 주는 게 현명한 거란다."

"알았어요. 엄마가 더 잘 아시겠죠."

테스는 체념한 듯 조용히 대답했다. 그리고 부모님을 기쁘게 해 드리기 위해 자신의 몸치장을 어머니의 손에 맡겼다. 조운 더비필드는

우선 커다란 대야를 가지고 와서 테스의 머리를 감겨 주었는데, 어찌
나 철저히 감겼던지 말려서 빗고 나니 다른 때보다 머리숱이 두 배는
되어 보였다. 그리고 평소보다 더 넓은 분홍색 리본으로 묶어 주었다.
그러고 나서 테스가 부녀회 들놀이 때 입었던 흰색 드레스를 입혔다.
머리가 부해진 데다 드레스까지 가볍고 넉넉해서 한창 자라고 있는 몸
매가 풍만하게 드러나 나이보다 한결 성숙해 보였기 때문에 어린애나
다름없는 테스는 성숙한 아가씨처럼 보였다.

"양말 뒤축에 구멍이 났어!"

테스가 말했다.

"양말에 난 구멍은 신경 쓸 것 없다. 그건 별로 중요하지 않아! 내가
처녀 적에도 예쁜 모자를 쓰고 있으면 발뒤꿈치를 보는 사람은 아무
도 없었거든."

딸의 아름다운 모습에 흐뭇해진 어머니는 마치 이젤 앞의 화가처
럼 자신의 작품을 전체적으로 바라보려는 듯 몇 걸음 뒤로 물러나며
외쳤다.

"네 모습이 얼마나 예쁜지 한번 봐라! 며칠 전보다 훨씬 예쁘구나."

거울이 너무 작아서 한 번에 아주 조금씩밖에 비춰 볼 수 없었기 때
문에 더비필드 부인은 촌사람들이 몸치장을 할 때 흔히 하는 방식대로
창밖에 검은 외투를 걸어 유리창을 커다란 거울로 만들었다. 그러고
나서 그녀는 아래층에 앉아 있는 남편에게 내려갔다.

"여보, 당신한테 할 말이 있어요. 그 청년에게 심장이 있다면 저 애
를 사랑하지 않고는 못 배길걸요. 당신, 무슨 일이 있어도 테스에게 그
청년이 그 애에게 반했다느니 기회를 잡았다느니 하는 말은 하지 말아
요. 테스는 아주 별난 애라 그런 소리를 들으면 그 청년을 싫어하게 되
거나 지금이라도 그 집에 안 간다고 버틸지 모르니까요. 모든 일이 잘
되면 우리에게 가문 얘기를 해 준 스택풋 레인에 사는 그 신부님께 사

례를 해야겠어요. 정말 고마운 분이에요!"

그녀가 아주 기쁜 얼굴로 말했다.

그러나 딸이 출발할 시간이 다가오자 조운 더비필드는 처음에 딸에게 옷을 입힐 때의 그 흥분된 기쁨이 사라지고 왠지 불길한 예감이 들었다. 그래서 부인은 바깥 세계로 이어지는 골짜기의 오르막길이 가팔라지는 지점까지 함께 가 주겠다고 했다. 테스는 그 꼭대기에서 스토크 더버빌가에서 보내온 짐마차와 만날 예정이었고, 그녀의 짐은 이미 짐꾼이 손수레로 그곳까지 운반해 놓았다.

어머니가 모자를 쓰는 걸 보자 어린아이들도 같이 따라가겠다고 아우성을 쳤다.

"나도 언니를 배웅하고 싶어. 이제 언니는 사촌 신사분하고 결혼해서 좋은 옷도 입게 될 거야!"

"아니야. 그 얘기 좀 제발 그만할 수 없니! 엄마, 애들한테 뭐라고 그러셨기에 자꾸 저런 소릴 하는 거예요?"

테스는 얼굴을 붉히고 홱 돌아서며 말했다.

"얘들아, 언니는 부자 친척 집에 일하러 가는 거란다. 이제 언니가 돈을 많이 벌어서 새 말을 살 거야."

더비필드 부인이 달래듯이 말했다.

"안녕히 계세요, 아버지."

테스가 목멘 소리로 말했다.

그날 아침에 그 일을 기념한다며 술을 좀 많이 마신 탓에 꾸벅꾸벅 졸던 존 경이 고개를 번쩍 들며 말했다.

"잘 가거라, 내 딸아. 에, 그 젊은이는 같은 가문에 이런 대단한 미인이 있다는 걸 알고 자랑스러워할 거다. 그리고 테스야, 우리 집안이 전에는 영광을 누렸지만 이제는 몰락해서 작위를 팔겠다고 그 청년에게 말해 봐라. 그래, 판다고 말이야. 그것도 비싸지 않게."

"천 파운드 밑으로는 안 돼요!"

더비필드 부인이 소리쳤다.

"천 파운드에 팔겠다고 해 봐라. 아니, 다시 생각해 보니 좀 깎아 줘도 되겠구나. 나처럼 한심한 가난뱅이보다 그 친구가 작위를 더 잘 건사할 게다. 백 파운드에 가져가라고 말해 봐라. 아니다, 돈 몇 푼 더 받으려고 흥정을 그르칠 수야 없지. 50파운드에 팔겠다고 해 봐라. 아니 20파운드도 괜찮다고 해라. 하지만 20파운드 밑으로는 안 된다. 제기랄, 그래도 가문의 명예가 있는 법이니까. 그 아래로는 1페니도 못 깎아 준다."

테스는 눈에 눈물이 차오르고 목이 메어 마음속에 있는 말을 할 수 없었다. 그녀는 얼른 몸을 돌려 밖으로 나왔다.

그렇게 해서 집을 나선 딸들과 어머니는 함께 걸어갔다. 양쪽에서 테스의 손을 잡고 걸어가던 동생들은 이따금 생각에 잠긴 채 마치 훌륭한 일을 하러 떠나는 사람을 보듯 언니의 얼굴을 바라보았고, 어머니는 막내와 함께 바로 뒤를 따라갔다. 이들의 모습은 마치 정직의 여신이 양옆에는 순수의 여신을, 그리고 뒤에는 단순한 영혼을 지닌 허영의 여신을 거느리고 걷는 한 폭의 그림 같았다.

그들은 오르막이 시작되는 곳까지 함께 걸어갔다. 그 오르막길 꼭대기에서 트랜트리지에서 온 마차가 그녀를 맞이하기로 되어 있었다. 약속 장소를 그곳으로 정한 것은 말에게 가파른 마지막 비탈길을 오르는 고역을 시키지 않기 위해서였다. 맨 앞에 보이는 언덕들 저 너머에 산등성이 위로 낭떠러지처럼 솟은 샤스톤의 집들이 보였다. 오르막길이 끝나는 높은 지대의 길에는 그들이 앞서 보낸 짐꾼 외에는 아무도 보이지 않았다. 짐꾼은 거기서 테스의 모든 짐을 실은 손수레 손잡이에 걸터앉아 있었다.

"잠깐 여기서 기다리렴. 곧 마차가 올 거야. 그래, 저기 보이는구나!"

더비필드 부인이 말했다.

마차가 도착했다. 갑자기 가장 가까운 산머리 뒤에서 나타나더니 손수레에 걸터앉은 짐꾼 옆에 멈춰 섰다. 그러자 어머니와 동생들은 더 이상 가지 않기로 했고, 테스는 그들에게 서둘러 작별 인사를 하고 언덕을 올랐다.

그들은 하얀 옷을 입은 테스가 벌써 짐을 실은 짐마차 가까이 다가가는 것을 바라보고 있었다. 그런데 그녀가 짐마차에 다다르기 전에 산마루의 나무숲에서 튀어나온 다른 마차가 길모퉁이를 돌고 짐마차를 지나 테스 옆에 멈춰 섰다. 테스는 깜짝 놀라 올려다보았다.

그녀의 어머니는 그제야 두 번째로 나타난 마차가 첫 번째 것처럼 볼품없는 마차가 아니라 번쩍번쩍 윤이 나고 최신 장비를 갖춘 고급 이륜 경마차이거나 개가 끄는 마차라는 것을 알았다. 마차를 모는 사람은 입에 여송연을 문 스물서너 살의 청년이었는데, 멋쟁이 모자에 담갈색 재킷, 같은 색 바지, 빳빳하게 세운 칼라, 흰 목도리, 갈색 승마용 장갑 등을 착용한 멋진 모습이었다. 간단히 말해, 그는 한두 주일 전에 테스의 의사를 물어보려고 들렀던 승마를 즐기는 잘생긴 젊은 청년이었던 것이다.

더비필드 부인은 어린아이처럼 손뼉을 치고는 고개를 숙였다가 다시 눈을 들어 그 모습을 유심히 쳐다보았다. 이 광경이 무엇을 뜻하는지 그녀가 모를 리 있겠는가?

"저 사람이 언니를 귀부인으로 만들어 줄 친척 신사야?"

막내가 물었다.

한편 모슬린 옷을 입은 테스는 그녀에게 뭐라고 말을 건네는 청년의 마차 옆에 가만히 서 있는 걸로 보아 어떻게 해야 할지 결정을 내리지 못하고 망설이는 듯 보였다. 그녀의 망설임은 사실 망설임 이상의 어떤 것, 불길한 예감이었다. 그녀는 볼품없는 짐마차를 타고 싶어 하는 듯했다. 그때 청년이 마차에서 내려 그녀에게 어서 타라고 재촉하는 것 같았다. 그녀는 언덕 아래에 있는 식구들에게로 얼굴을 돌려 그 작은 무리를 바라보았다. 무언가 그녀로 하여금 결단을 재촉하고 있는 듯했다. 아마도 그것은 자기가 프린스를 죽였다는 생각이었을 것이다. 갑자기 테스가 마차에 올라타자 청년은 그녀의 옆에 올라앉아 바로 채찍을 휘둘렀다. 곧 그들은 짐을 싣고 느릿느릿 가는 짐마차를 앞질러 산마루 너머로 사라졌다.

테스가 시야에서 사라져 극적인 흥미가 끝나자 어린 동생들의 눈에 눈물이 고였다. 그중 하나가 "불쌍한 테스 언니가 귀부인이 되러 가지 않았으면 좋겠다" 하고 말하더니 입술을 씰룩대며 울음을 터뜨렸다. 이 새로운 감정에 전염된 듯 그 옆의 아이도 울음을 터뜨렸고, 이어서 그 옆의 아이도 울음을 터뜨려 마침내 세 아이가 모두 대성통곡을 하는 것이었다.

집으로 발걸음을 돌리는 조운 더비필드의 눈에도 눈물이 맺혔다. 마을로 돌아올 때쯤에는 그냥 운에 맡기기로 마음먹었지만, 그날 밤 잠자리에서 그녀는 한숨을 내쉬었다. 그러자 남편이 무슨 일이 있느냐고 물었다.

"아, 잘 모르겠어요. 테스를 보내지 말걸 하는 생각이 들어요."

그녀가 말했다.

"진작 그런 생각을 하지 그랬어?"

"어쨌든 테스에게 기회이긴 해요. 하지만 다시 이런 일이 있을 때에는 그 신사가 정말 마음씨 좋은 청년인지, 그리고 테스를 친척으로 좋아하는지 알기 전에는 보내지 말아야겠어요."

"그래, 진작에 그랬어야 했는데."

존 경은 이렇게 말하고는 코를 골기 시작했다.

조운 더비필드는 이럴 때면 언제 어디에서든 위안을 찾아내곤 했다.

"그래, 좋은 가문의 진짜 혈통을 타고난 우리 테스는 비장의 수를 제대로 이용하기만 하면 틀림없이 그들과 잘 지낼 수 있을 거야. 그리고 그 청년이 금방은 결혼을 안 하더라도 나중엔 하겠지."

"테스의 비장의 수가 뭔데? 더버빌 혈통을 말하는 건가?"

"아니에요, 우둔한 양반 같으니. 인물이죠, 옛날의 나처럼."

8

테스 옆에 올라탄 알렉 더버빌은 첫 번째 언덕의 언덕마루를 따라 빠르게 말을 몰면서 테스에게 의례적인 인사말을 건넸다. 그녀의 짐을 실은 짐마차는 뒤로 멀어져 갔다. 계속 오르막을 올라가니 사방으로 끝없는 풍경이 펼쳐졌다. 뒤쪽에는 그녀가 태어나 자란 초록빛 골짜기가, 앞쪽에는 지난번에 처음으로 트랜트리지를 방문할 때 보았던 것 말고는 아는 게 없는 회색빛 지역이 펼쳐져 있었다. 이렇게 하여 비탈길의 끝에 다다르자, 거기서부터는 거의 16킬로미터나 되는 내리막 길이 곧게 뻗어 있었다.

테스 더비필드는 천성적으로 용감했지만 지난번 사고로 아버지의 말을 잃은 뒤부터 마차만 타면 지나치리만큼 겁이 나서, 조그만 요동에도 깜짝깜짝 놀라곤 했다. 게다가 그 마차를 모는 청년의 솜씨 또한 다소 거칠었기 때문에 불안해지기 시작했다.

"내리막길은 천천히 가실 거죠?"

그녀는 애써 태연한 척하며 말했다.

더버빌은 그녀를 돌아보며 큼직한 흰 앞니 끝으로 여송연을 입에 물고 천천히 웃음을 머금었다.

"아니, 테스."

그는 두어 번 담배 연기를 내뿜고 나서 다시 말했다.

"테스같이 용감하고 건강한 아가씨가 그런 걸 왜 물으실까? 그런데 이거 어쩌지, 난 내리막을 갈 땐 항상 전속력으로 달리는데. 기분을 내는 데 이만큼 좋은 게 없거든."

"하지만 지금은 그럴 필요가 없잖아요?"

"아하, 염두에 두어야 할 게 둘이오. 나 혼자만이 아니란 말이지. 팁도 생각해 줘야 해요. 녀석의 성질이 아주 별나서 말이오."

그가 고개를 저으며 말했다.

"누구라고요?"

"아, 팁은 이 암말이요. 조금 전에도 아주 무서운 얼굴로 날 돌아보는 것 같았는데, 못 봤소?"

"괜히 겁주려고 하지 마세요."

테스가 딱딱하게 대꾸했다.

"음, 알겠소. 이 세상에 이 말을 다룰 수 있는 사람이 있다면 그건 나일 거요. 이 세상에 이 말을 다룰 수 있는 사람은 아무도 없을 테지만, 만약에 있다면 나밖에 없을 거란 말이지."

"왜 그런 말을 타세요?"

"당연히 그렇게 물을 줄 알았소! 운명인 것 같소. 팁은 사람을 죽인 일도 있었는데, 이 녀석을 산 지 얼마 안 됐을 때는 나까지 죽일 뻔했지. 그래서 그때는 정말로 내가 녀석을 죽도록 혼내 줬다오. 그래도 녀석의 예민한 성미는 여전해요. 어찌나 예민한지 이 말을 타면 간혹 생명이 위험해질 때도 있어요."

내리막길이 막 시작되고 있었다. 말은 제가 원해서였는지 아니면 마부의 의지였는지 모르지만(후자일 가능성이 더 높지만) 무모하리만치 세차게 달려 내려갔는데, 분명한 것은 자신에게 기대되는 무모한 질주를 너무나 잘 알고 있어서 뒤에서 내리는 지시를 받을 필요가 없었다는 것이다.

　아래로, 아래로, 마차가 질주해 내려갈 때 바퀴는 팽이처럼 윙윙 소리를 내고 차체는 오른쪽, 왼쪽으로 마구 요동치고, 차축은 진행 방향에서 약간 비스듬히 기울어지고, 말의 몸체는 그들 앞에서 파도처럼 솟았다 내려가곤 했다. 간혹 바퀴 하나가 땅 위 몇 미터 높이로 치솟는 느낌이 들었고, 돌멩이가 산울타리 너머로 튕겨 나가는가 하면 말굽에서 튀는 불꽃의 번쩍거림이 햇빛을 무색하게 했다. 곧게 뻗은 도로는 앞으로 나갈수록 점점 넓어졌고, 양쪽의 길 둑은 나뭇가지가 쪼개지듯 둘로 갈라져서 그들의 어깨 뒤로 쏜살같이 사라졌다. 바람이 테스의 흰 모슬린 드레스를 통과하여 살갗까지 파고들었고, 머리카락이 뒤로 나부꼈다. 그녀는 무서워하는 기색을 드러내지 않으려고 안간힘을 썼으나 결국 고삐를 잡은 더버빌의 팔을 붙잡고 말았다.

　"내 팔에 손대지 마시오! 그랬다간 우리 둘 다 공중으로 솟구치고 말 테니! 내 허리를 껴안아요!"

　그녀는 그의 허리를 붙잡았고, 그렇게 그들은 언덕 기슭까지 내려왔다.

　"휴, 무사하다니 천만다행이에요. 이렇게 어리석은 장난을 치시면 어떡해요!"

　얼굴이 벌겋게 달아오른 테스가 말했다.

　"테스…… 저런, 화가 나셨군."

　더버빌이 말했다.

　"그래요."

　"그런데 위험에서 벗어나자마자 고마운 줄도 모르고 바로 손을 뗄 필요는 없잖소."

　테스는 그때까지 자기가 무슨 행동을 하고 있었는지 의식하지 못했던 것이다. 여자인지 남자인지, 막대기인지 돌멩이인지 생각할 겨를도 없이 무의식중에 그를 붙잡았던 것이다. 그녀는 감정을 자제하며 아무 대답 없이 앉아 있었고, 그들은 다시 또 다른 내리막길의 꼭대기에 이르렀다.

"자, 다시 한 번!"

더버빌이 말했다.

"안 돼요, 안 돼. 제발 분별 있게 행동하세요."

테스가 말했다.

"하지만 이 고장에서 제일 높은 곳에 왔으니 내려갈 수밖에 없잖소."

그가 대꾸했다.

고삐를 늦추자 마차는 다시 아래로 달려 내려갔다. 마차가 요동칠 때 더버빌은 고개를 돌려 테스를 쳐다보며 놀리듯 말했다.

"자, 이제 아까처럼 다시 내 허리를 껴안아야지, 예쁜 아가씨."

"싫어요!"

테스는 단호하게 쏘아붙이고는 그를 잡지 않고 버틸 수 있을 때까지 버텼다.

"테스, 호랑가시나무 열매 같은 그 입술에 입을 맞추게 해 주시오. 아니면 그 발그레한 볼에라도. 그러면 말을 멈추겠소. 내 맹세코 그러지."

테스는 너무 놀라 자리에 앉은 채로 몸을 더욱 뒤로 뺐다. 그러자 그는 말을 다시 재촉했고 마차는 더욱 요동을 쳤다.

"다른 방법은 없나요?"

마침내 그녀는 절망적으로 소리치고는, 커다란 눈을 살쾡이처럼 부라리며 그를 노려보았다. 어머니가 테스를 그렇게 곱게 몸단장시킨 것이 결국 그녀에게 슬픔을 초래한 셈이 되고 말았다.

"없어요, 테스."

그가 대답했다.

"아, 나도 모르겠어요. 좋을 대로 하세요."

그녀는 너무 무서워 숨을 헐떡이며 비참하게 말했다.

고삐를 당겨 말의 속도를 늦추고 그는 원하던 입맞춤을 하려고 했다. 그러나 그 순간 테스는 마치 그제야 그게 정숙하지 않은 행동이라는 건 깨닫기라도 한 듯 빠르게 몸을 피했다. 그는 두 손으로 고삐를 잡고 있었기 때문에 이런 그녀의 동작을 막을 수 없었다.

"이런, 제기랄…… 우리 둘 목을 다 분질러 버릴까 보다!"

더버빌이 갑자기 버럭 화를 내며 욕을 해 댔다.

"그렇게 약속을 어기면 되겠어? 못된 계집 같으니라고."

"좋아요. 정 그렇다면 피하지 않고 가만히 있겠어요! 하지만 난……
당신이 날 친척으로 다정하게 대해 주고 보호해 줄 줄 알았다고요!"

테스가 말했다.

"친척 좋아하시네! 자, 그럼."

"하지만 난 아무나 나한테 키스하는 건 싫어요!"

그녀는 애원했다. 굵은 눈물방울이 볼을 타고 내려왔고 울지 않으려고 애쓰느라 입가에 경련이 일었다.

"이럴 줄 알았으면 오지 않았을 거예요!"

그러나 그는 흔들리지 않았다. 테스는 가만히 앉았고, 더버빌은 그녀에게 승리의 키스를 했다. 그가 키스를 하자마자 그녀는 수치심에 얼굴이 빨개지며 손수건을 꺼내 그의 입술이 닿았던 뺨을 닦아 냈다. 그녀는 무심결에 그런 행동을 했고, 그 모습을 본 그의 열정은 상처를 입었다.

"시골 처녀치고는 꽤나 까다롭군!"

젊은이가 말했다.

테스는 이 말에 아무 대꾸도 하지 않았다. 사실 그녀는 자신의 뺨을 무의식적으로 닦아 낸 행동이 그에게 모욕이 되었다는 사실에 신경을 쓰지 않았기 때문에 그 말의 의미를 이해하지 못했다. 그녀는 사실 물리적으로 가능한 한 키스를 하기 전의 상태로 되돌려 놓았던 것이다. 그가 화가 났다는 것을 어렴풋이 느끼며 그녀는 가만히 앞만 바라보았고 그러는 사이에 마차는 터덜터덜 굴러가 멜베리 다운과 윈그린 부근에 다가가고 있었다. 그런데 그때 또 내리막길이 나타나자 테스는 소스라치게 놀랐다.

"좀 전의 행동을 후회하게 될 거요! 내가 다시 키스하게 해 주고 손수건 따위를 꺼내지 않는다면 또 모를까."

그는 여전히 기분 상한 어조로 말하며, 다시 채찍을 휘둘렀다.

그녀는 한숨을 내쉬며 말했다.

"그렇게 하세요. 아…… 모자를 주워 와야겠어요!"

이런 말을 주고받는 사이에 그녀의 모자가 바람에 날려 땅바닥에 떨어졌던 것이다. 고지대에서 달리는 속도 또한 결코 느리지 않았기 때문이었다. 더버빌이 마차를 세우고 자기가 주워 오겠다고 말하는데, 테스가 얼른 마차에서 내렸다.

그녀는 오던 길을 되돌아가서 모자를 집었다.

"모자를 벗으니까 더 예쁘군. 그게 가능하다면. 자, 그럼 다시 올라타시오! 왜 그러고 있어요?"

그는 마차 뒤로 고개를 돌려 그녀를 물끄러미 바라보며 말했다.

테스는 모자를 다시 머리에 쓰고 끈을 묶었지만 끝까지 앞으로 오지는 않았다.

"싫어요. 다신 안 타요, 절대!"

그녀는 도전적인 승리의 눈빛을 하고 붉은 입술 사이로 이를 드러내며 말했다.

"뭐라고? 내 옆에 올라타지 않겠다는 거요?"

"그래요, 걸어갈 거예요."

"트랜트리지까지 8~9킬로미터는 더 가야 하는데."

"몇 십 킬로미터가 남았다 해도 마찬가지예요. 게다가 짐마차도 뒤에 오는데요."

"꾀가 보통이 아니군! 이봐, 사실대로 말해 봐. 그 모자 계획적으로 날려 보낸 기지? 틀림없이!"

테스가 일부러 아무 대답하지 않자 그의 의심은 더욱 굳어졌다. 그러자 더버빌은 생각나는 모든 욕지거리를 동원하여 그녀를 비난했다. 그러더니 갑자기 말머리를 돌려 그녀 쪽으로 말을 몰았다. 그리고 그녀를 마차와 산울타리 사이에 가둬 꼼짝 못하게 하려고 했다. 그러나 그녀가 다칠 것 같았기 때문에 도중에 그만두었다.

"그렇게 못된 욕을 하다니 창피한 줄 아세요! 난 아저씨가 싫어요. 정말 싫다고요! 어머니한테 돌아가겠어요, 정말이에요!"

테스는 산울타리 위로 기어 올라가 흥분해서 소리를 질러 댔다. 이런 그녀의 모습에 더버빌은 화가 누그러졌는지 한바탕 웃음을 터뜨리고는 말했다.

"이봐, 난 아가씨가 더 좋아지는걸. 자, 화해하자고. 이제 아가씨가 싫어하는 짓은 절대 하지 않겠소. 내 맹세하지."

그러나 테스는 다시 말에 오르지 않았다. 그래도 그가 마차를 그녀 옆으로 몰아서 나란히 가는 것은 말리지 않았다. 이런 식으로 그들은 천천히 트랜트리지 마을로 다가갔다. 이따금 더버빌은 자신의 못된 짓 때문에 그녀가 터벅터벅 걸어가는 것을 보며 매우 고통스러운 표정을 지었다. 그녀는 사실 그때쯤 안심하고 그를 믿어도 될 법했다. 하지만 그는 이미 그녀의 신뢰를 상실했던 것이다.

그녀는 집에 돌아가는 게 더 현명할지 아닐지 가늠해 보는 듯 생각에 잠겨 계속 걸어갔다. 그러나 일단 결정을 내린 상태에서 중대한 이유도 없이 포기하는 건 어린애처럼 변덕을 부리는 것 같았다. 어떻게 부모님 얼굴을 뵐 것이고, 또 짐은 어떻게 다시 가져갈 것이며, 이런 감정적인 이유로 집안을 되살릴 모든 계획을 어떻게 뒤엎을 수 있단 말인가?

몇 분 후 슬로프 저택의 굴뚝이 시야에 들어왔고, 그 오른쪽으로 아늑하게 후미진 곳에 테스의 목적지인 양계장과 오두막도 보였다.

9

테스가 관리인, 사료 조달자, 간호사, 의사, 친구 역할을 해 주어야 할 닭들은 한때는 정원이었다가 지금은 마구 짓밟혀지고 모래로 뒤덮인 네모난 대지 위에 서 있는 낡은 초가집을 본거지로 하고 있었다. 그 집은 온통 담쟁이로 뒤덮여 있었는데, 그 기생식물의 가지가 뒤엉켜 불룩해 보이는 굴뚝은 퇴락한 탑의 모양새를 하고 있었다. 아래층의 방들은 마치 자기들이 주인인 양 활보하고 다니는 닭들에게 완전히 점령당한 상태였다. 그 집이 교회 묘지의 동쪽과 서쪽에 잠들어 있는 미천한 등본 보유권자들이 지은 게 아니라 저희들이 짓기라도 한 것처럼 말이다. 과거에 이 집을 소유했던 주인의 후손들은 이런 모습을 보며 자신들의 집안을 업신여긴다고까지 생각했다. 더버빌가가 거기에 와서 저택을 짓기 전까지만 해도 그들의 조상들이 몇 세대에 걸쳐 소유해 오고 돈도 수없이 들여 가며 사랑으로 가꿔 왔던 그 집이 법적으로 더버빌 부인의 손에 소유권이 넘어가자마자 그전의 일은 아무 상관도 없다는 듯이 양계장으로 바뀌고 말았기 때문이다. "할아버지 때만 해도 사람이 살 수 있을 만큼 좋은 곳이었는데" 하고 그들은 말했다.

수십 명의 아기들이 울어 대며 자라났던 방들에서는 알을 깨고 나오는 병아리들이 부리로 알 껍질을 쪼는 소리가 가득했다. 옛날에 차분한 농부들이 몸을 부리고 앉아 편안히 쉬던 의자가 놓여 있던 곳은 닭장 속에서 산만하게 움직이는 암탉들이 차지하고 있었다. 한때 이글거리며 타오르던 벽난로와 그 주변은 엎어 놓은 벌통으로 가득했고, 벌통 안에는 암탉이 낳은 알들이 놓여 있었다. 한편 건물 바깥에는 그 집에 실린 주인들이 대대로 삽질을 해서 정성 들여 갈이 놓은 텃밭이 있었으나 수탉들이 난리를 치는 바람에 엉망이 되어 있었다.

이 오두막이 서 있는 정원은 담장으로 둘러싸여 있었고 문을 통해서만 안으로 들어갈 수 있게 되어 있었다.

이튿날 아침 테스가 전문 양계업자의 딸답게 능숙하게 여러 가지 설비를 바꾸고 정리하는 일을 한 시간쯤 했을 때, 담장에 난 문이 열리더니 흰 모자와 앞치마를 두른 하녀 한 명이 들어왔다. 본채에서 온 하녀였다.

"늘 그래 왔던 것처럼 더버빌 마님이 오늘도 닭을 가져오라고 하십니다." 그녀가 말했다. 하지만 테스는 무슨 말인지 잘 알아듣지 못했고, 그러자 하녀는 설명을 덧붙였다.

"마님은 연로하신 데다 앞을 못 보시거든요."

"앞을 못 보신다고요!"

테스가 말했다.

이 새로운 소식을 듣고 떠오른 불길한 예감이 형태를 잡기도 전에 테스는 그 하녀의 지시에 따라 함부르크종 가운데 가장 아름다운 닭 두 마리를 팔에 안고는 그녀처럼 닭 두 마리를 안은 하녀를 따라 바로 옆 저택으로 들어갔다. 건물은 화려하고 웅장했지만 그곳에 사는 사람들 중에 말 못하는 날짐승을 좋아하는 사람이 있다는 흔적—현관이 보이는 곳에 이르자 깃털들이 떠다니고 풀밭에는 닭장이 있는 등—이 여기저기에서 보였다.

일층 거실에는 예순을 넘기지 않은 이 저택의 주인마님이 백발에 커다란 실내용 모자를 쓰고 햇볕을 등진 채 안락의자에 편안히 앉아 있었다. 오랫동안 앞을 보지 못했거나 태어나면서부터 장님인 사람들에게 나타나는 체념한 듯 활기 없는 표정이 아니라, 시간이 지나면서 차츰 시력이 나빠져 시력을 되찾으려고 애를 쓰다가 어쩔 수 없이 포기해 버린 사람들에게서 흔히 볼 수 있는 불안한 표정을 하고 있었다. 테스는 한 팔에 닭 한 마리씩을 안은 채 부인 앞으로 걸어갔다.

처음 듣는 발소리라는 것을 알아차린 더버빌 부인이 말했다.

"아, 우리 집 닭을 돌보러 온 아가씨인가? 닭을 잘 돌봐 주도록 해요. 관리인이 그러는데 아주 적임자라고 하더구나. 그래, 닭은 어디 있나? 아, 얘는 스트럿이구나! 그런데 오늘은 영 힘이 없네, 그렇지? 낯선 사람이 만지니까 좀 놀랐나 보다. 그리고 얘는 페나로구나. 페나도 조금 놀랐는걸. 그렇지, 아가야? 하지만 곧 익숙해질 게다."

그 노부인이 말하는 동안 테스와 하녀는 마님의 손짓에 따라 닭을 한 마리씩 그녀의 무릎 위에 올려놓았다. 그러면 마님은 닭을 머리에서 꼬리까지 더듬어 가며 부리, 볏, 갈기, 날개, 발톱 등을 점검했다. 그녀는 촉감만으로도 어떤 닭인지 금방 알았고, 깃털 하나가 부러지거나 땅에 끌려 더러워진 것도 이내 알아차렸다. 또 모이주머니를 만져 보고는 닭이 무엇을 먹었는지, 적게 먹었는지 많이 먹었는지도 알아냈다. 부인의 얼굴 표정에는 마음속에서 내려지고 있는 평가가 생생하게 드러났는데, 마치 실감나는 무언극을 보는 듯했다.

두 처녀가 들고 온 닭은 차례로 닭장으로 되돌아갔는데, 이 과정은 마님이 귀여워하는 닭들—함부르크, 밴텀, 코친, 브라마, 도킹 등 당시 유행하던 갖가지 품종—이 모두 노부인에게 문안을 드릴 때까지 반복되었다. 노부인이 이 문안객들을 무릎에 받을 때마다 어떤 닭인지 분간하는 데 실수하는 일은 좀처럼 없었다.

테스는 이 광경을 보며 견진 성사를 떠올렸다. 더버빌 부인은 주교이고, 닭은 견진 성사를 받는 젊은이들이고, 테스와 하녀는 그들을 데리고 온 본당 신부와 보좌 신부 같았다. 이 의식이 끝나자 더버빌 부인은 얼굴을 잔뜩 찡그려 파도 같은 주름살을 지으며 테스에게 물었다.

"휘파람을 불 줄 아니?"

"휘파람이요, 미님?"

"그래, 휘파람으로 노래를 부를 줄 아느냐고."

테스는 여느 시골 처녀들처럼 휘파람을 불 수 있었지만 점잖은 자리에서 내보이고 싶은 재주는 아니었다. 그러나 그녀는 휘파람을 불 줄 안다고 사실대로 덤덤하게 대답했다.

"그럼 매일 연습하도록 해라. 휘파람을 아주 잘 불던 소년이 있었는데 떠나 버렸어. 네가 내 피리새한테 휘파람을 불어 주었으면 좋겠구나. 난 그 새들을 볼 수가 없기 때문에 새소리를 듣는 걸 좋아하거든. 그래서 휘파람으로 노래를 가르친단다. 새장 있는 곳을 가르쳐 줘라, 엘리자베스. 당장 내일부터 시작해야 할 거야. 안 그러면 새들이 그전처럼 제멋대로 지저귈 테니까. 벌써 여러 날 동안 그냥 내버려 뒀거든."

"더버빌 도련님이 오늘 아침에 휘파람을 불어 주셨어요, 마님."

엘리자베스가 말했다.

"그 애가?"

노부인의 얼굴에 혐오의 주름살이 깊게 패였고, 더는 대꾸를 하지 않았다.

이렇게 해서 테스가 친척이라고 상상해 왔던 마님을 만나는 일이 끝났다. 테스는 더버빌 부인의 태도에 그다지 크게 놀라지 않았다. 저택의 규모를 본 뒤부터 별다른 기대를 하지 않았기 때문이다. 그러나 테스는 노부인이 자기와 이른바 친척이라는 사실에 관해 한마디도 들은 적이 없다는 사실을 전혀 알아채지 못했다. 그리고 노부인과 아들 사이에 정이 두텁지 않은가 보다고 짐작했다. 하지만 그것 역시 그녀의 판단 착오였다. 더버빌 부인 역시 자식을 너무 사랑한 나머지 원망도 하고 너무 좋아해서 속을 끓이는 여느 어머니와 다르지 않았기 때문이다.

비록 그 전날에는 그곳에서의 생활을 불쾌하게 시작했지만, 일단 그곳에 자리를 잡고 나자 다음 날 아침 해가 솟아오를 때 테스는 자신의 새로운 처지가 새롭고 자유롭다는 데 만족했다. 그래서 그녀는 자기가 계속 그 일자리를 지킬 수 있을지 확인해 보고 싶은 마음이 들었고, 마님의 예상치 못한 지시를 수행할 수 있는 능력이 자기에게 있는지 시험해 보고 싶은 호기심이 일었다. 담장으로 둘러싸인 정원에 혼자 있게 되자 곧 그녀는 닭장 위에 올라앉아 오랫동안 연습한 적이 없던 휘파람을 불기 위해 진지하게 입을 오므렸다. 예전의 휘파람 솜씨는 입술 사이로 빠져나가는 공허한 바람 소리만 날 정도로 전락해 버려 도무지 맑은 음이 나오지 않았다.

그녀는 저절로 알게 되었던 휘파람 부는 기술을 어떻게 이렇게 까맣게 잊어버릴 수 있는지 의아해하며, 불고 또 불었지만 여전히 아무런 소용이 없었다. 그때 오두막뿐 아니라 정원 담벼락까지도 외투처럼 감싸고 있던 담쟁이덩굴에서 뭔가 움직이고 있다는 것을 알아차렸다. 그래서 그쪽을 쳐다보니 사람의 형체를 한 것이 갓돌 위에서 바닥으로 뛰어내리고 있었다. 알렉 더버빌이었다. 그 전날 그녀의 숙소인 정원사의 오두막집 문 앞까지 데려다 준 뒤로 눈에 띄지 않던 그가 나타난 것이었다.

"내 맹세코, 자연에서도 예술 작품에서도 사촌 누이 테스처럼 아름다운 사람은 본 적이 없소(사촌이란 말은 약간 조롱하는 듯한 어조였다). 담 너머로 쭉 지켜보았는데 기념탑 위에 참을성 없게 앉아서(셰익스피어의《십이야》2막 4장에 나오는 '기념탑 위에 참을성 있게 앉아 있는'이라는 표현에 빗대어 한 말_옮긴이) 휘파람을 불겠다고 그 예쁘고도 붉은 입술을 내밀어 '후, 후' 해 보고는 소리를 못 내자 혼자서 욕을 하더군. 그래,

잘 안 되니까 신경질이 났겠지."

"짜증은 냈을지 모르지만 욕은 하지 않았어요."

"아하! 왜 휘파람을 불려고 하는지 이제 알겠어. 피리새들 때문이로 군! 어머니가 그 녀석들의 음악 교육을 맡기셨을 테지. 어머니도 참 이 기적이셔! 여기서 이 고약한 닭들을 돌보는 것만으로는 한 사람 일거리로 충분하지 않다고 여기시는지, 원. 나 같으면 딱 잘라서 거절하겠구먼."

"그래도 마님이 특별히 당부하시면서 내일 아침까지 준비해 두라고 하셨어요."

"그래? 그럼 내가 한 수 가르쳐 주지."

"아, 아니에요. 그러지 않아도 돼요!"

테스는 문 쪽으로 물러서며 말했다.

"그러지 말아요, 손도 안 댈 테니까. 자, 난 철망 이쪽에 서 있을 테니, 동생은 그쪽에 있으라고. 그러면 안심이 되겠지. 자, 여길 봐요. 동생은 입술에 너무 힘을 주기 때문에 안 되는 거야. 자, 보라고. 이렇게 해야 하는 거지."

그는 입술을 오므리고 '가져가요, 그 입술을 가져가요'라는 노래 한 소절을 휘파람으로 불었다. 하지만 테스는 그 숨은 뜻을 전혀 눈치채지 못했다.

"자, 한번 해 봐요."

더버빌이 말했다.

그녀는 감정을 드러내지 않으려고 애쓰며 조각처럼 무표정한 얼굴을 했다. 그러나 그는 물러서지 않고 해 볼 것을 집요하게 요구했다. 결국 테스는 그가 시키는 대로 해서 얼른 그를 쫓아내는 게 상책이다 싶어 맑은 소리를 내기 위해 입술을 내밀었다. 그러나 어색한 나머지 웃음이 나왔고 자기가 웃었다는 사실에 화가 나서 얼굴이 빨개졌다.

그는 그녀에게 다시 해 보라고 격려했다.

"다시 해 봐요!"

테스는 이번에는 꽤 진지했다. 아니, 통렬할 정도로 진지했다. 그리고 다시 시도했는데 마침내, 그리고 뜻밖에도 진짜 휘파람 소리가 낭랑하게 흘러나왔다. 테스는 순간적인 성공의 기쁨에 눈이 커지며 자기도 모르게 빙긋 웃음이 나왔다.

"바로 그거야! 이제 내가 시작은 하게 해 주었으니 계속 연습해서 잘 불어 보도록 해. 가까이 가지 않겠다고 내가 말했지. 그래서 인간이 이제껏 느껴 보지 못했을 만큼의 크나큰 유혹에도 불구하고 난 약속을 지키겠어. 테스, 우리 어머니 좀 별난 노인 같지 않아?"

"아직은 마님을 잘 모르겠어요."

"그렇다는 걸 알게 될 거야. 피리새한테 휘파람을 불어 주라는 것만 봐도 알 수 있지. 지금 난 어머니 눈 밖에 났지만, 테스는 가축만 잘 돌보면 어머니 마음에 들 거야. 그럼 잘 있어. 여기에서 어려운 일이 있거나 도움이 필요하거든 관리인한테 가지 말고 나한테 오도록 해."

테스 더비필드가 일자리를 얻어 들어간 곳의 환경은 이러했고, 그녀의 첫날 경험은 그 후에 이어질 날들을 그대로 보여 준 셈이었다. 더버빌은 둘만 있을 때면 장난스럽게 이야기를 걸거나 테스를 사촌 누이라고 농담 삼아 부르며 테스의 마음속에 조심스레 친밀감을 불어넣으려 했는데, 그 결과 테스의 마음속에는 알렉 더버빌이라는 존재에 대한 친밀감이 애초에 그에 대해 갖고 있던 반감을 많이 없애 주었다. 비록 새로운 형태의 좀 더 부드러운 수줍음을 낳을 수 있는 감정은 심어 주지 못했지만 테스는 그에게 단순히 함께 지내는 사람 이상으로 고분고분해졌다. 테스는 이곳에서 지내며 알렉의 어머니에게 의지하려고 했는데 그 부인의 상태가 그렇게 무력하다 보니 결국은 그에게 의지할 수밖에 없었기 때문이다.

테스는 음악을 좋아하는 어머니 덕택에 마님의 가수들에게 적합한 수많은 곡조를 이미 알고 있었다. 그래서 휘파람 부는 기술을 다시 익히고 나자 더버빌 부인의 방에서 피리새에게 휘파람을 불어 주는 일은 그다지 부담스럽게 느껴지지 않았다. 이렇게 매일 아침 새장 옆에서 휘파람을 불 때가 양계장에서 연습할 때보다 훨씬 더 만족스러웠다. 그 청년이 곁에 없으니까 아무 거리낌 없이 입을 내밀고 입술을 새장 가까이 갖다 대고는 진지한 청중들에게 편안하고 우아하게 휘파람을 불어 줄 수 있기 때문이었다.

더버빌 부인은 기둥 네 개에 두툼한 비단 커튼이 드리워진 커다란 침대에서 잠을 잤는데, 피리새들도 같은 방에 기거했다. 일정한 시간에는 피리새들이 그 방에서 자유롭게 날아다니도록 해 주었기 때문에 새들은 가구며 실내 장식에 조그맣고 흰 얼룩을 만들곤 했다. 언젠가 테스는 새장이 놓여 있는 창가에서 여느 때처럼 음악 수업을 하는데 침대 뒤에서 옷자락 스치는 소리가 나는 것 같았다. 노부인은 방 안에 없었는데도 말이다. 고개를 돌려 보니 커튼 자락 밑으로 부츠의 앞부리가 보이는 것 같은 느낌이 들었다. 그러자 곧 테스의 휘파람 소리가 마구 떨렸다. 만약 그때 듣는 사람이 있었다면 자신이 그녀에게 발각되었다는 것을 알았을 것이다. 그 일이 있고부터 그녀는 매일 아침 커튼을 들춰 보았지만 거기에는 아무도 없었다. 알렉 더버빌이 숨어서 그녀를 놀라게 하는 그런 장난은 그만두는 게 낫다고 생각을 고쳐 먹은 게 틀림없었다.

10

어느 마을에나 고유한 특징, 기질, 그곳만의 도덕적인 법도가 있게 마련이다. 트랜트리지 일대에서는 일부 젊은 여자들의 경박함이 두드러졌는데, 어쩌면 이런 경박함은 인근의 슬로프 저택을 지배하는 사람들의 특성인지도 몰랐다. 이 고장에 더 만연한 고질병은 주민들이 술을 너무 많이 마신다는 점이었다. 이 마을 농장에서는 주로 저축이 쓸모없다는 얘기들이 오갔고, 작업복 차림의 농부들은 쟁기나 괭이에 기대어 결국 일평생 품삯을 아껴 저축해 봐야 노년에 받게 되는 액수는 교구의 구호 기금보다 못하다는 것을 증명하기 위해 상당히 세밀한 계산을 시작하곤 했다.

이런 식으로 나름의 철학을 만들어 내기 좋아하는 이 마을 사람들은 일을 마친 토요일 밤이면 매주 3~5킬로미터 떨어진 퇴락한 장터 마을인 체이스버러에 갔다가 다음 날 새벽 한두 시경에 돌아오는 것을 주된 낙으로 삼고 있었다. 그리고 그들은 옛날에는 직접 술을 담가서 팔던 술집들을 독점한 자가 맥주라고 파는 이상한 합성주를 마시고는 속이 안 좋아서 일요일 내내 잠을 잤다.

오랫동안 테스는 이 주말 나들이에 끼지 않았다. 그러나 그녀보다 나이가 별로 많지 않은 부인네들─이 고장에서는 스물한 살만 되어도 마흔 살 일꾼만큼 품삯을 받았기 때문에 결혼을 일찍 했다─의 성화에 못 이겨 결국 따라나서기로 했다. 그녀의 첫 나들이는 기대 이상으로 재미있었고, 일주일 내내 단조로운 양계장 일에만 매달린 뒤여서 그런지 다른 사람들의 떠들썩한 즐거움에 금세 전염되었다. 그래서 테스는 매주 그 나들이에 참여하게 되었다. 그녀는 생김새가 단아하고 눈길을 끌 만큼 예쁜 데다, 이제 막 성숙한 처녀티가 나는 나이여서 체이스버러 거리에서 어슬렁거리는 남자들은 그녀를 흘끔거리며 쳐다보곤 했다. 그래서 읍내에 갈 때에는 가끔 혼자서 가기도 했지만, 해질 녘에 집에 돌아올 때에는 안전을 위해서 항상 길동무와 함께 왔다.

그렇게 한두 달이 지났을 즈음 9월의 어느 토요일은 축제일과 장날이 우연히 겹치는 날이어서 트랜트리지의 순례자들은 이를 핑계 삼아 주막에서 두 배로 즐거운 시간을 보내려고 단단히 별렀다. 그날 테스는 일 때문에 출발이 늦었고 친구들은 그녀보다 훨씬 일찍 읍내에 도차해 있었다. 때는 9월의 맑은 저녁 날이었고, 마침 해질 무렵이어서 황금빛 석양과 푸른 어둠이 머리카락 한 올 차이로 앞서거니 뒤서거니 하고 있었다. 하늘에는 무수한 날벌레들 외에 형태를 가진 사물이 아무것도 없는데도 그것만으로 멋진 풍경을 이루고 있었다. 어슴푸레해지는 황혼 속을 테스는 느긋하게 걸어갔다.

그녀는 그곳에 도착해서야 장날과 축제일이 겹쳤다는 사실을 알게 되었는데, 땅거미가 거의 다 져서 주위는 어둑어둑했다. 곧 장보기를 마친 그녀는 여느 때처럼 트랜트리지 마을 사람들을 찾아보았다.

처음에는 그들을 찾을 수 없었으나, 그들 대부분이 그들과 거래하는 어느 건초상 겸 토탄상의 집에서 열리는 그들만의 조촐한 무도회에 갔다는 사실을 알게 되었다. 그 상인은 그 소읍의 외진 구석에 살고 있었기 때문에 그녀는 그쪽으로 길을 찾아 나섰는데 가던 길에 길모퉁이에서 있는 더버빌을 우연히 만났다.

"아니, 이게 누군가, 우리 예쁜 아가씨 아냐? 이렇게 늦게 여긴 어쩐 일이신가?"

그가 말했다.

그녀는 그저 집에 같이 갈 일행을 찾고 있다고 대답했다.

"그럼 또 봐요."

그는 뒷골목으로 내려가는 그녀의 어깨 뒤에서 말했다.

건초상의 집 근처로 다가가자 뒤쪽 어느 건물에선가 바이올린으로 '릴' 춤곡을 켜는 소리가 들려왔지만, 춤추는 소리는 들리지 않았다. 이례적인 일이었다. 대개는 음악 소리가 발 구르는 소리에 묻혀 버리곤 했기 때문이다. 대문이 열려 있어서 그녀는 집 안쪽의 뜰까지 밤의 어둠이 허용하는 만큼 볼 수 있었다. 문을 두드려 보았지만 아무도 나오지 않자 그녀는 문턱을 지나 길을 따라 소리가 나는 바깥채까지 갔다. 그곳은 창고로 쓰이는 창문 없는 건물이었는데, 열린 문에서 안개 같은 노란 불빛이 어둠 속으로 흘러나왔다. 테스는 처음에는 연기가 등불을 받아서 그렇게 보이는 것이라고 생각했다. 하지만 더 가까이 가 보니 그것은 바깥채 안에 켜 놓은 촛불 불빛에 비친 자욱한 먼지였다. 그 은은한 불빛이 안뜰에 넓게 퍼진 어둠 속으로 출입구의 윤곽을 보여 주고 있었다.

그녀가 바싹 다가가서 안을 들여다보자 흐릿한 형체들이 춤곡에 맞추어 펄쩍펄쩍 뛰며 춤을 추고 있는 광경이 눈에 들어왔다. 그들의 발소리가 나지 않는 것은 '스크로프', 다시 말해 그곳에 저장해 놓은 토탄과 다른 물건들에서 떨어진 부스러기가 쌓여 마치 덧신을 신은 것 같은 효과를 내기 때문이었다. 사람들의 격렬한 발동작에 의해 일어난 먼지가 시야를 뿌옇게 흐려 놓았다. 퀴퀴한 냄새가 나는 토탄과 건초의 부스러기는 이렇게 부유하면서 춤추는 이들의 땀과 열기에 섞여, 식물과 인간이 함께 생성해 낸 일종의 꽃가루가 되었다. 그리고 가냘픈 바이올린 소리는 춤추는 이들의 기운찬 움직임과는 현격한 대조를 이루며 힘없이 가락을 이어 갔다. 그들은 춤을 추며 기침을 했고, 기침을 하며 웃어 댔다. 그곳에서 짝을 지어 빠르게 춤을 추는 사람들은 불빛이 가장 밝은 곳에서도 식별하기가 어려웠다. 그래서 그들은 요정을 껴안는 사티로스(반인반수로 주색을 좋아하는 숲의 신_옮긴이)로, 수많은 시링크스(판에게 쫓기다 갈대로 변한 아카디아 강의 요정_옮긴이) 주위를 빙글빙글 돌며 춤추는 수많은 판(그리스 신화의 숲, 들, 목양의 신_옮긴이)으로, 프리아포스(디오니소스와 아프로디테 사이에 태어난 남성 생식력의 신_옮긴이)에게서 도망치려고 하지만 번번이 실패하는 로티스(그리스 신화에 나오는 요정_옮긴이)로 보였다.

간간이 쌍을 이룬 사람들이 바깥공기를 쐬러 문간에 나오곤 했는데, 그럴 때면 자욱한 먼지는 더 이상 그들의 얼굴을 가리지 못했기 때문에, 그때껏 반신반인으로 보이던 사람들은 이웃에 사는 소박한 얼굴들이라는 것이 확실해졌다. 불과 두세 시간 만에 트랜트리지가 이렇게 미친 듯이 바뀔 수 있단 말인가!

벽에 기대 놓은 의자와 건초 더미 위에 앉아 있던 몇몇 숲의 요정들 중 하나가 테스를 알아보고 말했다.

"아가씨들은 '플라워 드 루스' 술집에서 춤추는 걸 좋아하지 않아요. 자기 애인이 누구인지 뭇사람들에게 보여 주기가 싫은 거죠. 게다가 그 집은 흥이 날 만하면 문을 닫곤 하거든요. 그래서 우리는 술을 사 가지고 여기로 와서 논답니다."

"그런데 언제쯤 집에 가실까요?"

테스가 약간 걱정스런 얼굴로 물었다.

"이제 갈 때가 됐어요. 곧 끝날 거예요. 얼추 마지막 곡을 연주할 때가 다 됐는데."

그녀는 기다렸다. 춤이 끝나자 일행 중 몇몇은 출발할 생각이었으나, 반대하는 사람들이 있어 춤곡은 다시 시작되었다. 이번이 분명 마지막이겠지, 하고 테스는 생각했다. 그러나 또 다른 곡이 이어졌다. 그녀는 초조하고 불안해졌다. 하지만 이미 너무 오래 기다린 터라 더 기다릴 수밖에 없었고, 축제가 있던 날이라 거리 곳곳에 엉큼한 생각을 품은 건달들이 있을 것 같았다. 테스는 예측할 수 있는 위험은 두렵지 않았지만 모르는 것에 대해서는 겁이 났다. 그녀가 말롯 근처에 있었다면 덜 무서웠을 것이다.

"걱정 말아요, 착한 아가씨."

얼굴이 땀에 젖은 한 청년이 기침을 하다가 테스에게 말했다. 그의 밀짚모자는 뒤로 젖혀져서 모자의 테가 마치 성자의 후광처럼 그의 얼굴을 뒤에서 둥글게 감싸고 있었다.

"뭐가 급해서 그래요? 고맙게도 내일은 일요일이니 늦잠을 잘 수 있지 않소. 자, 나랑 한판 춥시다."

그녀는 춤추기를 싫어하지는 않았지만 이런 곳에서는 영 춤을 추고 싶지가 않았다. 율동은 더욱 격렬해졌고, 구름 기둥처럼 자욱한 먼지 저쪽의 연주자들은 간혹 엉뚱한 현을 켜거나 활등으로 현을 켜서 곡조에 변화를 주었다. 그러나 그런 건 중요하지 않았다. 사람들은 헉헉거리며 계속 돌고 돌았다.

그들은 춤 상대가 마음에 들면 짝을 바꾸지 않았다. 그러니까 짝을 바꾼다는 것은 어느 한쪽에서 아직 만족하지 못하고 있다는 것을 뜻했는데, 이때쯤이면 모두가 어울리는 짝을 만났다. 꿈결 같은 황홀경이 시작되는 시간인 것이다. 우주에서 열정이 가장 중요한 것이 되고 주변에 있던 물체는 춤추는 사람들이 뱅뱅 돌고 싶은 곳으로 도는 것을 방해할지도 모르는 우발적인 장애물에 지나지 않았다.

갑자기 바닥에서 쿵 하는 둔중한 소리가 났다. 춤을 추던 한 쌍이 넘어져서 한데 엉켜 버렸다. 그 옆에서 오던 한 쌍 역시 멈추지 못하고 앞에 넘어진 사람들 위로 넘어졌다. 방 안에 골고루 퍼져 있던 먼지 속에서 먼지구름이 넘어진 사람들 주위로 뭉게뭉게 일어났고, 그 너머로 팔다리가 마구 뒤엉킨 모습이 보였다.

"당신, 집에 가면 혼날 줄 알아요!"

사람들이 뒤엉킨 속에서 여자 목소리가 튀어나왔다. 사고를 일으킨 남자의 운 나쁜 파트너의 목소리였는데, 그녀는 최근에 결혼한 새댁이었다. 서로에 대한 애정이 남아 있는 한 결혼한 부부가 그렇게 어울려 춤을 추는 건 트랜트리지에서는 전혀 이상한 일이 아니었다. 사실 늙은 부부가 끼는 것도 관례에 어긋나지 않았다. 이는 따스한 교감이 오갈 수 있는 많은 독신자들을 어색하지 않게 하기 위한 배려였다.

테스의 등 뒤, 안뜰의 어둠 속에서 커다란 웃음소리가 들려와 방 안의 킥킥대는 소리에 섞였다. 고개를 돌리자 여송연이 타들어 가는 빨간 불빛이 보였다. 안뜰에 알렉 더버빌이 혼자 서 있었다. 그는 테스에게 오라고 손짓했고, 그녀는 마지못해 그쪽으로 걸음을 옮겼다.

"아니, 예쁜 아가씨, 여기서 뭐하고 있소?"

테스는 온종일 일을 한 뒤에 그곳까지 걸어왔기 때문에 어찌나 피곤했던지 그에게 걱정거리를 털어놓았다. 밤길이 낯설어서 집에 같이 갈 사람들을 기다리고 있는데, 좀 전에 그를 만났을 때부터 계속 기다리는 중이라고 말했다.

"그런데 이 양반들이 떠날 생각을 안 하네요. 정말 더는 못 기다릴 것 같은데."

"물론 더 기다릴 거 없지. 지금 나한테는 말안장에 올라타야 하는 말밖에 없지만, '플라워 드 루스'로 가서 마차를 한 대 빌려다가 집까지 데려다 주겠소."

테스는 존중받는 느낌에 기분이 좋아졌으나 처음부터 가지고 있던 그에 대한 불신을 아직 떨쳐 내지 못했던 터라 늦더라도 일꾼들하고 함께 걸어가는 게 나을 듯싶었다. 그래서 대단히 고맙지만 폐를 끼치고 싶지 않다고 대답했다.

"제가 기다린다고 했기 때문에 이 사람들도 그런 줄 알고 있을 거예요."

"알았소, 고집쟁이 아가씨. 좋을 대로 하시오. 그럼 나도 서두를 것 없지. 맙소사, 저긴 난리가 났군!"

그는 불빛이 비치는 곳까지 나가지 않았으나, 몇몇 사람들은 그를 알아보았고 그의 출현에 멈칫하더니 벌써 시간이 이렇게 흘렀나 하고 생각하는 듯했다. 그가 다시 여송연에 불을 붙이고 떠나자, 트랜트리지 사람들은 곧 마음을 가라앉히고 다른 농장에서 온 사람들 속에서 빠져나와 함께 출발할 준비를 시작했다. 주섬주섬 바구니와 짐 보따리를 집어 들었고 삼십 분쯤 뒤에 11시 15분을 알리는 교회의 종소리가 들릴 때 그들은 언덕 위로 이어지는 오솔길을 따라 삼삼오오 짝을 지어 걸어가고 있었다.

집까지는 걸어서 5킬로미터를 가야 했다. 하얗게 메마른 길이 그날 밤 달빛을 받아 더욱 하얗게 보였다.

테스는 일행 속에 섞여 한동안은 이 사람과 한동안은 저 사람과 걷다 보니, 맘껏 술을 마셔 곤드레 취한 남자들이 갈지자걸음으로 비틀거리는 게 눈에 띄었다. 여자들 중에도 털털한 몇몇은 걸음걸이가 흐트러지고 있었다. 그들을 하나하나 꼽아 보면, 최근까지 더버빌의 총애를 받던 스페이드의 여왕이란 별명의 까무잡잡한 여장부 카 다치, 그녀의 동생이자 다이아몬드의 여왕이란 별명의 낸시, 그리고 좀 전에 넘어졌던 새댁이 있었다. 좀처럼 매력을 느끼지 못하는 인색한 눈에는 그들의 모습이 세속적이고 보잘것없어 보일지 모르지만, 그들은 스스로를 그렇게 생각하지 않았다. 그들은 자기 자신과 주위에 펼쳐진 자연이 하나의 유기적인 조직을 이루어 모든 부분들이 조화롭고 유쾌하게 서로 스며들고 있다는 독창적이고 심오한 생각을 하면서, 자기의 몸을 떠받쳐 주는 어떤 물질 속을 둥실둥실 떠다니는 기분으로 길을 걷고 있었던 것이다. 그들은 머리 위에 뜬 달과 별처럼 장엄했고, 달과 별은 그들처럼 정열적이었다.

그러나 테스는 고향 집에 있을 때 이와 유사한 괴로운 경험을 했던 터라 그들의 비틀거리는 모습을 보자 달빛 속의 여로에서 느끼기 시작한 즐거움이 사라져 버렸다. 하지만 앞서 말한 이유 때문에 그들과 함께 갈 수밖에 없었다.

그들은 널찍한 큰길에서는 흩어져 걸었으나, 풀밭으로 들어가는 출입구에 이르러 맨 앞 사람이 문을 열려고 애를 쓰자 모두들 가까이 다가갔다. 맨 앞에서 걷는 사람은 스페이드의 여왕 카였는데, 그녀의 버들가지 바구니에는 어머니가 사 오라고 부탁한 식료품과 자기 옷을 해 입을 옷감, 그리고 일주일 동안 쓸 갖가지 물건들이 들어 있었다. 바구니가 워낙 크고 무거워서 키는 손쉽게 나르기 위해 바구니를 머리에 이고 있었는데, 그녀가 양손을 허리에 얹고 걸을 때면 바구니는 그녀의 머리 위에서 위태롭게 균형을 잡곤 했다.

"아니, 네 등짝에 꾸물거리는 게 뭐야, 카 디치?"

일행 중의 한 사람이 불쑥 말했다.

모두가 카를 쳐다보았다. 그녀의 드레스는 날염한 얇은 면 섬유였는데, 뒷덜미에서부터 허리 아래까지 밧줄 같은 것이 마치 중국인 변발처럼 길게 내려와 있었다.

"머리가 내려온 거야."

다른 이가 말했다.

하지만 그건 머리카락이 아니었다. 바구니에서 새어 나온 검은 액체였는데, 서늘하고 잔잔한 달빛 아래에서 마치 끈적끈적한 뱀처럼 번들거렸다.

"당밀인데."

지켜보던 어떤 부인이 말했다.

당밀이 맞았다. 카의 가엾은 할머니는 단것을 무척이나 좋아하셨는데, 꿀은 직접 기르고 있는 벌통에서 충분히 구할 수 있었으나 당밀은 그렇지 못해서 할머니가 늘 원하는 것이었다. 그래서 카는 할머니를 놀라게 해 드리려고 당밀을 선물할 참이었다. 가무잡잡한 그 처녀는 황급히 바구니를 내려놓고 안을 들여다보고서야 당밀을 담은 병이 깨진 것을 알았다.

괴상한 꼴을 하고 있는 카의 등짝을 보고 모두 한바탕 폭소를 터뜨렸다. 이에 화가 치민 카는 비웃음 속에서 머리에 가장 먼저 떠오른 방법으로 이들의 도움 따위는 받지 않고 혼자서 그 꼴사나운 얼룩을 지우기로 했다. 그녀는 씩씩대며 풀밭으로 뛰어 들어가 풀 위에 등을 대고 벌렁 드러눕고는, 있는 힘껏 팔꿈치로 몸을 질질 끌고 돌리면서 옷에 묻은 얼룩을 풀에 비벼 댔다.

웃음소리는 더 크게 울렸다. 사람들은 그 우스꽝스러운 광경에 포복절도를 하느라 힘이 빠져서 문이며 말뚝이며 빗장에 몸을 기대섰다. 이렇게 시끌벅적 웃음보가 터지자 그때까지 조용히 있던 테스도 함께 웃지 않을 수 없었다.

여러 가지 면에서 그것은 불행이었다. 가무잡잡한 여왕은 사람들의 웃음소리에 섞여 들리는 테스의 맑고 낭랑한 목소리를 듣자마자 오랫동안 마음속에 쌓여 온 질투심이 격렬하게 타올랐다. 그녀는 벌떡 일어서서 증오의 대상에게로 다가갔다.

"이년아, 어딜 감히 날 비웃어!"

그녀가 소리를 질렀다.

"다들 웃으니까 참을 수가 없었어."

테스는 사과를 하면서도 여전히 킥킥거렸다.

"아, 넌 네가 최고로 잘난 줄 알지. 안 그래? 그이가 지금은 널 제일 좋아하니까 말이야! 잠깐만 기다려 보셔, 아가씨, 잠깐만 기다리라고! 너 같은 건 둘이 덤벼도 문제없어! 맛 좀 보여 주지!"

가무잡잡한 여왕이 웃옷을 벗기 시작하자─싸우려고 벗은 거였지만 거기에 묻은 얼룩 때문에 비웃음을 샀던 터라 그 옷을 벗어 버리자 아주 홀가분했다─테스는 깜짝 놀랐다. 달빛 속에 카의 포동포동한 목덜미며 어깨, 두 팔이 드러났다. 생기 넘치는 시골 처녀의 나무랄 데 없이 풍만한 몸매가 달빛 아래에서 은은하게 빛나는 모습은 마치 프락시텔레스(고대 그리스의 유명한 조각가_옮긴이)의 조각처럼 아름다워 보였다. 그녀는 주먹을 불끈 쥐고 테스 앞에 버티고 섰다.

"정말이지, 난 싸우고 싶지 않아. 네가 이런 여자인 줄 진작 알았다면, 이런 단정치 못한 여자들하고 함께 다니지도 않았을 거야!"

테스는 위엄 있게 말했다.

씨잡이서 지칭한 이 말 때문에 다른 여자들까지 예쁜 테스의 얼굴을 향해 비난을 퍼부었다. 특히, 더버빌과의 관계 때문에 카한테 의심을 받고 있던 다이아몬드의 여왕은 카와 합세하여 공동의 적을 공격했다. 몇몇 다른 여자들도 맞장구를 치며 테스에게 적의를 드러냈다. 그들은 그날 저녁에 그렇게 방약무인하게 들까불며 놀지 않았다면 그런 어리석은 짓을 할 여자들이 아니었다. 이윽고 테스가 억울하게 당하고 있는 것을 본 그들의 남편들과 애인들은 테스의 편을 들며 화해를 시켜 보려고 했지만, 그 시도는 오히려 사태를 더욱 악화시키는 결과만을 낳았다.

테스는 분하고 창피했다. 혼자 길을 가야 한다거나 시간이 너무 늦었다는 것 따위는 이제 아무런 문제가 되지 않았다. 되도록 빨리 이 무리에서 벗어나야겠다는 생각밖에 들지 않았다. 그녀는 이들 가운데에도 착한 축들은 내일이 되면 화낸 것을 후회하리라는 것을 잘 알고 있었다. 이제 일행은 모두 풀밭으로 들어섰고, 그녀는 혼자 빠져나갈 생각으로 서서히 뒷걸음치고 있었다. 이때 말을 탄 사내가 병풍처럼 길을 가린 산울타리 모퉁이에서 아무 소리 없이 나타났다. 알렉 더버빌이 사람들을 둘러보며 물었다.

"대체 뭣 때문에 이 난리들인가?"

설명하는 사람은 아무도 없었고 사실 그도 대답을 바라고 물은 건 아니었다. 그는 조금 거리를 두고 살금살금 다가오는 동안 그들이 하는 말소리를 들었던 터라 어떤 상황인지 충분히 알고 있었다.

테스는 일행과 떨어져서 출입문 옆에 서 있었다. 더버빌은 그녀를 향해 몸을 굽혀 속삭였다.

"내 뒤에 올라타요. 새된 소리를 질러 대는 고양이 같은 자들에게서 순식간에 벗어나게 될 테니."

그녀는 절박한 위기에 처해 있다는 느낌이 너무 절절해서 거의 기절할 지경이었다. 여느 때 같았다면 이미 여러 번 그랬듯이 도와준다거나 함께 가 주겠다는 알렉 더버빌의 제의를 거절했을 것이다. 그리고 지금도 오로지 밤길을 혼자 가야 한다는 문제만 있었다면 역시 그랬을 것이다. 그러나 한번 뛰어오르기만 하면 적들에 대한 공포와 분노를 승리로 바꿀 수 있는 몹시 절박한 순간에 주어진 제의였기 때문에 그녀는 충동에 굴복하고 말았다. 그래서 그녀는 문 위에 올라가 발끝으로 더버빌의 발등을 딛고 그의 뒤쪽 안장에 기어올랐다. 두 사람이 멀리 어둠 속으로 사라지고 나서야 싸움을 벌이던 취객들은 무슨 일이 일어났는지 깨달았다.

스페이드의 여왕은 웃옷에 묻은 얼룩도 까맣게 잊고 다이아몬드의 여왕과 비틀거리는 새댁 옆에 서 있었다. 모두들 말발굽 소리가 정적 속으로 사라지고 있는 길 쪽을 뚫어지듯 바라보고 있었다.

"뭘 그렇게 보고 있소?"

그 광경을 목격하지 못한 한 남자가 물었다.

"호호호!"

가무잡잡한 카가 웃었다.

"히히히."

술에 취한 새댁은 사랑하는 남편의 팔에 몸을 기대며 웃었다.

"후후후."

가무잡잡한 카의 어머니가 웃었다. 그러고는 콧수염을 쓰다듬는 시늉을 하며 촌평을 했다.

"프라이팬에서 불로 뛰어드는 격이군!"

술을 과하게 마셔도 영구히 상처 주는 일은 좀처럼 없는 이 대기의 자식들은 밭길로 접어들었다. 이슬이 내린 바닥에 달빛이 비추고 있어서 그들의 머리 그림자 둘레에 오팔처럼 반짝이는 둥근 테가 둘러졌는데, 후광처럼 둘러진 그 둥근 테는 그들이 걸어가는 내내 계속 같이 움직였다. 각 보행자들은 자신의 후광밖에 볼 수 없었지만, 아무리 비틀거리고 흔들어 대도 그 후광은 떠나지 않고 끈질기게 붙어서 그림자를 아름답게 꾸며 주었다. 그리하여 마침내 그 변덕스러운 움직임이 후광의 고유한 속성인 것처럼 여겨졌고, 그들이 내뿜는 입김은 밤안개를 이루는 구성 요소인 듯 느껴졌다. 그리고 주변 경치와 달빛과 대자연의 정령은 술기운과 조화롭게 뒤섞이는 듯했다.

11

두 사람은 얼마 동안 아무 말도 하지 않고 천천히 말을 달렸고, 테스는 그를 꼭 붙잡고 여전히 숨을 헐떡거리며 승리감에 취해 있었지만 한편으로는 의심을 떨칠 수 없었다. 그녀는 그 말이 그가 가끔 타곤 하는 활기 넘치는 말이 아니라는 것을 알고 있었고, 그래서 그 점은 안심이 되었지만 그를 꼭 붙들고 있는데도 그녀가 앉은 자리는 영 불안하고 위태로웠다. 그녀가 속도를 늦춰서 말을 걷게 하라고 간청하자 알렉은 그렇게 했다.

"멋지게 해치웠지. 안 그래, 테스?"

이윽고 그가 말했다.

"그래요! 정말 고마워요."

그녀가 말했다.

"정말 그렇단 말이지?"

그녀는 대답하지 않았다.

"테스, 내가 키스하는 걸 왜 항상 싫어하지?"

"그건…… 사랑하지 않으니까요."

"정말이야?"

"화가 날 때도 있어요!"

"아, 그럴 거라고 대강은 짐작하고 있었어."

알렉은 그녀가 솔직하게 털어놓는 말에도 싫은 내색을 하지 않았다. 그는 그 편이 무관심한 것보다 낫다고 생각했다.

"그럼 내가 화나게 할 때 왜 말해 주지 않았지?"

"왜 그랬는지 잘 아실 텐데요. 여기선 내 마음대로 할 수 없으니까 그렇죠."

"내가 치근대서 기분 나쁜 적이 많았나?"

"가끔요."

"몇 번이나?"

"잘 알면서 그래요. 아주 여러 번 그랬어요."

"내가 그럴 때마다 항상 기분이 나빴던 거야?"

그녀는 아무 말도 하지 않았고, 말은 측대보로 걸어 상당한 거리를 갔다. 저녁 내내 골짜기마다 걸려 있던 희미한 안개가 고루 퍼지면서 그들을 에워쌌다. 마치 안개가 달빛을 공중에 붙잡아 두기라도 하듯 달빛은 맑은 날보다 더욱 고르게 스며들었다. 그래서인지, 아니면 멍하게 있던 탓인지, 아니면 깜빡 졸았는지 그녀는 그들이 오래전에 트랜트리지 샛길로 갈라지는 지점을 지나왔다는 것을, 그리고 그가 트랜트리지로 가는 길로 가고 있지 않다는 것을 알아채지 못했다.

그녀는 말할 수 없이 피곤했다. 그 주에 그녀는 매일 아침 5시에 일어나 하루 종일 서서 일한 데다, 그날 저녁엔 체이스버러까지 5킬로미터를 걸어갔고 세 시간 동안 마을 사람들을 기다리면서 그들이 얼른 집에 돌아갔으면 하고 조바심을 치느라 먹지도 마시지도 못했다. 그러고 나서 집으로 돌아오는 길에 1.6킬로미터를 걸었고, 싸움의 흥분까지 겪은 뒤 그 말을 타고 천천히 가다 보니 어느덧 새벽 1시가 가까워 오고 있었던 것이다. 그러나 정말 졸았던 적은 딱 한 번뿐이었다. 그 망각의 순간에 그녀의 미리가 시시히 그의 등에 닿았다.

더버빌은 말을 멈추고 등자에서 발을 뺀 다음 안장 위에서 옆으로 돌아앉아 팔로 테스의 허리를 감싸 그녀를 부축하려고 했다. 그러자 그녀는 곧 방어 자세를 취하며 앙갚음을 하고 싶은 갑작스런 충동에 그를 가볍게 밀었다. 불안정한 자세로 앉아 있던 그는 하마터면 균형을 잃을 뻔했으나 간신히 바닥에 굴러떨어지는 것을 면했다. 타고 있던 말이 힘이 좋기는 했으나 그의 말 가운데 가장 얌전한 녀석이었던 게 다행이었다.

"이건 너무 심하잖아. 나쁜 뜻은 없었어. 그저 떨어지지 않게 하려고 그런 거라고."

그가 말했다.

그녀는 미심쩍은 느낌이 들어 곰곰 생각해 보았다. 마침내 그 말이 사실일지도 모른다는 생각에 마음이 누그러져 아주 공손하게 사과했다.

"정말 죄송해요."

"날 믿는다는 걸 보여 주지 않는다면 용서 못하겠어. 이런, 젠장. 너 같은 애송이 계집에게 퇴짜를 맞다니 내 꼴이 이게 뭐야? 넌 석 달 가까이 내 감정을 가벼이 여기면서 나를 피하고 무시해 왔어. 이젠 도저히 못 참겠어!"

그가 소리쳤다.

"내일 떠나겠어요."

"안 돼. 내일은 못 가! 다시 한 번 부탁하는데, 나를 믿는다는 표시로 널 껴안게 해 줘. 자, 이젠 우리 둘 뿐이야. 아무도 없어. 우리는 서로를 잘 알고 있어. 넌 내가 널 사랑하고 있고 이 세상에서 널 가장 예쁜 아가씨라고 생각하는 걸 알고 있잖아. 사실이 그래. 내가 널 애인으로 대하면 안 될까?"

그녀는 싫다는 표시로 성난 표정을 지으며 빠르게 숨을 들이쉬고 거북한 듯 앉은 자리에서 몸을 비틀었다. 그리고 먼 곳을 바라보며 중얼거렸다.

"글쎄요…… 제가 바라는 건…… 아니, 어떻게 제가 좋다 싫다 말할 수 있……."

그는 한쪽 팔로 그녀를 감싸 안는 걸로 그 일을 매듭짓고 싶어 했고 테스는 더 이상 거부하지 않았다. 그런 자세로 그들은 천천히 가고 있었는데, 테스는 문득 엄청나게 긴 시간—보통 체이스버러에서 집까지의 노정에 걸리는 시간보다 훨씬 더 오랜—이 흘렀다는 생각이 들었다. 지금처럼 천천히 왔어도 벌써 도착했어야 할 시간이었고 그들이 지금 가고 있는 길은 도로가 아니라 오솔길이었다.

"아니, 여기가 어디예요?"

그녀가 외쳤다.

"숲을 지나는 중이야."

"숲이라니…… 무슨 숲이요? 길을 벗어났군요, 그렇죠?"

"영국에서 제일 오래된 체이스 숲에 와 있어. 아름다운 밤인데 말을 타고 조금 더 멀리 가보는 것도 괜찮잖아?"

"어쩜 이렇게 속일 수 있어요!"

장난스럽게 말했지만 정말 당황한 테스는 말에서 미끄러질지 모르는 위험을 무릅쓰고 그의 손가락을 하나하나 풀어 그의 팔에서 벗어났다.

"아까 떠민 게 미안해서 이렇게 믿고 하시는 대로 내버려 두었는데! 제발 내려 주세요. 집까지 걸어가겠어요."

"날씨가 맑아도 집까지 걸어갈 수는 없어. 사실 우리는 트랜트리지에서 상당히 멀리 떨어진 곳까지 와 버렸거든. 이렇게 점점 자욱해지는 안개 속에서는 몇 시간이고 숲속을 헤매게 될 텐데 어떡하려고?"

"괜찮아요. 제발 내려 주세요. 내려 주기만 하면 여기가 어디든 상관없어요. 제발요!"

그녀가 애원했다.

"알았어, 그렇게 하지. 단 한 가지 조건이 있어. 네가 어떻게 생각하든, 내가 널 이렇게 외딴곳까지 데리고 왔으니까 나한테는 널 안전하게 집까지 데리고 가야 할 책임이 있어. 아무 도움도 받지 않고 트랜트리지까지 가는 건 불가능해. 사실 모든 걸 가려 버리는 이 안개 때문에 나도 여기가 어딘지 모르겠어. 이제 내가 나무를 헤치고 걸어가서 도로나 집을 찾아내어 우리가 어디에 있는지 정확히 알아 올 테니까 그때까지 네가 말 옆에서 기다리고 있겠다고 약속하면 널 기꺼이 내려 주지. 내가 돌아와서 방향을 확실하게 알려 주면 그때는 걸어가든 말을 타고 가든 원하는 대로 하라고."

그녀는 이 조건을 받아들이고 가까운 쪽으로 미끄러져 내려왔다. 그 전에 그는 그녀에게 슬쩍 입을 맞추고 반대쪽으로 뛰어내렸다.

"내가 말을 붙들고 있어야겠죠?"

그녀가 말했다.

"아, 아냐. 그럴 필요 없어. 오늘 밤엔 너무 붙잡고 있었거든."

알렉은 헐떡거리는 말을 토닥이며 말했다. 그는 말머리를 수풀 쪽으로 돌려 큰 가지에 말을 매고는 낙엽이 수북한 곳에 그녀가 쉴 자리를 마련해 주었다.

"자, 여기 앉아. 아직 낙엽이 축축하지 않군. 말은 가끔씩만 보면 돼. 그래도 충분할 거야."

그는 몇 걸음을 가다 말고 돌아와서 다시 말했다.

"그런데 말이야, 테스. 네 아버지는 오늘 새 말을 갖게 되셨어. 누가 선물로 줬거든."

"누가요? 당신이군요!"

더버빌이 고개를 끄덕였다.

"아, 어쩜 이렇게 친절할 데가!"

그녀가 소리쳤다. 다른 때도 아니고 이런 때에 고맙다고 해야 한다는 게 통렬할 정도로 어색했다.

"애들한테는 장난감을 좀 보냈어."

몹시 감격한 그녀가 중얼거렸다.

"몰랐어요, 동생들한테도 선물을 보낸 줄은! 그러지 않는 게 좋았을 걸 그랬어요. 정말 그러지 말지 그러셨어요!"

"왜?"

"왜냐하면…… 저한테 너무 큰 부담이 되니까요."

"테스, 여전히 날 조금도 사랑하지 않는 거야?"

"고맙긴 해요. 하지만 죄송하게도 사랑한다고 할 수는……."

그녀는 마지못해 인정했다. 하지만 문득 이런 결과를 낳은 한 가지 요인이 자신에 대한 그의 애정이라는 생각이 들자 그녀는 너무 슬퍼졌다. 처음에는 눈물 한 방울만 천천히 떨어졌는데 한 방울이 더 떨어지더니 급기야는 울음을 터뜨리고 말았다.

"울지 마요, 예쁜 아가씨! 자, 여기에 앉아서 내가 올 때까지 기다리고 있어요."

그녀는 그가 끌어모은 낙엽 더미 위에 앉아서 몸을 약간 떨었다. "추워서 그래?" 하고 그가 물었다.

"괜찮은데, 조금……."

그는 그녀의 옷을 만져 보았는데, 옷감의 감촉이 솜털처럼 가벼웠다.

"이렇게 얇은 모슬린 드레스만 입은 거야? 어쩌자고?"

"이건 하절기 나들이옷이에요. 집을 나설 때만 해도 아주 따뜻했고, 말을 타게 될 줄은 몰랐어요. 그것도 이런 밤에."

"9월엔 밤이 되면 쌀쌀해지지. 가만 있어 봐."

그는 자기가 입고 있던 가벼운 외투를 벗어서 다정히게 그녀의 어깨에 걸쳐 주었다.

"됐어. 이젠 좀 따뜻할 거야."

그가 말을 이었다.

"자, 예쁜이 아가씨, 여기서 쉬고 있어요. 곧 돌아올게."

그는 그녀의 어깨에 두른 외투의 단추를 채워 주고는, 나무들 사이에 베일을 드리운 것처럼 자욱해진 안개 사이로 뛰어 들어갔다. 그가 근처의 비탈길을 올라갈 때 그녀는 나뭇가지 스치는 소리를 들을 수 있었다. 그러나 그의 움직임에서 비롯된 소리는 이내 새가 폴짝거리는 소리만큼 희미해지더니 마침내 아무 소리도 들리지 않았다. 달이 지자 희끄무레한 빛도 줄어들고 낙엽 더미 위에서 몽상에 잠기는 테스의 모습도 보이지 않게 되었다.

한편 알렉 더버빌은 그들이 있는 곳이 체이스 숲의 어디쯤인지 정확히 알기 위해 계속해서 비탈길을 올라갔다. 사실 그는 한 시간여 동안 그저 내키는 대로 말을 몰았다. 그저 그녀와 더 오래 있고 싶은 마음에 샛길이 나올 때마다 무턱대고 접어들었고, 어느 길로 가고 있는지 살피기보다 달빛에 비친 그녀의 모습에 훨씬 더 집중하고 있었던 것이다. 지친 말을 조금 쉬게 할 필요도 있었으므로 그는 서두르지 않았다. 언덕을 오르고 인접한 골짜기로 내려가자 큰길에 면한 울타리가 보였는데, 가까이 가서 그 길의 형세를 보니 그가 아는 길이었다. 이로써 그들이 어디쯤에 와 있는지 알아내는 문제가 해결되었다. 그래서 더버빌은 곧 발길을 돌렸다. 머지않아 동이 트겠지만 달도 완전히 진 데다 안개까지 자욱해서 체이스 숲은 짙은 어둠에 싸여 있었다. 어찌나 어두

윘던지 그는 나뭇가지에 찔리지 않으려고 두 팔을 내밀고 앞으로 나아 가야 했다. 처음에는 출발한 지점을 정확히 찾아내는 것이 도저히 불 가능할 것만 같았다. 오르막과 내리막을 헤매 다니고 여기저기를 돌고 돈 끝에 마침내 가까이에서 말 움직이는 소리가 들렸고, 뜻밖에 그의 외투의 소맷부리가 그의 발에 걸렸다.

"테스." 하고 더버빌이 불렀다.

대답이 없었다. 주위가 어찌나 깜깜했는지 그는 발치에 희끄무레한 형체 말고는 전혀 아무것도 볼 수 없었다. 그것은 그가 낙엽 위에 두 고 떠났던 흰색 모슬린 드레스를 입은 여인이었다. 그 외에는 그저 깜 깜한 어둠뿐이었다. 더버빌은 허리를 굽혀 규칙적으로 새근대는 숨소 리를 들었다. 그는 무릎을 꿇고 앉아서 따스한 그녀의 숨결이 자신의 얼굴에 닿을 때까지 더 가까이 몸을 숙였는데, 곧이어 자신의 볼을 그 녀의 볼에 갖다 댔다. 그녀는 깊이 잠들어 있었고 속눈썹에는 눈물방 울이 맺혀 있었다.

주위에는 어둠과 적막만이 감돌았다. 그들의 머리 위에는 태곳적부 터 이어 내려온 체이스 숲의 주목과 떡갈나무가 솟아 있었고, 그 나무 에서 잠을 자고 있는 순한 새들은 마지막 단잠을 즐기고 있었다. 그리 고 그들 주위로 여러 종의 토끼들이 아무 소리도 내지 않고 깡충거리 며 돌아다니고 있었다. 하지만 어떤 이들은 이렇게 물으리라. 테스의 수호천사는 어디에 있었느냐? 그녀가 순진하게 믿고 있는 하느님은 어디에 있었느냐? 아마, 하느님은 빈정대기 좋아하는 티스베 사람(《열 왕기상》 18장에서 바알 신을 조롱하는 예언자 엘리야를 지칭_옮긴이)이 조롱 했던 다른 신처럼, 이야기를 하고 있거나 다른 일에 열중하고 있거나 여행 중이거나 아니면 잠이 들어 아직 깨어나지 않았는지도 모른다.

비단결처럼 섬세하고 실제로 아직 흰 눈처럼 순수하기만한 아름다 운 여인의 몸에 마치 받아들여야 하는 운명인 양 그렇게 천박한 무늬가 새겨져야 하는 이유가 무엇이란 말인가? 천박한 사람이 그런 식으로 고상한 사람을 차지하고, 못된 남자가 착한 여자를, 못된 여자가 착한 남자를 차지하는 일이 흔히 일어나는 까닭이 대체 무엇인가? 철학은 이에 대해 수천 년 동안이나 탐구해 왔으나 우리가 납득할 만한 설명을 하지 못했다. 혹 이 비극적인 사건 뒤에 인과응보의 법칙이 숨어 있다고 말하는 이가 있을지 모른다. 필경 테스 더버빌의 갑옷 입은 조상 중에는 전투를 마치고 흥겹게 집으로 돌아오다가 당시의 시골 처녀에게 이와 똑같은 일을 훨씬 더 무자비하게 저지른 이가 있었을 것이다. 하지만 아비의 죗값을 자손이 치러야 한다는 것은 신들에겐 정당한 도덕률일지 모르지만 보통 사람들에겐 비웃음을 살 뿐이다. 그러므로 그런 식으로는 문제를 개선할 수 없다.

저 벽촌에 살고 있는 테스의 고향 사람들이 숙명론자들처럼 서로에게 흔히 말하듯이 그건 그렇게 될 운명이었다. 그 사건은 정말 딱한 일이었다. 그 사건으로 인해 생겨난 엄청난 사회적 간극은 우리의 주인공 테스를 트랜트리지 양계장에서 돈을 벌기 위해 집을 나설 때와는 완전히 다른 존재로 분리해 놓고 말았다.

제2부
처녀를 지나

12

바구니는 무겁고 짐 보따리는 컸지만 테스는 그런 것쯤은 문제도 아니라고 여기는 사람처럼 의연하게 짐을 들고 걸었다. 그러다 이따금 기계적으로 걸음을 멈추고 문이나 기둥 옆에서 좀 쉬다가 통통한 팔로 다시 힘차게 짐을 들고 꾸준하게 계속 앞으로 걸어갔다.

테스 더비필드가 트랜트리지에 온 지는 넉 달쯤 흐른 때였고, 말을 타고 체이스 숲을 지났던 그날 밤 이후 몇 주가 지난 10월 하순의 어느 일요일 아침이었다. 동이 튼 지 얼마 지나지 않은 때여서 그녀의 등 뒤 지평선에서 떠오르고 있는 황금빛 태양은 그녀가 마주 보고 있는 산등성이를 환히 비추고 있었다. 이 산등성이는 그녀가 최근까지 이방인으로 살았던 골짜기를 방벽처럼 둘러싸고 있었기 때문에 고향으로 돌아가려면 이 산을 넘어야 했다. 산의 이쪽 경사면은 완만했고, 토양과 풍광이 블레이크모어 골짜기와는 사뭇 달랐다. 심지어 양쪽 마을 사람들의 성격과 말투도 약간 차이가 있었다. 산 외곽을 순환하는 철도의 융합 효과에도 불구하고 말이다. 그런 까닭에 그녀의 고향 마을은 그녀가 체류했던 트랜트리지에서 30킬로미터도 채 안 되는 거리에 있었지만 아주 먼 곳처럼 느껴졌다. 거기에 갇힌 농사꾼들은 북쪽과 서쪽하고만 거래하고, 여행하고, 연애하고, 결혼하고, 생각했다. 반면에 이쪽에 사는 사람들은 정력과 관심을 주로 동쪽과 남쪽으로만 기울였다.

그 비탈길은 6월의 그날 너버빌이 그녀를 옆에 태우고 난폭하게 말을 몰았던 바로 그 내리막길이었다. 테스는 멈추지 않고 그 길을 마저 다 올라가 산마루에 이르자 안개 속에 반쯤 가려진 저 너머 정든 땅을 지그시 바라보았다. 그곳은 여기서 바라보면 늘 아름다웠지만 오늘따라 그녀에게 더욱 사무치도록 아름다워 보였다. 왜냐하면 그 풍경을 마지막으로 본 뒤로 그녀는 예쁜 새가 지저귀는 곳에는 구렁이가 혀를 날름거린다는 사실을 알게 되었고, 그 교훈으로 그녀의 인생관이 완전히 바뀌었기 때문이다. 고향에 있을 때의 그 순박했던 처녀와는 전혀 다른 여자가 되어 있었던 것이다. 고개를 숙이고 생각에 잠겨 그곳에 가만히 서 있던 테스는 뒤쪽으로 몸을 돌렸다. 차마 고향의 골짜기를 바라볼 수 없었던 것이다.

테스는 방금 자신이 걸어 올라왔던 하얗고 기다란 길에서 이륜마차가 올라오고 있는 걸 보았다. 그 옆에는 한 남자가 걸어오고 있었는데, 그는 테스의 주의를 끌기 위해 손을 들어 올렸다.

그녀는 손짓에 따라 무심히 그를 기다렸고, 몇 분 후 남자와 말은 그녀 옆에 와서 멈춰 섰다.

"왜 그렇게 몰래 빠져나간 거요? 그것도 모두가 늦잠을 자는 일요일 아침에! 우연히 알게 되자마자 따라잡으려고 기를 쓰고 달려왔지. 헐떡이는 저 말 좀 보라고. 왜 이렇게 도망가듯 떠나는 거요? 가는 걸 막을 사람이 없다는 걸 알 텐데. 왜 쓸데없이 이 무거운 짐을 들고 힘들게 걸어가느냔 말이오! 남은 길이라도 마차로 가게 하려고 미친 사람처럼 뒤따라온 거요. 정 돌아갈 생각이 없다면 말이오."

더버빌이 숨을 몰아쉬며 말했다.

"돌아가지 않아요."

그녀가 말했다.

"그럴 거라 생각했지. 정말 내 말대로군! 자, 그럼 바구니를 올려 봐요. 내가 도와줄게."

그녀는 바구니와 짐 보따리를 마차에 싣고 자기도 마차에 올라 그의 옆자리에 앉았다. 그는 이제 그 남자가 두렵지 않았는데 그렇게 담대해진 까닭에는 그녀의 슬픔이 담겨 있었다.

더버빌은 기계적으로 담배에 불을 붙였고, 길가의 흔하디흔한 것들에 대한 감정 없는 대화가 단속적으로 이어지는 가운데 마차는 앞으로 나아갔다. 그는 초여름에 같은 길을 맞은편에서 달리며 그녀에게 키스를 하고 싶어 안달하던 일을 까맣게 잊고 있었다. 하지만 그녀는 그 일을 잊지 않았고, 지금은 마치 꼭두각시처럼 그의 말에 거의 단음절로 짤막하게 대답하며 무표정하게 앉아 있었다. 몇 킬로미터를 달리자 그들은 말롯 마을 입구의 나무들이 보이는 곳에 이르렀다. 냉담하기만 하던 그녀의 얼굴에 그제야 희미한 감정이 내비쳤고 눈물이 한두 방울 떨어지기 시작했다.

"뭣 때문에 우는 거야?"

그가 냉정하게 물었다.

"저기서 내가 태어났구나 하는 생각이 들어서요."

테스가 중얼거렸다.

"나 참, 우린 누구나 어디서든 태어나게 마련이야."

"나 같은 건 태어나지 말았어야 했는데, 저기서든 어디에서든."

"쳇! 그건 그렇고 트랜트리지에 오고 싶지 않았으면서 왜 왔어?"

그녀는 아무런 대답도 하지 않았다.

"내 사랑을 구하려고 온 게 아니라는 건 확실한데 말이야."

"맞아요. 내가 당신의 사랑을 구하려고 갔거나, 당신을 진심으로 사랑했거나, 여전히 당신을 사랑한다면, 지금처럼 내 자신이 밉거나 혐오스럽지는 않겠죠! 내 눈이 잠시 당신에게 현혹되었던 것뿐이에요."

그는 어깨를 으쓱해 보였다. 그녀가 계속 말했다.

"당신 속셈을 알았을 땐 이미 때가 늦었지요."

"여자들은 다 그렇게 얘기하지."

"어떻게 감히 그런 말을 할 수 있어요!"

그녀는 발끈해서 그를 돌아보며 외쳤는데, 그녀 안에 잠들어 있던 기개(그는 훗날 그녀의 기개를 더 많이 보게 된다)가 깨어난 듯 두 눈에 불꽃이 일었다.

"기가 막혀서! 당신을 마차에서 밀어 버릴 수도 있어요! 여자들이 으레 하는 말대로 느끼는 여자가 있을지도 모른다는 생각은 안 해 봤어요?"

"알았어. 상처를 줘서 미안해. 내가 잘못했어, 인정하지."

그가 웃으며 말했다. 그러고는 약간 쓸쓸해하며 말을 이었다.

"그렇게 계속 내 얼굴을 쏘아볼 필요는 없다고. 난 최대한으로 보상해 줄 마음이 있어. 그러니까 다시는 밭이나 목장에 나가서 일하지 않아도 돼. 그리고 요즘처럼 수수한 차림으로 다니는 대신에 좋은 옷을 입는 게 어때? 마치 제 손으로 번 게 아니면 리본 하나도 거저 받을 수 없는 사람처럼 왜 그래?"

테스는 천성이 너그럽고 솔직해서 원래 냉소하는 일이 거의 없었지만 입을 약간 삐죽거렸다.

"당신한테서 더 이상 어떤 것도 받지 않겠다고 말했고, 절대 받지 않을 거예요! 받을 수 없어요! 계속 그러다가는 난 당신의 노예가 되고 말 거예요. 그러니까 그럴 수 없어요!"

"누가 당신의 이런 태도를 보면 당신이 진짜 더버빌 혈통임은 물론 아예 공주라도 되는 줄 알겠소, 하하! 그렇다면 테스, 난 더 할 말이 없군. 내가 나쁜 놈인 것 같아. 아주 나쁜 놈이지. 난 나쁜 놈으로 태어나서 나쁜 놈으로 살았고, 죽을 때도 아마 나쁜 놈으로 죽겠지. 하지만 비록 길 잃은 영혼이지만 내 영혼에 대고 맹세하는데 다시는 당신한테 못된 짓을 하지 않을 거야. 그러니 혹시 무슨 일이 생겨서 조금이라도 도움이 필요하거나 어려움에 처하게 되면 나한테 연락해. 그러면 요구하는 게 뭐든 다 보내 줄게. 난 트랜트리지에 없을지도 몰라. 당분간 런던에 가 있을 생각이니까. 그 노친네를 견딜 수 있어야 말이지. 그렇더라도 편지는 모두 전달될 거야."

그녀가 거기서 내리겠다고 말하자 마차는 나무 아래에서 멈췄다.

더버빌은 마차에서 내려 그녀를 안아서 내려 준 뒤에 짐을 그녀 옆에 내려놓았다. 그녀는 그를 향해 가볍게 고개를 숙이며 잠깐 눈길을 던지고 나서 길을 가기 위해 돌아서서 짐을 들었다.

알렉 더버빌은 입에 물었던 여송연을 빼며 그녀에게 말했다.

"이렇게 떠나려는 건 아니겠지, 테스? 이리 와!"

"원하신다면! 당신이 나를 어떻게 정복했는지 보세요!"

테스는 아무래도 좋다는 듯이 말했다. 그녀는 몸을 돌려 그에게 얼굴을 쳐들었고, 그는 반쯤은 형식적이고 반쯤은 아직 열정이 사라지지 않은 듯이 그녀의 볼에 키스를 했다. 대리석 기둥처럼 뻣뻣이 서서 키스를 받는 그녀의 눈은 멍하니 가장 멀리 보이는 나무들이 있는 곳에 머물러 있었다. 마치 그가 하는 행동을 의식하지 못하는 것처럼 보였다.

"자, 이번에는 옛정을 생각해서 저쪽 볼에."

그녀가 마치 초상화가나 미용사의 요구에 얼굴을 돌리는 사람처럼 수동적으로 얼굴을 돌리자 그는 그녀의 반대쪽 볼에 키스를 했는데, 그의 입술에 닿은 그녀의 볼 감촉은 주위의 들판에 나 있는 버섯의 표면처럼 촉촉하고 매끈하면서도 싸늘했다.

"당신 입으로는 나한테 키스를 하지 않는군. 자발적으로 하는 일이 없어. 유감스럽게도 정말 당신은 날 사랑하지 않는 모양이군."

"내가 여러 번 말했잖아요. 정말이에요. 난 정말 결단코 당신을 사랑한 적이 없고, 또 절대 그럴 수 있을 것 같지도 않아요."

그녀는 슬픈 표정으로 덧붙였다.

"아마 이런 경우에는 거짓말을 하는 게 무엇보다 나한테 이롭겠지요. 하지만 거짓말을 하지 않을 만큼의 자존심은 아직 남아 있어요. 내가 당신을 사랑한다면 당연히 당신에게 그렇다고 말하겠지요. 하지만 난 당신을 사랑하지 않아요."

그는 그 상황에 마음이나 양심, 혹은 체면이 짓눌린 듯 힘겹게 숨을 내쉬었다.

"그런데 너무 풀이 죽었군. 이제는 아부할 이유가 없으니 솔직하게 말하는 건데 그렇게 슬퍼할 필요 없어. 테스는 예쁘니까 집안이 좋든 나쁘든 이 근방의 어떤 여자에게도 뒤지지 않을 거야. 세상을 좀 더 아는 사람으로서, 그리고 테스가 잘되길 바라는 마음에서 하는 말이야. 그 아름다움이 시들기 전에 좀 더 세상에 나가서 보여 주는 게 현명할 거야. 그렇지만 테스, 다시 나한테 돌아오지 않겠어? 정말이지 이렇게 보내고 싶지는 않아!"

"절대, 절대로 안 가요! 좀 더 빨리 알았어야 했는데, 당신의 흑심을 알아챈 순간 난 결심했어요. 절대 가지 않을 거예요."

"그렇다면 넉 달 동안의 사촌 동생 잘 지내. 잘 가."

그는 가볍게 마차로 뛰어올라 고삐를 잡고는 빨간 열매가 열린 키 큰 산울타리 사이로 사라졌다.

테스는 그의 뒷모습을 바라보지 않고 꼬부랑길을 천천히 걸어갔다. 아직 이른 시간이었고, 떠오른 태양이 언덕을 막 벗어나 언덕 위로 햇빛을 고루 퍼뜨리고 있었으나 햇살은 눈으로만 확인될 뿐 아직 촉감으로는 느껴지지 않았다. 근처에 사람이라고는 아무도 없었다. 그 오솔길에는 슬픈 10월과 그보다 더 슬픈 그녀 자신, 이렇게 두 존재만이 있을 따름이었다.

그렇게 그녀가 걸어가고 있을 때 등 뒤에서 발소리가 들려왔다. 남자의 발소리였다. 그는 무척 활기차게 걸어왔기 때문에 그녀가 그의 인기척을 알아차리기도 전에 벌써 그녀의 발뒤꿈치에 이르러 "안녕하세요" 하고 인사를 건네 왔다. 일종의 기술자처럼 보였는데 손에는 빨간 페인트가 담긴 양철통을 들고 있었다. 그는 바구니를 들어 주겠다고 사무적인 어조로 말했고, 테스는 그렇게 하도록 하고 그와 나란히 걸어갔다.

"안식일 아침인데 일찍 일어났군요."

그가 명랑하게 말했다.

"네."

테스가 대답했다.

"대부분의 사람들은 한 주일 동안 일한 뒤에 쉬고 있을 때인데요."

그녀는 이 말에도 동의했다.

"하지만 난 평일보다 오늘 더욱 진짜배기 일을 한답니다."

"그래요?"

"주중에는 인간의 영광을 위해 일하지만 주일에는 하느님의 영광을 위해 일하거든요. 그게 다른 어떤 일보다 더 진짜배기 일이지요. 난 이 층층대에서 잠깐 할 일이 있답니다."

남자는 목초지로 이어지는 입구로 들어서며 말했다.

"잠깐만 기다려 주세요. 오래 걸리진 않을 거예요."

그가 덧붙여 말했다.

그가 그녀의 바구니를 가지고 있었기 때문에 그녀는 별수 없이 그를 지켜보며 기다렸다. 그는 바구니와 양철통을 바닥에 내려놓고 통 안에 있던 붓으로 페인트를 휘저은 다음, 층층대를 이루는 세 개의 판자 중 가운데 판자에 페인트로 큼지막하게 각진 글자들을 쓰기 시작했는데, 마치 한 단어 한 단어 읽어 나갈 때 단어마다 잠깐씩 쉬면서 마음 깊이 새겨 넣으려는 듯 각 단어 뒤에 쉼표를 찍었다.

너희, 멸망은, 잠자지, 아니하느니라. – 베드로후서 2장 3절

평화로운 경치와 차츰 엷어져 가는 풀숲의 색조와 지평선의 푸른 하늘, 그리고 이끼 낀 층층대 널빤지를 배경으로 현란한 주홍색 글자들이 도드라져 보였다. 이 글자들이 내지르는 고함 소리에 대기가 울리는 듯했다. 신학의 전성기에는 인류에게 많은 도움이 되었을 그 계명이 괴이한 마지막 단계에 이르러 이렇게 흉측하게 훼손된 것을 보고 "안됐군, 가련한 신학이여" 하고 탄식하는 사람도 있을지 모른다. 하지만 테스는 이 단어들이 자신을 비난하고 있는 듯 끔찍스러웠다. 혹시 이 남자가 그녀의 최근 일을 알고 있는 게 아닌가 하는 생각이 들었지만, 그는 난생처음 보는 사람이었다.

그는 글을 다 쓰고 나서 그녀의 바구니를 집어 들었고, 그녀는 다시 기계적으로 그의 옆에서 걷기 시작했다.

"당신이 쓴 걸 믿으세요?"

그녀가 나직이 물었다.

"저 말씀을 믿느냐고요? 그건 내 존재를 믿는 것과 같지요!"

"하지만 저지르려고 해서 저지른 죄가 아닐 때는요?"

테스가 떨리는 목소리로 말했다.

그는 고개를 가로저으며 대답했다.

"난 그렇게 미묘한 문제를 설명할 능력이 없어요. 지난여름 동안 나는 수백 킬로미터를 걸어다니며 이 근방 곳곳의 담벼락이며 문이며 층

118

충대마다 이 성경 구절들을 써넣었지요. 그 구절을 어떻게 받아들이느냐는 읽는 사람의 마음에 달렸습니다."

"내용이 너무 끔찍해요. 사람을 짓밟고 죽이겠다고 위협하는 것 같아요."

테스가 말했다.

"그게 원래의 의도예요! 하지만 이보다 더욱 매서운 구절도 있지요. 빈민굴이나 항구에 쓰려고 준비해 둔 건데 한번 읽어 보시겠소? 그걸 읽으면 아마 몸서리가 쳐질 거요. 시골 마을에 아주 어울리지 않는 건 아니지만…… 아, 저기 다 허물어져 가는 헛간 옆에 적당한 빈 벽이 있군요. 저기에 하나 써야겠어요. 당신처럼 위험에 처하기 쉬운 젊은 처녀들이 주의해야 할 말씀이지요. 기다려 줄래요?"

그가 사무적인 목소리로 말했다.

"야뇨. 그냥 가겠어요."

그녀는 이렇게 말하고는 바구니를 들고 터벅터벅 걸었다. 몇 걸음을 가다가 그녀는 뒤를 돌아보았다.

오래된 잿빛 담벼락에는 좀 전에 본 것과 같은 시뻘건 글자가 나타나기 시작했고, 담벼락은 난생처음 요구받은 의무에 당혹스러워하는 듯 이상하고 어색한 표정을 짓는 것처럼 보였다. 절반쯤 써 내려간 글자를 읽은 그녀는 그가 무슨 구절을 쓰려고 하는지 알아차리자 별안간 얼굴이 화끈 달아올랐다.

   너희는, 간음하지, 말라……

그 명랑한 사내는 그녀가 쳐다보고 있는 게 보이자 붓을 멈추고 큰소리로 말했다.

"혹시 이 중요한 문제에 대해 설교를 듣고 싶으면 당신이 가는 교구에서 오늘 대단히 훌륭한 분—에민스터 클레어라는 분—이 자선 설교를 하실 예정이오. 난 그분 교파는 아니에요. 하지만 그분은 아주 좋은 분이시고, 내가 아는 어떤 신부님보다 설교를 잘하신답니다. 내가 이 일을 시작한 것도 그분 때문이지요."

그러나 테스는 대답하지 않았다. 그녀는 바닥에 시선을 고정한 채 가슴을 두근거리며 다시 걸어갔다.

"흥, 하느님이 그런 말씀을 하셨을 리 없어."

한 줄기 연기가 고향 집 굴뚝에서 갑자기 피어올랐고, 테스는 그것을 보자 마음이 아려 왔다. 집에 당도하여 들여다본 집 안 광경은 그녀의 가슴을 더욱 미어지게 했다. 방금 이층에서 내려온 어머니는 벽난로 앞에 있었는데 누군가 들어오는 기척에 돌아보았다. 어머니는 아침을 지을 솥 아래에 껍질 벗긴 참나무 잔가지를 넣고 불을 지피고 있었다. 어린 동생들은 아직 이층에 있었고, 일요일 아침에는 삼십 분쯤 더 늦잠을 자도 된다고 생각하는 아버지 역시 이층에 있었다.

"아니, 이게 누구야! 우리 테스 아니냐!"

깜짝 놀란 어머니는 소리를 지르며 뛰어와서 딸에게 키스를 했다.

"어떻게 지냈니? 문 앞에 올 때까지도 널 못 봤구나! 결혼하러 집에 온 거니?"

"아니에요. 그것 때문에 온 게 아니에요, 엄마."

"그럼 휴가 온 거야?"

"네…… 휴가예요. 긴 휴가요."

테스가 말했다.

"아니, 네 사촌은 너랑 결혼할 생각이 없대?"

"그 사람은 사촌도 아니고, 나랑 결혼하지도 않을 거예요."

어머니는 테스를 찬찬히 살펴보고 나서 말했다.

"얘야, 다 털어놓고 얘기해 봐라."

그러자 테스는 어머니에게 다가가서 어머니의 목에 얼굴을 묻고 이야기했다.

"그런데도 그 남자하고 결혼을 못했단 말이지!"

그녀의 어머니가 다시 말했다.

"그런 일까지 있었다면 어떤 여자라도 결혼할 수 있었을 거다."

"세상 여자가 다 한다 해도 전 못해요."

"네가 그렇게만 하고 돌아왔으면 굉장한 얘깃거리가 됐을 텐데."

더비필드 부인은 분해서 금방이라도 울음을 터뜨릴 것 같은 얼굴로 말을 이었다.

"너하고 그 사람 소문이 이곳까지 퍼졌는데 이렇게 끝나게 될 줄 누가 상상이나 했겠니! 네 생각만 하지 말고 식구들한테 좋은 일 할 생각은 왜 못해? 네 어미가 얼마나 뼈 빠지게 일해야 하는지 보거라. 그리고 네 불쌍한 약골 아버지는 기름받이 냄비처럼 심장에 기름이 엉겨 있다지 않니. 이 모든 것을 해결해 줄 좋은 일을 학수고대하고 있었는데! 넉 달 전 너하고 그 사람이 함께 말을 타고 떠나던 날, 참 잘 어울리는 한 쌍이라는 생각이 들더구나! 그 사람이 우리한테 뭘 보냈는지 보렴. 우린 그 모든 것들을 우리가 친척이어서 보낸 줄 알았어. 그런데 그게 아니라면 널 사랑하기 때문이었다는 게 확실하잖아. 그런데 왜 결혼하도록 붙잡지 못했어?"

결혼하도록 알렉 더버빌을 붙잡으라니! 그자가 그녀와 결혼을 한다고! 그는 결혼에 대해 일언반구도 하지 않았다. 그런데 만약 그가 청혼을 했다면 어떻게 됐을까? 사회적인 구원이 될 수도 있을 그 기회를 얼른 잡아채야 하는 상황에 있었으므로 자신이 뭐라고 대답했을지 그녀는 알 수 없었다. 하지만 어리석고 가엾은 어머니는 딸이 이 사내에 대해 어떤 감정을 갖고 있는지 전혀 모르고 있었다. 이 상황에서 그녀의 심정은 이례적이고 불운하고 뭐라 설명할 수 없는 것이었다. 하지만 그건 사실이었고, 그래서 스스로도 말했듯이 자신이 혐오스러웠다. 그녀는 그를 전적으로 좋아했던 적도 없었고 지금도 그를 좋아하지 않았다. 그가 두려웠고, 그의 앞에서 위축되었고 그녀의 무력한 처지를 이용한 그의 교묘한 술수에 넘어가고 말았던 것이다. 그리고 그의 열정적인 태도에 일시적으로 눈이 멀어 마음이 흔들리는 바람에 잠시 빠져들었지만 갑자기 그가 경멸스럽고 싫어져서 달아났던 것이다. 그게 다였다. 그를 몹시 미워하는 것은 아니었지만 그녀에게 그는 아무런 의미도 없는 존재였고, 그녀 자신의 이름을 위해서라도 정말이지 그와 결혼하고 싶지 않았다.

"그 사람과 꼭 결혼할 작정이 아니었다면 좀 조심하지 그랬어!"

"아, 엄마, 엄마!"

딸은 몹시 고통스러워하며 격렬하게 어머니 쪽으로 몸을 돌렸다. 그녀의 가여운 가슴은 터질 것만 같았다.

"내가 어떻게 알 수 있었겠어요? 넉 달 전에 집을 떠날 때 난 어린애였잖아요. 남자들은 위험하다고 왜 말해 주지 않았어요? 왜 조심하라고 하지 않았어요? 부잣집 딸들은 그런 속임수를 알려 주는 소설책을 읽으니까 뭘 조심해야 하는지 알아요. 하지만 난 그런 걸 배울 기회도 전혀 없었고 엄마도 날 도와주지 않았잖아요!"

어머니의 기세가 누그러졌다.

"그 사람이 널 좋아해서 어떻게 되리라는 걸 미리 말해 주면 네가 건방지게 굴다가 기회를 놓치게 될까 봐 그랬던 거야."

그녀는 앞치마로 눈물을 훔치며 말을 이었다.

"그래, 일이 이렇게 돼 버린 걸 어떡하겠니. 그저 상황을 받아들이고 마음을 편히 가지는 수밖에. 이게 다 운명이고 하느님 뜻인가 보다."

13

테스 더비필드가 가짜 친척네 저택에서 돌아왔다는 소문이 퍼졌다.
2.6제곱킬로미터의 조그마한 마을에 떠도는 이야기를 소문이라고 하
는 게 지나치지 않다면 말이다. 그날 오후가 되자 말롯의 젊은 처녀들,
이를테면 테스와 함께 학교에 다녔던 친구들과 알고 지내던 친구들 여
럿이 그녀를 만나러 왔다. 그들은 대단한 성공을 거둔(그네들은 그렇게
생각했다) 인물을 찾아온 방문객답게 풀을 먹이고 다림질을 한 나들이
옷을 차려입고 와서는 호기심 어린 눈길로 테스를 바라보며 방 안에
둘러앉았다. 그녀에게 홀딱 반했다는 그녀의 먼 친척뻘인 더버빌 씨
가 그냥 시골 유지가 아니라 무모한 한량에 바람둥이라는 소문이 트랜
트리지 너머에까지 퍼져 있었다. 이런 사실 때문에 테스의 처지가 조
금 걱정스러워 보였는데 그래서 더욱 사람들의 흥미를 끌었다. 그들
의 관심이 어찌나 깊었던지 테스가 등을 돌리고 돌아서자 손아래 처
녀들이 소곤거렸다.

"정말 예쁘네. 좋은 옷을 입으니까 한결 돋보이는데! 무지 비싼 옷 같
아. 그 사람한테 받은 선물인가 봐."

테스는 구석의 찬장에 찻잔을 가지러 가느라 이 소리를 듣지 못했
다. 만약 들었다면 테스는 친구들의 이야기를 바로잡아 주었을 것이
다. 반면에 어머니 조운 더비필드는 그 소리를 들었다. 비록 딸의 멋진
결혼을 바라는 희망은 이룰 수 없었지만 화려한 연애로 사람들의 관
심을 받는다는 사실에 그녀의 단순한 허영심이 한껏 충족되었다. 아직
결혼한 것은 아니었으므로 그런 제한적이고 덧없는 성공은 딸의 평판
에 영향을 끼칠 수 있었음에도 불구하고 조운은 대체로 만족했던 것이
다. 그래서 조운은 그들의 찬사에 대한 보답으로 차를 대접하며 오래
놀다 가라고 따뜻하게 말했다.

테스도 친구들의 수다와 웃음, 선의의 농담, 그리고 무엇보다 자기를 부러워하는 눈빛과 기색에 기분이 좋아졌다. 저녁때가 되자 그녀는 친구들의 들뜬 분위기에 전염되어 쾌활해지기까지 했다. 얼굴에선 대리석처럼 굳은 표정이 사라지고 예전의 경쾌한 걸음걸이로 걸어다니며 싱싱한 아름다움을 한껏 발산했다.

그녀는 이따금 다른 생각을 하기도 했으나, 남자의 구애를 받은 경험이 정말 부러움을 살 만하다는 걸 깨닫기라도 한 듯 우월한 태도로 그들의 질문에 대답하곤 했다. 그러나 그녀는 로버트 사우스(1634~1716. 영국인 성직자_옮긴이)의 표현대로 '자신의 파멸을 사랑하는' 게 결코 아니었으므로 환상은 번개처럼 사라지고 차가운 이성이 되살아나 잠시나마 마음이 약해진 것이 부끄러웠다. 잠시나마 우쭐거렸던 자신이 너무나 혐오스러워서 스스로를 책망하며 다시 입을 다물고 침울해졌다.

이튿날 새벽, 더 이상 일요일이 아니고 월요일이 되었을 때의 우울함은 이루 말할 수 없었다. 예쁜 옷도 입지 않았고, 웃어 주던 방문객들도 가고 없었다. 그녀는 자신의 옛 침대에서 홀로 눈을 떴고 주위에는 순진무구한 어린 동생들이 새근거리며 자고 있었다. 집에 돌아온 기쁨과 사람들의 관심은 사라지고 그 대신에 누구의 도움도 동정도 받지 못하고 걸어가야 할 길고도 험한 길이 보이는 듯했다. 어찌나 우울하던지 무덤 속에 숨을 수 있다면 그러고 싶었다.

몇 주가 지나는 동안 테스는 사람들 앞에 나설 수 있을 만큼 충분히 원기를 회복하여, 어느 일요일 아침에는 교회에도 나갈 수 있을 것 같았다. 그녀는 찬트(단선율 예배 음악_옮긴이)와 옛 시편송(시편에 곡을 붙인 성가_옮긴이) 듣기를 좋아해서 아침 찬송에 즐겨 참여하곤 했다. 이런 천성은 노래를 좋아해서 늘 민요를 부르는 어머니한테서 물려받은 것으로, 그녀는 이따금 아주 단순한 곡조에도 마음 깊은 곳에서 감동을 느꼈다.

그녀는 자괴감 때문에 되도록이면 사람들 눈에 띄지 않고 청년들의 관심을 피하고 싶었다. 그래서 교회 종소리가 울리기 전에 출발하여, 이층 회랑 밑의 잡동사니가 쌓여 있는 곳 근처 뒷좌석에 앉았다. 그곳은 주로 노인들만 와서 앉았는데, 맨 끝에는 교회 묘지에서 쓰는 연장들과 함께 관 받침대가 놓여 있었다.

교구민들이 둘씩 셋씩 들어와서 앞줄에 자리를 잡고는, 실제로는 기도하지 않으면서도 기도하는 척 45초쯤 고개를 숙였다가 허리를 펴고 앉아서 주위를 둘러보았다. 찬송이 시작되었는데 우연히도 그것은 그녀가 좋아하는 곡—'랭든'이라는 옛날 이중창곡—이었다. 전부터 곡명이 무척 궁금했으나 알지 못했던 곡이었다. 테스는 정확히 말로 나타내기는 어렵지만 작곡가의 힘은 정말 신기하고 위대하다는 생각을 했다. 작곡가 자신이 처음에 혼자 느꼈던 일련의 감정을 통해, 그의 이름을 들어 본 적도 없고 그의 성품에 대해서 전혀 알지 못하는 그녀 같은 사람들을 인도해 줄 수 있으니 말이다.

좀 전에 주위를 둘러보았던 사람들은 예배가 진행되는 동안에 다시 뒤를 돌아보더니, 마침내 그녀를 발견하고 수군거렸다. 테스는 그들이 무엇에 대해 수군거리는지 알고 있었기 때문에 마음이 몹시 언짢아졌다. 다시는 교회에 올 수 없을 것 같았다.

그녀는 동생들과 함께 쓰는 방에 전보다 더 자주 틀어박혀 지냈다. 그녀는 1~2제곱미터 넓이의 초가지붕 밑에서 바람과 눈과 비와 아름다운 석양과 달마다 차오르는 보름달을 바라보았다. 어찌나 방구석에만 틀어박혀 지냈던지 마침내 거의 모든 사람들이 그녀가 멀리 떠났다고 여길 정도였다.

이 무렵 테스는 해가 진 뒤에야 겨우 움직이곤 했는데, 가장 덜 외롭다고 느낄 때는 바로 이렇게 숲에 나가 있을 때였다. 그녀는 빛과 어둠이 고르게 균형을 이루는 순간, 다시 낮을 제한하는 힘과 밤을 유보시키는 힘이 서로를 지배하지 않고 절묘하게 균형을 이루며 그 안의 생명체에 완전한 정신적 자유를 허용하는 저녁 무렵의 이 순간을 정확히 찾아낼 수 있었다. 이 순간에는 살아 있음의 고뇌가 최소한으로 줄어들었다. 그녀는 어둠이 전혀 두렵지 않았다. 그녀의 유일한 생각은 오로지 인간을 피하는 것뿐인 듯했다. 다시 말해, 여럿이 모였을 때는 그토록 무시무시해지다가도 흩어지면 전혀 강하지 않고 심지어 가련하기까지 한 존재들이 모인 세상이라는 이름의 냉담한 집합체를 피하는 것이었다.

이 호젓한 언덕과 골짜기에서 소리 없이 유유히 거닐 때 그녀는 자연과 하나가 되었다. 유연하고도 은밀하게 거니는 그녀의 모습은 그 풍경에서 없어서는 안 될 중요한 부분이 되었다. 가끔 그녀의 부질없는 상상으로 주위의 자연 현상이 어찌나 강렬하게 다가오는지 자연의 변화가 마치 자기 이야기의 일부처럼 느껴졌다. 아니 이야기의 일부가 되고 말았다. 세상은 그저 심리적인 현상에 불과해서 느끼는 것이 곧 실상이기 때문이다. 한밤중에 겨울 나뭇가지의 표피와 단단하게 싸인 싹들 사이로 구슬픈 소리를 내며 지나가는 바람 소리는 자신을 가혹하게 책망하는 소리로 들렸다. 그리고 비 오는 날에는 어릴 적 믿었던 하느님인지 아니면 다른 무엇인지 분명히 구분할 수 없는 어떤 막연한 윤리적 존재가 그녀의 무력함을 한없이 슬퍼하며 눈물을 흘리는 것처럼 느껴졌다.

그러나 그녀의 느낌이 투영된 이런 주위 환경은 인습의 파편에 근거하여 인식된 것이고, 거기에는 그녀를 혐오하는 유령과 음성이 가득했다. 다시 말해 그것은 테스의 잘못된 상상으로 만들어진 유감스런 창조물, 그녀가 지당한 이유 없이 무서워하는 도덕이라는 허울을 쓴 한 무리의 도깨비 떼에 불과했다. 실제 세계와 조화를 이루지 못하는 것은 그녀가 아니라 그들이었다. 테스는 새들이 잠든 산울타리 사이를 거닐 때, 토끼 사육장에서 토끼들이 달빛을 받으며 깡충거리는 것을 지켜볼 때, 꿩들이 내려앉은 나뭇가지 아래에 서 있을 때 자기가 마치 순수한 세계에 침입한 죄인이라는 생각이 들었다. 그녀는 아무런 차이도 없는 것을 애써 구별해 내고 있었던 것이다. 그녀 자신은 주위 환경과 동떨어져 있다고 느꼈지만 실상은 조화를 이루고 있었다. 그녀는 비록 일반적으로 통용되는 사회적 규범을 어길 수밖에 없었으나 자연의 규범을 어긴 것은 아니었다. 그러나 그녀는 자연 속에서조차 스스로를 몹시 이질적으로 느꼈다.

14

안개가 자욱한 8월의 어느 날 동틀 무렵이었다. 밤새 더욱 짙어진 안개는 따스한 햇살의 공격을 받자 양털처럼 흩어지고 줄어들어 골짜기와 덤불로 스며들더니 말라서 사라질 때까지 거기에 머물렀다.

태양은 안개 때문에 감각을 느끼는 사람의 얼굴처럼 묘한 형상을 하고 있어서, 이런 태양을 적절히 표현하자면 남성 대명사가 필요할 터였다. 이런 '그'의 모습은 인간의 흔적이라고는 찾아볼 수 없는 풍경과 더불어 태곳적에 태양 숭배가 어떻게 생겨나게 되었는지를 순식간에 설명해 주었다. 누구든 이 모습을 보았다면 하늘 아래 이보다 더 건전한 종교는 없었으리라고 느꼈을 것이다. 이 발광체는 금발 머리에 환한 얼굴과 부드러운 눈매를 가진 신과 같은 존재로서, 그에 대한 관심으로 충만한 대지 위를 젊은이의 활기와 열의를 가지고 내려다보고 있었다.

잠시 후 햇살은 오두막집 덧창의 틈새를 뚫고 들어가, 집 안에 있는 찬장과 서랍장과 다른 가구들 위에 마치 새빨갛게 달아오른 부지

깽이 같은 줄무늬를 그려 넣으며 아직 일어나지 않은 추수 일꾼들의 잠을 깨웠다.

그러나 그날 아침, 불그스름한 모든 것들 가운데 가장 눈부신 것은 말롯 마을 바로 옆 누런 밀밭가에 솟아 있는, 페인트칠이 된 두 개의 널찍한 목재 날개판이었다. 이것들은 아래의 두 날개판과 더불어 자동수확기의 몰타식 십자형 회전판을 이루고 있었는데, 이 기계는 이날 작업에 쓰기 위해 전날 저녁에 밭에다 운반해 놓은 것이었다. 날개판에 칠한 페인트는 햇빛을 받자 색조가 더욱 강렬해져서 마치 액화(液火)에라도 담갔다 꺼낸 것 같았다.

밀밭은 이미 '트여' 있었다. 즉, 말과 기계가 맨 처음 지나갈 통로를 마련하기 위해 수작업으로 밀을 베어 내어 밀밭 둘레에 1~1.2미터 너비의 길을 냈던 것이다.

두 무리의 사람들—성인 남자와 청년들로 이루어진 한 무리와 여자들로만 된 한 무리—이 그 길을 따라 내려온 것은 동쪽 산울타리 그림자의 맨 윗부분이 서쪽 산울타리의 가운데쯤에 막 다다른 때여서, 그 사람들의 머리에는 햇빛이 비추었으나 발치는 아직 새벽이었다. 그들은 가장 가까운 밭 출입문의 양쪽 돌기둥 사이로 보이는 길에서 사라졌다.

이윽고 베짱이가 구애할 때 내는 소리처럼 따다닥대는 소리가 안에서 들려왔다. 기계가 움직이기 시작한 것이었다. 앞서 말한 낡고 기다란 기계가 세 마리의 말에 연결되어 움직이는 모습이 출입문 너머로 보였다. 앞에서 기계를 끄는 말들 중 하나에 마부가 한 사람 타고 있었고, 기계에는 조수가 앉아 있었다. 말과 기계 전체가 밀밭 한쪽을 따라가면서 자동수확기의 날개를 천천히 회전시키고 있었다. 그러다가 기계는 언덕 너머로 모습을 감추었다. 잠시 후 그것은 조금 전과 똑같은 속도로 반대쪽 밀밭 길을 따라 올라왔다. 베어 낸 밀의 그루터기 위로 말의 이마에 달린 반짝거리는 별 모양의 놋쇠 장식이 먼저 눈에 들어왔고, 뒤이어 화려한 날개판과 기계 몸체가 차례로 모습을 드러냈다.

밀밭 둘레의 밀을 베어 내어 만든 좁다란 통로는 수확기가 한 바퀴 돌 때마다 조금씩 넓어졌고 시간이 흐르면서 밀이 서 있는 땅은 점점 더 줄어들었다. 밀밭에 있던 집토끼와 산토끼, 뱀, 큰 쥐, 생쥐 같은 동물들은 그들의 피난이 얼마나 덧없는 것인지, 나중에 어떤 운명이 기다리고 있는지 모른 채 마치 안전한 요새에라도 들어가듯 안쪽으로 후퇴했다. 은신처가 점점 끔찍하게 좁아지면 그들은 친구건 원수건 개의치 않고 한데 모일 것이다. 그러다 결국 마지막 남은 밀이 한 치의 실수도 없는 수확기의 칼날 아래에 쓰러지고 나면, 그들은 추수 일꾼의 막대기와 돌멩이에 의해 한 마리도 남김없이 죽임을 당할 운명인 것이다.

자동수확기는 베어 낸 밀을 한 단으로 묶을 수 있을 만큼의 분량씩 뒤로 떨어뜨렸고, 밀단 묶는 일꾼들은 그 뒤를 따라가며 부지런히 일했다. 이들은 주로 여자들이었으나, 일부 남자들도 있었다. 이 남자들은 날염한 셔츠와 흘러내리지 않게 가죽 띠로 허리를 졸라맨 바지를 입고 있었다. 그래서 바지 뒤에 달린 단추 두 개는 사실 필요 없는 물건이 되어 버렸는데 움직일 때마다 햇빛을 받아 반짝거리는 모습이 마치 허리에 달린 두 눈 같았다.

그러나 밀단 묶는 일꾼들 가운데 더 흥미로운 쪽은 여자들이었다. 그들은 보통 때에는 자연 속에서 그저 대상으로 존재했지만 밭에 나와 일할 때면 자연의 중요한 일부가 되어 매력을 발산하기 때문이다. 남자 일꾼은 밭에서 일하는 사람인데 반해, 여자 일꾼은 밭의 일부가 된다. 여자들은 자신의 경계를 허물고 주위 환경에서 정수(精髓)를 흡수하여 거기에 동화한다.

여인네들(대부분이 젊은 아가씨들이었다)은 햇빛을 가리기 위해 너풀

거리는 차양이 드리워진 무명 모자를 쓰고 있었고 그루터기에 손이 다치지 않도록 장갑을 끼고 있었다. 어떤 처녀는 연분홍 재킷을 입고 있었고, 또 어떤 처녀는 소매통이 좁은 크림색 드레스를 입고 있었으며, 또 어떤 처녀는 자동수확기의 날개처럼 빨간 페티코트를 입고 있었다. 나이 든 부인네들은 올이 굵은 갈색 작업복을 입고 있었는데, 이 옷은 오래전부터 밭일하는 여자들한테 가장 잘 어울리는 복장이었지만 젊은 처녀들은 싫어했다. 이날 아침에는 사람들 눈길이 저절로 연분홍 면 재킷을 입은 처녀에게로 쏠렸다.

그들 중에서 가장 몸매가 유연하고 용모가 아름다운 처녀인 까닭이다. 하지만 이마 위로 모자를 어찌나 깊이 눌러썼던지 밀단을 묶는 동안에는 그녀의 얼굴이 전혀 보이지 않았다. 다만 모자의 차양 밑으로 흘러내린 한두 가닥의 짙은 갈색 머리카락으로 그녀의 얼굴을 짐작할 수 있을 뿐이었다. 자꾸만 주위를 둘러보는 다른 여자들과는 달리 그녀는 전혀 관심을 끌려고 하지 않았다. 그래서 사람들의 눈길이 우연히 그녀에게 가서 머무르는 것인지도 모른다.

그녀의 밀단 묶는 일은 시계처럼 규칙적이고 단조롭게 계속된다. 막 끝낸 단에서 밀 이삭을 한 줌 빼어 들고 왼손 바닥으로 그 끝을 탁탁 쳐서 가지런하게 한다. 그러고 나서 허리를 숙이고 앞으로 움직이며 양손으로 밀 다발을 무릎 쪽으로 그러모으고는, 밀 다발 아래에 장갑 낀 왼손을 넣어 반대쪽의 오른손을 맞잡아서 마치 연인을 포옹하듯 밀 다발을 끌어안는다. 그런 다음, 밀짚으로 밀 다발을 둘러 양쪽 끄트머리를 묶는데, 그때에는 밀 다발을 무릎으로 누르고 동여맨다. 이따금 그녀는 산들바람에 부풀어 오른 치마폭을 툭 쳐서 가라앉힌다. 누런 가죽 장갑과 웃옷 소매 사이에서 맨살이 약간 보였는데, 시간이 지나면서 여인의 그 고운 살결은 밀 그루터기에 찔려 피가 난다.

간간이 그녀는 몸을 일으켜 숨을 돌리며 흐트러진 앞치마를 다시 매거나 모자를 똑바로 잡아당겨 쓴다. 그럴 때면 거무스름한 눈동자와 풍성하게 늘어뜨린 머리채를 한 그 아름다운 젊은 여인의 계란형 얼굴을 볼 수 있다. 보통 시골 처녀들보다 볼은 더욱 하얗고 치아는 더 가지런하며 붉은 입술은 더 얇아 보인다.

이 처녀는 테스 더비필드, 아니 더버빌이다. 조금 달라졌을 뿐 예전 그대로인 듯했지만 아니었다. 현재 그녀는 타향에 살고 있지 않는데도 외지인처럼, 이방인처럼 살아가고 있었다. 오랫동안 은둔 생활을 하고 난 뒤 마침내 그녀는 고향 마을에서 들일을 하기로 결심했다. 농촌에서 일 년 중 가장 바쁜 철이 막 시작된 때여서 당분간 집 안에서 할 수 있는 어떤 일보다 들판에서 추수하는 것이 더 많은 수입을 거둬들일 수 있었기 때문이다.

다른 여자들의 움직임도 테스와 거의 비슷했다. 밀 한 단을 묶을 때마다 그들은 카드리유(남녀 네 쌍이 정사각형 대형으로 추는 춤으로 18세기 말에서 19세기에 유행_옮긴이)를 추는 사람들처럼 한데 모여 자기 단을 다른 사람이 묶은 단 옆에 곧추세웠고, 이렇게 해서 여남은 단으로 이루어진 낟가리, 이 지방 말로 '스티치'라고 하는 것을 만들었다.

그들은 아침을 먹으러 갔다가 되돌아왔고, 작업은 이전처럼 계속되었다. 11시가 가까워 올 무렵 테스를 지켜본 사람이라면 가끔 그녀가 밀단 묶는 일을 멈추지 않으면서도 이따금 수심 어린 눈으로 언덕마루를 바라보는 것을 알아차렸을 것이다. 11시가 막 되려할 때, 여섯 살에서 열네 살까지 여러 명으로 이루어진 한 무리의 아이들의 머리가 그루터기만 남은 봉긋한 언덕 위로 모습을 드러냈다.

테스의 얼굴이 약간 붉어졌다. 그래도 그녀는 일손을 멈추지 않았다.

그 아이들 가운데 가장 큰 아이는 삼각형 숄을 걸친 소녀였는데, 숄자락을 그루터기에 질질 끌면서 오고 있었다. 그리고 팔에는 언뜻 보면 인형처럼 보이는, 큼직한 옷을 입힌 갓난아기를 안고 있었다. 또 다른 아이가 점심 도시락을 들고 왔다. 일꾼들은 일손을 멈추고 점심 도시락을 받아 낟가리에 등을 기대고 앉았다. 거기서 그들은 식사를 시작했는데, 남자들은 석재 술병을 마음껏 기울이며 잔을 돌렸다.

거의 마지막까지 일손을 놓지 않고 있던 테스 더비필드는 얼굴을 동료들이 앉은 반대쪽으로 돌린 채 낟가리 한쪽 끝에 앉았다. 테스가 자리를 잡자 토끼 가죽 모자를 쓰고 허리띠에 빨간 손수건을 끼워 넣은 남자가 낟가리 너머로 그녀에게 맥주잔을 내밀었다. 하지만 그녀는 사양했다. 그녀는 점심 도시락을 펼치자마자 가장 큰 여동생을 부르더니 갓난아기를 받아 들었다. 짐을 벗어 홀가분해진 소녀는 옆에 있는 낟가리로 가서 다른 애들과 어울려 놀았다. 테스는 호기심을 자아낼 만큼 은밀하지만 대담한 동작으로, 하지만 얼굴을 붉히며 작업복 단추를 끌러 아기에게 젖을 먹이기 시작했다.

가까이에 있는 남자들은 사려 깊게 밀밭 저쪽으로 고개를 돌렸고, 몇몇은 담배를 피우기 시작했고, 한 남자는 멍한 얼굴로 애석해하며 한 방울도 나오지 않는 술병을 문질러 댔다. 테스를 제외한 모든 여자들은 활기 넘치는 수다를 떨며 헝클어진 머리를 매만졌다.

아기에게 젖을 배불리 먹인 그 젊은 어머니는 무릎에 아기를 똑바로 앉히고는 혐오에 가까울 만큼 침울하고 무심한 표정으로 아이를 어르며 먼 곳을 응시했다. 그러다 갑자기 귀여워 못 견디겠다는 듯 아기에게 수십 차례나 열렬하게 뽀뽀를 해 댔다. 이렇게 열정과 혐오가 기묘하게 뒤섞인 급작스런 행동에 아기는 울음을 터뜨렸다.

"괜히 아기를 미워하는 척하면서도 귀여운 거야. 아기도 저도 죽어 버렸으면 좋겠다고 하더라고."

빨간 페티코트를 입은 여자가 말했다.

"좀 있으면 그런 말도 안 할걸. 참 신기하게도 사람은 시간이 지나면 저런 일에도 적응하기 마련이니까."

누런 가죽옷을 입은 여자가 대꾸했다.

"저 지경이 된 걸 보면 말로만 꼬여 낸 게 아닌 것 같아. 작년 어느 날 밤에 체이스 숲에서 흐느끼는 소리를 들은 사람이 있대. 그 길을 지나는 사람한테 걸리기라도 했으면 그 작자는 혼이 났을 거야."

"글쎄, 그래 봤자 그게 그거야. 하고많은 애들 중에 테스에게 그런 일이 생기다니 정말 안됐어. 예쁜 애들한테만 꼭 이런 일이 생기더라. 못생긴 애들은 예배당처럼 안전하지. 안 그래, 제니?"

이렇게 말한 사람은 무리 중에서 못생겼다고 해도 과히 틀리지 않을 것 같은 한 여자 쪽으로 고개를 돌렸다.

정말 가엾었다. 꽃송이 같은 입과 다정다감한 큰 눈을 가진 테스가 거기에 그렇게 앉아 있는 것을 보면, 원수지간인 사람이라도 그렇게 느끼지 않을 수 없었다. 그녀의 눈 빛깔은 딱히 검은색, 파란색, 회색, 보라색이라고 할 수 없는, 이 모든 색조에 그 밖에도 수많은 다른 색이 섞인 빛깔을 띠고 있었다. 바닥을 가늠할 수 없을 정도로 깊은 동공 주위를 둘러싸고 있는 홍채를 들여다보면 그늘 뒤에 그늘이, 색채 너머에 색채가 있는 것을 알 수 있었다. 조상한테서 물려받은 다소 조심성이 부족한 성격만 아니었다면 정말 괜찮은 여자였다.

스스로도 놀랄 만한 결심을 하고 테스는 여러 달 만에 처음으로 이번 주에 들에 나왔다. 그녀는 세상 경험도 없고 외로웠기 때문에 두근거리는 심장을 온갖 후회로 괴롭히고 지치게 한 뒤에야 상식에 눈을 떴다. 그녀는 이 곤경에서 떨쳐 일어나 다시 쓸모 있는 사람이 되어야겠다—어떻게 해서든 남에게 의지하지 않고 살아가는 뿌듯함을 맛봐야겠다—고 생각했다. 과거는 과거였다. 과거에 무슨 일이 있었건 이젠 지난 일이었다. 그 일로 인한 결과가 어떤 것이든 시간 속에 묻힐 것이고, 몇 년이 지나면 아무 일도 없었던 것처럼 되어 그녀 자신도 땅속에 묻혀 잊혀지고 그 위로 녹색 풀이 돋아날 터였다. 그러는 동안에도

133

나무는 여전히 푸르고, 새들은 노래하고, 해는 여전히 밝게 빛났다. 낯익은 주위 환경은 그녀의 슬픔 때문에 어두워지거나 그녀의 고통 때문에 병들지 않았다.

그녀가 고개를 들지 못하는 건 세상 사람들이 그녀의 처지에 관심을 가지고 있다는 생각 때문이며, 그것은 망상에 불과하다는 걸 깨달았던 것이다. 그녀는 다른 사람들이 아닌 오로지 자기 자신에게만 하나의 존재이며, 경험, 정열, 감각으로 이루어진 구조물이었다. 그녀 이외의 모든 사람들에게 그녀는 그저 잠시 생각나는 존재일 뿐이었다. 친구에게조차도 그녀는 그저 자주 생각나는 존재 그 이상은 아니었다. 그녀가 오랫동안 밤낮으로 슬퍼한다 해도 그들은 '아, 저 앤 스스로를 불행하게 하고 있어' 하고 생각하는 게 고작일 것이다. 만약 테스가 마음을 밝게 가지고 모든 근심을 잊어버리고 햇빛과 꽃과 갓난아기에게서 기쁨을 얻으려고 노력한다 해도, 그녀는 그들에게 그저 '그래, 테스가 아주 잘 견뎌 내는구나' 하는 인상을 심어 줄 뿐이었다. 더구나 그녀가 무인도에 혼자 있었다면 그녀는 자신에게 벌어진 일 때문에 그렇게 비참했을까? 그렇게 심하지는 않았을 것 같다. 가령 그녀가 막 태어나는 순간에 자신이 이름 없는 아이의 어머니라는 것 외에 인생 경험이 전혀 없는, 아이만 있고 남편은 없는 여자라는 사실을 알았다면 그처지가 그녀를 절망으로 몰고 갔을까? 아니다. 그녀는 그런 상황을 차분히 받아들이고 거기서 즐거움을 찾았을 것이다. 그녀가 비참해하는 것은 대부분 그녀의 인습적인 생각에 의해 생겨난 것이지 본질적인 감각에 의한 것은 아니었다.

테스의 논리가 무엇이든 간에, 그녀는 기운을 내어 예전처럼 말쑥하게 차려입고는 밭일을 하러 나왔다. 때마침 추수 일손이 몹시 부족하던 시기였다. 그녀는 당당하게 처신했고, 심지어 아기를 안고 있을 때에도 이따금 사람들의 얼굴을 차분히 응시할 수 있었다.

일꾼들은 낟가리에서 일어나 힘껏 기지개를 켜고는 담뱃불을 껐다. 마구를 풀고 꼴을 먹인 말들을 다시 진홍색 기계에 연결했다. 서둘러 식사를 마친 테스는 제일 나이가 많은 여동생을 손짓으로 불러 아기를 넘겨준 다음에, 웃옷 단추를 잠그고 다시 가죽 장갑을 끼고는 허리를 굽혀서 좀 전에 마지막으로 묶은 단에서 다음 단을 묶을 밀짚을 한 줌 빼냈다.

오후는 물론이고 저녁까지 아침에 하던 대로 작업은 계속되었고, 테스도 다른 일꾼들과 함께 땅거미가 질 때까지 일했다. 어두워지자 그들은 커다란 짐마차 하나에 모두 몸을 싣고 동쪽 지평선 위로 솟아오른 흐릿하고 큼직한 달을 길동무 삼아 집으로 향했다. 달의 모습은 토스카나 지방(이탈리아 르네상스 문화의 유수한 중심지였다_옮긴이)의 좀먹은 성화(聖畵)에서 본 성자 뒤의 빛바랜 금박 후광을 연상시켰다. 가는 길에 테스의 여자 동료들은 노래를 불러 댔고, 그녀를 몹시 동정하며 다시 그녀가 바깥에 나오게 되어 무척 반가워했다. 그러나 그들은 짓궂게도, 들뜬 기분에 녹색 숲으로 들어갔다가 가련한 신세가 되어 버린 처녀의 이야기를 소재로 한 민요를 두어 곡 부르는 것마저 억제하지는 못했다. 인생에는 평형추와 보상이 있다. 테스를 사회적인 교훈거리로 만든 그 사건은 잠시나마 그녀를 대다수의 마을 사람들 사이에서 가장 흥미로운 인물로 만들어 주기도 했다. 그들이 다정하게 대해 준 덕분에 그녀는 자신의 처지에 골몰하는 일에서 멀어질 수 있었고 그들의 활기찬 기운에 전염되어 거의 쾌활해지기까지 했다.

그러나 도덕적 고뇌가 사라지고 나자 사회적인 규범과는 무관한 본능적인 면에서 새로운 슬픔이 생겨났다. 집에 돌아왔을 때 그녀는 슬프게도 아기가 오후부터 갑자기 아프기 시작했다는 소식을 들어야 했던 것이다. 아기의 체질이 워낙 여리고 약해서 그렇게 앓아눕게 될 가능성이 있었지만, 그럼에도 불구하고 그 일은 그녀에게 충격이었다.

그 아기가 이 세상에 태어나는 것 자체가 사회적인 규범을 거스르는 죄였음을 까맣게 잊은 젊은 엄마는 아기의 생명을 지켜서 그 죄가 계속되기를 간절히 바랐다. 하지만 자그마한 그 죄수가 육신이라는 감옥에서 풀려날 시간이 그녀가 예상했던 것보다 더 일찍 닥치리라는 것이 곧 분명해졌다. 이 사실을 깨닫자 단순히 아이를 잃는다는 상실감을 넘어서는 비통함이 그녀를 엄습했다. 아기는 아직 세례를 받지 않았던 것이다.

테스는 만약 자기가 저지른 일 때문에 화형을 당해야 한다면 그렇게 할 것이고 그로써 모든 게 끝나리라는 생각을 순순히 받아들이기로 마음을 정했다. 마을의 모든 처녀들은 성서에 기초하여 교육을 받았기 때문에 테스도 오홀라와 오홀리바의 이야기(에스겔은 이 여자들은 음란한 행실 때문에 돌에 맞아 죽고 그 아이들까지도 죽는다고 예언했다. 〈에스겔〉 23장 참조 _옮긴이)는 물론 그 이야기의 결론까지 잘 알고 있었다. 그러나 자기 아기한테 똑같은 일이 벌어지자 문제는 사뭇 달라졌다. 아기는 죽어 가고 있었다. 영혼을 구원할 수단도 없이.

잠자리에 들 시간이 거의 다 되었지만 그녀는 아래층으로 달려 내려가서 신부님을 모셔 와도 되느냐고 물었다. 마침 아버지는 일주일에 한 번씩 가는 롤리버 술집 나들이에서 금방 돌아온 뒤여서 옛날 자기 집안은 명망 있는 가문이었다는 생각이 한껏 고조되어 있었고, 또 테스가 이런 가문의 명예를 더럽힌 것에 대해 유달리 신경이 날카로워져 있었다. 그는 딸이 저지른 수치스런 일 때문에 다른 어느 때보다 그것을 숨겨야 할 판인데 신부를 집 안으로 불러들여 집 안의 동정을 살피게 하는 것은 말도 안 된다며 펄쩍 뛰었다. 그러고는 문을 잠그고 열쇠를 자기 주머니에 넣어 버렸다.

집안 식구들이 잠자리에 들었고, 테스도 한없는 슬픔을 느끼며 몸을 뉘었다. 자리에 누웠지만 그녀는 계속해서 잠에서 깼고, 한밤중이 되자 아기의 상태가 더 나빠졌다는 것을 알았다. 아기는 분명 죽어 가고 있었다. 고통 없이 조용히. 테스는 참담한 심정으로 침대 위에서 뒤척였다. 시계가 장엄하게 1시를 쳤다. 공상이 이성보다 더욱 활개를 치고, 불길한 가능성이 사실처럼 확고하게 굳어지는 시간이었다. 그녀는 아이가 세례도 받지 못했고, 법적인 부부 사이에서 태어나지 않았다는 이중의 불운으로 인해 지옥의 맨 밑바닥 귀퉁이에 보내지는 상상을 했다. 지옥의 마왕이 빵 굽는 날 화덕에 불을 땔 때 쓰는 갈퀴처럼 생긴 삼지창으로 아이를 집어 던지는 모습이 보이는 듯했다. 거기에 더해, 이 기독교 국가에서 아이들에게 종종 가르치는 갖가지 괴상하고도 기묘한 고문이 떠올랐다. 모두가 잠들어 집 안이 괴괴하기만 한데 무시무시한 예감이 어찌나 강렬하게 그녀의 상상력을 자극하는지 잠옷은 땀으로 축축해졌고, 심장이 쿵쾅거릴 때마다 침대가 삐걱거렸다.

아기는 갈수록 호흡이 가빠졌고 어머니인 테스의 정신적 긴장도 더욱 심해졌다. 그 어린것을 팔에 안고 아무리 입을 맞춰 봐도 소용이 없었다. 그녀는 더 이상 침대에 가만히 있을 수 없어서 안절부절못하며 방 안을 왔다 갔다 했다.

"오, 자비로운 하느님, 제발 자비를 베푸소서. 제 가엾은 아기를 불쌍히 여기소서! 제게는 어떤 벌을 주셔도 달게 받겠사오나 제 아기만은 불쌍히 여겨 주소서!"

그녀가 울부짖었다. 그렇게 서랍장에 기대어 한참 동안 횡설수설 중얼거리며 기도를 하다가 벌떡 몸을 일으켰다.

"아, 그렇게 하면 되겠구나! 어쩌면 아기를 구원할 수 있을지도 몰라! 아마 마찬가지일 거야!"

그녀가 어찌나 얼굴이 밝아졌던지 마치 주위의 어둠 속에서 그녀의 얼굴이 환하게 빛나는 것 같았다. 그녀는 촛불을 켜고 벽 아래의 둘째와 셋째 침대로 가서 어린 동생들을 모두 깨웠다. 그녀는 동생들 모두

와 한방을 쓰고 있었던 것이다. 세면대를 앞으로 끌어내어 그 뒤로 들어간 다음, 주전자에서 물을 약간 따르고는 아이들에게 두 손을 모으고 그 둘레에 무릎을 꿇게 했다. 아이들은 아직 잠에서 덜 깬 상태였지만 그녀의 위엄 있는 태도에 겁을 먹고 가만히 앉아서 점점 눈을 크게 떴다. 그러는 사이에 그녀는 침대에서 아기(너무 어려서 그 아기를 낳은 사람에겐 도무지 어머니라는 칭호를 붙일 수 없을 것 같았으니 애가 애를 낳은 셈이었다)를 안고 왔다. 그러고 나서 테스는 팔에 아기를 안고 세면대 옆에 똑바로 섰고, 바로 아래 여동생은 교회에서 서기가 신부 앞에서 하듯이 기도서를 펴 들고 테스 앞에 섰다. 이렇게 해서 테스는 자기 아기의 세례식을 시작했다.

길고 흰 잠옷을 입고 검은 머리채를 땋아 등에서 허리까지 드리운 그녀의 풍채는 특이할 정도로 키가 커 보였고 위압적인 느낌을 주었다. 희미한 촛불은, 햇빛 아래였다면 하나도 남김없이 다 드러났을 몸매와 사소한 흠집—밀밭에서 일할 때 그루터기에 긁힌 손목의 생채기와 피곤한 눈—을 적당히 감춰 주었다. 그녀의 드높은 열정은 파멸을 불러왔던 자신의 얼굴을 변모시키는 효과를 내어 완벽한 아름다움을 지닌 모습으로 보이게 했고, 심지어 여왕다운 위엄마저 풍겼다. 아직 잠에서 덜 깬 빨간 눈을 끔벅거리며 무릎을 꿇고 둘러앉은 어린아이들은, 놀라움은 유보하고 준비가 다 되기를 기다렸다. 너무 밤늦은 시간이라 몸이 무거워서 적극적일 수 없었던 것이다.

동생들 중에 가장 놀란 아이가 물었다.

"누나, 정말로 아기한테 세례를 줄 거야?"

테스는 엄숙하게 그렇다고 대답했다.

"이름은 뭐라고 할 건데?"

그녀는 미처 이름을 생각해 두지 못했지만, 세례식을 거행하는 동안 창세기의 한 대목에서 떠오른 이름을 아기의 이름으로 명명했다.

"소로우('슬픔'이라는 뜻_옮긴이). 성부와 성자와 성령의 이름으로 네게 세례를 주노라."

그녀는 물을 뿌렸고, 침묵이 흘렀다.

"얘들아, 아멘이라고 해야지."

아이들은 시키는 대로 "아멘" 하고 높지만 작은 목소리로 말했다.

테스는 계속했다.

"우리는 이 아이를 받아…… 성호를 그어 이 아이를 축복하노라."

그녀는 세면대에 손을 적셔 집게손가락으로 아기의 몸에 열과 성을 다해 십자가를 그었다. 그러고는 아기가 죄악과 세상과 악마에 맞서 씩씩하게 싸우고 죽을 때까지 하느님의 충실한 병사와 종의 역할을 하게 해 달라는 관례적인 기도문을 읊었다. 이어서 그녀는 주기도문을 외웠고, 아이들도 언니를 따라 모기 소리처럼 가느다란 혀짤배기소리로 종알종알 외다가 끝에 이르러서는 교회 서기처럼 목소리를 높여 "아멘" 하고 외쳐 주위의 정적을 깨트렸다.

그들의 누이는 이 세례식의 효과에 대해 더욱 자신감을 갖게 되었다. 그러자 마음속 깊은 곳에서부터 감사의 기도가 터져 나왔다. 그녀가 진심을 다해 말할 때면 나오는, 마치 파이프 오르간의 폐구음전 같은 목소리로 그녀는 당당하고 의기양양하게 기도를 올렸다. 그녀를 아는 사람들은 그녀의 이런 목소리를 결코 잊지 못할 것이다. 신앙의 황홀경은 그녀를 신격화했다. 얼굴은 환하게 빛을 발했고 양쪽 볼은 한가운데가 불그레해졌다. 그리고 눈동자는 촛불이 거꾸로 축소되어 맺혀 다이아몬드처럼 반짝였다. 아이들은 점점 더 존경스런 눈으로 그녀를 올려다보았고 더 이상 의문을 갖지 않았다. 이제 그녀는 그들에게 누나가 아니라 크고 높고 신성한 존재, 그들과는 다른 거룩한 존재로 보였다.

가련한 소로우의 죄악과 세상과 악마에 맞선 싸움은 찬란하게 전개

되지 못하고 말 운명이었다. 그의 출생을 생각해 보면 어쩌면 그 자신을 위해서 다행스런 일인지도 모른다. 동이 틀 무렵 이 연약한 병사이자 종은 숨을 거두었고, 다른 아이들은 잠에서 깨어나자 슬피 울면서 누나에게 예쁜 아기를 하나 더 낳아 달라고 애원했다.

테스는 아기에게 세례를 하고 나서 얻은 마음의 평정을 아이가 죽고 나서도 잃지 않았다. 날이 밝자 사실 아기의 영혼에 대한 걱정이 좀 지나쳤다는 느낌마저 들었다. 근거가 있건 없건 이제 그녀는 전혀 불안하지 않았다. 그녀는 만약 하느님이 그녀의 세례식을 인정하지 않는다면 변칙적인 방법을 썼다는 이유로 갈 수 없는 천국 따위는 아무런 가치가 없다는 생각을 했다.

이렇게 해서 사회의 규범을 존중하지 않는 몰염치한 자연이 선물한 사생아이자 이 세상에 주제넘게 끼어든 불청객이자 '원치 않았던 아이' 소로우는 저세상으로 갔다. 그 부랑아에게는 겨우 며칠간이 영겁의 기간이어서 해라든가 세기 같은 것이 있는 줄도 몰랐고, 오두막집 실내가 우주였고, 한 주일의 날씨가 기후였으며, 갓난아기 시절이 전 생애였고, 젖을 먹는 본능이 알고 있는 전부였다.

세례를 주었던 일을 한참 동안 곰곰 생각하던 테스는 아기를 기독교식으로 매장하는 게 교리상 가능할지 궁금해졌다. 그건 그 교구의 신부만이 대답해 줄 수 있는 문제였지만, 그는 새로 부임한 사람이라 그녀를 잘 몰랐다. 해가 진 뒤에 그녀는 교구 신부의 집으로 가서 문 앞에 섰지만 차마 들어갈 용기가 나지 않았다. 그녀가 막 돌아섰을 때 집으로 돌아오는 그를 우연히 만나지 못했다면 아마 그 계획은 무산되고 말았을 것이다. 어둠 속이라 그녀는 기탄없이 말할 수 있었다.

"신부님, 여쭤 보고 싶은 게 있어요."

그는 기꺼이 듣겠다고 했고 그녀는 아기가 아팠던 이야기며 죽음이 임박해 임시변통으로 세례를 주었던 이야기를 털어놓았다.

"그래서 말인데요, 신부님."

그녀가 진지하게 말을 이었다.

"그 세례식이 아기를 위해서 신부님이 해 주시는 것과 같은 효과가 있을지, 그게 궁금해요."

장인(匠人)이 자기를 불러서 치러야 했을 일을 서투른 고객들이 자기들끼리 어설프게 처리한 것을 알았을 때 못마땅한 게 당연하듯이 그도 아니라고 말하고 싶었다. 그러나 그 처녀의 당당한 태도와 부드러운 목소리가 그의 고결한 본능을 자극했다. 그것은 실제로는 늘 회의에 빠지면서도 직업상 신앙을 가져 보려고 노력해 온 지난 10년의 세월 뒤에 남은 것이었다. 인간의 본능과 사제의 의식이 그의 내부에서 싸웠고, 승리는 인간의 본능에게로 돌아갔다.

"아가씨, 마찬가지일 겁니다."

그가 말했다.

"그럼 기독교 의식으로 아기의 장례를 치러 주시겠습니까?"

그녀가 황급히 물었다.

신부는 진퇴양난에 빠진 느낌이었다. 그는 그 전날 아기가 아프다는 소문을 듣고 자상하게도 세례를 해 줘야겠다는 생각에 어두워진 뒤에 그 집을 찾아갔었다. 그러나 그를 거부한 것이 테스가 아니라 테스의 아버지라는 사실을 모르고 있었기 때문에 그런 변칙적인 세례식을 할 수밖에 없었던 상황을 이해할 수 없었다.

"아, 그건 다른 문제입니다."

그가 말했다.

"다른 문제라고요? 어째서 그렇죠?"

테스가 다소 흥분해서 물었다.

"글쎄…… 우리 두 사람만의 문제라면 기꺼이 그렇게 하겠어요. 하지만 안 됩니다. 그럴 만한 이유가 있어요."

"한 번만요, 신부님!"

"정말 안 됩니다."

"제발요, 신부님!"

그녀는 신부의 손을 잡으며 말했다.

그는 고개를 저으며 손을 뺐다.

"그럼 신부님을 미워할 거예요! 이제 다시는 신부님의 교회에 나가지 않겠어요."

"그렇게 경솔하게 말하면 안 돼요."

"신부님이 안 해 주셔도 아기한테는 마찬가지겠죠? 마찬가지일 거예요, 그렇죠? 제발 성자가 죄인 다루듯 하지 마시고, 인간 대 인간으로 저를 대해 주세요! 불쌍히 여겨 주시라고요!"

신부가 이런 문제에 대해 스스로 고수해 왔다고 여기던 엄격한 관념과 어떻게 타협하여 대답을 했는지 일반인은 알 수 없을 것이다. 그러나 신부가 그렇게 대답한 것을 이해할 수는 있을 것이다. 결국 신부의 마음이 움직여 이 문제에 대해서도 이렇게 대답했다.

"마찬가지일 겁니다."

그리하여 아기는 낡은 부인용 숄에 싸이고 작은 전나무 상자 안에 담겨 그날 밤 교회 묘지로 운반되었다. 그리고 묘지기에게 돈 1실링과 맥주 2리터를 내고 하느님이 할당한 쐐기풀이 자라는 초라한 귀퉁이에 초롱불을 옆에 켜고 아기를 묻었다. 그곳에는 세례를 받지 못한 아기, 혹은 악명이 높은 술꾼, 자살한 사람, 그 밖에 지옥으로 갔으리라고 추정되는 자들이 묻혀 있었다. 그 묘소의 주변 환경에는 영 어울리지 않았지만 테스는 나뭇가지 두 개를 끈으로 묶어 멋지게 작은 십자가를 만들고 거기다 꽃을 묶은 뒤, 다른 이들의 눈에 띄지 않는 어느 저녁에 교회 묘지로 들어가 무덤 꼭대기에 꽂았다. 그리고 같은 꽃 한 다발을 자그마한 물병에 담아 무덤의 발치에 놓았다. 지나가는 길손의 눈에 물병 바깥에 붙은 '킬웰 마멀레이드'라는 상표가 보인들 그게 무슨 대수이겠는가? 모정의 눈은 더 높은 곳을 바라보느라 그걸 보지 못했다.

15

로저 애스컴에 따르면 우리는 경험에 의해, 오랜 방황에 의해 지름길을 발견한다. 그러나 긴 방황이 이후의 여정에 걸림돌이 되는 일도 드물지 않으니, 그렇다면 경험이 무슨 소용이란 말인가? 테스 더비필드의 경험은 바로 이런 종류의 무용한 경험이었다. 마침내 그녀는 어떻게 처신해야 할지 알게 되었지만, 이제 누가 그녀의 행동을 받아들여 주겠는가?

만일 그녀가 더버빌가에 가기 전에 그녀 자신에게나 세상에 널리 알려진 갖가지 금언이나 경구의 가르침에 따라 단호하게 행동했다면 결코 그런 일을 당하지 않았을 것이다. 그러나 교훈의 도움을 받을 수 있는 동안에 그 훌륭한 금언의 진실을 온전히 깨닫는다는 것은 다른 사람은 물론 테스의 능력 밖의 일이었다.

그녀는─수많은 다른 사람들도─성 아우구스티누스가 그랬듯 하느님께 반어적으로 이렇게 말했을 것이다.

"당신께서는 우리에게 허락하신 길보다 더 좋은 길을 가르쳐 주셨군요(아우구스티누스의 《고백록》_옮긴이)."

그녀는 겨울 동안 아버지 집에 머무르면서 닭털을 뽑거나 칠면조와 거위에게 먹이 주는 일을 하거나, 더버빌에게서 받기는 했지만 눈에 거슬려 처박아 두었던 좋은 옷들을 고쳐 동생들 옷을 만들어 주었다. 그녀는 더버빌을 절대 떠올리려고 하지 않았다. 그러나 열심히 일을 하고 있어야 할 때에도 머리 뒤에 두 손을 깍지 낀 채 생각에 잠기곤 했다.

그녀는 침착하게 지난 일들을 날짜별로 떠올려 보았다. 체이스 숲의 어둠을 배경으로 일어났던 트랜트리지의 그 끔찍한 밤, 아기가 태어났던 날과 죽었던 날, 자신의 생일, 그리고 자신과 관련된 사건들이 있었던 모든 날들을. 어느 날 오후, 그녀는 거울 속에 비친 자기의 아름다운 얼굴을 바라보다가 불현듯 어떤 다른 날들보다 더 중요한 날인 자기가 죽게 될 날이 아직 남아 있다는 생각이 들었다. 그날엔 그 모든 아름다움이 사라지게 될 터였다. 그녀가 해마다 그 곁을 지날 때에도 아무런 신호도, 소리도 내지 않으며 1년의 하고많은 날들 속에 음험하게 숨어서 모습을 드러내지 않지만 분명히 존재하는 날이었다. 그날은 언제인가? 그녀는 해마다 그토록 냉랭한 벗과 마주치면서도 어째서 그 냉기를 느끼지 못했던 것일까? 그녀는 제러미 테일러(17세기 영국의 성공회 성직자_옮긴이)의 말대로 미래의 어느 날 자기가 죽었을 때 자기를 알았던 사람들이 마음속에 별다른 감정 없이 '오늘이 그…… 가엾은 테스 더비필드가 죽은 날이군' 하고 말하리라는 생각이 들었다. 오랜 세월을 거쳐 인생의 종착점에 다다르게 될 그날이 어느 주, 어느 달, 어느 계절, 어느 해가 될지 그녀는 알 수 없었다.

이렇게 테스는 단순한 처녀에서 복잡한 여인으로 거의 비약적으로 변모했다. 깊은 사색의 흔적이 얼굴에 어렸고, 이따금 목소리에 비극적인 음조가 배어났다. 더 커진 눈은 표정이 더 풍부해졌다. 그녀는 누가 봐도 아름답다고 할 만한 여인이 되었다. 외모는 아름다워서 눈길을 끌만큼 매력적이었고, 영혼은 지난 한두 해 동안의 신산스러운 경험에도 자신감을 잃지 않았다. 세상의 이목만 없었다면 이런 경험들은 그저 인생을 알게 한 교양 교육에 지나지 않았을 것이다.

그녀는 최근 한두 해 동안 사람들과 교류하지 않았기 때문에 그녀의 곤경은 널리 퍼지지 않았고, 말롯 마을에서 거의 잊혀져 갔다. 그러나 그녀의 부모님이 부유한 더버빌가에 그녀를 보내 일가임을 알리고 가까이 지내려고 시도했다가 실패한 일을 알고 있는 곳에서는, 자신이 다시는 진정으로 편안해질 수 없다는 것을 그녀는 분명히 알고 있다. 적어도 아주 오랜 세월이 지나 그것이 의식에서 완전히 지워지는 날이 와야 편안해질 수 있을 것 같았다. 하지만 테스는 지금도 자기 내부에 여전히 따스하게 살아 있는, 희망을 향해 약동하는 생명력을 느낄 수 있었다. 추억이 없는 어느 외딴곳에서라면 행복해질 수도 있을 것 같았다. 과거와 과거에 관련된 모든 것들에서 벗어나려면 모든 기억을 지워 없애야 했고, 그러자면 떠나는 수밖에 없었다.

한번 잃으면 영원히 잃는다는 말은 순결에도 적용이 될까, 테스는 스스로에게 물어보곤 했다. 과거를 감출 수 있다면 그 말이 틀리다는 것을 입증할 수도 있을 것 같았다. 유기체의 속성인 회복력이 유독 처녀성에만 적용되지 않을 리 없었다.

그녀는 오랫동안 기다렸지만 새로운 출발을 위한 기회를 찾지 못하고 있었다. 유난히 화창한 봄이 돌아와 새싹마다 움트는 소리가 귀에 들리는 듯했다. 이런 봄기운은 들짐승들의 마음을 들뜨게 하듯 테스의 마음도 흔들어 놓았다. 드디어 5월 초순 어느 날, 테스에게 편지 한 통이 날아들었다. 테스가 오래전에 일자리를 부탁했던—한 번도 본 적은 없었지만—어머니의 옛 친구한테서 온 편지였다. 남쪽으로 수킬로미터 떨어진 어느 낙농장에서 숙련된 여자 일꾼이 필요하여 목장주가 하절기의 몇 달 동안 그녀를 고용할 생각이라는 내용이었다.

테스가 바라던 만큼 멀리 떨어진 곳은 아니었지만, 그녀의 행동반경과 소문이 미치는 범위는 아주 좁았기 때문에 사실 그 정도 거리만으로도 충분했다. 좁은 바닥에서 생활하는 사람에게는 몇 킬로미터가 지도상의 경도나 위도이고, 교구가 주이고, 주가 나라나 왕국인 셈이므로 한 가지 점에서 테스는 굳은 결심을 했다. 그것은 이세 새로운 생활을 시작하면 꿈에서든 실제 행동에서든 다시는 더버빌가를 통한 공중누각을 기대하지 않으리라는 것이었다. 그녀는 이제 낙농장에서 젖 짜는 여자 테스일 뿐 그 이상은 아니었다. 어머니는 이 문제에 대해서 테스와 직접 얘기를 나눈 적은 없었지만, 테스의 심정을 아주 잘 알고 있었기 때문에 기사를 지냈던 더버빌 가문의 이야기는 더 이상 꺼내지 않았다.

그러나 인간이란 어찌나 모순된 존재인지, 테스는 새로 가는 곳이 우연히도 조상이 살던 곳과 가깝다는 사실을 알고 더욱 구미가 당겼다(어머니는 블레이크모어 토박이였지만 아버지 쪽 조상은 블레이크모어 사람들이 아니었다). 그녀가 찾아가게 될 탤버테이스 목장에서 그리 멀지 않은 곳에는 더버빌 가문의 옛 영지가 있었고, 근처에는 증조모들과 권세를 누렸던 그들의 남편들이 묻힌 거대한 가족 묘지도 있었다. 테스는 그것들을 바라보며 더버빌 가문도 바빌론처럼 멸망했다는 생각뿐 아니라, 그 가문의 미천한 후손 한 사람의 순수도 조용히 사라질 수 있다는 생각도 하게 될 터였다. 그러면서도 그녀는 조상이 살던 땅에 가면 왠지 좋은 일이 생길지 모른다는 생각이 들었고, 나뭇가지에 수액이 돌듯 몸 안에서 기운이 저절로 솟았다. 그것은 일시적으로 억눌린 뒤에도 새로이 솟구치며 희망을 불러오는 소모되지 않는 젊음이요, 자신의 기쁨을 바라는 불굴의 본능이었다.

제3부
회복

16

트랜트리지에서 돌아온 지 2년이 지나고 3년이 되어 갈 즈음, 백리향(광대나물과의 식물_옮긴이)의 향기가 그윽하고 새들이 알을 깨고 나오는 5월의 어느 날 아침, 그동안 조용히 기운을 회복하던 테스 더비필드는 두 번째로 집을 떠났다.

짐은 나중에 따로 부칠 수 있도록 꾸려 놓고, 스타워캐슬이라는 작은 마을을 향해 전세 마차로 출발했다. 이번 길은 그녀가 첫 번째 떠났던 여행과는 거의 정반대 방향이었기 때문에 스타워캐슬을 지나야 했다. 그토록 떠나고 싶었던 곳이었건만 막상 첫 번째 산모퉁이에 이르자 그녀는 서운한 듯 말롯 마을과 자기 집을 돌아보았다.

저기 살고 있는 식구들은 그녀가 멀리 떠나 그녀의 미소를 보지 못하게 되더라도 즐거움이 크게 줄어든 것을 느끼지 않고, 아마 이제까지와 다름없이 생활해 나갈 것이다. 며칠만 지나면 어린 동생들은 그녀가 남기고 떠난 빈자리를 의식하지 못하고 여전히 즐겁게 놀이에 열중할 것이다. 그녀는 자기가 동생들을 떠나는 것이 그들을 위해 가장 좋은 일이라고 판단을 내렸다. 자기가 그대로 집에 남아 있으면 아무리 자기가 잘 가르친다 해도 아이들에게 이롭기보다는 자기의 좋지 못한 본보기로 해를 입히게 될 것 같았다.

스타워캐슬에 도착한 그녀는 거기서 쉬지 않고 큰길의 교차로까지 곧장 걸어갔다. 이 내륙 지방의 외곽을 도는 철도는 있었으나 이 지방을 횡단하는 철도는 아직 없었기 때문에, 거기서 서남쪽으로 가는 역마차를 기다릴 작정이었다. 그러나 기다리고 있는데 그녀가 가려는 방향과 비슷한 곳으로 짐마차를 몰고 가는 한 농부가 다가왔다. 전혀 모르는 사람이었지만 그녀는 자기 옆 자리를 내주겠다는 그의 권유를 받아들였다. 그리고 그의 호의가 자기의 용모에 대한 관심에서 비롯되었다는 것을 알고 있었지만 그다지 신경 쓰지 않았다. 그는 웨더베리까지 가는 길이었고, 거기까지만 그와 함께 가면 나머지 길은 캐스터브리지를 경유하는 역마차를 타지 않고 걸어갈 수 있었다.

지루하게 마차를 타고 온 뒤였지만 테스는 농부가 추천해 준 농가에서 그저 그런 음식으로 대충 때웠을 뿐 웨더베리에 머무르지 않았다. 테스는 거기서부터 바구니를 들고 히스가 무성한 넓은 고원 지대를 향해 걸어갔다. 그 고원 너머에는 그녀의 이날 여행길의 최종 목적지인 낙농장의 초원이 펼쳐진 저지대 골짜기가 있었다.

테스는 전에 이곳에 와 본 적이 없었지만 풍경이 친근하게 다가왔다. 왼쪽으로 그리 멀지 않은 곳에 거무스름한 구역이 눈에 띄어서, 주위에 물어보니 짐작한 대로 킹스비어의 경계를 이루는 숲이라고 했다. 킹스비어 교구의 교회에는 그녀의 조상—일생에 도움이 되지 않는—의 유골이 묻혀 있었다.

그녀는 이제 조상을 존경하지 않았다. 오히려 그들 때문에 곤경에 빠졌던지라 증오에 가까운 감정을 갖고 있었다. 그들이 소유했던 모든 것들 가운데 그녀에게 남은 것이라고는 낡아빠진 도장과 수저뿐이었다.

"쳇, 난 아버지 못지않게 어머니의 피도 물려받았는걸! 내가 예쁜 것도 어머니를 닮은 거고 어머니는 평범한 젖 짜는 여자에 불과해."

그녀는 혼자 중얼거렸다.

중간에 가로놓인 엑든의 고원과 저지대를 지나는 길은, 실제 거리로는 몇 킬로미터밖에 되지 않았지만 그곳에 당도하고 보니 예상했던 것보다 훨씬 힘든 길이었다. 몇 번이나 길을 잘못 드는 바람에 두 시간 뒤에야 오랫동안 찾아 헤매던 골짜기가 내려다보이는 곳에 이르렀다. '대 낙농장 계곡'이라 불리는 그 골짜기에서는 우유와 버터가 풍성했는데 테스의 고향보다 맛은 좀 못해도 생산량은 훨씬 많았고, 푸른 들판은 바 또는 프룸이라는 이름의 강에서 넉넉하게 물을 공급받고 있었다.

그곳은 끔찍했던 트랜트리지에서의 체류 기간을 빼고 그녀가 지금까지 유일하게 알고 있는 고장인 블랙무어 골짜기, 곧 '소 낙농장 계곡'과는 본질적으로 달랐다. 여기서는 모든 것이 훨씬 큼직큼직했다. 농장의 면적은 4만 제곱미터가 아니라 20만 제곱미터에 달했고 농장 건물도 훨씬 컸으며, 소 떼도 블랙무어에서 가족 규모였다면 여기서는 부족을 이루고 있었다. 동쪽 끝에서 서쪽 끝까지 그녀의 눈 아래에 펼쳐진 수많은 암소는 그녀가 지금까지 한눈에 본 것 중에 가장 많았다. 푸른 풀밭에는 반 알스로트나 살라에르트(반 알스로트와 살라에르트는 브뢰헬과 같은 화풍의 플랑드르 화가이다. _옮긴이)의 화폭에 그려진 사람들과 같은 밀도로 많은 소들이 흩어져 있었다. 붉은색과 적갈색 암소의 진한 색조는 저녁 햇빛을 흡수했으나 흰 소들은 햇빛을 반사하여 그녀가 서 있는 먼 언덕에서도 눈이 부셨다.

그녀의 눈 아래에 펼쳐진 풍경은 익히 잘 알고 있는 고향의 풍경만큼 풍성하게 아름답지는 않았으나 훨씬 기분을 좋게 했다. 고향의 계곡처럼 짙푸른 대기며 점토질의 토양이며 진한 향기는 없었으나 공기는 맑고 상쾌하고 가벼웠다. 이 유명한 낙농장의 초원과 소에게 자양분을 공급하는 강물도 블랙무어의 시냇물과는 흐름이 달랐다. 그곳의 시내는 흐름이 느리고 고요하고 자주 탁해졌다. 바닥은 진흙이어서 부주의하게 건너려다가는 자기도 모르는 사이에 가라앉아 사라져 버릴 수도 있었다. 반면에 프룸 강의 강물은 사도 요한 앞에 나타났던 그 순수한 생명의 강처럼 맑고, 구름의 그림자가 지나듯 빠르고, 조약돌이 깔린 얕은 여울에서는 온종일 하늘을 향해 재잘거리는 소리가 났다. 그곳에서는 물가에 나리꽃이 피었으나 여기에는 미나리아재비가 피었다.

무거운 공기에서 가벼운 공기로 바뀐 탓인지, 아니면 다른 사람의 불쾌한 시선이 없는 새로운 곳에 와 있다는 느낌 때문인지 테스는 놀라울 만큼 기분이 좋아졌다. 부드러운 남풍을 받으며 힘차게 걸어 내려갈 때 그녀의 희망은 주위의 찬란한 광구(光球)의 햇빛과 뒤섞였다. 산들바람이 불 때마다 유쾌한 음성이 들려왔고 새들이 지저귀는 소리에는 즐거움이 숨어 있는 듯했다.

최근 들어 테스의 얼굴은 심경의 변화에 따라 달라졌다. 생각이 명랑해지느냐 침울해지느냐에 따라 아름다움과 평범함 사이를 끊임없이 오갔다. 어느 날은 그늘 한 점 없이 맑고 불그레하다가도 어느 날은 창백하고 침울해지곤 했다. 얼굴이 발그레할 때에는 창백할 때보다 감정의 기복이 적었다. 마음이 안정될수록 그녀의 아름다움은 더욱 완벽하게 드러났고, 감정이 격해질수록 얼굴도 창백해졌다. 지금 남풍을 맞으며 힘차게 걸어가는 그녀의 얼굴은 더없이 아름다웠다.

어디에서든 달콤한 즐거움을 찾고자 하는 그 억제할 수 없고 보편적이고 자연스러운 경향은 가장 미천한 것에서부터 가장 고등한 것까지 모든 생명체의 속성이라 할 수 있는데, 그것이 드디어 테스를 사로잡았다. 그녀는 이제 겨우 스무 살이었기 때문에 정신적으로나 정서적으로 계속 성장하고 있었다. 그러므로 어떤 사건도 시간이 지나서까지 변하지 않는 인상을 그녀에게 남길 수는 없었다.

이렇게 하여 테스의 활기와 감사와 희망은 점점 더 높이 솟아올랐다. 그녀는 민요 몇 곡을 불러 보았으나 충분하지 않다는 생각이 들었다. 그래서 그녀가 지혜의 열매를 따 먹기 전까지 주일이면 자주 읽곤 했던 기도서의 구절을 떠올리며 노래하기 시작했다.

"오, 그대 해와 달이여…… 오, 그대 별들이여…… 그대 땅 위의 초목들이여…… 그대 하늘을 나는 새들이여…… 들짐승과 가축 들이여…… 사람의 자식들이여…… 주님을 축복하여라. 주님을 영원토록 찬미하고 찬양하여라."

그녀는 갑자기 노래를 멈추고 중얼거렸다.

"하지만 난 아직 주님을 잘 모르겠어."

거의 반쯤은 무의식에서 흘러나온 이 노래는 아마도 일신교(一神教)를 바탕으로 한 주물 신앙(呪物信仰)을 표현한 것이리라. 자연의 온갖 형상과 힘을 주된 벗으로 삼아 살아온 여자들은, 보다 최근에 자신의 종족에게 가르침을 주었던 체계적인 종교보다 더 오래전 조상의 이교적(異教的)인 환상을 영혼 속에 더 많이 간직하고 있게 마련이다. 그러나 테스는 적어도 현재의 심경을 비슷하게나마 표현할 수 있는 구절을 어릴 때부터 입에 익혀 온 옛 성가에서 찾아냈고, 그것으로 충분했다. 자립의 목표를 향해 이제 막 첫발을 내디디는 사소한 첫걸음에도 크게 만족하는 것은 더비필드 집안의 기질이었다. 아버지는 전혀 그렇지 않았지만 테스는 정말 똑바로 걷고 싶었다. 하지만 눈앞에 보이는 작은 성과에 만족한다는 점이나, 한때 막강했던 더버빌 가문이 지금처럼 몰락해 버린 처지에서 겨우 성취할 수 있는 미미한 사회적 영달을 위해서는 전혀 노력할 마음이 없다는 점은 아버지를 닮았다.

한동안 테스를 몹시도 좌절시켰던 경험이 있고 난 뒤, 테스는 또래 젊은이다운 활력과 어머니 집안 쪽의 소진되지 않는 활력에 힘입어 기운을 차렸다고 말할 수 있을 것이다. 사실 여자들은 대체로 그러한 굴욕을 겪고도 견뎌 내고 기운을 되찾아 다시 주위를 흥미로운 눈으로 둘러본다. '살아 있는 한 희망은 있다'라는 신념은 우호적인 이론가들이 우리에게 납득시키기는 어려워도 '배신을 당해 본' 사람이라면 전적으로 이해할 수 없는 것만은 아니다.

그래서 테스 더비필드는 인생에 대한 열정을 가득 품고 기운차게 목적지인 낙농장을 향해 엑든의 비탈길을 내려갔다.

두 골짜기의 두드러진 차이는 마지막에 특히 뚜렷하게 드러났다. 블랙무어의 비밀은 주위의 높은 곳에 올라가야 가장 잘 발견할 수 있었으나, 그녀의 눈앞에 있는 골짜기를 정확히 보려면 그 한가운데로 내려가야만 했다. 골짜기 한가운데에 이르자 융단 같은 평원이 시야가 허락하는 선에서 동쪽과 서쪽으로 끝없이 펼쳐져 있었다.

그 강은 일찍이 고지대에서부터 훔쳐 낸 흙을 조금씩 이 골짜기로 갖고 내려와 이처럼 평평한 땅을 만들었고, 지금은 지치고 늙고 가늘어져서 이전에 자기가 훔쳐다 놓은 흙 한가운데로 구불거리며 흘러가고 있다.

테스는 어느 방향으로 가야 할지 몰라 산으로 둘러싸인 푸르른 평원에 가만히 서 있었다. 마치 끝없이 긴 당구대 한가운데 앉아 있는 파리 같았고, 그 자연 속의 그녀가 파리 이상으로 중요한 존재인 것 같지도 않았다. 이 평온한 골짜기에 그녀의 존재가 끼친 유일한 영향이라고는 아직껏 왜가리 한 마리의 흥미를 끌었던 것뿐이었다. 왜가리는 그녀가 가는 길에서 멀지 않은 곳에 내려앉아 목을 똑바로 세우고 그녀를 바라보았다.

갑자기 저지대의 여기저기에서 길게 늘인 외침 소리가 되풀이하여 들려왔다.

"워어이! 워어이! 워어이!"

이 외침 소리는 동쪽 끝에서 서쪽 끝으로 옮아가듯 퍼져 나갔으며, 간간이 개 짖는 소리도 섞여서 들렸다. 그것은 아름다운 테스가 도착했음을 골짜기가 알았다고 표현하는 소리가 아니라, 소의 젖을 짜기 위해 젖소들을 몰아넣기 시작하는 4시 반을 알리는 소리였다.

침착하게 신호를 기다리면서 가장 가까운 데 있던 붉고 흰 소 떼가 커다란 젖통을 덜렁거리며 뒤쪽에 있는 농장 건물을 향해 무리를 지어 이동했다. 테스도 그 뒤를 천천히 따라갔고, 소들이 먼저 들어간 문을 거쳐 안마당으로 들어섰다. 이엉으로 지붕을 인 기다란 외양간이 안마당을 둘러싸고 있었고, 그 경사진 지붕에는 이끼가 푸릇푸릇했고, 처마를 받친 기둥들은 지난 세월 동안 무수한 젖소와 송아지 들이 옆구리로 문질러 대서 반질반질하게 윤이 났으나 이제는 그 깊은 의미를 생각하는 사람이 아무도 없어 거의 잊혀져 가고 있었다. 기둥 사이로 젖소들이 늘어서 있었다. 뒤에서 좀 색다른 시선으로 바라보면 두 개의 나무줄기 위에 둥그런 쟁반 같은 것이 얹혀 있고, 그 한복판에서 아래쪽으로 드리운 나뭇가지 하나가 마치 시계추처럼 낭창낭창 움직이는 듯했다. 그동안 태양은 이 참을성 많은 소 떼들 뒤로 몸을 낮추어 안쪽 벽에다 소들의 그림자를 정확하게 던지고 있었다. 이렇게 매일 저녁, 태양은 이 보잘것없고 못생긴 형상을 마치 궁궐의 담장에 그리는 궁중 미녀의 모습인양 윤곽 하나하나에 정성을 들여 가며 그림자를 투영했다. 마치 오랜 옛날 대리석 건물 정면에 올림포스 신들이나 알렉산더, 시저, 파라오의 형상을 그려 넣듯 찬찬히 공을 들였다.

외양간 안에 있는 젖소들은 성질이 덜 온순했다. 저 스스로 가만히 서 있을 수 있는 젖소들은 마당 한가운데에서 젖을 짰는데, 지금도 그렇게 얌전한 젖소들은 마당에서 기다리고 있었다. 이 소들은 모두가 이 골짜기 밖에서는 좀처럼 볼 수 없는 우량종이었고 골짜기 안에서도 언제나 볼 수 있는 것은 아니었다. 일 년 중 지금처럼 한창 좋은 계절에 수분이 많은 풀로 자양분을 흡수한 소들이기 때문이었다. 흰 점이 박힌 얼룩소들은 눈이 부시도록 햇빛을 반사했고, 뿔에 달린 광택나는 놋쇠 장식은 마치 군대가 사열할 때처럼 반짝였다. 커다란 핏줄이 불거져 나온 젖통들은 모래주머니처럼 묵직하게 아래로 처져 있었고 젖꼭지는 집시들의 오지항아리 다리처럼 튀어나와 있었다. 젖 짤차례를 기다리는 동안에도 불어 있는 젖이 흘러나와 땅바닥에 방울방울 떨어졌다.

17

 젖소들이 풀밭에서 돌아오자 젖 짜는 남녀 일꾼들이 집 안에서 몰려나왔다. 여자들은 나막신을 신고 있었는데 날씨 때문이 아니라 마당에 깔아 놓은 밀짚 속으로 신발이 빠지지 않게 하기 위해서였다. 여자들은 제각기 세 발 달린 의자에 앉아서 얼굴을 옆으로 돌리고 오른쪽 볼을 소 옆구리에 댄 채 걸어오는 테스를 유심히 바라보았다. 모자 차양을 깊숙이 눌러쓴 남자들은 바닥만 내려다보고 있었기 때문에 테스를 보지 못했다.

 이 남자들 중에 건장한 중년 사내—다른 사람들 것보다 좀 더 좋고 깨끗해 보이는 기다란 흰색 앞치마를 하고 그 속에는 나들이옷으로 입어도 손색이 없을 만큼 괜찮은 재킷을 입고 있는—가 있었는데, 그 사람이 바로 그녀가 찾고 있던 목장 주인이었다. 엿새 동안 여기서 소젖을 짜고 버터 만드는 일을 하는 그의 모습과, 이레째 되는 날에 근사한 모직 정장을 빼입고 교회의 가족석에 앉아 있는 그의 모습이 어찌나 대조적이었던지 사람들은 장난삼아 각운을 맞춘 이런 시까지 만들어 놀려 대곤 했다.

> 한 주일 내내
> 소젖을 짜는 딕
> 주일에는 미스터 리처드 크릭

그는 테스가 자기를 응시하며 서 있는 것을 보고 그녀 쪽으로 다가왔다. 목장 사람들은 대개 젖 짜는 시간에는 성미가 까다로워지는 법인데, 크릭 씨는 새 일손을 얻게 된 게 반가워—한창 바쁜 철이었으므로—그녀를 따뜻이 맞이하며 어머니와 다른 식구들의 안부를 물었다(그러나 사실 테스에 관한 짤막한 사무용 편지를 볼 때까지는 더비필드 부인의 존재를 알지 못했기 때문에 이런 인사는 그저 형식에 불과했다).

"아, 그래요. 나도 젊었을 땐 그 고장을 아주 잘 알았었다오."

그는 인사말 끝에 이렇게 덧붙였다.

"그 이후로는 그곳에 가 본 적이 없소만. 이 근처에 아흔 살 된 할머니 한 분이 사셨는데, 돌아가신 지가 벌써 꽤 됐군요. 그분이 나한테 이런 말씀을 하신 적이 있어요. 블랙무어 골짜기에 아가씨네와 같은 성을 가진 집안이 있는데, 본래는 이쪽 지방에 뿌리를 두고 있고 지금은 거의 대가 끊긴 유서 깊은 집안이라고 하더군요. 젊은 세대들이야 그런 걸 알 리가 없지만요. 하기야 그 할머니의 잠꼬대 같은 말은 나도 귀담아 듣지 않았어요. 정말 그랬죠."

"아, 네. 별거 아닌걸요."

테스가 말했다.

그런 다음에는 일에 관한 이야기만 오갔다.

"젖을 말끔히 짤 수 있겠죠, 아가씨? 한창 젖을 짤 시기에 젖이 말라붙으면 안 되니까 잘 짜야 합니다."

테스가 그 점은 자신 있다고 말하자 그는 테스를 아래위로 훑어보았다. 너무 오랫동안 집 안에만 틀어박혀 지내서 그녀의 안색이 좋지 못했던 것이다.

"정말 견딜 수 있겠소? 억센 사람에게나 여기 일이 견딜 만하지 온실에서 자란 사람에겐 힘에 부칠 텐데."

테스는 해낼 수 있다고 분명히 말했고, 그녀의 적극적이고 열의 있는 태도가 주인의 마음에 든 것 같았다.

"그런데 차를 마시거나 뭐라도 좀 먹어서 요기를 해야 하지 않겠소? 아직은 괜찮다고요? 그래요, 그럼 좋을 대로 하시오. 그렇지만 이렇게 먼 길을 왔다면 몹시 목이 마를 텐데."

"빨리 일을 손에 익혀야 하니까 지금 바로 젖을 짜기 시작하겠어요." 테스가 말했다.

그녀는 기운을 내려고 우유를 조금 마셨다. 그 모습을 본 목장 주인 크릭은 깜짝 놀랐다. 사실 좀 혐오스러웠다. 그는 우유가 음료로 적당하다는 생각은 도무지 해 본 일이 없었기 때문이다.

누군가 테스가 마시는 우유통을 잡아 주는 동안 그는 개의치 않는다는 투로 말했다.

"아, 우유를 마실 수 있다면 그렇게 하구려. 난 우유를 입에 대지 않은 지가 오래 됐다오. 소화가 돼야 말이지. 우유만 마셨다 하면 속에 납덩이가 들어앉은 것처럼 답답해지거든. 그건 그렇고 저 소를 한번 짜 봐요."

그는 가장 가까이 있는 소를 향해 고갯짓을 하며 말을 계속했다.

"젖 짜기가 좀 어려운 소이긴 한데, 다른 동물들도 마찬가지겠지만 젖소도 쉬운 놈이 있는가 하면 어려운 놈이 있다오. 아무튼 머지않아서 곧 구분하게 될 거요."

테스는 모자를 수건으로 바꾸어 쓰고 젖소 아래에 의자를 놓고 앉아서 우유가 자기의 두 주먹 사이로 뿜어져 나와 우유통으로 들어가는 걸 보고서야 정말 자신의 장래를 위한 토대를 마련했다는 느낌이 들었다. 확신을 갖게 되자 마음이 평온해지고 콩닥거리던 심장도 정상으로 돌아와 비로소 주위를 둘러볼 수 있었다.

소젖 짜는 사람들은 꽤 많은 여자 일꾼과 남자 일꾼으로 이루어져 있었는데, 남자는 젖꼭지가 단단한 소를 맡았고 여자는 보다 온순한 쪽을 맡았다. 목장의 규모가 상당히 컸다. 크릭이 관리하는 젖소는 모두 합쳐서 백 마리 정도 되었는데, 외출 중이 아니면 그중 예닐곱 마리는 자기 손으로 직접 젖을 짰다. 젖짜기가 가장 어려운 젖소들이었다. 소젖 짜는 남자 일꾼들은 대개 임시로 고용되기 때문에 이 예닐곱 마리는 그들의 손에 맡기지 않았다. 정성을 들이지 않으면 젖을 완전히 짜낼 수 없었기 때문이었다. 그리고 또 여자 일꾼들에게도 맡기지 못했는데 그건 손아귀의 힘이 약해서 젖을 남김없이 짜내지 못할까 봐 그랬다. 그렇게 내버려 두면 시간이 지나면서 젖이 점점 말라붙어 버린다. 젖을 완전히 짜내지 않는 것이 심각한 문제가 되는 것은 당장의 손해 때문이 아니다. 요구하는 양이 점점 줄어들다 보면 결국 공급을 멈춰 버리기 때문이다.

테스가 소 한 마리를 맡아 젖을 짜기 시작한 뒤로 한동안 마당에는 아무런 말소리도 나지 않았고, 소에게 돌아서라든가 가만히 서 있으라고 외치는 소리 말고는 수많은 우유통으로 우유 줄기가 힘차게 뿜어져 나오는 소리만이 가득했다. 움직이는 것이라곤 젖 짜는 사람들의 오르락내리락하는 손놀림과 흔들대는 소의 꼬리뿐이었다. 이렇게 그들은 계곡의 양쪽 비탈까지 광활하게 펼쳐진 평평한 초원의 한가운데에서 일을 계속했다. 이 평평한 풍경은 오래전에 잊혀져 간 옛 풍경들이 조금씩 합성되어 이루어진 것이었는데, 옛 풍경들은 지금 조성된 풍경과는 사뭇 특징이 달랐다.

목장 주인은 젖짜기를 막 끝낸 소 앞에서 불쑥 일어서서 한쪽 손에는 세 발 달린 의자를, 다른 손에는 우유통을 든 채 젖 짜기 힘든 다음 젖소로 이동하며 말했다.

"내 생각에 오늘은 다른 날보다 우유가 적게 나오는 것 같은데. 정말이지, 윙커 녀석한테서 벌써부터 이렇게 젖이 안 나오면 한여름쯤엔 그 아래에 들어앉아 젖을 짤 필요도 없겠어."

"새 일손이 와서 그래요. 전에도 이런 경우를 본 적이 있거든요."

조너선 케일이 말했다.

"맞아. 그럴 수 있겠군. 미처 그 생각은 못했어."

"그럴 때는 젖이 뿔로 올라간다던데요."

한 여자 일꾼이 말했다.

목장 주인 크릭은 아무리 조화를 부린다 해도 해부학적으로 가능한 일에는 한계가 있지 않겠느냐는 듯 미심쩍은 어조로 대답했다.

"글쎄, 뿔로 올라간다는 건 모를 일이군. 나로선 정말 알 수 없는 일이야. 하지만 뿔 없는 소도 뿔 달린 소만큼 젖이 안 나오는 걸 보면, 그말엔 동의할 수 없는걸. 뿔 없는 소에 관한 수수께끼를 알고 있나, 조너선? 왜 뿔 없는 소들이 뿔 있는 소들보다 일 년 동안 내는 우유의 양이 적을까?"

"모르겠어요. 왜 그렇죠?"

그 여자 일꾼이 끼어들었다.

"그야 마릿수가 적으니까 그렇지. 그나저나 이 녀석들이 오늘은 정말 젖을 안 내려고 하는군. 여보게들, 구성지게 한 가락 뽑아 보자고. 그 방법밖엔 해결책이 없으니까."

이 지방에서는 보통 때보다 소젖이 나오지 않는 기미가 보이면 젖이 나오게 하는 유인책으로 노래를 불러 주는 방법을 흔히 썼다. 주인의 요구가 떨어지자 젖 짜는 일꾼들은 일제히 노래를 부르기 시작했다.

자발적으로 흥이 나서 부르는 것이라기보다는 순전히 일 때문에 부르는 노래였다. 노래를 부르는 동안에는 확실히 소젖이 더 잘 나온다고 그들은 믿고 있었다. 살인범이 주위에 유황불이 타오르는 환영 때문에 어두워져도 잠자리에 드는 걸 두려워한다는 내용의 재미있는 민요를 열네댓 소절쯤 불렀을 때 남자 일꾼 하나가 말했다.

"웅크리고 앉아서 노래를 부르니 숨통이 막힐 것 같네! 선생, 하프를 꺼내 오는 게 좋겠어요. 바이올린이면 더 좋겠지만."

그 소리를 들은 테스는 주인에게 하는 말인 줄 알았지만 그게 아니었다. "왜요?" 하는 대답이 외양간 안에 있는 회갈색 젖소의 배 쪽에서 들려왔다. 그 젖소 뒤에서 젖을 짜던 남자를 테스는 아직 보지 못했던 것이다.

"암, 그렇고 말고. 바이올린만 한 게 없지."

목장 주인이 말했다.

"젖소보다는 황소가 음악에 더 민감하게 반응하지만 말이야. 적어도 내 경험으로는 그랬지. 전에 저 건너 멜스톡에 윌리엄 듀이라는 노인이 있었는데, 큰 규모로 행상을 하던 집안 중 하나였지. 조너선, 기억이 나나? 난 그 노인 얼굴을 어떤 의미에선 내 친동기간만큼이나 또렷이 기억하고 있지. 그런데, 이 양반이 결혼식에서 바이올린을 연주해 주고 집으로 돌아가던 길에 지름길로 간다고 포티 에이커 들판을 가로질러 가는데, 풀밭에 황소 한 마리가 나와 있더라는 거야. 그날 밤은 맑게 개어서 달빛이 유난히 환했다더군. 황소는 윌리엄을 보더니 뿔을 아래로 숙이고 그를 향해 돌진했다는 거야. 윌리엄은 온 힘을 다해 달렸고 별로 취하지도 않았지만(결혼식이었고 잘사는 사람들이었다는 걸 감안하면 그랬을 거야) 울타리를 넘기 전에 뿔에 받히고 말 것 같았대. 그래, 그이는 최후의 수단으로 달려가며 바이올린을 꺼내고는 황소를 향해 돌아서서 바이올린으로 지그를 켜며 구석으로 뒷걸음을 쳤대. 그러자 황소는 화를 누그러뜨리고 조용히 멈춰 서서는 윌리엄 듀이를 노려보더라는 거야. 노인은 계속해서 바이올린을 켰다. 그러자 마침내 황소의 얼굴에 미소 같은 게 번지더라는 거야. 그런데 노인이 연주를 멈추고 몸을 돌려 울타리를 넘으려 하자 황소는 미소를 멈추고 노인의 엉덩이 쪽으로 뿔을 겨누고 달려들었대. 그래서 윌리엄은 좋든 싫든 돌아서서 연주를 계속할 수밖에 없었어. 그런데 그때가 겨우 새벽 3시였기 때문에 그이는 그 후로 몇 시간 동안은 그곳을 지나갈 사람이 아무도 없다는 걸 알고 있었고, 또 너무 시장하고 피곤해서 어떻게 해야 좋을지 모르겠더래. 새벽 4시쯤까지 바이올린을 연주하고 나자 노인은 정말이지 더는 못할 것 같아서 이렇게 혼잣말을 했대. '이제 나하고 천당 사이에는 이게 마지막 곡이로군! 하느님, 절 구해 주세요. 안 그러면 전 끝장입니다' 그런데 그때 어느 해이던가 크리스마스이브 한밤중에 소들이 무릎을 꿇는 걸 보았던 기억이 머리를 스치더라는 거야. 그날이 크리스마스이브는 아니었지만 황소를 한번 속여 보자는 생각이 들었대. 그래서 크리스마스 성가를 부를 때처럼 성탄 찬송가를 켜기 시작했더니 아니나 다를까, 아무것도 모르는 황소는 마치 그때가 정말로 예수님이 탄생하신 그날 그 시간인 줄 알고 무릎을 꿇고 앉더라는 거야. 그 뿔 달린 친구가 무릎을 꿇자마자 윌리엄은 휙 돌아서서 사냥개처럼 날쌔게 달아나 무사히 울타리를 뛰어넘었어. 기도하던 황소가 다시 일어서서 그 양반 뒤를 쫓아오기 전에 말이지. 그때껏 멍청한 낯짝을 숱하게 봐 왔지만 그날 황소가 자신의 경건한 신앙심이 이용당한 사실과 그날이 크리스마스이브가 아니라는 사실을 알았을 때 지은 표정만큼 멍청한 낯짝을 본 적이 없다고 그 노인은 노상 말하곤 했지. 맞아, 윌리엄 듀이, 그게 그 양반 이름이야. 지금 그이가 멜스톡 교회 묘지의 어디에 묻혀 있는지 난 정확하게 알고 있어. 그의 무덤은 바로 두 번째 주목과 교회당의 북쪽 측랑 사이에 있지."

"참 희한한 이야기군요. 신앙이 살아 있던 중세로 돌아간 것 같습니다!"

착유장(搾乳場) 마당에서는 흔히 들을 수 없는 이 논평은 회갈색 젖소 뒤의 음성이 나직이 흘려보낸 말이었다. 하지만 다른 사람들은 아무도 그 말뜻을 이해하지 못했기 때문에 대꾸가 없었고, 다만 이야기를 한 사람만 그 말에 자기 이야기에 대한 의심이 내포되어 있다고 생각했다.

"음, 선생, 어쨌거나 이 이야기는 분명한 사실입니다. 내가 잘 아는 양반이었어요."

"아, 그럼요. 난 조금도 의심하지 않아요."

회갈색 젖소 뒤에 있는 사람이 말했다.

이렇게 해서 테스의 관심은 목장 주인과 이야기하는 상대 쪽으로 쏠렸다. 그는 줄곧 젖소 옆구리에 머리를 파묻고 있어서 겨우 옷자락밖에 보이지 않았다. 주인까지도 그를 '선생'이라고 부르며 존대하는 이유를 테스는 알 수 없었다. 그럴 만한 이유가 떠오르지 않았다. 그는 세 마리의 젖을 짜도 충분할 만큼의 오랜 시간 동안 그 소 아래에 있었고 잘 안 되는 듯 이따금 혼자서 외마디 소리를 질렀다.

"살살해요, 선생. 살살해요. 힘으로 하는 게 아니라 요령으로 하는 겁니다."

주인이 말했다.

"그런 것 같습니다."

마침내 그는 일어서서 기지개를 켜며 말했다.

"이제 이 녀석은 끝낸 것 같습니다만 손가락이 아프군요."

그제야 테스는 그의 모습 전체를 볼 수 있었다. 그는 낙농업자들이 소젖을 짤 때 보통 입는 흰 앞치마와 가죽 각반을 하고 있었고, 그의 장화에는 마당의 밀짚이 덕지덕지 붙어 있었다. 하지만 그건 이 지방에 어울리게 일부러 갖춘 옷차림에 불과했다. 그 속에는 교양 있고 겸손한, 그리고 섬세하고도 슬픈 남다른 무언가가 있었다.

그러나 테스는 그가 전에 어디선가 본 적이 있는 사람이라는 데 생각이 미치자 그의 겉모습 살피는 일을 잠시 뒤로 미루어 두었다. 테스는 그때 이래로 너무나 많은 변화를 겪었기 때문에 그를 어디에서 만났는지 잠시 기억이 나질 않았다. 그러다 그가 바로 말롯 마을의 부녀회 들놀이에서 춤을 추러 들어왔던 도보 여행자라는 기억이 불현듯 머리를 스쳤다. 그때 어디에서 온 사람인지 묘연했던 그 나그네는 그녀가 아닌 다른 이들과 춤을 추고는 그녀를 대수롭게 여기지 않는 듯 뒤에 남겨 두고 일행과 길을 떠났었다.

그녀는 자신의 인생에 있어 고통을 당하기 전 일이 머리에 떠오르자 갖가지 기억이 물밀듯 되살아났고 그로 인해 잠시 의기소침해졌다. 그 남자도 그녀를 알아보고 그동안 그녀에게 있었던 일을 알게 되지는 않을까 하는 걱정이 들었던 것이다. 그러나 그의 표정에 그녀를 알아보는 기색이 전혀 없자 곧 안심이 되었다. 그들이 처음으로, 그리고 단 한 번 만난 이후에 표정이 풍부했던 그의 얼굴은 더욱 사색적인 얼굴로 변했고, 젊은이답게 모양을 내어 콧수염과 턱수염을 길렀다는 것을 테스는 이제야 알아차렸다. 턱수염은 뺨에서 시작되는 부분은 연한 밀짚 색깔을 띠고 있었으나, 뿌리에서 멀어질수록 더 짙어져서 따뜻한 갈색이 되었다. 젖을 짤 때 쓰는 리넨 앞치마 속에는 검은색 벨벳 재킷과 코듀로이 바지와 각반, 그리고 풀 먹인 흰 셔츠를 입고 있었다. 우유를 짜기 위해 갖춰 입은 게 없었다면 아무도 그가 무슨 일을 하는 사람인지 짐작할 수 없었을 것이다. 별난 지주이거나 점잖은 농부일 가능성이 각각 절반쯤 되어 보였다. 젖소 한 마리를 짜는 데 걸린 시간을 보고 테스는 그가 낙농장 일에는 초보자라는 사실을 금방 알아차렸다.

한편 여자 일꾼들은 새로 온 테스를 보며 자기들끼리 "정말 예쁘네"

라며 속닥거렸다. 이런 말에는 진심으로 칭찬하고 감탄하는 너그러운 마음과 듣는 쪽에서 수정해 주기를 바라는 마음이 반반씩 섞여 있었다. 엄밀히 말해서 그들이 그 말을 수정할 만도 했다. 예쁘다는 것이 테스가 사람들의 눈길을 사로잡는 정확한 이유는 아니었으니까. 그날 저녁 젖 짜는 일이 끝나자 일꾼들은 삼삼오오 짝을 지어 집 안으로 들어갔다. 집 안에는 낙농장 주인의 아내인 크릭 부인이—그녀는 위엄을 부리느라고 젖 짜러 나가지도 않고, 젖 짜는 여자 일꾼들이 날염한 옷을 입고 있었기 때문에 본인은 더운 날씨에도 두꺼운 모직 드레스를 입고 있었다—우유통을 관리하고 집안일을 돌보는 일을 했다.

테스는 여자 일꾼들 중에서 목장에서 자는 사람은 자기 말고 두셋뿐이라는 사실을 알게 되었다. 일꾼들은 대개 자기 집으로 돌아갔다. 좀 전에 낙농장 주인이 한 이야기에 논평을 하던 그 지체 높은 일꾼은 저녁 식사 시간에는 코빼기도 내밀지 않았지만, 테스는 그에 대해 아무런 질문도 하지 않았다. 나머지 시간에는 침실에 잠자리를 정돈했다. 침실은 우유 창고 위층에 있었고 길이가 9미터쯤 되었다. 이곳에서 기숙하는 다른 세 처녀의 침대도 같은 방에 있었다. 그들은 한창 나이의 젊은 처녀들이었는데 한 명을 제외하면 테스보다 조금 더 나이가 많았다. 취침 시간이 되자 테스는 너무 피곤했기 때문에 바로 잠이 들었다.

그러나 옆 침대를 쓰는 여자들 가운데 한 명은 잠이 오지 않는지, 농장에 갓 들어온 이 신참에게 자꾸만 갖가지 자세한 이야기를 들려주려고 하는 것이었다. 그 처녀가 소곤대는 말소리는 어둠과 한데 섞였는데, 테스의 몽롱한 의식으로는 그 말소리가 어둠에서 솟아나와 둥둥 떠다니는 것 같았다.

"지금 소젖 짜는 일을 배우고 있는 엔젤 클레어 씨는 하프를 연주할 줄 알아요. 그렇지만 우리에게는 별로 말을 하지 않지요. 신부님 아들이라는데, 혼자 골똘히 생각에 빠져 지내서 여자들은 눈에 들어오지 않나 봐요. 목장 주인한테서 일을 배우고 있는데, 온갖 농장 일을 다 익히려나 봐요. 다른 곳에서 양 치는 걸 배웠고 지금은 낙농을 익히는 중인데…… 그래요, 지체 높은 집안에서 태어났대요. 아버지가 여기서 수십 킬로미터 거리에 있는 에민스터의 클레어 신부님이래요."

"아…… 그분의 이름은 들은 적이 있어요. 아주 열성적인 신부님이라던데, 그렇죠?"

정신이 번쩍 든 테스가 말했다.

"그럼요, 정말 그렇죠. 사람들은 그분을 두고 웨섹스 지역을 통틀어 가장 열성적인 분이라고 한답니다. 옛 저교회파(低敎會派)의 마지막 신부님이래요. 이 근방은 모두 고교회파(高敎會派)니까요. 그분의 아드님들은 여기 있는 클레어 씨만 빼고 모두 신부님이 되었대요."

테스는 너무 졸려서 클레어 씨가 왜 다른 형제들처럼 신부가 되지 않았는지 묻고 싶은 호기심이 일지 않았다. 인접한 치즈 다락방에서 풍기는 치즈 냄새와 치즈 압착기에서 유장(치즈를 만들 때 우유가 응고한 뒤 분리되는 액체_옮긴이)이 규칙적으로 뚝뚝 떨어지는 소리와 함께 옆 친구의 이야기 소리를 들으며 다시 서서히 잠에 빠져들었다.

18

엔젤 클레어가 기억의 수면 위로 떠오를 수 있었던 건 단지 그의 외모가 남달랐기 때문만은 아니었다. 감수성 있는 목소리라든가 정신을 딴 데 두고 있는 듯 오래 한 곳을 응시하는 눈길, 풍부한 표정이 담긴 입매가 깊은 인상으로 남아 있었기 때문이다. 남자치고는 다소 작고 선이 우아한 입이었지만 이따금 의외로 아랫입술을 굳게 다물기라도 할 때면 우유부단한 성격이라는 추측을 물리치기에 충분했다. 그럼에도 불구하고 그의 태도에서 풍기는 모호하고 막연하고 무언가에 정신이 팔린 듯한 느낌 때문에 물질적인 미래에 대해서는 그다지 뚜렷한 목표나 관심을 가지고 있지 않은 사람처럼 보였다. 그렇지만 어릴 때에는 마음만 먹으면 뭐든지 해낼 인물이라는 말을 들었다.

이 지방의 저쪽 변두리에 살고 있는 어느 가난한 신부의 막내아들인 그는 몇몇 다른 농장을 돌고 난 뒤에 이 탤버테이스 목장에서 6개월 동안 견습생으로 일을 배우고 있었다. 상황에 따라 식민지로 가거나 자영농장을 경영할 계획이어서 갖가지 농사일의 실질적인 기술을 습득하려는 것이었다.

그가 농사꾼이나 축산업자의 세계에서 일하게 될 줄은 그 자신은 물론 주위 사람들도 예상하지 못했던 바였다.

아버지인 클레어 씨는 첫 번째 부인이 딸 하나만 남기고 죽자 늘그막에 재혼을 했다. 이 부인은 뜻밖에 아들 셋을 낳았고, 그래서 막내아들인 엔젤과 신부인 아버지 사이에는 거의 한 세대가 더 비어 있는 듯했다. 클레어 씨가 노년에 얻은 아들인 이 엔젤은 세 아들 가운데 유일하게 대학 교육을 받지 않았다. 어린 시절의 가능성으로 보면 가장 고등 교육을 받아야 할 아들이었지만 말이다.

엔젤이 말롯의 무도회에 나타나기 이삼 년 전의 어느 날, 그는 학교를 졸업하고 집에서 공부를 계속하고 있었는데, 그 지방 서점에서 보낸 소포 하나가 사제관으로 배달되었다. 수신자는 제임스 클레어 신부로 되어 있었다. 소포를 풀고 그 안에 책이 들어 있는 것을 본 신부는 처음 서너 페이지를 읽다가 자리에서 벌떡 일어나더니 책을 옆구리에 끼고 곧장 서점으로 달려갔다.

"이 책을 왜 우리 집에 보낸 겁니까?"

그는 책을 들어 보이며 위압적으로 물었다.

"주문받은 책인데요, 신부님."

"나는 물론이고 우리 집의 어느 누구도 이 책을 주문한 적이 없습니다."

서점 주인은 주문 장부를 들여다보았다.

"아, 수신인을 잘못 썼습니다, 신부님. 엔젤 클레어 씨가 주문하셨으니 그분께 보내야 하는 건데요."

그가 말했다.

클레어 신부는 마치 한 대 얻어맞은 듯 주춤거렸다. 그는 얼굴이 창백해지고 풀이 죽어서 집으로 돌아와 엔젤을 자기 서재로 불렀다.

"이 책을 좀 봐라, 애야. 어떻게 된 일이냐?"

그가 말했다.

"제가 주문한 건데요."

엔젤이 간단하게 대답했다.

"뭐 하려고?"

"읽으려고요."

"어떻게 이런 책을 읽을 생각을 했단 말이냐?"

"어떻게라니요? 아니, 이건 철학의 체계를 다룬 책이에요. 지금까지 출판된 책 중에 이보다 더 도덕적이고 종교적인 책은 없을 거예요."

"그래, 충분히 도덕적이긴 해. 그걸 부인하지는 않겠다. 하지만 종교적이라고? 더구나 복음의 전도사가 되려는 너한테 말이지?"

"그 문제를 언급하시니까 드리는 말씀인데요, 아버지."

아들이 수심 어린 표정으로 말을 이었다.

"단호히 말씀드려서, 저는 성직 서임식을 받고 싶지 않습니다. 양심상 그럴 수 없을 것 같아요. 전 부모님을 사랑하듯이 교회를 사랑합니다. 교회를 향한 저의 따뜻한 애정은 언제까지나 변함이 없을 거예요. 그리고 역사를 통틀어 교회만큼 제가 깊은 찬미를 느끼는 조직체는 없었습니다. 하지만 교회가 논리성이 결여된 구원신학에서 자유로워지기를 거부하는 한 솔직히 저는 형들처럼 신부가 될 수 없습니다."

고지식하고 단순한 그 교구 신부로서는 자신의 혈육 가운데 한 명이 이렇게 되리라고는 전혀 생각하지 못했다. 그는 너무 놀라고 충격을 받아서 움직일 수조차 없었다. 엔젤이 교회 신부가 될 생각이 없다면 케임브리지에 보내 봐야 무슨 소용이겠는가? 이 완고한 신부에게는 성직이 아닌 다른 일을 하기 위한 준비 단계로서의 대학이란 본문 없는 머리말처럼 여겨졌다. 그는 그저 신앙이 있는 정도가 아니라 독실한 신앙인이었다. 요즘 교회 안팎의 신학 사기꾼들에 의해 모호하게 해석되는 의미에서가 아니라, 복음주의 교파의 전통적이고 열성적인 의미에서의 독실한 신자였다.

18세기 전
영원하고 거룩하신 이가
행한 것을
진심으로 믿는…….
(로버트 브라우닝의 시 〈부활절〉 중 8연_옮긴이)

바로 이런 사람이었던 것이다. 엔젤의 아버지는 논증도 해 보고 설득도 해 보고 애원까지 해 보았다.

"아닙니다, 아버지. 저는(나머지 부분은 제쳐두고라도) 제4조(영국 교회의 성직자가 되려면 39개 조로 된 선언문에 동의해야 하는데, 4조는 예수의 부활에 관한 내용이다_옮긴이)에 동의할 수 없어요. 선언문이 요구하는 대로 '문자 그대로, 문법적인 뜻 그대로' 받아들일 수 없습니다. 그래서 지금 상태로는 신부가 될 수 없는 거예요. 종교 문제에 관한 제 생각은 개혁해야 한다는 것입니다. 아버지가 좋아하시는 히브리서의 말씀을 인용하면 '흔들리지 않는 것들을 남아 있게 하기 위해 피조물 가운데 흔들리는 것들을 없애'야 한다고 생각합니다."

그의 아버지가 어찌나 슬퍼하던지 엔젤은 그런 아버지의 모습에 마음이 아팠다.

"네 어머니와 내가 너를 대학에 보내려고 절약해서 모아 놓은 학비가 다 무슨 소용이란 말이냐? 그게 하느님의 영광과 영예를 위해 쓰이지 않는다면 말이다."

그의 아버지가 되풀이해 말했다.

"아, 아버지, 사람의 영광과 영예를 위해 쓰일 수도 있어요."

아마 엔젤이 고집했다면 그도 형들처럼 대학에 갈 수 있었을 것이다. 그러나 그 학문의 전당을 오로지 성직으로 나아가기 위한 디딤돌로만 생각하는 신부의 견해는 그 집안 대대로 내려오는 전통이었고 그의 마음속에 어찌나 깊이 뿌리내리고 있었던지, 그 예민한 아들에게는 대학에 가겠다고 고집하는 것은 자신에 대한 신뢰를 악용하려는 의도로 느껴졌고, 그의 아버지가 암시한 대로 세 아들을 똑같이 교육시키기 위해 예나 지금이나 검소한 생활을 해 오고 있는 경건한 부모님을 욕되게 하는 것이나 다를 게 없다는 느낌이 들었던 것이다.

"전 케임브리지에 가지 않아도 좋습니다. 이런 상황에서라면 저는 거기에 갈 자격이 없는 것 같아요."

마침내 엔젤이 말했다. 이 결정적인 논쟁의 결과는 오래지 않아 그 모습을 드러냈다. 그는 닥치는 대로 공부하면서 계획도 세우고 명상도 하며 여러 해를 보냈다. 사회적 형식과 관례에 대해서는 상당히 무관심한 태도를 보이기 시작했다. 그는 계급이나 재산 같은 물질적인 차이를 점점 경멸했다. 심지어(최근에 작고한 지방의 명사가 즐겨 썼던 표현대로) '유서 깊은 명문가'에 대해서도 그 후손들이 훌륭하고 새로운 결단을 내리지 않는 한 그는 아무런 품격도 느끼지 못했다. 그러나 그에게는 이런 엄격함과 대조적인 면도 있어서, 세상 물정도 익히고 직업

훈련도 할 겸해서 런던에 머물렀을 때 이성을 잃고 자기보다 훨씬 나이가 많은 어떤 여자의 꾐에 빠질 뻔했다가 다행히 큰 피해를 입지 않고 빠져나온 적도 있었다.

어려서부터 시골에서 한적한 생활을 했던 때문인지 그의 마음속에는 현대의 도시 생활에 대해 억누를 수 없고 이해할 수도 없는 반감이 있었다. 그래서 영적인 일에 종사할 수 없다면 세속적인 직업에서라도 성공을 추구해 볼 수 있으련만 그런 성공조차 외면해 버렸다. 그러나 무슨 일이든 해야 했다. 이미 귀중한 세월을 너무 많이 허비해 버렸던 것이다. 그 무렵 식민지에서 농부로 성공적인 삶을 시작한 친구가 있어서 엔젤은 이게 올바른 방향으로 인도하는 길잡이가 될 수도 있다는 생각을 하게 되었다. 식민지나 미국이나 본국 어디에서 농사를 짓든 농업은—철저하게 수련을 쌓아 일을 할 수 있는 능력만 충분히 갖춘 뒤라면—그에게 있어 물질적인 풍요보다도 훨씬 소중한 것(지적 자유)을 희생하지 않고도 자립을 가능하게 해 줄 직업이었다. 그리하여 우리는 스물여섯 살의 엔젤 클레어가 탤버테이스 낙농장에 견습생으로 와 있는 것을 목격하게 된 것이다. 그리고 그 근방에는 그가 편안하게 묵을 수 있는 거처가 없었기 때문에 낙농장 주인 댁에 하숙하고 있었던 것이다.

그의 방은 낙농장 주인집 전체에 걸친 거대한 지붕 밑 방이었다. 그 방에 가려면 치즈 다락에서 사다리로 올라가야만 했다. 그리고 그가 와서 안식처로 정하기 전까지는 오랫동안 잠가 두었던 방이었다. 그 방은 공간이 널찍했기 때문에 집 안에 있는 사람들이 모두 잠자리에 들어 고요할 때에는 클레어가 방 안을 이리저리 거니는 소리가 지주 들리곤 했다. 한쪽 구석을 커튼으로 막아서 방을 두 구역으로 나누었는데, 커튼 뒤에는 침대가 있었고 바깥쪽은 소박한 거실로 꾸며 놓았다.

처음에 그는 책을 읽거나 경매장에서 사 온 낡은 하프를 퉁기며 거의 위층에서만 지냈다. 기분이 울적할 때면 언젠가는 거리에서 하프로 밥벌이를 해야 할지도 모른다고 혼잣말을 하기도 했다. 그러나 곧 주인 내외나 일꾼들과 함께 아래층에 있는 공동 식당에서 식사를 하면서 인간성을 읽는 일을 더 좋아하게 되었다. 그 집에서 잠을 자는 일꾼은 몇 안 되었지만 식사는 여럿이 함께했기 때문에 모두 모이면 활기찬 모임이 이루어졌다.

　사실 그는 그들과 함께 어울리는 일이 정말 즐겁다는 것을 느끼고 스스로도 무척 놀랐다. 그때까지만 해도 그는 보통의 농촌 사람들을 '촌뜨기'라 불리는 가련한 멍청이쯤으로 상상했었다. 하지만 며칠 함께 지내보고는 그런 생각이 말끔히 사라졌다. 가까이 다가가서 보니 촌뜨기는 아무도 없었다. 물론 처음에는 클레어가 아주 대조적인 사회에서 살아왔기 때문에 함께 어울려 담소를 나누게 된 사람들이 약간 이상해 보였다. 낙농장 사람들과 똑같은 자리에 앉는다는 것이 처음에는 품위 없는 일처럼 여겨지기도 했다. 생각과 생활 양식과 환경이 진부하고 생기 없어 보였다. 그러나 이 예민한 하숙생은 거기서 하루하루 살아갈수록 그 광경 속에서 새로운 면모를 인식하게 되었다. 객관적인 변화는 아무것도 없었으나 단조로움의 자리에 다채로움이 들어섰다. 주인 가족과 일꾼들을 잘 알게 되자마자 화학 작용처럼 한 사람 한 사람이 구별되기 시작했다. 파스칼의 생각이 생생하게 다가왔다. "사람은 지혜로워질수록 다른 사람들의 차이를 더 잘 인식하게 된다. 평범한 자는 사람들 사이의 아무런 차이도 찾아내지 못한다" 전형적이고 변함없는 촌뜨기는 더 이상 존재하지 않았다. 촌뜨기가 수많은 다양한 동료 인간—생각이 가지각색인 사람들, 무한한 차이를 지닌 사람들—으로 분화되어 있었다. 몇몇은 행복하고, 대다수는 평온하고, 두엇은 우울하고, 이따금 어떤 이는 천재라고 할 수 있을 만큼 똑똑하고, 어떤 이는 우둔하고, 어떤 이는 자유분방하고, 어떤 이는 엄격하고, 어떤 이는 침묵하는 밀턴(1608~1674, 영국의 시인_옮긴이) 같고, 어떤 이는 크롬웰(1599~1658, 영국의 정치가_옮긴이)의 자질을 타고난 것 같았다. 그가 자신의 친구에게서 느끼는 것과 마찬가지로 그들도 서로에 대해 개인적인 생각을 가지고 있었고, 서로 칭찬하거나 비난하기도 하고 서로의 약점이나 잘못을 바라보며 즐거워하거나 슬퍼하기도 하면서 저마다 자기 식대로 살아가다 한 줌 흙으로 돌아갈 사람들이었다.

의외로 그는 스스로 계획한 진로와는 상관없이 야외 생활 자체와 그것이 가져다주는 만족감을 좋아하기 시작했다. 그는 이런 자신의 처지가 마음에 들었기 때문에 자비로운 신에 대한 믿음이 쇠퇴하면서 문명인들을 사로잡고 있는 만성적 우울증에서 멋지게 벗어났다. 숙지해 두는 게 좋겠다고 생각한 몇 권의 농업 관련 입문서를 읽는 데에는 별로 시간이 걸리지 않았기 때문에, 그는 최근 몇 년 만에 처음으로 직업에 대한 지식을 억지로 집어넣어야 한다는 목적의식 없이 자기 마음이 내키는 대로 독서를 할 수 있었다.

그는 그때껏 지녔던 관념들에서 벗어나 삶과 인간의 새로운 면을 보게 되었다. 그 외에도 예전에는 그저 모호하게만 알고 지내던 자연 현상들, 즉 나름의 분위기를 지닌 계절들과 아침과 저녁, 밤과 낮, 저마다 촉감이 다른 바람, 나무, 물, 안개, 그늘과 고요, 그리고 무생물들의 음성과 더욱 가까워졌다.

그들이 아침 식사를 하는 큰 방은 이른 아침이면 불을 지펴야 할 만큼 쌀쌀했다. 그들과 같은 식탁에서 식사를 하기에는 엔젤의 신분이 너무 높다고 생각한 크릭 부인의 요구대로, 엔젤 클레어는 식사 시간이 되면 경첩이 달린 접이식 판 위에 잔 받침이 있는 찻잔과 음식 접시를 놓고 입 벌린 벽난로 귀퉁이에 앉아 식사를 하는 것이 관례처럼 되었다. 세로 창살이 있는 길고도 널찍한 맞은편 창문에서 들어오는 빛이 그가 앉은 그 구석진 곳을 비추고 있고, 그 외에도 굴뚝을 통해 내려온 차가운 푸른빛 또한 있었기 때문에 그는 책을 읽고 싶을 때면 언제든 편하게 읽을 수 있었다. 클레어와 창문 사이에는 그의 동료들이 둘러앉은 식탁이 있어서 그들이 식사하는 옆모습이 창문을 배경으로 훤히 보였고, 옆쪽으로는 우유 창고 문이 있어서 그 문을 통해 줄지어 선 직사각형의 우유통에 아침에 짠 우유가 넘칠 만큼 가득 담겨 있는 모습이 보였다. 그 뒤쪽에는 커다란 교유기(攪乳機)가 돌아가고 있었는데, 거기서 덜커덕거리는 소리가 들려왔다. 그 기계를 움직이기 위해 한 소년이 기운 빠진 말을 몰며 빙빙 돌고 있는 모습이 창문 너머로 보였다.

테스가 이곳에 온 뒤로 여러 날 동안 클레어는 방금 도착한 책이며 정기 간행물, 악보 등을 읽는 데 정신이 팔려 그녀가 식탁에 앉아 있는 것을 거의 인식하지 못했다. 그녀는 말수가 적은 반면에 다른 처녀들은 말이 어쩌나 많았던지 그는 그들이 재잘대는 소리에 새로운 음성이 있는 것을 느끼지 못했다. 그리고 그는 외관의 세세한 부분은 무시하고 전체적인 인상만을 보는 버릇이 있었다. 그러던 어느 날, 그는 악보를 들여다보며 상상력으로 머릿속에 곡조를 떠올려 보고 있었는데 잠시 방심한 틈에 악보가 너풀거리며 벽난로 쪽으로 떨어졌다. 그 바람에 벽난로 안을 쳐다보게 되었는데, 아침 요리를 끓여 내고 난 뒤에 스러져 가는 장작불 맨 위에서 한 가닥 불꽃이 빙글빙글 도는 모습이 속으로 읊조리던 가락에 맞추어 춤을 추는 것 같았고, 난로의 가로대에 달린 두 개의 갈고리에 깃털처럼 붙어 있는 검댕도 같은 선율에 맞춰 떨고 있는 듯했고, 반쯤 비어 있는 주전자도 잉잉거리며 반주를 하고 있는 듯 여겨졌다. 식탁에서 들려오는 말소리가 그의 상상 속의 오케스트라에 섞여 드는 순간, 이런 생각이 들었다.

'어느 아가씬지 목소리가 플루트 소리처럼 맑구나! 새로 온 아가씬

174

가 보다.'

클레어는 고개를 돌려 다른 사람들 곁에 앉아 있는 그녀를 보았다. 그녀는 그를 향해 돌아보지 않았다. 사실 그녀는 그가 오랫동안 말을 하지 않고 있어서 그가 방 안에 있다는 사실조차 잊어버리고 있었다.

"귀신에 대해 잘은 모르지만…… 살아 있을 때에는 영혼이 몸 밖으로 나갈 수 있다는 걸 알고 있어요."

그녀가 말을 하고 있었다.

목장 주인은 입에 음식이 가득한 채로 진지한 의문이 담긴 눈을 하고 그녀를 돌아보면서 마치 교수대라도 만들 듯 커다란 칼과 포크(이곳에서는 아침 식사를 푸짐하게 먹었다)를 식탁 위에 곧추세웠다.

"뭐라고, 정말 그런가? 그게 정말이야, 아가씨?"

그가 물었다.

"영혼이 빠져나가는 걸 아주 쉽게 느낄 수 있는 방법이 있어요."

테스가 계속 말했다.

"한밤중에 풀밭에 누워 커다랗고 밝은 별을 똑바로 올려다보면서 그 별에 마음을 집중시켜 보세요. 그러면 자기 자신이 몸에서 빠져나와 수십만 킬로미터 밖에 있다는 걸 알게 되고, 몸이 전혀 필요 없다고 느끼게 된답니다."

주인은 테스를 뚫어지게 쳐다보던 눈길을 거두어 자기 아내를 바라보며 말했다.

"그것 참 이상한 일이군, 크리스티나, 안 그래? 난 지난 30년 동안 연애를 하고, 장사를 하고, 의사나 간호사를 부르러 가느라 별이 총총한 밤길을 몇 킬로미터나 수도 없이 걸어다녔지만 지금까지 조금이라도 그런 생각이 들었던 적은 한 번도 없었고, 내 영혼이 내 옷깃에서 한 치라도 빠져나가는 걸 느껴 본 적이 없거든."

주인에게 일을 배우는 그 견습생을 포함해 모두의 시선이 자기에게로 쏠리는 것을 느낀 테스는 얼굴을 붉히며 그냥 상상해 본 것일 뿐이라고 얼버무리며 식사를 계속했다. 클레어는 계속해서 그녀를 지켜보았다. 테스는 곧 식사를 마친 뒤, 클레어가 자기를 보고 있다는 것을 느끼자 가축들이 감시자가 있다는 것을 알고 부자연스러워하는 것처럼 어색해져서는 집게손가락으로 식탁보 위에 무늬를 그리고 있었다.

"저 아가씨는 정말 신선하고 순결한 자연의 딸이군."

그는 혼자 중얼거렸다.

그때 그는 그녀에게서 뭔가 낯익은 느낌을 받았다. 그 느낌은 진로를 정해야 한다는 의무감이 하늘을 잿빛으로 물들이기 전, 유쾌하기만 하던 과거로 그를 이끄는 듯했다. 그는 그녀를 전에 어디선가 본 적이 있다고 결론지었으나 어딘지는 알 수 없었다. 시골을 여행하다가 어디선가 우연히 마주쳤던 게 분명한데, 그게 어디였는지는 그다지 궁금하지 않았다. 어쨌거나 이 일로 인해서 그가 주위의 여자를 살펴보고 싶을 때 다른 예쁜 여자들보다 테스를 고르게 될 여건이 충분해졌던 것이다.

19

대개의 경우 젖소는 젖 짜는 사람을 가리지 않았다. 그러나 어떤 소는 특별히 좋아하는 손이 아니면 그 앞에 절대 서 있으려 하지 않았고 낯선 사람의 우유통을 버릇없이 발로 걷어차기도 했다.

낙농장 주인 크릭 씨는 이런 편애와 반감을 없애려면 젖 짜는 사람을 끊임없이 교체해야 한다는 원칙을 갖고 있었다. 그렇게 하지 않으면 젖 짜는 일꾼이 낙농장을 그만두고 떠날 때 곤경에 처하게 될 것이기 때문이었다. 그러나 여자 일꾼들은 내심 주인의 원칙을 거스르고 싶어 했다. 한 사람당 매일 소 여덟 내지 열 마리의 젖을 짰는데 자기에게 익숙한 젖소를 골라서 짜면 젖소도 젖통에서 자발적으로 우유를 흘려보냈기 때문에 일이 놀랄 만큼 쉽고 힘도 덜 들었기 때문이다.

테스도 다른 동료들과 마찬가지로 어느 소가 자기의 손놀림을 좋아하는지 곧 알게 되었다. 그녀는 지난 이삼 년 동안 집 안에만 틀어박혀 있었기 때문에 손가락이 부드러웠다. 이런 점에서 소들의 기대를 맞춰 줄 수 있다는 게 기뻤다. 아흔다섯 마리의 젖소들 중에 특히 여덟 마리—덤플링과 팬시, 로프티, 미스트, 어미 프리티, 새끼 프리티, 타이디, 그리고 라우드—는 비록 한두 녀석의 젖꼭지가 홍당무처럼 딱딱하긴 했어도 다들 손가락만 갖다 대도 우유가 나왔기 때문에 젖 짜는 일이 무척 쉬웠다. 하지만 테스는 주인의 생각을 잘 알고 있었으므로 자신이 아직 다룰 수 없는 아주 어려운 소들이 아니라면 양심적으로 소가 오는 순서대로 맡으려고 노력했다.

그러나 그녀는 겉으로는 우연인 것처럼 보이는 젖소들의 위치와 자기의 소망이 묘하게 일치하는 것을 알아차렸고, 결국 젖소들의 순서가 우연의 결과일 수 없다고 느꼈다. 최근에는 낙농장 견습생인 클레어가 소를 한곳에 모으는 일을 거들고 있었던 것이다. 그녀는 젖소의 옆구리에 몸을 기댈 때 의아스런 눈길로 대여섯 차례 그를 돌아보았다.

"클레어 씨, 당신이 젖소들을 줄 세우셨군요!"

그녀가 얼굴을 붉히며 말했다. 책망하듯 말하면서도 웃음기가 얼굴에 번져서 저도 모르게 윗입술이 가볍게 들려 윗니 끝이 살짝 보였으나 아랫입술은 전혀 움직이지 않았다.

"그래요, 하지만 괜찮아요. 아가씨는 계속 여기서 일할 테죠."

"그렇게 생각하세요? 저도 그랬으면 좋겠어요! 하지만 알 수 없는 일이죠."

테스는 자기가 이런 벽지에서 살고 싶어 하는 심각한 이유를 알지 못한 그가 말뜻을 오해했을 것 같아서 나중에 스스로에게 화가 났다. 그녀는 자기가 너무 솔직하게 이야기해서 마치 그가 있기 때문에 거기에 있고 싶어 하는 것처럼 비춰질 것 같았다. 그녀는 마음이 불안해져서 젖 짜는 일이 끝나고 난 뒤 저녁 어스름에 혼자서 뜰을 거닐었다. 그의 배려를 알아차렸다는 것을 괜히 그에게 알렸다는 후회가 들었다.

　6월의 전형적인 여름날 저녁이었다. 대기는 아주 섬세한 균형을 이루며 고르게 퍼져 있어서 무생물까지도 다섯 가지는 안 되더라도 두세 가지 감각을 갖춘 듯했다. 멀고 가까운 것에 차이가 없었고, 귀를 기울이면 지평선 안에 있는 모든 것을 가까이 느낄 수 있었다. 고요는 그저 소음이 없는 상태가 아니라 하나의 실재하는 존재라는 인상을 받았다. 하프 소리가 이 고요를 깨트렸다.

　테스는 머리 위 다락방에서 나는 하프 소리를 들은 적이 있었다. 닫힌 공간에서 난 그 소리는 희미하고 낮고 둔탁하여, 고요한 대기 중에 거침없이 퍼져 나가는 지금 들리는 하프 소리처럼 감동을 주지 못했었다. 엄격히 말하면 악기나 연주 솜씨는 보잘것없었지만 모든 것은 상대적인 법이라 귀를 기울여 듣던 테스는 마치 소리에 매료된 새처럼 자리를 뜨지 못했다. 뜨기는커녕 연주자를 향해 다가가서 그의 눈에 띄지 않게 울타리 뒤에 서 있었다.

　테스가 서 있는 뜰 가장자리는 여러 해 동안 가꾸지 않고 내버려 두어서 지금은 건드리기만 해도 꽃가루가 안개처럼 일어나는 수분이 많은 잡초로 무성한 습기 많은 곳이었다. 역한 냄새를 풍기고 꽃을 피우는 키 큰 잡초도 있었는데 이 잡초의 빨강, 노랑, 보라 빛깔들은 재배되는 꽃의 색만큼이나 눈부시게 다채로웠다. 테스는 무성하게 자란 이 잡초들 사이로 마치 고양이처럼 살금살금 앞으로 나아갔다. 치마에는 거품벌레의 거품을 묻히고, 발로 달팽이를 짓뭉개고, 손에 엉겅퀴 수액과 민달팽이 점액을 묻히고, 끈끈이 벌레—이 벌레는 사과나무에 붙어 있을 때에는 하얗던 것이 맨살에 닿으면 새빨간 자국을 남겼다──를 팔에서 털어 내며 클레어와 가까운 곳으로 다가갔으나 여전히 그의 눈에는 띄지 않았다.

테스는 시간도 공간도 의식하지 못했다. 마음먹고 별을 가만히 응시하면 생겨난다고 이야기했던 환희가 지금은 마음먹지 않았는데도 저절로 다가왔다. 낡은 하프의 가녀린 가락에 따라 마음이 물결쳤고 그 화음은 산들바람처럼 그녀를 스치고 지나며 두 눈에 눈물이 맺히게 했다. 떠다니는 꽃가루는 하프 소리가 눈에 보이는 형태로 나타난 것 같았고 풀밭이 축축한 것도 감수성 예민한 뜰이 흘리는 눈물처럼 여겨졌다. 땅거미가 지고 있었지만 역한 냄새가 나는 들꽃들은 마치 음악에 심취하기 위해 봉오리를 오므리지 않는 듯 밝게 빛나고 있었고, 빛깔의 물결은 소리의 물결에 섞여 들었다.

그때까지 남아 있는 빛은 주로 서녘 하늘 구름장의 큼지막한 구멍에서 비쳐 드는 것이었다. 그 외에는 주위가 모두 어둠에 잠겨 있었기 때문에 마치 거기에만 우연히 낮 한 조각이 남겨진 듯했다. 그는 그 구슬픈 가락을 끝맺었다. 훌륭한 솜씨가 필요 없는 매우 단순한 곡이었다. 테스는 다음 곡이 시작될 거라 생각하며 기다렸다. 그러나 그는 연주에 싫증이 나서 발길 닿는 대로 울타리를 돌아 테스가 있는 뒤쪽으로 천천히 걸어 나왔다. 테스는 두 볼을 붉게 물들이며 움직이는 것처럼 보이지 않게 살금살금 발걸음을 옮겼다.

그러나 그녀의 밝은색 여름옷이 클레어의 눈에 띄었고, 그가 말을 건넸다. 다소 먼 거리였지만 그의 나지막한 음성이 그녀의 귀에 들려왔다.

"테스, 왜 그렇게 도망가는 거요? 무서운 게 있나요?"

"아, 아니에요, 클레어 씨. 집 밖에 있는 것들은 무섭지 않아요. 특히 요즘처럼 사과 꽃이 떨어지고 온 세상이 푸를 때는요."

"그렇다면 집 안에 있는 것들이 무섭단 말이군요? 그런가요?"

"글쎄요…… 그래요."

"뭐가 두려운데요?"

"뭐라고 해야 할지 모르겠어요."

"우유가 상하는 게 두려운가요?"

"아뇨."

"인생 전체가?"

"네, 그래요."

"아, 나도 자주 그런 느낌이 들어요. 어설프게 살아 있다는 게 좀 위태롭거든요. 그런 생각이 안 드나요?"

"그렇게 말씀하시니까 그런 것 같네요."

"그렇지만 당신처럼 젊은 아가씨가 삶을 그렇게 바라볼 줄은 전혀 예상하지 못했는데요. 어떻게 그런 생각을 하게 되었죠?"

그녀는 머뭇거리기만 할 뿐 입을 열지 않았다.

"자, 테스. 나한테만 말해 봐요."

그녀는 자기가 세상을 어떻게 바라보고 있는지 묻는 것이려니 여기고는 수줍어하며 대답했다.

"나무는 뭔가를 꼬치꼬치 캐묻는 듯 호기심 어린 눈을 가지고 있어요, 그렇지 않나요? 말하자면 그렇게 보인다는 거예요. 그리고 강물은 '당신은 왜 그런 표정으로 나를 괴롭히나요' 하고 말하고 있어요. 그리고 수많은 내일이 모두 한 줄로 늘어서 있는데 맨 앞에 있는 것은 제일 크고 또렷하고 뒤로 갈수록 점점 작아져 보여요. 그런데 모두가 마치 '내가 간다! 날 조심해, 날 조심해' 하고 말하는 듯 아주 사납고 가혹해 보여요. 하지만 클레어 씨는 음악으로 꿈을 불러일으킬 수 있으니 이런 끔찍한 상상을 물리칠 수 있으시겠죠."

그는 이렇게 젊은 여자—비록 낙농장에서 소젖 짜는 여자에 불과하지만 동료들에게서 부러움을 살 만큼 특이한 무언가를 가지고 있는 여자—가 그렇게 슬픈 상상을 하고 있다는 사실이 놀라웠다.

그녀는 이 시대의 정서—현대인의 고통—라고 부를 수 있는 어떤 감정을 타고난 자신의 언어와 초등학교 때 6년간 받은 교육의 도움을 약간 받아 표현하고 있었다. 이른바 진보 사상이라는 게 사실은 대부분이 수세기 동안 남자와 여자들이 막연하게나마 파악하고 있던 감정을 가장 최근의 언어로 정의 내린 것—무슨 '학(學)'이니 '주의(主義)'니 하는 말로 보다 정확하게 표현한 것—에 불과하다는 생각을 하게 되자 놀라움이 덜해졌다.

그래도 아직 그렇게 젊은 나이에 그런 생각을 한다는 게 이상했다. 그저 이상할 뿐만 아니라 인상적이고 흥미롭고 측은하기까지 했다. 그는 그 원인을 전혀 짐작할 수 없었기 때문에, 경험이란 시간의 문제가 아니라 강도의 문제라는 사실을 떠올리지 못했다. 지난날 테스의 육체가 입은 상처는 그녀에게 정신적 수확이 되었다.

한편 테스는 테스대로 어째서 성직자 집안에서 태어나 훌륭한 교육을 받고 물질적으로도 부족한 것이 없는 사람이 살아 있는 것을 불행이라 여기는지 이해할 수 없었다. 불행한 나그네 신세인 그녀 자신에게는 충분한 이유가 있었다. 하지만 이렇게 훌륭하고 낭만적인 남자가 어떻게 '치욕의 골짜기'(존 버니언의 《천로역정》에 나오는 내용_옮긴이)로 떨어질 수 있고, "차라리 숨이라도 막혀 죽는 편이 낫겠습니다. 살아 있는 게 싫어 항상 살고 싶지 않습니다(〈욥기〉 7장 15~16절_옮긴이)"라고 했던 우즈의 사나이(성서의 욥을 가리킴_옮긴이)처럼—이삼 년 전 그녀가 그랬듯—느낄 수 있단 말인가.

현재 그가 자신이 속한 계층에서 이탈한 것은 사실이었다. 그러나 그는 마치 표트르 대제가 조선소에 갔던 것처럼 자기가 배우고 싶은 것을 공부하고 있는 중이라는 사실을 그녀는 알고 있었다. 그가 젖소의 젖을 짜는 것은 그럴 수밖에 없는 처지라서가 아니라 낙농가나 지주, 농장주, 축산가로서 부자가 되고 성공하기 위해서였다. 그는 아메리카나 오스트레일리아의 아브라함이 되어 마치 족장처럼 양 떼와 소떼, 얼룩무늬와 고리무늬 가축들, 남녀 하인 들을 거느릴 것이다. 그렇다고는 해도, 이따금 테스는 어째서 책을 좋아하고 음악과 사색을 즐기는 청년이 부친이나 형제들처럼 성직자가 되지 않고 일부러 농부가되는 길을 택했을지 도무지 이해할 수 없었다.

이렇게 두 사람은 누구도 상대의 비밀에 대한 단서를 찾지 못하고 그저 겉으로 드러난 서로의 모습에 의아해했고, 서로의 내력을 캐내려고 하는 대신 서로의 성격과 심정을 더 잘 알게 될 때를 기다렸다.

날마다 시간마다 그는 그녀에 대해 그녀는 그에 대해 조금씩 알아갔다. 테스는 욕망을 억제하는 삶을 살려고 애썼지만 자기 자신에게 힘찬 활력이 있다는 것을 전혀 알아차리지 못했다.

처음에 테스는 엔젤 클레어를 남자라기보다 지성인으로 여기는 듯했다. 이런 존재로서의 그를 그녀 자신과 비교하였다. 보잘것없는 자신의 지적 수준과 안데스 산맥처럼 높디높은 그의 지적 수준을 비교할 때마다 그녀는 어찌나 기가 죽었던지 더 이상 무슨 노력이든 해 볼 의욕마저 사라지곤 했다.

하루는 클레어가 우연히 고대 그리스의 목가적인 생활에 관해 그녀에게 이야기를 해 주다가 그녀의 풀 죽은 모습을 보았다. 그가 이야기하는 동안 그녀는 '로드 앤 레이디(천남성과의 다년초_옮긴이)'라는 꽃의 봉오리를 따 모으고 있었다.

"갑자기 왜 그렇게 슬픈 얼굴이 되었어요?"

"아, 그냥…… 나 때문이에요. 그냥 나한테 어떤 일이 있었을까 좀 생각해봤어요. 내 인생은 운이 없어서 망가져 버린 것 같아요! 클레어 씨가 알고 있는 것이나 읽고 보고 생각하시는 것들을 보면 나는 너무나 보잘것없는 존재처럼 느껴져요. 성경에 나오는 불쌍한 시바의 여왕처럼 느껴져요. 용기가 안 나요."

그녀는 힘없이 슬픈 웃음을 지으며 대답하고는 '레이디' 꽃잎을 벗겨 내기 시작했다.

"저런, 그것에 대해서는 고민할 거 없어요. 이봐요, 테스. 역사에 관한 책이든 뭐든 읽고 싶은 책도 빌려 주고 공부도 도와줄게요."

그가 약간 성을 내며 말했다.

"또 레이디예요."

그녀는 벗겨 낸 꽃봉오리를 내밀며 그의 말을 가로막았다.

"뭐라고요?"

"꽃잎을 뜯어 보면 항상 로드보다 레이디가 많이 나오거든요."

"로드 앤 레이디는 이제 저리 치워요. 어떤 공부든 좀 해 보지 않겠어요? 가령 역사라든가."

"이미 알고 있는 것 외에는 더 이상 아무것도 알고 싶지 않을 때가 있어요."

"왜 그렇죠?"

"왜냐하면 제가 기껏해야 길게 늘어선 여러 사람들 가운데 하나라는 사실을 알아 봐야 아무 소용이 없기 때문이에요. 어떤 옛날 책에 나와 똑같은 사람이 있었다고 기록되어 있는 걸 발견하고 나도 겨우 그 역할을 되풀이하고 있을 뿐이라는 사실을 알아 봐야 슬퍼지기만 한답니다. 가장 좋은 방법은 자신의 천성이나 자신이 과거에 했던 행동이 수많은 사람들과 똑같았고, 앞으로의 인생과 행동도 수많은 사람들과 같을 거라는 사실을 기억하지 않는 거예요."

"아니, 그럼 정말 아무것도 배우고 싶지 않단 말인가요?"

"해는 왜 선한 사람이나 악한 사람을 골고루 비추는가 하는 문제에 대해서라면 배우고 싶어요. 하지만 그건 책에서 배울 수 있는 게 아닐 거예요."

그녀는 목소리를 약간 떨면서 대답했다.

"테스, 그렇게 냉소적인 태도는 안 좋아요."

그런 의문은 지난날 클레어 자신도 가져 본 적이 있었기 때문에 그는 그저 통상적인 의무감에서 그렇게 말했다. 그리고 그녀의 순박한 입과 입술을 바라보면서 이 시골 처녀는 어디선가 주워들은 말을 그저 외고 있는 것이리라 여겼다. 그녀는 로드 앤 레이디 꽃잎을 계속 벗겼고, 클레어는 아래로 향한 시선을 따라 보드라운 뺨 위에 내려앉은 그녀의 속눈썹을 잠시 바라보다가 망설이듯 자리를 떴다. 클레어가 가 버리자 그녀는 생각에 잠긴 채 마지막 꽃봉오리를 벗기며 잠시 서 있었다. 그러다 공상에서 깨어나 그 꽃잎은 물론 모든 소중한 꽃잎을 바닥에 내팽개쳤다. 그녀는 자신의 어리석은 행동에 화가 치밀었고 가슴 한가운데에서 뭔가 뜨거운 것이 용솟음치는 것을 느꼈다.

그 사람이 자기를 얼마나 어리석다고 여길까! 그에게 잘 보이고 싶은 열망이 격렬하게 일어나, 요즘에는 잊으려 노력했고 몹시 불쾌한 결과만 낳았던 사실—자기 집안이 기사를 지낸 더버빌가라는 사실—을 생각해 냈다. 아무런 도움도 안 되고, 그 사실을 알게 된 뒤로 여러 모로 그녀에게 끔찍한 일만 있었지만, 클레어 씨는 좋은 집안 출신이고 역사를 공부하는 사람이니까 킹스비어 예배당의 퍼벡 대리석과 설화석고에 새겨진 사람이 그녀의 직계 조상이라는 사실과 그녀는 트랜트리지에 있는 더버빌 집안처럼 돈과 야심으로 합성해 낸 가짜 더버빌가 사람이 아니라 뼛속까지 진짜 더버빌 혈통이라는 사실을 알게 된다면, 그녀가 로드 앤 레이디 꽃을 가지고 어린애처럼 굴었던 일을 잊어버릴 만큼 충분히 자기를 존중해 줄 것 같았다.

그러나 테스는 확신할 수가 없어서 이 사실을 밝히는 일을 감행하기 전에 클레어 씨가 어떤 반응을 보일지 알아보기 위해 그가 지금은 돈과 토지를 모두 잃어버린 옛 명문가에 대해 어떻게 생각하고 있는지 낙농장 주인에게 물어보았다. 그가 힘주어 말했다.

"클레어 씨는 내가 아는 사람들 가운데 권위에 대해 가장 반항적인 괴짜야. 그 집안의 다른 식구들과는 조금도 닮지 않았어. 그가 무엇보다 싫어하는 것이 있다면 그건 소위 옛 명문가라는 것이야. 그는 옛 명문가들은 과거에 이미 힘을 다 써 버렸기 때문에 지금은 남은 게 없다는 논리를 펴지. 이 골짜기에도 옛날에 수십 킬로미터씩 땅을 소유하고 있던 빌레트, 드렌카드, 그레이, 퀸틴, 하디, 굴드 같은 가문이 있어. 지금이야 옛 노래 한 곡조 값으로 이런 이름을 다 사들일 수 있지만 말이야. 아참, 그러고 보니 우리 목장에서 일하는 레티 프리들도 파리델 집안 후손이군. 파리델 집안은 옛날에 킹스힌톡 옆에 넓은 영토를 가지고 있던 명문가야. 지금은 그 땅이 모두 웨섹스 백작의 소유가 되어 버렸지만 말이야. 전에는 그 사람이나 그 집안에 대해서 들어 본 적도 없지. 그런데 그 사실을 알아낸 클레어 씨는 며칠 동안 그 불쌍한 처녀를 놀려 대곤 했어. '아아! 아가씨는 절대 솜씨 좋은 일꾼이 되지 못할 겁니다. 당신 집안의 기술은 먼 옛날에 팔레스타인에서 다 써 버렸으니까요. 무슨 일이든 할 수 있는 힘을 내려면 앞으로 천 년쯤은 쉬면서 기다려야 할걸요'라고 말했지. 며칠 전에 한 소년이 일자리를 구하러 와서 이름이 매트라고 하기에 성은 뭐냐고 물었더니 성은 들어본 일이 없다고 하지 뭐야. 그래서 그 이유를 물었더니 자기 집안은 아직 자리를 잡은 지 오래되지 않아서 그런 것 같다고 하더군. 그러자 클레어 씨가 자리에서 벌떡 일어나며 '아! 네가 바로 내가 찾던 아이다! 너한테 거는 기대가 크다' 하고 말하며 그 아이와 악수를 하고는 반 크라운(영국의 옛 화폐로 5실링짜리 은화_옮긴이)을 주는 거야. 그래, 그 사람은 명문가라면 질색을 한다니까!"

클레어의 생각을 알려 주는 주인의 재미있는 이야기를 듣고 나자,

테스는 비록 자기 집안은 한 바퀴를 돌고 다시 새로 시작할 때가 되었을 정도로 유별나게 오래되긴 했지만, 마음이 약해진 순간에 집안에 관한 말을 꺼내지 않은 걸 다행이라 여겼다. 더구나 좀 전에 들은 다른 아가씨도 그런 점에서 자기와 마찬가지인 것 같았다. 테스는 더버빌가의 지하 묘지나 그녀가 이름을 물려받은 정복 왕 윌리엄 휘하의 기사에 관한 이야기는 입 밖에도 내지 않았다. 그녀는 클레어의 그런 성격을 알게 되자 그가 자기에게 관심을 갖는 것은 자기가 전통 없는 신생 집안의 사람으로 여겨졌기 때문이 아닐까 하는 생각을 하게 되었다.

20

계절은 점점 깊어지고 무르익어 갔다. 또 1년 분량의 꽃이며 나뭇잎, 나이팅게일, 지빠귀, 콩새 등 금세 사라지고 말 생물들이 지난해 다른 것들이 있던 터에 들어섰다. 이 생물들은 1년 전만 해도 싹이나 무기물 입자에 불과했었다. 아침 햇살은 싹을 틔워 기다란 줄기로 뻗어 나게 하고 소리 없이 흐르는 수액을 끌어올려 꽃을 피우고 보이지 않는 분출구로 향기를 뿜어내게 한다.

낙농장 주인 크릭의 집에서 일하는 일꾼들은 편안하고 평온하고 즐겁기까지 한 나날을 보냈다. 그들의 처지는 어쩌면 사회 계층 전체를 놓고 볼 때에도 가장 행복한 편이었다. 그들은 곤궁함을 느끼는 선은 넘어서 있었고, 예절이 자연스러운 감정을 구속하기 시작하고 진부한 유행을 쫓느라 풍족함을 하찮게 여기는 선에는 이르지 않았기 때문이었다.

이렇게 나무 모양으로 자라는 것이 자연계의 유일한 목적인 듯 잎을 피우는 시기도 지나고 있었다. 테스와 클레어는 부지불식중에 서로를 탐색하고 있었으나, 늘 열정의 가장자리에서 균형을 유지하며 거기에서 벗어나지 않는 듯했다. 그러나 그러는 내내 그들은 저항할 수 없는 법칙에 의해, 같은 골짜기에서 흐르는 두 물줄기처럼 확실히, 조금씩 가까워지고 있었다.

테스는 최근 들어 지금처럼 행복했던 적이 없었고, 앞으로도 다시 이렇게 행복한 시절이 오지 않을 것 같았다. 우선 그녀는 육체적으로나 정신적으로 이 새로운 환경에 잘 맞았다. 유해한 지층에 씨가 뿌려져서 뿌리를 내린 묘목이 더 깊숙한 토양으로 이식된 셈이었다. 더구나 그녀는 물론 클레어도 아직은 호감과 사랑 사이의 애매한 지점에 서 있었다. 아직 깊은 관계에 이르지 못했고 서로에 대해 뚜렷이 알지 못했고 그저 스스로에게 모호한 질문만을 던져 볼 따름이었다.

"이 새로운 물결은 나를 어디로 데려고 갈까? 이 물결은 나의 미래에 어떤 영향을 주게 될까? 나의 과거와는 어떤 관계가 있을까?"

엔젤 클레어에게 테스는 아직 우연히 생각났다 사라지는 독특한 인물에 불과했다. 이제 막 그의 의식 속에 남아 있기 시작한 따스한 장밋빛 환영이었던 것이다. 그래서 그는 그녀에게 마음이 쏠리는 것을 그저 아주 새롭고 신선하고 흥미로운 여성의 표본을 바라보는 철학자의 관심이라 여기고 그저 마음 가는 대로 내버려 두었다.

그들은 계속 만났는데, 그럴 수밖에 없었다. 그들은 매일 기묘하고도 장엄한 시간인 동트기 전의 어스름, 즉 보랏빛이나 분홍빛이 감도는 새벽녘에 만났다. 이곳에서는 아침 일찍 아주 이른 시각에 일어나야 하기 때문이었다. 소젖 짜는 일은 곧 끝났지만, 그 전에 우유 표면을 덮은 얇은 막을 걷어 내는 일을 해야 했다. 그 일은 3시가 조금 지나서 시작되었다. 대개 자명종 소리에 가장 먼저 깬 사람이 다른 사람들을 깨우는데, 테스는 제일 신참인 데다 다른 사람들처럼 자명종이 울려도 계속 잠을 자는 일이 없었기 때문에 그녀가 그 일을 떠맡기 일쑤였다. 3시를 알리는 종이 울리자마자 그녀는 방에서 나와 주인의 방으로 달려갔다가, 사다리를 타고 올라가 엔젤을 크고 나직한 소리로 부른 다음에 동료 처녀들을 깨웠다. 테스가 옷을 차려입을 즈음 클레어는 아래층으로 내려와 습기 많은 바깥에 나와 있었다. 나머지 처녀들과 주인은 대개 베개 위에서 한 번 더 뒤척였기 때문에 십오 분쯤 후에야 나타났다.

동이 트기 전의 어둠과 밝음이 반씩 섞인 회색 톤은 해질 녘의 회색 톤과 음영의 정도는 같을지 모르지만 그 느낌이 달랐다. 새벽의 어스름에는 빛이 활기를 띠고 어둠이 무기력한 반면에 황혼의 어스름에는 활기를 띠며 커져 가는 것은 어둠이고 맥없이 물러서는 것이 빛이기 때문이다.

이 두 사람은 어찌나 자주 낙농장에서 제일 먼저 일어났던지 아마 언제나 우연은 아닌 것 같았다. 그들 자신이 온 세상에서 가장 먼저 일어나는 사람들인 것 같았다. 테스는 이곳에 온 지 얼마 되지 않았기 때문에 우유에서 더껑이 걷어 내는 일을 하지 않고 일어난 뒤에 곧바로 바깥으로 나갔는데, 대개 그곳에서 클레어가 그녀를 기다리고 있었다. 탁 트인 풀밭에 고루 퍼진 기묘하고 아슴푸레하고 축축한 빛은 그들에게 마치 아담과 이브처럼 고립감을 느끼게 했다. 하루가 시작되는 이 어슴푸레한 때에 테스는 클레어에게 성품으로나 풍모로나 거의 여왕의 권위를 떠올릴 만큼 위엄 있는 큰 존재로 느껴졌다. 그것은 어쩌면 그 신비로운 시간에 그의 눈앞에서 그녀만큼 아름다운 여인이 바깥에 나와 걸어다닐 가능성이 없다는 것을 영국 전체를 통틀어 봐도 드물 것이라는 것을 그가 알고 있기 때문인지도 모른다. 한여름 새벽에 아름다운 여인들은 대부분 잠들어 있게 마련이다. 그러나 그녀는 가까이에 있었고 다른 여인들은 어디에도 없었다.

두 사람은 빛과 어둠이 묘하게 뒤섞여 희미한 빛을 품은 독특한 어둠 속을 걸어 젖소들이 누워 있는 곳으로 함께 갔다. 이럴 때면 클레어의 머릿속에 예수가 부활한 순간이 떠올랐는데, 막달라 마리아(요한복음 20장 1절, 누가복음 7장 36절~50절 참조_옮긴이)가 자기 옆에 있다는 생각은 전혀 하지 못했다. 주위의 모든 풍경이 희끄무레한 어스름 속에 있을 때에도 그의 눈에 비친 테스의 얼굴은 안개층 위로 솟아오르며 일종의 인광을 발하는 듯했다. 그녀의 모습은 유령처럼 기묘해서 마치 몸에서 해방된 영혼 같았다. 언뜻 봐서는 그런 것 같지 않았지만, 사실 그녀의 얼굴은 동북쪽에서 비추는 차갑고 희미한 빛을 머금고 있었던 것이다. 그의 얼굴 역시, 그 자신은 모르고 있었지만 그의 눈에 비친 그녀와 비슷한 모습으로 그녀에게 비춰졌다. 앞서 말했듯이 이 시간이 바로 테스의 모습이 클레어에게 가장 깊은 인상을 줄 때였다. 그녀는 더 이상 소젖 짜는 일꾼이 아니라 환영으로 나타난 여성의 정수(精髓)―전체 여성이 하나의 전형적인 형태로 응축된 모습―였다. 그는 반쯤은 장난삼아 그녀를 아르테미스(숲속에서 사냥을 하며 돌아다니는 야생적인 처녀의 모습으로 그리스 신화에 등장하는 여신_옮긴이)나 데메테르(그리스 신화에 나오는 농업의 여신_옮긴이), 또는 다른 멋진 이름으로 부를 때도 있었으나 그녀는 그 의미를 알지 못했기 때문에 좋아하지 않았다.

"테스라고 부르세요."

그녀가 미심쩍은 눈초리로 쳐다보며 말했고, 그는 그녀의 말대로 했다. 그러고 나서 날이 더욱 밝아지면 그녀의 얼굴은 그저 평범한 여성의 얼굴이 되어, 축복을 베푸는 신의 모습에서 축복을 갈구하는 존재로 바뀌었다.

사람이 다니지 않는 이런 시간에는 물새가 있는 곳까지 꽤 가까이 다가갈 수 있었다. 왜가리는 그들이 자주 찾아가는 목장 옆쪽의 숲속 나뭇가지에 앉았다가 문이며 덧문을 일제히 열어젖히는 것처럼 요란한 소음을 내며 날아올랐다. 또 어떤 때 왜가리들은 이미 물속에 들어가 있기도 했는데, 그럴 때 두 사람이 지나가면 물속에서 굳건하게 자세를 유지한 채 마치 태엽을 감은 인형처럼 머리를 천천히 수평으로 냉담하게 돌려 그들을 쳐다보곤 했다.

그때 그들은 홑이불보다 얇아 보이는 희미한 여름 안개가 양털처럼 작은 조각들로 흩어져 평평한 층을 이루며 목초지 위로 퍼져 가는 것을 볼 수 있었다. 물기를 머금은 어슴푸레한 풀밭에는 간밤에 젖소들이 누웠던 자국이 보였는데, 그 부분만 풀이 젖지 않아서 이슬의 바다에 소 몸집만 한 진초록 섬이 떠 있는 꼴이었다. 각 섬마다 젖소들이 잠에서 깬 뒤에 꼴을 뜯으러 어슬렁거리며 걸어 나간 흔적이 꾸불꾸불하게 이어져 있었고, 그 발자국이 끝나는 지점에 젖소가 있었다. 젖소가 그들을 알아볼 때 콧구멍으로 내뿜는 콧김은 널리 퍼진 안개 속에 작지만 더 짙은 안개를 만들어 냈다.

그때 그들은 형편에 따라 소를 안마당으로 몰고 가든지 그 자리에서 바로 젖을 짜든지 했다. 간혹 여름 안개가 더 짙게 깔린 날이면 풀밭은 하얀 바다 같았고, 그 바다 위로 드문드문 솟아 있는 나무들은 마치 위험한 암초 같았다.

새들은 안개를 뚫고 빛나는 대기 속으로 솟아올라 햇볕을 쬐며 공중에 떠 있거나, 마치 유리 막대처럼 반짝이는 울타리 위에 내려앉곤 했다. 안개에서 만들어진 이슬방울들이 테스의 속눈썹과 머리카락에도 맺혔는데, 속눈썹에 맺힌 이슬방울은 마치 자그마한 다이아몬드 같았고 머리카락에 맺힌 이슬방울은 작은 진주알 같았다. 날이 더 밝아지고 햇빛이 고루 퍼지면 이 이슬방울들은 말라서 없어지고 테스는 야릇하고도 영묘한 천상의 아름다움을 잃었다. 그녀의 입술과 이와 눈은 햇빛을 받아 반짝였고 그녀는 다시 그저 눈부시게 아름다운 소젖 짜는 여자에 불과했다. 세상의 다른 여자들과 경쟁해야 하는 한 여자

일 뿐이었던 것이다.

이때쯤이면 낙농장 주인 크릭이 낙농장에 살지 않는 일꾼들에게 늦게 온다고 잔소리를 하고 데버러 파이안더 할머니에게 손을 씻지 않는다고 따끔하게 꾸짖는 소리가 들렸다.

"제발, 펌프 아래에 얼른 손 좀 갖다 대요, 뎁! 런던 사람들이 할머니의 게으른 버릇을 아는 날엔 우유와 버터를 먹으며 지금보다 더 까탈을 부릴 텐데, 그럼 야단나요!"

소젖 짜는 작업이 계속되었는데, 일이 끝날 무렵에 테스와 클레어는 다른 이들과 마찬가지로 크릭 부인이 부엌의 벽에서 육중한 식탁을 끌어내는 소리를 들었다. 이 소리는 식사가 시작되기 전에 어김없이 듣게 되는 예고와도 같았고, 식사를 마치고 식탁을 되돌려 놓을 때에도 이런 끔찍한 마찰음이 났다.

21

아침 식사가 끝나자마자 우유 작업장에서 큰 소동이 일어났다. 교유기는 평소처럼 돌아가고 있었지만 버터가 나오지 않았기 때문이다. 이런 일이 있을 때마다 낙농장은 마비가 되었다. 커다란 통 속에서 우유가 철벅거리는 소리만 날뿐 이들이 기다리는 소리는 나지 않았다.

낙농장 주인 크릭과 그의 아내, 소젖 짜는 처녀 테스와 메리언, 레티 프리들, 이즈 휴에트, 그리고 자기 집에서 다니는 결혼한 부인네들, 클레어 씨, 조너선 케일, 늙은 데버러, 그 밖의 모든 사람들이 속수무책으로 교유기를 응시하며 서 있었다. 밖에서 계속 말을 몰고 있는 소년도 상황을 알아차린 듯 동그란 눈을 하고 안을 기웃거렸고, 심지어 풀죽은 말까지도 한 바퀴를 돌아올 때마다 걱정스러운 눈으로 창문 안을 들여다보는 것 같았다.

주인이 쓸쓸한 어조로 말했다.

"내가 엑든의 점쟁이 트렌들의 아들한테 다녀온 지도 벌써 여러 해가 되었군. 그런데 그 친구는 제 아버지에 비하면 아무것도 아니야. 내가 이 얘기를 한 번 더 하면 쉰 번째가 되겠지만, 난 그 친구 말을 믿지 않아. 그 친구 말은 믿을 수 없다니까. 하지만 그 친구라도 살아 있다면 가 볼 수밖에 없겠는걸. 아, 그래! 계속 이러면 그 친구라도 찾아가 보는 수밖에."

주인이 낙담하는 것을 보자 클레어까지 가슴이 아팠다.

"캐스터브리지 너머의 점쟁이 폴은 사람들에게 보통 '와이드 오'라는 이름으로 불렸고, 내가 어렸을 땐 아주 용한 점쟁이였어요. 하지만 지금은 저세상 사람이 되어 버렸죠."

조녀선 케일이 말했다.

"우리 할아버지는 저 멀리 아울스컴에 사는 점쟁이 민턴한테 찾아가곤 했었지. 할아버지 말씀으로는 똑똑한 친구라더군. 하지만 요즘은 그런 진짜 점쟁이가 어디 있어야 말이지!"

크릭 부인의 생각은 좀 더 가까운 곳에 있었다. 그녀가 조심스럽게 말을 꺼냈다.

"아마 이 집에 누군가 연애하는 사람이 있나 봐요. 어릴 때 들은 이야기인데 그게 이유가 되기도 한 대요. 여보, 몇 해 전에 우리 집에 있던 처녀 생각나요? 그때부터가 나오지 않았잖아요."

"아, 그럼, 생각나고말고! 그러나 그 해석은 옳지 않아. 연애하곤 상관없었어. 전부 다 기억나지만 그건 교유기에 고장이 났기 때문이야."

그는 클레어에게로 고개를 돌렸다.

"잭 돌롭이라는 건달 같은 녀석이 이 농장에서 일했던 적이 있었는데요. 이 녀석이 전에 하던 버릇대로 저 건너의 멜스톡에 사는 젊은 여자를 온갖 속임수를 써 가며 꼬드겨 놓고는 차 버렸지 뭐예요. 하지만 이번에는 좀 다른 여자를 상대해야 했어요. 연애했던 바로 그 여자는 아니었지요. 하필이면 그날은 하고많은 날들 중에 성목요일이었어요. 우리는 교유기만 돌리지 않았을 뿐 지금처럼 여기에 모여 있었죠. 그때 그 여자의 어머니가 황소라도 쓰러뜨릴 것 같은, 놋쇠 손잡이가 달린 커다란 양산을 들고 문간에 나타나서 소리를 지르는 거예요. '잭 돌롭이란 녀석이 여기서 일합니까? 그자를 좀 봐야겠어요! 단단히 따질 일이 있거든요!' 그 어머니 저 뒤쪽에는 잭의 젊은 여자가 걸어오며 손수건을 얼굴에 대고 슬프게 울고 있더군요. '이런, 맙소사, 때가 왔구나!' 창문 너머로 두 사람을 본 잭이 말했죠. '저 여자 사람 잡겠는걸! 어디에 숨을까…… 어디에 숨지? 내가 어디 있는지 말하지 말아요' 하고 말하며 그는 뚜껑 문을 열고 황급히 교유기로 기어들어 가서 뚜껑을 닫았지요. 바로 그때 그 젊은 여자의 어머니가 우유 작업장으로 뛰어 들어와 '이 악당 같은 놈, 이놈 어디 있어? 내 이놈의 낯짝을 쥐어뜯어 놓고 말겠다! 잡히기만 해 봐라!' 하고 소리쳤어요. 그녀는 잭한테 갖은 욕설을 퍼부으며 작업장 안을 샅샅이 뒤졌는데, 잭은 교유기 안에서 거의 숨이 막혀 죽을 지경이었고, 불쌍한 처녀, 아니 젊은 여자는 문간에서 눈이 퉁퉁 부을 정도로 울면서 서 있었지요. 그 모습은 정말 절대 못 잊을 거예요, 절대! 그 눈물이라면 대리석도 녹아내렸을 거예요. 그러나 그 여자는 어디에서도 잭을 찾을 수 없었지요."

낙농장 주인이 잠시 말을 멈추자 한두 마디의 감상이 청중에게서 나왔다.

낙농장 주인 크릭의 이야기는 실제로는 그렇지 않으면서도 끝난 것처럼 보이곤 해서, 잘 모르는 사람들이 이야기가 끝난 줄 알고 마지막에 터뜨려야 하는 감탄사를 미리 터뜨릴 때가 종종 있었다. 그러나 그를 오래 알고 지낸 사람들은 이야기가 끝나지 않았다는 것을 알고 있었다. 이야기는 계속되었다.

"그런데 그 늙은 여자가 어떻게 눈치를 챘는지 알 수 없지만, 녀석이 교유기 안에 숨은 걸 알아차린 겁니다. 노파는 말 한마디 없이 손잡이를 잡아(그때는 수동으로 돌렸거든요) 돌리기 시작했고, 잭은 교유기 안에서 뒹굴기 시작했죠. '아, 이런! 교유기를 멈춰요! 날 꺼내 줘요! 묵사발이 되겠어요!' 하고 녀석이 머리를 내밀고 말했어요(그런 녀석들은 대개 겁쟁이거든요). '저 아이 몸을 버려 놨으니 책임질 때까지는 안 된다' 하고 노파가 말하자 녀석은 '교유기 좀 멈춰요, 이 못된 할망구야!' 하고 소리를 지르더군요. '다섯 달 전부터 장모님으로 모셔야 할 사람에게 뭐, 못된 할망구라고? 이 사기꾼 놈아!' 이렇게 말하고 나서 노파는 계속 교유기를 돌렸고, 잭은 다시 뼈가 덜그럭거렸지만 우리는 아무도 감히 나설 수 없었답니다. 마침내 그 녀석이 책임지겠다고 약속을 하더군요. '알았어요. 약속을 지키죠!' 그렇게 해서 그날 소동이 끝났답니다."

이야기를 듣던 사람들은 웃음을 지으며 몇 마디 감상을 말하고 있었는데 그때 뒤에서 조급하게 움직이는 기척을 감지하고 뒤를 돌아보았다. 얼굴이 창백해진 테스가 문으로 달려가고 있었다.

"오늘 날씨가 너무 덥네요."

테스가 들릴락 말락 한 소리로 중얼거렸다.

그날은 제법 더운 날이어서, 아무도 그녀가 물러나는 것과 주인의 회고담을 연관 지어 생각하지 않았다. 주인은 앞으로 나서서 그녀에게 문을 열어 주며 다정하고도 장난스런 어조로 말했다.

"웬일이야, 처녀(그는 그 단어의 아이러니를 의식하지 못한 채 그녀를 자주 이 애칭으로 부르곤 했다)! 우리 목장에서 제일 예쁜 아가씨, 이제 겨우 여름이 시작되었는데 그렇게 지치면 안 되지. 이러다 삼복더위에 사라지면 곤란해. 안 그렇습니까, 클레어 씨?"

"어지러워서 그래요. 바깥 공기를 쐬면 괜찮아질 거예요."

그녀는 기계적으로 말하고 밖으로 나갔다.

바로 그때 테스에게 다행스런 일이 일어났다. 돌고 있던 교유기 속의 우유에서 철벅거리는 소리 대신 딱, 딱 하는 소리가 선명하게 들려온 것이었다.

"이제 나오네요."

크릭 부인이 소리를 지르자 사람들의 시선이 일제히 테스에게서 거두어졌다.

상처를 입은 그 아름다운 여인은 겉으로는 곧 회복된 것처럼 보였지만, 마음은 오후 내내 울적했다. 저녁의 소젖 짜는 일이 끝나자, 다른 일꾼들과 함께 있고 싶지 않아 바깥으로 나와 발길 닿는 대로 정처 없이 걸어다녔다. 그녀는 비참했다. 주인이 들려준 이야기가 동료들에게는 한낱 우스갯소리에 불과하다는 걸 알게 되자 몹시 비참했다. 자기 외에는 그 이야기의 슬픔을 아는 사람이 아무도 없는 것 같았다. 그 이야기가 얼마나 잔인하게 그녀의 상처를 건드렸는지 아는 사람은 아무도 없었다. 지는 해도 마치 하늘에서 붉게 염증을 일으킨 커다란 상처처럼 보여서 흉하게 느껴졌다. 목이 쉰 외로운 참새 한 마리만이 일정한 곡조로 구슬프게 노래를 부르며 강가 덤불에서 그녀를 맞이해주었지만 그 소리도 이젠 싫증이 난 옛 친구의 목소리처럼 여겨졌다.

이렇게 해가 긴 6월이면 소젖 짜는 여자 일꾼들, 사실 낙농장의 모든 사람들은 해가 지면 곧 잠자리에 들었다. 소젖을 짜기 전의 아침 작업이 아주 이른 시각에 시작되는 데다 우유통 가득 젖을 짜는 시기에는 일도 고되기 때문이었다. 여느 때 같으면 테스는 친구들을 따라 이층으로 올라갔을 것이다. 그러나 오늘 밤엔 세 처녀와 함께 쓰는 방으로 제일 먼저 올라와, 다른 처녀들이 방에 들어왔을 즈음엔 선잠이 들어 있었다. 그들이 오렌지 빛깔의 석양빛을 받으며 옷을 벗는 게 보이는 듯했다. 그들의 몸이 온통 오렌지 빛으로 물들었다. 테스는 다시 설핏 잠이 들었다가 그들의 목소리에 다시 잠이 깨어 조용히 그들에게로 눈을 돌렸다.

그녀와 같은 방을 쓰는 세 동료들은 아직 아무도 잠자리에 들지 않았다. 그들은 잠옷을 입고 맨발인 채로 창문 앞에 모여 서 있었는데, 서쪽 하늘에 마지막 남은 붉은 햇살이 그들의 얼굴이며 목덜미, 그리고 주위의 벽을 비추고 있었다. 그들 모두는 서로 얼굴을 바싹 붙이고 서서 뜰에 있는 어떤 사람을 아주 유심히 쳐다보고 있었다. 명랑하고 동그란 얼굴과 검은 머리에 창백한 얼굴, 그리고 적갈색 머리를 길게 땋아 내린 예쁘장한 얼굴이었다.

"밀지 마! 너도 나만큼 잘 보이잖아."

적갈색 머리카락에 나이가 가장 어린 레티가 창문에서 눈을 떼지 않고 말했다.

"레티 프리들, 너나 나나 저분을 좋아해 봐야 아무 소용이 없어. 저분은 네 볼이 아닌 다른 여자의 두 볼을 생각하고 있거든."

가장 나이가 많은 명랑한 얼굴의 메리언이 알고 있는 게 있다는 듯이 말했다. 레티 프리들은 여전히 밖을 바라보고 있었고, 다른 두 처녀도 다시 밖을 내다보았다.

"저기 또 나왔어!"

촉촉한 검은 머리카락에 입술 윤곽이 뚜렷하고 창백한 얼굴의 이즈 휴에트가 소리쳤다.

"말 안 해도 다 알아, 이즈. 저분 그림자에 키스하는 걸 봤거든."

레티가 대꾸했다.

"얘가 뭘 했다고?"

메리언이 물었다.

"글쎄, 저분이 유장이 든 통에서 유장을 빼려고 서 있을 때 그림자가

196

뒤쪽 벽에 드리워졌는데, 그림자 가까이에서 이즈가 통에 우유를 채우고 있다가 담벼락에 입술을 대고 저분의 그림자에 키스를 했지 뭐야. 저분은 못 봤지만 난 봤지."

"어머, 이즈 휴에트!" 하고 메리언이 말했다. 이즈 휴에트의 볼 한가운데가 장밋빛으로 붉어졌다.

"그래서 뭐가 어쨌다는 거야? 내가 저분과 사랑에 빠졌다면, 레티도 마찬가지야. 메리언 너도 마찬가지고, 안 그래?"

이즈는 애써 태연한 척하며 말했다.

메리언의 통통한 얼굴은 본래 불그레해서 더 이상 붉어질 수는 없었다.

"내가? 얘도 참 별소릴 다 하네! 아, 또 왔어! 저 눈, 저 얼굴, 사랑스런 클레어 씨!"

메리언이 말했다.

"그것 봐, 자기 입으로 털어놓으면서!"

"그거야 너도 그랬고, 우리 모두가 그랬지. 다른 사람들에게까지 털어놓을 필요는 없겠지만 우리끼리 있으면서 안 그런 척하는 것도 우습잖아. 난 내일이라도 저분하고 결혼했으면 좋겠어."

메리언은 다른 사람이 뭐라 하든 전혀 개의치 않는다는 듯 싱거우리만큼 솔직하게 말했다.

"나도 그래. 아니 그 이상이야."

이즈 휴에트가 중얼거렸다.

"나도."

소심한 레티가 나지막하게 말했다.

이런 이야기를 듣고 있던 테스도 마음이 달아올랐다.

"하지만 우리 모두가 저분과 결혼할 수는 없잖아."

이즈가 말했다.

"더 유감스러운 건 저분은 우리 중의 어느 한 사람과도 결혼하지 않을 거라는 거야. 또 나왔다!"

가장 나이가 많은 처녀가 말했다.

세 처녀가 모두 그를 향해 소리 없는 키스를 보냈다.

"왜?" 하고 레티가 재빨리 물었다.

"저분은 테스 더비필드를 제일 좋아하니까. 매일 저분을 지켜보다가 그 사실을 알아냈지."

메리언은 목소리를 낮춰 말했다. 모두들 생각에 잠긴 듯 침묵이 흘렀다.

"하지만 테스는 저분한테 전혀 관심이 없는 것 같던데?"

마침내 레티가 속삭이듯 말했다.

"그래, 나도 가끔 그렇게 생각했어."

"하지만 이 모든 게 얼마나 어리석은 짓이니. 저분은 우리 중의 어느 누구하고도, 심지어 테스하고도 결혼하지 않을걸. 외국에서 대지주가 되어 농장을 경영할 지체 높은 집안의 아들이니까! 차라리 1년에 얼마를 줄 테니 농장 일꾼으로 함께 가자고 할 가능성이 더 많지."

이즈 휴에트가 못 참겠다는 듯 입을 열었다. 한 명이 한숨을 짓자 다른 한 명도 이어서 한숨을 쉬었고, 통통한 메리언의 몸에서는 가장 큰 한숨 소리가 났다. 바로 옆 침대에 누워 있던 테스도 한숨을 지었다. 빨간 머리의 막내 레티 프리들—이 지방 향토지에서는 아주 중요한 가문으로 다뤄지는 파리델 집안의 마지막 꽃봉오리—의 눈에 눈물이 고였다. 그들은 여전히 얼굴을 맞대고 서서 세 가지 빛깔의 머리를 나란히 한 채 아무 말 없이 조금 더 지켜보았다. 그러나 전혀 의식하지 못한 클레어 씨가 안으로 들어가 버렸고, 더 이상 그의 모습을 볼 수 없었다. 어둠이 차츰 깊어지기 시작하자 그들은 침대로 기어들어 갔다. 잠시 후 클레어 씨가 사다리로 자기 방에 올라가는 소리가 들렸다. 메리언은 곧 코를 골기 시작했으나 이즈는 한참 동안 생각에 골몰하느라 잠을 이루지 못했다. 레티 프리들은 울다가 잠이 들었다.

누구보다도 깊은 격정에 휩싸인 테스는 그때까지도 잠을 이룰 수가 없었다. 그들의 대화는 그날 그녀가 삼켜야 했던 또 하나의 쓰디쓴 약이었다. 그녀의 마음속에서 질투의 감정은 조금도 일지 않았다. 그 문제에 관한 한 그녀가 다른 처녀들에 비해 유리한 처지라는 걸 그녀는 잘 알고 있었다. 용모도 더 아름다웠고, 교육도 더 받았고, 레티 다음으로 제일 어리지만 성숙한 여성스러움을 갖추고 있으니 조금만 마음을 쓰면 그 솔직한 친구들보다 엔젤 클레어의 마음을 더 쉽게 차지할 수 있으리라는 걸 알고 있었던 것이다. 하지만 중대한 문제는 그녀가 그렇게 하는 게 과연 옳은 일인가 하는 것이었다. 솔직히 말해서 그들 가운데 어느 한 사람에게도 가능성이 없다는 것은 확실했다. 하지만 클레어가 여기에 머무는 동안 그의 관심을 받는 즐거움을 누리고 일시적이나마 그녀를 좋아하는 마음을 불러일으킬 가능성은 꽤 있었다. 신분 차이가 아주 많이 나는 사람들의 사랑도 결혼까지 이른 경우는 얼마든지 있었다. 게다가 그녀는 크릭 부인에게서 이런 말도 들었다. 클레어 씨가 언젠가 웃으면서 4제곱킬로미터나 되는 식민지 목장을 관리하고 가축을 기르고 곡식을 수확해야 하는데 귀부인과 결혼해 봐야 무슨 소용이 있겠느냐며, 자기 아내로는 농촌 여자가 제격이라고 했다는 것이었다. 그 말이 클레어 씨의 진심이건 아니건 간에 그녀는 양심상 어떤 남자와도 결혼할 수 없을 뿐더러 절대로 그러지 않겠다고 경건하게 맹세까지 했는데, 클레어 씨가 탤버테이스 목장에 있는 동안 잠시 그의 눈길을 받는 행복을 누리기 위해 그의 관심을 다른 여자들로부터 떼어 놓는 것이 과연 합당한 일일까 하는 고민에 빠졌다.

22

다음 날 아침 그들은 하품을 하며 아래층으로 내려왔으나 여느 때와 같이 우유 더껑이를 걷어 내는 작업과 소젖 짜는 작업을 한 뒤에 아침을 먹으러 안으로 들어갔다. 낙농장 주인 크릭이 쿵쿵 발을 구르며 집 안을 왔다 갔다 하고 있었다. 어떤 단골손님이 버터에서 이상한 냄새가 난다고 불평하는 편지를 보내왔던 것이다.

"이런, 정말 그렇군. 맞아, 맛 좀 봐요!"

주인은 버터 덩이를 펜 가는 나무 막대를 왼손에 들고 말했다. 몇 사람이 그의 주위로 모여들었다. 클레어가 맛을 보았고, 테스가 맛을 보았고, 이 집에서 기거하는 다른 아가씨들과 소젖 짜는 남자 일꾼 한두 명과 마지막으로 아침 식사를 차려 놓고 기다리다가 나온 크릭 부인이 맛을 보았다. 확실히 이상한 향이 났다. 그게 무슨 맛인지 식별하여 어떤 풀이 원인인지 알아내는 데 온 정신을 집중하고 있던 주인이 갑자기 소리를 질렀다.

"마늘이야! 우리 목장엔 마늘이라곤 한 쪽도 없는 줄 알았는데!"

그러자 오래된 일꾼들은 최근에 소 몇 마리를 들여보낸 어느 마른 목초지 때문에 여러 해 전에도 이번과 똑같이 버터를 망친 일이 있었다는 사실을 기억해 냈다. 그때는 주인이 그 맛의 원인을 알아내지 못하는 바람에 그저 버터에 귀신이 붙었다고 생각했다.

"그 목초지를 샅샅이 뒤져 봐야겠군. 이런 일이 계속되어선 안 되니까."

주인이 말했다.

모두들 끝이 뾰족한 낡은 칼을 하나씩 들고 함께 나섰다. 이 해로운 풀은 보통 둘러보는 식으로는 찾을 수 없을 만큼 아주 좁은 면적에 자라고 있을 것이기 때문에 풀이 무성한 풀밭에서 그것을 찾기란 거의 가망 없는 일처럼 여겨졌다. 하지만 이 풀을 찾는 일은 무척 중요했기 때문에 그들은 모두 거들기 위해 줄을 지어 나섰다. 도움을 자청한 클레어와 주인이 위쪽 끝에 서고 그다음에 테스, 메리언, 이즈 휴에트, 레티가, 그다음에 빌 리웰, 조너선이, 그다음에 결혼하여 각자 자기 집에서 살고 있는 부인네들—양털처럼 곱슬곱슬한 검은 머리에 눈이 동그란 벡 닙스와 축축한 목초지의 겨울철 습기 때문에 폐병에 걸린 황갈색 머리칼의 프란시스—의 순서로 늘어섰다.

그들은 시선을 땅에 고정시킨 채 목초지 한쪽을 천천히 걸어갔다가 약간 아래쪽으로 내려가서 아까와 같은 식으로 되돌아오곤 했다. 이런 식으로 해서 일을 끝내면 목초지에서 그들의 눈이 닿지 않은 땅은 한 치도 없게 될 터였다. 목초지 전체를 뒤져 봐야 겨우 대여섯 쪽의 마늘을 찾을 수 있을 따름이어서 몹시도 지루한 작업이었으나, 마늘의 톡 쏘는 맛이 얼마나 지독한지 젖소 한 마리가 한 입만 먹어도 그날 하루 동안 목장에서 받아 낸 우유 전체의 맛을 바꾸어 놓기에 충분했다.

성격이나 기질은 서로 상당히 다른 사람들이었지만, 그들이 허리를 굽힌 채 아무런 얘기도 하지 않고 기계적으로 일하는 모습은 기묘할 정도로 똑같았다. 낯선 길손이 근처를 지나다 이들 모두를 싸잡아서 '시골뜨기'라 불러도 이해가 될 정도였다. 마늘을 찾아 허리를 깊이 굽힌 채 천천히 나아가고 있는 동안, 등 위에는 한낮의 뜨거운 햇빛이 쏟아지고 있었으나 미나리아재비의 연노랑 빛이 얼굴에 반사되어 그들은 마치 달빛 속의 요정처럼 보였다.

모든 일에 다른 사람들과 함께 참여한다는 원칙을 고수하는 엔젤 클레어가 이따금 눈을 들어 위를 쳐다보았다. 그가 테스의 바로 옆에서 걷게 된 것은 물론 우연이 아니었다.

"음, 안녕하세요?"

그가 나지막하게 말했다.

"네, 덕분에요." 그녀가 새침하게 대답했다.

두 사람은 30분 전만 해도 이런저런 개인적인 일에 대해 이야기를 나눴던 터라 이런 식으로 말문을 여는 것은 좀 새삼스러운 면이 없지 않았다. 그러나 이번에는 더 이상의 말을 주고받지 않았다. 테스의 치맛자락이 가끔 그의 각반에 닿기도 하고 그의 팔꿈치가 가끔 그녀의 팔꿈치를 스치며 그들은 조금씩 앞으로 나갔다. 옆에서 가고 있던 목장 주인은 더 이상 참을 수 없었던 모양이다.

"정말 이렇게 허리를 굽히고 있으려니 등허리가 끊어지는 것 같구먼! 그리고 테스 처녀, 엊그제 몸이 안 좋다고 하던데 이 일을 계속하면 머리가 아플 거야! 어지러우면 그만둬요. 마무리는 다른 사람들에게 맡겨 두고."

주인 크릭은 뒤로 물러섰고 테스도 뒤로 빠졌다. 클레어 역시 대열에서 이탈하여 혼자서 마늘을 찾기 시작했다. 테스는 그가 자기 옆으로 오자 전날 밤에 들은 이야기 때문에 몹시 긴장이 되어 먼저 말을 꺼냈다.

"쟤들 예쁘지 않아요?"

그녀가 말했다.

"누구 말입니까?"

"이즈 휴에트랑 레티 말이에요."

테스는 그들 둘 다 농부의 좋은 아내가 될 테니 그들을 추천해야 마땅하고 자신의 시시한 매력은 감춰야 한다고 우울한 기분으로 결심해 두었던 것이다.

"예쁘다고요? 음, 그러네요. 예쁜 아가씨들이군요. 활기차 보이고요. 자주 그런 생각을 하곤 했어요."

"안타깝게도 예쁜 건 오래가지 않지만 말이에요."

"그렇죠. 불행하게도."

"쟤들은 소젖 짜는 솜씨도 아주 뛰어나답니다."

"그렇죠, 당신보다는 못하지만."

"우유 더껑이 걷어 내는 일은 저보다 잘해요."

"그래요?"

클레어는 아가씨들을 눈여겨보았다. 물론 그 사이에 아가씨들도 그를 바라보지 않은 건 아니었다.

"저 애 얼굴이 빨개지네요."

테스가 용기를 내어 말을 이었다.

"누구요?"

"레티 프리들이요."

"아! 왜 그러죠?"

"당신이 보고 있으니까요."

테스는 아무리 자기를 희생할 각오를 했더라도, "귀부인이 아니라 정말 소젖 짜는 처녀를 원한다면 나하고 결혼할 생각은 말고 저 애들 중에 한 명과 결혼하세요"라는 말은 차마 할 수가 없었다. 그녀는 주인 크릭을 따라가면서 클레어가 뒤에 남아 있는 것을 보고 서글픈 만족을 느꼈다.

이날부터 그녀는 그를 피하기 위해 갖은 노력을 다했다. 아주 우연히 그와 함께 있게 될 때에도 예전처럼 오래 머물러 있으려 하지 않았고, 다른 세 처녀에게 모든 기회를 양보했다. 테스는 이미 성숙한 여인이었기 때문에 동료들의 고백을 듣고 그들의 명예가 그의 손에 달려 있다는 것과 그가 그들의 행복에 조금이라도 해를 끼치지 않으려고 주의를 기울이고 있다는 것을 알아차리고는, 그녀가 제대로 보았건 잘못 보았건 그가 보여 준 절도 있는 자기 통제력에 따스한 존경심마저 느꼈다. 이런 성품은 그녀가 남자들에게서 전혀 기대하지 못했던 것이었다. 클레어에게 그런 면이 없었다면 그 집에 함께 살던 순박한 처녀 몇몇은 어쩌면 울면서 인생길을 떠났을지도 모른다.

23

　7월의 무더위가 어느덧 슬그머니 찾아들어 이 평탄한 골짜기의 대기는 낙농장 일꾼과 젖소와 나무 위에 마치 마취제인 양 무겁게 드리워졌다. 뜨거운 김이 나는 비가 자주 내려서 소들이 먹는 풀을 더욱 무성하게 하는 한편 다른 풀밭에서 건초 만드는 일을 방해하곤 했다.

　일요일 아침이었다. 소젖 짜는 일이 끝나고 낙농장 밖에 거주하는 일꾼들은 집으로 돌아갔다. 테스와 세 동료들은 낙농장에서 5~6킬로미터쯤 떨어진 곳에 있는 멜스톡 교회에 함께 가기로 되어 있어서 서둘러 옷을 갈아입고 있었다. 테스가 탤버테이스 목장에 온 지도 두 달이 되었지만 이게 그녀의 첫 나들이였다.

　전날 오후와 밤에는 내내 천둥을 동반한 폭우가 목초지에 쏴 소리를 내며 퍼부어 대는 바람에 건초의 일부가 강에 떠내려갔지만, 오늘 아침에는 큰비가 온 뒤라 태양이 더욱 찬란하게 빛나고 대기도 향기롭고 깨끗했다.

　이 마을에서 멜스톡까지 난 구불구불한 길 가운데 일부는 가장 낮은 지대를 따라 이어져 있었는데, 이 아가씨들이 가장 낮은 지점에 이르러 보니 전날 내린 비 때문에 45미터쯤 되는 거리가 구두 위 높이까지 물이 차 있었다. 주중이었다면 이만한 물쯤은 아무런 장애도 되지 않았을 것이다. 높은 나막신이나 장화를 신고 아무렇지 않게 철벅거리며 건너갔을 테니까 말이다. 하지만 이날은 과시의 날이었다. 마치 영적인 것에 볼일이 있는 듯 위선적으로 가장하지만 육체가 육체를 꾀러 나가는 태양의 날(Sun's day)이었던 것이다. 게다가 그들은 한

점 얼룩도 눈에 띌 만큼 하얀 양말에 얇은 구두를 신고 분홍색, 흰색, 라일락색의 드레스를 입고 있어서 물웅덩이는 난처한 장애물이 아닐 수 없었다. 교회의 종소리가 들려왔다. 그러나 아직 교회까지는 1.5킬로미터쯤 더 가야 했다.

"여름에 강물이 이렇게 불어날 줄 누가 알았겠니!"

메리언이 다른 친구들과 올라선 길가 둔덕 위에서 말했다. 그들은 물웅덩이를 지날 때까지 길가 둔덕의 경사면을 따라 걸어갈 수 있기를 바라며 조심스레 걸음을 옮겼다.

"물속을 걸어가든가 아니면 큰길로 돌아가지 않고는 교회에 갈 수 없겠는걸. 그러면 많이 늦을 텐데 어쩌지!"

레티가 낙담한 듯 걸음을 멈추고 말했다.

"난 교회에 늦게 들어가면 사람들이 모두 쳐다보는 통에 얼굴이 너무 빨개져 '주님 뜻대로 하소서'를 연도(선창자를 따라 회중이 제창하는 기도 형식_옮긴이)할 때가 되어야 겨우 식는다니까."

메리언이 말했다.

그들이 계속 둑에 서 있는데, 길모퉁이에서 철벅거리는 소리가 들리더니 곧 물속을 걸어 그들을 향해 다가오는 엔젤 클레어의 모습이 보였다. 네 사람의 심장은 동시에 두근거리기 시작했다. 그의 차림은 독단적인 신부의 아들 중에 하나는 흔히 그렇듯 안식일을 지키지 않으려는 것 같았다. 목장에서 입는 작업복에 긴 장화를 신고 모자 안에는 머리를 시원하게 하려고 양배추 잎을 넣고 제초용 삽까지 들고 있었다.

"저분은 교회에 가지 않을 건가 봐."

메리언이 말했다.

"그러게, 같이 갔으면 좋겠는데."

테스가 중얼거렸다.

사실 엔젤은 옳건 그르건—논쟁을 피하기 위해 교묘한 논쟁가가 흔히 사용하는 어구를 빌려 쓴 것임—화창한 여름날이면 교회나 예배당에서 듣는 설교보다 돌의 설교(셰익스피어의 희곡 《뜻대로 하세요》 2막 1장에 나오는 구절을 인용한 것으로 자연에서 얻는 지혜를 뜻한다. _옮긴이)를 더 좋아했다. 더구나 오늘 아침에는 홍수로 인한 건초의 피해가 얼마나 심한지 보러 나왔던 것이다. 그는 오는 길에 멀리서 이 아가씨들을 발견했는데, 아가씨들은 물웅덩이를 어떻게 건널지 고민하느라 그를 못 봤다. 그는 그 지점에 물이 불어서 그들이 앞으로 나아가지 못하리라는 것을 알고 있었다. 그래서 그는 그들을—특히 그중의 한 사람을—도와줄 수 있는 방법이 있을 거라는 막연한 생각으로 급히 다가왔던 것이다.

볼이 장밋빛이고 눈이 초롱초롱한 네 아가씨가 밝은색 여름옷을 입고 마치 지붕의 경사면에 앉은 비둘기들처럼 길가 둔덕에 꼭 붙어 있었다. 그 모습이 어찌나 매력적이던지 그는 가까이 다가가기 전에 잠시 멈춰 서서 그들을 바라보았다. 얇은 사로 된 그들의 치맛자락이 풀을 스칠 때 무수한 파리와 나비들이 도망가지 못하고 투명한 치마 안에 갇혔다. 엔젤의 시선이 마침내 맨 뒤에 서 있는 테스에게 가닿았다. 자신들의 난처한 처지를 생각하며 터져 나올 것 같은 웃음을 겨우 참고 있던 테스는 그의 시선을 환한 얼굴로 맞이할 수밖에 없었다.

클레어는 물속을 걸어 그들이 있는 곳까지 다가와서 덫에 걸린 파리와 나비 들을 바라보며 섰는데, 신고 있는 장화가 길어 물이 들어오지는 않았다.

"교회에 가는 길인가요?"

그는 테스의 눈길을 피하면서 맨 앞에 서 있는 메리언과 뒤의 두 사람에게 물었다.

"네, 클레어 씨. 그런데 이러다 늦을 것 같아요. 늦으면 얼굴이 빨개지는데."

"내가 웅덩이를 건네 드리지요. 아가씨들 모두."

네 처녀 모두 한 심장을 가진 듯 한꺼번에 얼굴이 붉어졌다.

"제 생각엔, 그렇게 못하실 것 같은데요."

메리언이 말했다.

"물을 건너려면 이 방법밖에 없어요. 가만있어 봐요. 쓸데없는 소리
는 말고. 그리 무겁지 않겠죠! 넷을 한꺼번에 건네 드릴 수도 있어요.
자, 메리언, 조심하고 팔로 내 어깨를 잡아요. 자! 그렇게, 꼭 매달려
요. 잘했어요."

메리언이 엔젤의 지시대로 그의 팔과 어깨 위로 몸을 낮추자 그는
그녀를 안고 성큼성큼 걸어갔다. 뒤에서 보이는 그의 호리호리한 몸매
는 마치 커다란 꽃송이를 받치고 있는 줄기처럼 보였다.

두 사람은 길모퉁이를 돌아 사라졌고, 첨벙거리는 발소리와 메리언
의 모자 꼭대기에 달린 리본만이 그들의 위치를 알려 주었다. 이삼 분
후 그가 다시 나타났다. 둔덕 위에 서 있는 순서로는 이즈 휴에트가 다
음 차례였다.

"저기 온다."

그녀가 중얼거렸는데, 얼마나 흥분했던지 입술이 마르는 소리가 그
들에게 들리는 듯했다.

"나도 메리언처럼 클레어 씨의 목을 껴안고 얼굴을 쳐다봐야지."

"말도 안 돼."

테스가 재빨리 말했다.

"모든 일에는 때가 있는 법이야."

이즈가 개의치 않고 계속 말했다.

"껴안을 때가 있고 껴안는 것을 삼갈 때(〈전도서〉 3장 5절 참조_옮긴이)
가 있거든. 이제 내게 껴안을 때가 온 거지."

"피, 그거 성경 구절이잖아, 이즈!"

"그래, 난 예배 시간에 멋진 구절은 새겨들거든."

이즈가 말했다.

이 수고의 4분의 3을 흔히 베풀 수 있는 친절한 행위라고 여기는 엔젤 클레어가 이제 이즈에게 다가왔다. 그녀는 조용히 꿈을 꾸듯 그의 팔에 안겼고 엔젤은 요령 있게 그녀를 안고 걸어갔다.

그가 다시 돌아오는 소리가 들리자 다음 차례인 레티는 어찌나 심장이 고동치던지 몸이 흔들릴 정도였다. 그는 빨간 머리의 레티 앞으로 다가갔고, 그녀를 안으면서 테스를 힐끗 보았다. 그의 입술은 마치 '이제 곧 당신과 내 차례가 될 거요' 하고 말하는 것만 같았다. 알아들었다는 표정이 그녀의 얼굴에 나타났다. 감추려고 해도 감출 수가 없었다. 그들 사이엔 말없이 통하는 게 있었다.

가엾은 막내 레티는 몸무게는 가장 가벼웠으나 클레어가 나르기에는 가장 까다로웠다. 메리언은 마치 밀 부대처럼 무거워 그 통통한 몸 아래에서 엔젤은 문자 그대로 비틀거렸고, 이즈는 나르는 동안 조용하고 침착하게 있었다. 그런데 레티는 히스테리에 가까운 증세를 보였던 것이다.

그러나 그는 어쩔 줄 모르는 이 처녀를 무사히 건네주고 나서 다시 돌아섰다. 테스는 산울타리 너머로 멀리 세 처녀들이 높은 지대에 함께 서 있는 것을 볼 수 있었다. 이번은 테스 차례였다. 테스는 좀 전에 친구들이 흥분하는 것을 보고 경멸하는 마음이 들었지만 막상 클레어의 숨결과 눈이 가까이 다가오자 흥분이 고조되는 것을 느끼고 당황했다. 그래서 마치 비밀이 탄로 나게 될까 봐 두려운 듯 마지막 순간에 뒤로 물러섰다.

"전 둑을 따라 갈 수 있을 것 같아요. 쟤들보다 제가 잘 올라가거든요. 클레어 씨도 몹시 힘드실 테니까요!"

"아니, 아니오, 테스."

그가 재빨리 말했다. 자기도 모르는 사이에 테스는 그의 팔에 안겨 그의 어깨에 몸을 기대고 있었다.

"라헬을 얻으려고 레아 셋을 건네준 셈이에요(야곱은 사랑하는 라헬과 결혼하기 위해 라헬의 아버지 밑에서 7년간 일하고 라헬의 언니인 레아와 억지로 동침해야 했다. 〈창세기〉 29장 참조_옮긴이)."

그가 나직이 말했다.

"저들이 저보다 나은 여자들이에요."

그녀는 자신의 결심을 따르기 위해 너그러운 마음으로 대꾸했다.

"나한테는 안 그렇소."

엔젤이 말했다.

그는 이 말에 그녀의 얼굴이 상기되는 것을 보았다. 그리고 몇 걸음은 둘 다 아무 말이 없었다.

"제가 너무 무거운 건 아니에요?"

그녀가 수줍어하며 물었다.

"아, 아니오. 메리언을 한번 들어봐요! 쳇덩이가 따로 없다니까. 당신은 햇살을 받아 따뜻하게 출렁이는 물결 같소. 당신이 입고 있는 이 모슬린 천은 물거품 같고요."

"참 예쁘겠네요. 그렇게 보인다면 말이에요."

"내가 치른 이 노동의 4분의 3은 오로지 마지막 4분의 1을 위해서 란 걸 알고 있소?"

"아뇨."

"오늘 이런 일이 있을 거라곤 상상하지 못했소."

"저도요. 물이 이렇게 갑자기 불어날 줄은 예상하지 못했어요."

그녀는 그의 말이 강물이 범람한 사실을 가리키는 것이라고 이해했지만, 그녀의 가쁜 숨결은 그렇지 않다는 것을 알고 있는 듯했다. 클레어는 가만히 서서 그녀의 얼굴을 향해 고개를 숙였다.

"아, 테시(테시는 테스의 애칭_옮긴이)."

그가 외쳤다. 그의 입김에 그녀의 두 볼이 달아올랐고, 그녀는 감정이 격해져서 그의 눈을 똑바로 쳐다볼 수가 없었다. 엔젤은 이 우연한 기회를 이용하는 것이 정당하지 못한 행동이라는 생각에 더 이상 말을 계속하지 않았다. 두 사람은 아직 사랑한다는 말을 분명하게 입 밖에 낸 적이 없었기 때문에 이 시점에서는 그 정도로 그치는 것이 바람직했다. 하지만 그는 남은 거리를 최대한 오래 끌며 천천히 걸음을 옮겼다. 그러나 결국 그들은 길이 구부러진 곳에 다다랐고, 나머지 길은 다른 세 아가씨들 눈에 환히 드러나 보였다. 마른땅에 이르자 그는 그녀를 내려놓았다.

그녀의 친구들은 눈을 동그랗게 뜨고 유심히 그녀와 그를 바라보았고, 그녀는 그들이 자기 이야기를 하고 있었다는 것을 알 수 있었다. 엔젤은 서둘러 그들에게 작별 인사를 하고 물에 잠긴 길을 철벅거리며 되돌아갔다.

네 아가씨는 아까처럼 함께 걷기 시작했는데, 이윽고 메리언이 침묵을 깨며 말했다.

"안 되겠어, 정말. 테스에 대면 우리에겐 아무런 가망이 없어."

그녀는 울적한 표정으로 테스를 바라보았다.

"무슨 소리야?"

테스가 물었다.

"저분은 널 제일 좋아해. 제일 말이야! 널 안아서 데리고 오는 모습을 보니까 알 수 있겠더라. 네가 조금만 기색을 보였다면 너한테 키스했을걸."

"아냐, 아냐." 그녀가 말했다.

출발할 때의 쾌활한 분위기는 어느새 사라지고 말았지만, 그렇다고 그들 사이에 앙심이나 적의가 생겨난 것은 아니었다. 그들은 너그러운 영혼의 젊은이들이었고 모든 일을 운명으로 여기는 정서가 지배하는 외진 시골구석에서 자랐기 때문에 테스를 탓하지 않았다. 그렇게 사랑하는 사람을 빼앗긴다 해도 그걸 운명이라 받아들이는 것이었다.

테스는 마음이 아팠다. 엔젤 클레어를 사랑한다는 사실을 스스로에게 숨길 수 없었고 아마 다른 동료들도 그에게 마음을 빼앗긴 것을 안 뒤로 그에 대한 애정이 더욱 강렬해지는 것 같았다. 이런 감정에는 전염성이 있었는데, 특히 여자들 사이에선 더욱 그랬다. 하지만 테스는 친구들도 자기처럼 사랑의 열병을 앓고 있다고 생각하니 친구들을 동정하는 마음이 일었다. 테스의 솔직한 본성은 동정심에 맞서 싸웠지만, 그 힘이 너무 약하여 결국 이렇게 되고 말았다.

"난 절대 네 사랑을 방해하지 않겠어. 너희들 어느 누구의 사랑도. 이건 나도 어쩔 수 없는 일이야, 레티! 난 그분이 결혼할 마음이 있다고는 생각하지 않아. 하지만 설령 나한테 청혼을 한다 해도 거절할 거야. 다른 어떤 남자에게라도 그래야 해."

테스는 그날 밤 침실에서 이렇게 선언했다(이때 그녀의 눈에선 눈물이 흘렀다).

"어머, 정말? 왜?"

레티가 의아한 표정으로 물었다.

"그럴 수가 없어! 아무튼 솔직하게 말할게. 나를 제쳐 놓더라도 그분이 너희들 중의 한 사람과 결혼할 것 같지는 않아."

"난 그럴 거라 기대한 적 없어. 생각해 본 일도 없고!"

레티가 슬픈 목소리로 말했다.

자기 자신도 이해할 수 없는 감정으로 마음이 슬퍼진 가련한 그 아이는 그때 막 이층으로 올라온 두 처녀를 돌아보며 말했다.

"우리 다시 테스하고 친하게 지내자. 테스도 우리처럼 그분이 자기를 선택할 거라고 생각하지 않는대."

이렇게 해서 서로 경계하는 마음이 사라지고 그들은 속마음을 털어 놓는 다정한 사이가 되었다.

"난 이제 무슨 짓을 하든 상관없다는 생각이 들어. 두 번이나 나한 테 청혼한 스티클퍼드의 목장 주인하고 결혼해야 할까 봐. 하지만 정말이지 그자의 아내가 되느니 차라리 죽어 버리는 게 낫겠어! 이즈, 너도 좀 말해 봐."

기분이 가라앉을 대로 가라앉은 메리언이 말했다.

"솔직히 말하면 오늘 그분이 날 안았을 때 나한테 키스를 할 줄 알았어. 그래서 그의 가슴에 기댄 채 가만히 꼼짝도 않고 있었거든. 그러기를 바라면서 말이야. 그런데 그는 키스를 해 주지 않았어. 이제 더 이상이 탤버테이스 목장에 살고 싶지 않아! 집에 돌아가야겠어."

이즈가 힘없이 중얼댔다.

방 안의 공기는 이 처녀들의 가망 없는 열정으로 요동치는 것 같았다. 그들은 가혹한 자연의 법칙이 그들에게 떠안긴 감정—그들이 기대하지도, 바라지도 않았던 감정—의 압박 아래에서 열병을 앓듯 몸부림치며 괴로워하고 있었다. 낮에 있었던 일은 그들의 가슴속에서 타고 있던 불꽃에 부채질을 하여, 그 고통은 그들이 견딜 수 없을 정도로 가혹했다. 그들을 개개인으로 구별시켜 주었던 차이점들은 이 열정으로 인해 추상화되었고, 각각은 여성이라 불리는 유기체의 부분에 불과했다. 다들 가망이 없었기 때문에 솔직하게 털어놓을 수 있었고 질투심도 거의 없었다. 이들은 건전한 상식을 지닌 처녀들이어서 헛된 자만심으로 자기 자신을 속이거나, 자신의 사랑을 부인하려 하거나, 자기가 남들보다 뛰어나다는 생각에 잘난 체하지도 않았다. 그들은 사회적인 견지에서 볼 때 자기의 사랑이 얼마나 헛된 것인지 충분히 자각하고 있었다. 그 사랑은 목적 없이 시작되었고 앞으로 어떻게 될지도 자명했다. 문명의 시각에서 보면 그 사랑을 정당화하기에는 모든 게 부족했다(반면 자연의 시각에서 보면 결여된 것이 없었다). 그 사랑이 존재한다는 한 가지 사실, 그것만이 그들에게 무아지경의 황홀감을 주었다. 이 모든 것으로 인해 그들은 체념했고 체면을 지켰다. 클레어를 남편으로 삼겠다는 실질적이고도 탐욕스러운 기대를 했다면 체면을 지킬 수 없었을 것이다.

그들은 자그마한 각자의 침대에서 몸을 뒤척이며 잠을 이루지 못했다. 치즈 압착기에서는 단조로운 소리를 내며 물방울이 규칙적으로 떨어지고 있었다.

"아직 깨어 있니, 테스?"

30분쯤 지났을 때 누군가 나직한 소리로 물었다.

이즈 휴에트의 목소리였다.

테스가 그렇다고 대답하자 레티와 메리언도 갑자기 이불을 걷어 젖히고는 한숨을 쉬었다.

"우리도 아직 못 자고 있어!"

"그 아가씨가 어떻게 생겼는지 궁금해. 그분 집안에서 구해 놓았다는 그 신붓감 말이야!"

"나도 궁금해."

이즈가 말했다.

"그분의 신붓감을 구해 놓았다고? 그런 얘기는 처음 듣는데!"

테스가 몹시 놀라며 말했다.

"정말 그렇대. 사람들이 소곤대는 소리를 들었어. 그분 집안에서 같은 신분의 젊은 아가씨를 골라 놓았대. 부친의 교구인 에민스터 인근에 사는 신학 박사의 딸이래. 그런데 그분은 그 아가씨한테 별 관심이 없나 봐. 하지만 결혼하는 건 확실해."

그들은 이 일에 관해 별로 들은 게 없었지만, 밤의 어둠 속에서 슬프고도 애절한 공상을 하기에는 충분했다. 그들은 클레어가 결국 생각을 돌려 결혼에 동의하는 것과 결혼 준비, 신부의 행복과 웨딩드레스와 면사포, 그와 함께할 행복 가득한 집 등을 하나하나 상세히 머릿속에 그려 보았다. 그때가 되면 그와 그들의 사랑에 관한 일은 그들의 기억 속에서 잊혀져갈 것이다. 이렇게 그들은 이야기하고 마음 아파하고 울다가 잠이 들었는데, 잠이 들어서야 슬픔에서 벗어날 수가 있었다.

이 사실을 알고 난 뒤 테스는 그녀에 대한 클레어의 관심에 진지하고 사려 깊은 의미가 숨어 있다는 어리석은 생각을 더 이상 하지 않게 되었다. 그것은 그녀의 외모에 끌려 잠시 좋아하다 마는 여름 한철의 덧없는 사랑일 뿐 그 이상은 아니었다. 이 서글픈 생각 가운데 가장 가슴 아픈 점은, 설령 그의 애정이 진지한 것이 아니었다 하더라도 그가 정말 다른 여자들보다 더 좋아했던 그녀가, 그리고 스스로 그들보다 더 열정적이고 영리하고 아름답다고 자부하는 그녀가, 그가 거들떠보지도 않는 그 보잘것없는 여자들보다도 사회, 도덕적 견지에서 볼 때 그의 배필이 될 자격에 훨씬 못 미친다는 사실이었다.

24

유지(油脂)가 흘러나와 바 골짜기의 토양이 비옥해지고 흙이 따뜻한 열기를 내며 발효하는 가운데, 발효 중인 토양 아래에서 온갖 생물의 체액이 세차게 흐르는 소리가 들릴 것 같은 계절에는 지극히 공상적인 사랑마저도 열렬해지지 않을 수 없었다. 언제든 사랑할 준비가 되어 있는 그곳 젊은이들의 가슴도 이런 환경의 변화에 영향을 받아 충만해졌다.

7월도 중반을 넘어서고 테르미도르, 즉 열월(7월 19일~8월 17일_옮긴이)이 찾아오자, 날씨는 탤버테이스 낙농장 젊은이들의 뜨거운 마음과 조화를 이루려는 자연의 노력인 듯했다. 봄과 초여름에는 그렇게 싱싱하던 이곳의 공기는 움직임도 없고 후덥지근해서 사람의 기운을 빠지게 했다. 묵지근한 냄새가 그들 머리 위에서 내리누르고 있었고, 한낮의 풍경은 기절하여 누워 있는 형상이었다. 에티오피아를 연상하게 하는 타는 듯한 더위로 인해 비탈진 목초지의 높은 지대는 누렇게 말라붙었으나 물줄기가 흐르는 이곳에는 아직도 선명한 초록색 풀이 있었다. 클레어는 이런 바깥의 더위에 시달리는 것만큼이나 속으로는 그 상냥하고 조용한 테스를 향해 뜨겁게 달아오르는 열정으로 힘겨워하고 있었다.

장마가 지난 뒤라 고지대는 메말라 있었다. 낙농장 주인이 시장에서 집으로 급히 돌아올 때면 마차의 바퀴는 큰길 바닥에서 뿌연 먼지를 일으켜 마치 자그마한 화약 열차에 불이 붙은 것처럼 한 줄기 뿌연 먼지가 꼬리를 물고 따랐다. 젖소들은 쇠파리 등쌀에 화가 나서 다섯 개의 가로대로 만들어진 문을 난폭하게 뛰어넘었다. 주인 크릭은 항상 셔츠의 소매를 팔꿈치 위까지 걷어 올린 채로 지냈고, 창문을 열어 놓더라도 출입문까지 열지 않으면 통풍조차 잘 되지 않았다. 낙농장 안뜰에는 검은지빠귀며 개똥지빠귀 들이 날짐승이라기보다는 마치 네발 달린 짐승처럼 까치밥나무 덤불 밑을 천천히 걸어다녔다. 부엌의 파리들은 보통 때는 가지 않던 바닥이며, 서랍 속, 소젖 짜는 처녀들의 손등 위를 뻔뻔스럽게 느릿느릿 기어다니며 귀찮게 했다. 사람들은 일사병에 관한 대화를 주고받았고, 버터를 만드는 것은 물론 저장하는 것도 거의 불가능한 일이었다.

일꾼들은 시원하고 편하다는 이유로 젖소를 안마당에 들여놓지 않고 목초지에서만 젖을 짰다. 낮 동안에 젖소들은 해의 움직임에 따라 변하는 나무 그림자를 쫓아다녔다. 그리고 젖 짜는 사람들이 있어도 파리 떼 때문에 가만히 서 있지 못했다.

이런 어느 날 오후, 젖을 짜지 않은 네댓 마리의 젖소가 무리에서 떨어진 채 산울타리 모퉁이 뒤에 서 있었는데, 그중에는 어느 누구보다 테스의 손길을 좋아하는 덤플링과 어미 프리티도 있었다. 방금 젖짜기를 끝낸 테스가 젖소 아래에 놓인 의자에서 일어나자 그녀를 지켜보고 있던 엔젤 클레어가 이어서 덤플링과 어미 프리티의 젖도 짤 거냐고 물었다. 그녀는 말없이 고개를 끄덕인 다음 길게 뻗은 한 팔로 세발 의자를 들고 무릎으로 우유통을 지탱하면서 소들이 있는 곳으로 갔다. 곧 어미 프리티의 젖이 우유통 속으로 쏟아지는 소리가 울타리 너머로 들려왔다. 그러자 엔젤도 모퉁이를 돌아가서 그곳에 있는 젖짜기 어려운 젖소를 맡아 짜 보고 싶은 마음이 일었다. 그도 이제는 목장 주인만큼 이런 소를 잘 다룰 수 있었던 것이다.

모든 남자 일꾼들과 일부 여자 일꾼들은 우유를 짤 때 머리를 소 밑으로 들이밀고 우유통을 들여다보면서 짰다. 그러나 몇몇—주로 젊은 이들—은 머리를 소의 옆구리에 기대어 우유를 짰다. 테스 더비필드의 자세도 이러했다. 그녀는 관자놀이를 젖소의 옆구리에 기대고 눈은 저 멀리 초원이 끝나는 지점에 고정한 채 깊은 사색에 잠기곤 했다. 어미 프리티의 우유도 이런 자세로 짜고 있었는데, 마침 해가 그녀의 측면에 와 있던 터라 그녀의 분홍색 겉옷과 흰 차양이 달린 모자와 그녀의 옆얼굴을 똑바로 비추어 마치 젖소의 암갈색을 바탕으로 하여 돋을새김을 한 카메오(마노나 조가비 따위에 무늬를 돋을새김으로 새겨 만든 장신구_옮긴이)처럼 눈부시게 아름다웠다.

그녀는 클레어가 자기를 따라온 것도, 젖소 아래에 앉아 우유를 짜며 자기를 지켜보고 있는 것도 알지 못했다. 그녀의 머리와 표정은 놀라울 만큼 꼼짝도 하지 않았다. 눈은 뜨고 있었으나 아무것도 보이지 않는 무아의 경지에 있는 듯했다. 그 그림 속에서 움직이는 거라곤 어미 프리티의 꼬리와 테스의 분홍색 두 손뿐이었다. 그녀의 손놀림은 아주 부드러워서 반사 작용에 따라 움직이는 심장 박동처럼 규칙적인 움직임을 보였다.

　그의 눈에 보이는 테스의 얼굴은 너무나 사랑스러웠다. 그러나 그것은 비현실적인 아름다움이 아니었고, 실제로 생명과 온기를 지닌 살아 있는 인간의 모습이었다. 그리고 그 아름다움이 절정을 이루는 곳은 그녀의 입이었다. 깊고도 표정이 풍부한 눈이나 곱디고운 볼이나 초승달 같은 눈썹이나 맵시 있는 턱과 목선과 같은 아름다움은 전에도 본 적이 있었지만, 그녀의 입에 비길 만한 것은 이 세상 어디에서도 본 적이 없었다. 아무리 미미한 정열을 가슴에 품은 젊은이라도 그녀의 빨간 윗입술 한가운데가 살짝 위로 들린 모습을 본다면 정신을 못 차리고 홀딱 반해서 열광하게 될 것이다. 클레어는 '눈 덮인 장미'라는 옛날 엘리자베스 시대의 은유를 자꾸만 떠올리게 하는 여인의 입술과 치아를 전에는 본 적이 전혀 없었다. 그녀를 사랑하는 남자로서 그는 그 입술에 대해 즉시 완벽하다고 말했을 수도 있다. 하지만 아니었다. 완벽하지는 않았다. 사실 그녀의 입술이 그토록 아름다운 것은 완벽에 가까우면서도 약간 불완전한 면모가 있기 때문이었다. 클레어는 그 입술의 곡선을 아주 여러 번 눈여겨보았기 때문에 머릿속에서 쉽게 그려 볼 수도 있었다. 그리고 지금 생생한 빛깔을 지닌 그 입술이 다시 눈앞에 나타나자 온몸에 전류가 흐르고 차가운 바람이 신경을 관통하는 탓에 현기증을 일으킬 지경이었는데 신비로운 생리 작용 때문에 멋쩍게 재채기를 하고 말았다.

　그녀는 그제야 클레어가 자기를 보고 있었다는 것을 알아차렸지만, 자세를 바꾸어 그것을 드러내려 하지 않았다. 하지만 꿈을 꾸듯 한곳만을 응시하던 표정은 이내 사라졌고, 세심하게 살펴봤다면 그녀의 얼굴에서 장밋빛이 서서히 짙어졌다가 조금씩 연해져서 마침내 그 흔적만 겨우 남게 됐음을 쉽게 알아차릴 수 있었을 것이다. 하지만 마치 하늘에서 중대한 예고라도 받은 듯 클레어에게 찾아든 자극은 가라앉지 않았다. 결심, 삼가는 태도, 신중함, 두려움 같은 것은 마치 패주하는 군대처럼 물러나 버렸다. 그는 의자에서 벌떡 일어나 젖소가 우유통을 차 버리건 말건 내버려 둔 채 그의 눈이 갈망하는 곳을 향해 급히 걸어가서는, 그녀 옆에 무릎을 꿇고 두 팔로 그녀를 껴안았다.

테스는 완전히 기습을 당한 격이라, 생각하고 말고 할 것도 없이 그의 품에 안길 수밖에 없었다. 테스는 다가온 사람이 다름 아닌 자기가 사랑하는 사람이라는 것을 알고서 입술이 벌어지며 거의 황홀경에서 나 나올 법한 탄성을 흘리며 순간적인 환희 속에서 그의 품에 안겼다.

그는 너무 매혹적인 그녀의 입에 키스를 하려는 순간, 행동을 멈출 수밖에 없었다. 예민한 양심 때문이었다.

"용서해요, 테스! 미리 허락을 받았어야 했는데. 내가 뭘 하고 있는지도 몰랐소. 그냥 기분에 이러는 건 아니에요. 테스, 당신을 진심으로 사랑하오!"

그가 속삭였다.

그때 어미 프리티는 어리둥절해서 주위를 둘러보더니, 오랜 습관에 따르면 한 사람만 있어야 할 자리에 두 사람이 웅크리고 있는 것을 발견하고는 심통이 난 듯 뒷발을 들었다.

"소가 화났나 봐요. 소는 우리가 왜 이러는지 모를 테니까요. 우유통을 발로 차려고 해요!"

테스는 이렇게 외치며 그의 품에서 살며시 빠져나오려고 했다. 그녀의 눈은 젖소의 움직임을 주시하고 있었지만 그녀의 마음은 자신과 클레어에 더 깊이 집중하고 있었다.

테스는 자리에서 슬그머니 몸을 일으켰다. 그리하여 그들은 함께 일어섰는데 클레어의 팔은 아직도 그녀를 감싸고 있었다. 먼 곳을 응시하는 테스의 눈에 눈물이 고였다.

"왜 울어요, 테스?"

그가 말했다.

"아, 모르겠어요."

그녀가 중얼거렸다. 그녀는 자신이 처한 입장을 더 분명하게 깨닫자 불안해져서 몸을 빼려고 했다.

"이런, 내가 결국 내 감정을 드러내고 말았군요, 테스."

그는 이상하게도 절망 섞인 한숨을 쉬며 말했다. 그의 마음이 그의 판단을 앞지르고 말았다는 것이 무의식중에 드러난 것이다.

"내가…… 당신을 진심으로 사랑한다는 건 말할 필요도 없소. 그러나…… 지금은 더 이상 말하지 않겠소. 공연히 당신을 괴롭힐 테니까. 나도 당신 못지않게 놀랐다오. 내가 당신이 방어할 수 없는 때를 성급하고 무분별하게 이용했다고는 생각하지 않겠지요?"

"아…… 모르겠어요."

그는 그녀를 놓아주었고, 잠시 후 두 사람은 다시 소젖 짜는 일을 시작했다. 두 사람이 서로에게 끌려 자연스레 하나가 되는 모습을 목격한 이는 아무도 없었다. 얼마 후 낙농장 주인이 모퉁이를 돌아 구석진 이곳에 왔을 때, 유난히 떨어져 앉은 두 사람이 서로에게 그저 아는 사이 이상의 무엇이 되었다는 사실을 드러내는 흔적은 전혀 없었다. 하지만 크릭이 좀 전에 그들을 보기 전까지 그 두 사람에게는 우주의 중심축을 바꾸어 놓을 만한 무언가가 일어났던 것이다. 현실적인 낙농장 주인이 그 내용을 알았더라면 경멸했을지도 모른다. 그러나 그것은 이른바 현실적인 것들을 무더기로 쌓아올린 것보다 더 단단하고 거역할 수 없는 흐름에 근거한 일이었다. 눈앞을 가렸던 장막이 한순간에 걷히고 두 사람의 전망은 이제부터 새로운 지평을 여는 것이었다. 잠시 동안이 될지 오랜 기간이 될지는 모르지만.

제4부
결과

25

저녁이 다가올 무렵 클레어는 안절부절못하다가 어둠 속으로 나가 보았으나 그의 마음을 사로잡은 여인은 자기 방으로 가고 없었다.

밤은 한낮처럼 무더웠다. 어두워진 뒤에도 풀밭이 아니고는 전혀 시원한 기운을 느낄 수 없었다. 큰길이며, 뜰 사이에 난 오솔길, 건물 정면, 안마당의 담벼락 등이 벽난로처럼 뜨끈뜨끈해서 몽유병자마냥 어둠 속에 나와 앉은 그의 얼굴에 한낮의 열기를 전했다.

그는 낙농장 마당의 동쪽 문에 홀로 앉아 있었는데, 무엇을 생각해야 할지 알 수 없었다. 그날은 정말이지 감정이 판단력을 질식시켜 버린 날이었다.

세 시간 전의 갑작스런 포옹 이후에 두 사람은 줄곧 멀찍이 떨어져 있었다. 그녀는 몹시 놀란 듯 아무 말도 하지 않았고, 클레어도 원래 마음이 약하고 깊이 생각하는 성격이었기 때문에 아무 생각 없이 환경에 지배되어 그런 일을 저질렀다는 생각에 마음이 어수선했다. 그는 그들이 서로에 대해 갖고 있는 진짜 감정이 어떤 것인지, 그리고 앞으로 다른 사람들 앞에서 어떻게 처신해야 할지 도무지 알 수 없었다.

엔젤은 이 낙농장에 견습생으로 올 때 여기서 잠시 머무르는 것은, 곧 지나가서 금방 잊혀지는 그저 인생의 삽화 같은 것에 불과하다고 생각했었다. 그는 마치 구석진 반침에 있는 것처럼 이곳에서 흥미진진한 바깥세상을 차분하게 관조하고 월트 휘트먼(1819~1892, 미국의 시인_옮긴이)의 시구를 읊으며 다시 그 세계에 뛰어들 계획을 세우기 위해 왔던 것이다.

평범한 복장을 한 인간 군상들이여,
당신들은 나에게 얼마나 많은 호기심을 일으키는가!

그러나 놀랍게도 그 흥미진진한 정경이 이곳으로 들어와 있었다. 흥미롭던 외부 세계는 시시한 무언극으로 변해 버린 반면, 겉보기에는 활기 없고 조용하기만 한 이곳에 신기한 일이 화산처럼 폭발했던 것이다. 전에는 그에게 그런 일이 일어난 적이 없었기 때문에 그렇게 느꼈으리라.

낙농장 건물의 창문은 모두 열려 있어서 잠자리에 드는 낙농장 식구들의 조그만 소리까지 마당을 가로질러 클레어의 귀에 들려왔다. 그 건물은 너무 초라하고 보잘것없는 데다 그에게는 그저 잠시 머무르는 곳에 불과해서 그때까지 그 건물을 풍경 속에서 어떤 특징을 지닌 대상으로 눈여겨볼 만큼 중요하다고 여겨 본 적이 없었다. 지금은 어떤가? 낡고 이끼 낀 벽돌 박공은 "머무르세요" 하고 속삭이고 있었다. 창문은 미소를 짓고, 출입문은 달콤한 말로 부추기며 손짓하고 담쟁이덩굴은 함께 음모라도 꾸미듯 얼굴을 붉혔다. 그 안에 있는 한 인물의 영향력이 어찌나 광범위했던지 벽돌과 회반죽과 머리 위 온 하늘에까지 퍼져 나갔다. 이 대단한 인물은 누구인가. 낙농장에서 일하는 한 여자 일꾼이었다.

이름 없는 낙농장에서의 생활이 그에게 얼마나 중요한 문제가 되었는지를 깨닫는 것은 실로 놀라웠다. 그것은 사랑하는 사람이 새로 생겼기 때문이기도 하지만 반드시 그것 때문만은 아니었다. 삶의 위대함이란 외적인 변화보다 개개인의 주관적 경험에 달려 있다는 사실은 엔젤 말고도 수많은 사람들이 알고 있다. 감수성이 예민한 농부가 둔감한 왕보다 더욱 폭넓고 풍요롭고 극적인 인생을 산다. 이런 눈으로 주위를 둘러보며 그는 이곳에서의 생활도 다른 어느 곳에서의 생활 못지않게 중요하다는 것을 깨달았다. 클레어는 이단적이고 결점과 약점도 있었지만, 양심적인 사람이었다. 테스는 데리고 놀다가 내버려도 되는 하찮은 여자가 아니라 자기 나름의 소중한 삶을 살아가는 여자였고, 그녀가 삶을 견디고 있든 즐기고 있든 그 삶은 위대한 사람의 삶만큼이나 아주 중요했다. 테스에게 온 세계는 그녀의 감각과 지각에 달려 있었고, 그녀 주변의 모든 이들도 그녀의 존재를 통해서만 존재했다. 그녀에게 우주는 그녀가 태어난 특정한 해의 특정한 날부터 존재하기 시작했던 것이다.

클레어가 이런 생각을 하게 된 것은 무정한 '조물주'가 테스에게 내려 준 유일한 기회, 그녀의 전부이자 유일무이한 기회였다. 그런데 어떻게 그가 그녀를 자신보다 덜 중요한 존재로 여길 수 있겠는가. 그리고 그가 알기로 자신이 그녀에게 일깨운 그 사랑을—그녀는 아주 열정적이고 감수성이 예민해서 마음속에 감춰 두고 있었던—어찌 진지하게 다루지 않을 수 있겠는가? 그녀를 고통과 파멸에 몰아넣지 않기 위해서라도 그래야 할 것이다.

평소대로 매일 그녀를 만난다면 그것은 이미 시작된 일을 발전시키는 것과 같았다. 이렇게 가까운 관계에 있다 보니 만나면 정이 깊어지게 마련이고, 피와 살을 지닌 인간인 이상 그것을 거역할 수는 없었다. 이런 경향에 대한 결론을 아직 내리지 못했기 때문에 그는 당분간 둘이 함께하는 자리는 피해야겠다고 결심했다. 아직은 테스에게 입힌 상처가 크지 않으니까.

하지만 그녀 가까이에 가지 않겠다는 결심을 지키기란 쉬운 일이 아니었다. 맥박이 고동칠 때마다 그녀가 있는 곳으로 끌려갔다. 그는 친구들을 만나 봐야겠다는 생각을 했다. 이 문제에 관해 그들의 의견을 들을 수 있을 것 같았다. 여기에 있을 기간도 다섯 달이 채 남지 않았고, 다른 농장에서 두세 달 일을 더 배우고 나면 필요한 농업 지식을 전부 갖추게 되어 혼자서도 농사를 시작할 수 있게 될 것이다. 농부가 되면 아내가 필요하지 않을까, 농부의 아내는 응접실의 밀랍 인형 같은 상류층이어야 할까, 아니면 농사를 아는 여자여야 할까? 그는 침묵 속에서 기분 좋은 대답을 얻을 수 있었지만 여행을 떠나기로 결심했다.

어느 날 아침 텔버테이스 낙농장 사람들이 식사를 하려고 자리에 앉을 때, 한 처녀가 클레어 씨의 모습이 보이지 않는다고 말을 꺼냈다.

"아, 그래. 클레어 씨는 가족과 함께 며칠 지내다 오겠다고 고향인 에민스터로 가셨어."

낙농장 주인인 크릭이 말했다.

식탁에 앉은 열정적인 네 처녀에게는 일순간에 아침 해는 빛을 잃었고 새들의 노랫소리는 먹먹하게 들렸다. 하지만 어느 누구도 말이나 몸짓으로 그 공허함을 드러내지 않았다.

"그 양반이 여기서 나와 함께 있을 날도 거의 끝나 가는군. 다른 데서 일을 배울 계획을 세우는 모양이던데."

주인은 그 말이 얼마나 잔인한 것인지 의식하지 못한 채 냉담하게 덧붙였다.

"여기엔 얼마나 더 계시게 되나요?"

침울해진 처녀들 가운데 목소리를 떨지 않고 질문할 수 있는 유일한 처녀인 이즈 휴에트가 물었다.

226

다른 처녀들은 자신의 목숨이 그 대답에 달려 있기라도 한 듯한 표정으로 대답을 기다렸다. 레티는 입을 벌린 채 식탁보를 응시하고 있었고, 메리언은 그렇지 않아도 불그레한 얼굴이 흥분으로 더욱 붉어졌고, 테스는 두근거리는 가슴으로 바깥의 풀밭을 바라보았다.

"글쎄, 정확한 날짜는 수첩을 봐야 알겠는걸."

크릭이 아까처럼 참을 수 없을 만큼 무심한 어조로 대답했다.

"그리고 약간 변동이 생길 것 같아. 가축우리에서 소의 새끼를 받는 일을 좀 더 익혀야 할 테니까. 아마 연말까지는 여기에 머무르게 될 거야."

그와 함께 지내는 넉 달 동안의 고통스런 황홀경, 고통에 둘러싸인 기쁨, 그 뒤에 올 형언할 수 없이 깜깜한 밤.

이날 아침 그 순간에 엔젤 클레어는 아버지의 사제관이 있는 방향으로 말을 타고, 아침 식사를 하고 있는 이들로부터 15킬로미터쯤 떨어진 좁은 길을 가고 있었다. 그의 손에는 크릭 부인이 다정한 경의의 표시로 싸 준 검은 소시지 몇 개와 벌꿀 술 한 병이 든 작은 바구니가 들려 있었다. 하얀 길이 그의 앞쪽에 뻗어 있었고, 그의 시선은 길을 향해 있었으나 그의 눈이 응시하는 것은 길이 아니라 다음 해에 있을 일이었다. 그는 그녀를 사랑하고 있었다. 그렇다면 그녀와 결혼해야 할까? 과감하게 결혼을 단행할 것인가? 어머니와 형들은 뭐라고 할까? 결혼하고 이삼 년이 흐른 뒤 정작 자기 자신은 뭐라고 하게 될까? 그것은 일시적인 감정의 기초부에 굳건한 동지애의 싹이 있느냐, 아니면 영원히 지속될 바탕 없이 다만 그녀의 외모에 감각적으로 끌리고 있는 것이냐에 따라 달라질 것이다.

마침내 부친이 살고 있는, 언덕에 둘러싸인 작은 마을과 붉은 석재로 지은 튜더풍의 교회 종탑, 그리고 사제관 근처의 숲이 그의 눈에 들어왔고, 그는 낯익은 대문을 향해 말을 몰고 내려갔다. 집으로 들어가기 전 교회 쪽을 흘긋 쳐다보니, 부속실 문 앞에서 열두 살에서 열여섯 살에 이르는 한 무리의 소녀들이 누군가를 기다리고 있는 듯 보였는데 곧 그 인물이 나타났다. 그녀는 그 여학생들보다 나이가 좀 더 많고, 차양이 넓은 모자에 빳빳하게 풀을 먹인 아마포 모닝 가운을 입고 손에 책을 두어 권 들고 있었다.

클레어는 그녀를 잘 알고 있었다. 그녀가 자기를 보았는지 알 수는 없었지만 내심 보지 못했기를 바랐다. 그래야 가서 인사를 하지 않아도 되니 말이다. 그녀는 나무랄 데 없는 여자였다. 그러나 그는 그녀에게 인사를 하는 게 영 내키지 않았기 때문에 그녀가 자기를 못 본 것으로 단정해 버렸다. 그 젊은 여인은 이웃에 사는 아버지 친구분의 외동딸인 머시 찬트 양으로, 그의 부모님은 그가 장차 그녀와 결혼하기를 은근히 바라고 계셨다. 그녀는 도덕률 초월론(그리스도교도는 하느님의 은총에 의하여 모든 도덕률로부터 해방되어 있다고 주장하는 성서 지상주의_옮긴이)과 성경 수업에 열성이었고, 지금도 성경을 가르치러 가는 게 분명했다. 클레어의 마음은 바 골짜기의 여름에 잠긴 열정적인 이교도들과 쇠똥으로 얼룩진 그들의 불그레한 얼굴, 그리고 그중에서도 가장 열정적인 한 사람에게로 날아갔다.

에민스터로 말을 달려서 오게 된 건 갑작스럽게 결정한 일이었기 때문에 부모님께 미리 알리지 못했다. 다만 두 분이 교구의 일을 보러 나가기 전에 식사 시간쯤에 맞추어서 도착할 계획이었다.

그러나 예정보다 약간 늦어서 가족은 벌써 아침 식사를 하는 중이었다. 그가 들어서자 식사를 하던 식구들은 자리에서 벌떡 일어나 그를 반가이 맞아 주었다. 아버지와 어머니, 큰형 펠릭스—이웃 마을의 부신부로 2주간의 휴가를 얻어 집에 와 있었다. 그리고 작은형 커스버트—고전 학자이자 케임브리지 대학의 특별 연구원 겸 학생감으로, 장기 휴가를 얻어 집에 와 있었다—가 모두 한자리에 있었다. 그의 어머니는 모자와 은테 안경을 쓴 모습이었고, 아버지는 과연 그다운 모습—다소 마른 체구의 진지하고 독실한 육십대 중반 노인으로 사색과 의지로 주름진 창백한 얼굴—을 하고 있었다. 그들의 머리 위에는 자식들 중 맏이이자 엔젤보다 열여섯 살 위인 누나의 초상화가 걸려 있었는데, 그녀는 선교사와 결혼하여 아프리카에 나가 있었다.

클레어 신부는 지난 20년 동안 동시대인들의 생활과는 거의 동떨어진 생활을 해 온 성직자 유형에 속했다. 위클리프, 후스, 루터, 칼뱅 등의 정신을 직접 계승한 정신적 후계자로서 그는 복음주의자 중의 복음주의자이며 개종주의자이고 생활과 사상이 열두 제자들처럼 소박한 사람이었다. 순수한 젊은 시절, 존재의 심오한 문제에 대해 일단 마음을 정한 뒤로는 더 이상의 논증을 인정하지 않았다. 그는 심지어 자신과 같은 시대의 같은 사상을 가진 사람들에게도 극단적이라는 평을 들었다. 한편 그의 생각에 완전히 반대하는 사람들은 내키지는 않았지만 그의 철저함과, 원칙에 대한 온갖 회의를 물리치고 그것을 실천에 옮기는 놀라운 능력에 대해 경탄할 수밖에 없었다. 그는 타르수스(터키 남부의 도시로, 성 바울의 출생지_옮긴이)의 바울을 사랑하고 사도 요한을 좋아했으며, 성 야곱을 아주 미워했으며, 디모테오와 디도, 빌레몬에 대해서는 좋음과 싫음이 뒤섞인 감정을 갖고 있었다. 그가 이해하기로 신약성서는 그리스도의 이야기라기보다 바울의 이야기이며, 논증의 대상이라기보다 도취의 대상이었다. 그의 결정론적인 교의는 너무나 심해서 거의 해악의 수준에 이르렀고 부정적인 면에서는 쇼펜하우어(1788~1860, 독일의 염세주의 철학자_옮긴이)와 레오파르디(1798~1837, 이탈리아의 고독과 염세의 시인_옮긴이)의 사촌이라고 할 만큼 절망의 철학에 가까웠다. 그는 교회 법규와 예배 규정을 경멸하면서도 영국 국교회 선언문에 선서를 했고 자기 자신은 그 모든 조항을 잘 지키고 있다고 여겼다. 사실 어느 면에서는 그렇다고 할 수 있었다. 한 가지 분명한 것은 그의 진지함이었다.

그의 아들 엔젤이 최근에 바 골짜기에서 경험한, 자연 속에서의 생활과 싱싱한 여성에게서 느낀 심미적이고 감각적이고 이교도적인 쾌락에 대해서 그가 물어보거나 상상으로 알게 되었다면 그의 기질로 보아 분명 몹시 못마땅하게 여겼을 것이다. 언젠가 엔젤은 너무 흥분한 나머지 심술궂게도 아버지에게 만약 현대 문명의 종교적 근원지가 팔레스타인이 아니라 그리스였다면 인류에게 더 좋은 결과가 되었을 거라고 말한 적이 있었다. 하지만 아버지는 그런 주장이 절반쯤 혹은 전적으로 옳다는 것을 깨닫는 것은 고사하고 그 주장이 내포된 눈곱만큼의 진실도 인식하지 못했기 때문에 그의 그런 주장에 몹시 슬퍼하셨다. 그저 아버지는 그 일이 있고 난 얼마 후 엔젤에게 진지하게 설교를 했다. 마음이 워낙 따뜻한 분이어서 무엇이든 오래 노여워하는 법이 없었기 때문에 오늘도 어린아이처럼 천진스런 미소로 아들을 맞이했다.

엔젤은 자리에 앉아 집에 돌아온 편안함을 느꼈다. 하지만 자신이 거기에 모인 가족의 일원이라는 느낌은 예전 같지 않았다. 그는 이곳에 돌아올 때마다 이런 이질감을 느꼈는데, 지난번에 이 사제관에서 함께 지낸 뒤로는 여느 때보다 그 낯선 느낌이 더욱 뚜렷했다. 그 초월적인 열망—하늘에는 천국이 있고 지하에는 지옥이 있다는 지구 중심적인 세계관에 여전히 바탕을 두고 있는—은 마치 다른 행성에 살고 있는 사람들의 꿈인 양 낯설게 다가왔다. 요즈음 그는 오로지 생활만을 보았고, 지혜로 만족스럽게 조절할 수 있는 것들을 쓸데없이 억제하려는 교의에 의해 왜곡되거나 비틀리거나 구속되지 않은 존재의 열정적인 박동만을 느꼈다.

그의 식구들은 그들대로 그에게서 큰 차이점, 예전의 엔젤 클레어와 점점 달라져 가는 그의 모습을 발견했다. 바로 지금 그의 식구들,

특히 그의 형들이 알아차린 점은 주로 그의 몸가짐이 달라졌다는 것이었다. 그는 마치 농부처럼 행동했다. 예컨대 그는 두 다리를 아무렇게나 내뻗었고 얼굴의 근육은 더 많은 감정을 표현했고 두 눈은 입이 말하는 것만큼, 아니 그보다 더 많은 이야기를 하고 있었다. 학자다운 태도는 거의 사라졌고 지체 있는 집안의 청년 같은 태도는 더더욱 찾아볼 수 없었다. 까다로운 사람이 봤다면 교양이 없어졌다고 했을 것이고, 얌전 빼는 숙녀가 봤다면 상스러워졌다고 했을 것이다. 그의 태도가 이렇게 변한 것은 탤버테이스 낙농장의 젊은이들과 함께 생활하며 전염된 것이었다.

아침 식사를 마친 뒤 그는 두 형과 함께 산책을 했다. 형들은 복음주의와는 거리가 멀고, 훌륭한 교육을 받고, 모든 면에서 한 치의 흐트러짐도 없는 보증할 만한 청년들로, 조직적인 교육의 틀에서 해마다 찍혀 나오는 흠잡을 데 없는 모범생들이었다. 둘 다 약간 근시였는데, 자신의 시력에 어떤 결함이 있느냐하는 것과는 상관없이 줄에 맨 외알 안경을 쓰는 것이 관례일 때에는 외알 안경을, 두 알 안경이 관례일 때엔 두 알 안경을, 보통 안경이 관례일 때엔 곧바로 보통 안경을 착용했다. 워즈워스가 최고의 평가를 받을 때에는 그의 시집을 주머니에 넣고 다녔고, 셸리의 인기가 떨어지면 그의 책이 책꽂이에서 먼지가 쌓이도록 내버려 두었다. 코레조(1494~1534, 르네상스 시대의 이탈리아 화가_옮긴이)의 〈성스러운 가족〉이 찬탄을 받을 때에는 그들도 그것을 칭송했고, 코레조는 비난을 받고 벨라스케스(1599~1660, 스페인의 화가_옮긴이)가 칭송을 받으면 아무런 반대 없이 남들이 하는 대로 따랐다.

두 형이 엔젤이 점점 사회적으로 적응하기 힘들어진 것을 발견했다면, 그는 형들의 정신적 세계가 점점 한정되어 가고 있음을 발견했다. 그가 보기에 펠릭스 형은 오로지 교회만을, 커스버트 형은 오로지 대학만을 생각하는 것 같았다. 한 사람에게는 교구의 종교회의와 교구

사찰이 세계의 중심축이었고, 또 한 사람에게는 케임브리지 대학이 세계의 중심축이었던 것이다. 문명사회에는 대학이나 교회에 속하지 않은 수백, 수천만의 하찮은 문외한들이 있다는 것을 두 형은 솔직하게 인정했으나 이들은 평가하고 존중하기보다 그저 참고 보아 줘야 할 사람들일 뿐이라고 생각했다.

형들은 모두 공손하고 자상한 아들들이어서 정기적으로 부모님을 찾아뵈었다. 펠릭스는 신학의 변천 단계에서 아버지보다 훨씬 더 최근의 관점을 가지고 있었으나 희생정신이나 공평무사에는 아버지를 따르지 못했다. 반대 의견에 대해서는, 그것이 그 사람에게 위험해보여도 아버지보다 관대한 편이었으나, 그것이 자신의 가르침을 무시하는 경우일 때에는 아버지만큼 너그럽지 못했다. 커스버트는 대체로 마음이 넓었고 섬세한 반면 용기가 부족했다.

언덕을 따라 걷다 보니 엔젤에게 옛날의 느낌—형들이 자기보다 우월한 지위에 있다 하더라도 삶을 있는 그대로 볼 줄 모르고 표현할 줄도 모른다는 느낌—이 되살아났다. 다른 많은 사람들처럼 형들도 표현할 기회만큼 관찰할 기회가 많지 않았다. 그들은 둘 다 자기나 자기 동료들이 떠다니는 잔잔하고 부드러운 물살 바깥 세계에는 어떤 복잡한 힘이 작용하고 있는지 충분히 깨닫지 못하고 있었다. 부분적인 진실과 보편적인 진실의 차이, 곧 교회와 학교의 토론회에서 내부 세계 사람들이 말하는 것과 외부 세계에서 사람들이 생각하는 것의 차이가 있다는 것을 알지 못했다.

"엔젤, 넌 이제 농사를 짓는 것 말고는 다른 길이 없겠구나. 그러니까 최선을 다해서 살아야 해. 가능한 한 자주 도덕적 이상을 떠올리려고 노력하기를 바란다. 물론 농사일이 겉보기엔 거칠고 험하지만 그래도 소박한 생활을 하면서 고상한 사색을 할 수 있을 거야."

펠릭스는 안경 너머로 먼 들판을 바라보며 진지하고도 슬픈 표정으로 막냇동생에게 말했다.

"물론 그렇겠죠. 내가 형의 전문 영역을 침범하는 건지도 모르지만, 그건 1900년 전에 입증된 사실 아닌가요? 펠릭스 형, 왜 내가 고상한 사색이나 도덕적 이상을 포기할 것 같다는 생각을 하는 거예요?"

엔젤이 말했다.

"글쎄, 그저 내 기우일지도 모르지만, 네 편지와 네 말투에서 어딘지 네가 지적인 노력을 하지 않는다는 인상을 받았어. 커스버트, 네 생각은 어떠니?"

"이것 보세요, 형. 형도 알다시피 우리는 아주 우애 좋은 형제들이고 각자 정해진 길을 가고 있어요. 하지만 지적인 노력에 관해서라면 내가 보기에 형님은 자기만족에 빠진 독단주의자이니 내 지성을 걱정하는 대신 형님의 지성에 어떤 일이 일어나고 있는지 자문해 보세요."

엔젤이 쌀쌀하게 말했다.

그들은 점심을 먹기 위해 언덕을 내려왔다. 점심 식사 시간은 일반적으로 양친이 교구에서 오전 일과를 마치는 때로 정해져 있었다. 이타적인 클레어 부부가 도움이 필요한 사람들을 방문하는 일을 편의상 오후로 미루는 법은 없었다. 이 문제에 대해 양친이 좀 더 현대적인 생각에 따라 주기를 바라는 점에서만은 세 아들은 충분한 의견의 일치를 보았다.

산책을 하고 난 뒤라 그들은 몹시 시장했다. 특히 이제는 야외에서 일하는 사람이 되어 낙농장 주인네의 다소 소박하지만 푸짐한 음식에 익숙해진 엔젤은 더욱 배가 고팠다. 그러나 노부부는 좀처럼 오지 않았고, 아들들이 기다리다 지쳤을 무렵에야 집에 들어왔다. 자기희생적인 두 사람은 병든 교구민들의 식욕을 돋워 뭘 좀 먹게 하느라(영생을 얻게 될 사람들을 육체에 가둬 두려고 한다는 점에서는 평소 주장과 다소 모순되지만) 자신들의 식욕은 까맣게 잊고 있었던 것이다. 가족이 식탁에

233

둘러앉자 차갑게 식어 버린 간단한 음식이 나왔다. 엔젤은 주위를 두리번거리며 크릭 부인이 보낸 검은 소시지를 찾았다. 그는 아버지와 어머니가 식물 향이 나는 그 놀라운 맛을 그 자신처럼 즐겨 보기를 바라며 낙농장에서 먹는 방식대로 그것을 잘 구워서 드시라고 말했었다.

"아! 애야, 검은 소시지를 찾고 있나 보구나. 네 아버지나 나도 그렇지만 너도 이유를 알고 나면 그게 없어도 괜찮다고 할 거다. 정신이 온전치 못해서 지금 전혀 일을 못하는 사람이 있는데, 크릭 부인이 보내 준 고마운 선물을 그 집 아이들에게 가져다주는 게 어떠냐고 네 아버지께 제안했더니 아이들이 퍽 좋아할 거라며 동의하셨지. 그래서 그렇게 했단다."

엔젤의 어머니가 말했다.

"물론 저도 괜찮아요."

엔젤은 쾌활하게 대답하고는 벌꿀 술을 찾아 두리번거렸다.

"벌꿀 술은 너무 독하더구나."

그의 어머니가 말을 이었다.

"그래서 음료로 마시기에는 적당하지 않지만 응급할 때에는 럼주나 브랜디처럼 요긴하게 쓰일 것 같아서 약장 안에 넣어 두었단다."

"식사할 때에는 술을 마시지 않는 게 원칙이지."

그의 아버지가 덧붙였다.

"그렇지만 낙농장 안주인한테는 뭐라고 하죠?"

엔젤이 말했다.

"물론 사실대로 말해야지."

그의 아버지가 말했다.

"전 사실 벌꿀 술이랑 검은 소시지를 우리가 아주 맛있게 먹었다고 말하고 싶었어요. 그 아주머니는 친절하고 명랑한 분이어서 내가 돌아가자마자 맛이 어땠냐고 물어볼 게 분명하거든요."

"안 먹었는데 그렇게 말할 수는 없지."

아버지가 분명하게 대답했다.

"네, 그렇겠죠. 하지만 그 벌꿀 술은 정말 맛있는 티플(화주, 독주란 뜻의 사투리_옮긴이)인데."

"뭐라고?"

커스버트와 펠릭스가 동시에 물었다.

"아, 그건 탤버테이스 낙농장 사람들이 쓰는 표현이에요."

엔젤은 얼굴을 붉히며 대답했다. 그는 부모님이 자기의 기분을 알아주지 않아서 섭섭했지만 그들이 한 일이 옳다고 생각했기 때문에 더 이상 아무 말도 하지 않았다.

26

저녁 가족 예배가 끝난 뒤에야 엔젤은 마음에 품고 있는 두어 가지 문제를 아버지에게 말할 기회를 얻었다. 그는 형들 뒤에서 양탄자에 무릎을 꿇고 앉아 있는 동안 그들의 부츠 뒤축에 박힌 작은 못들을 지켜보며 그 문제들에 대해 골똘히 생각해 두었다. 예배가 끝나자 형들은 어머니와 함께 방에서 나갔고, 클레어 씨와 엔젤만이 방에 남았다.

엔젤은 우선 영국에서든 식민지에서든 대규모로 농장을 경영해 보고 싶은 계획을 의논했다. 그러자 그의 아버지는 케임브리지에 보내는 학비가 들지 않았으니까 그가 다른 형제에 비해 부당한 대우를 받았다고 느끼지 않게 하기 위해서 장차 그가 땅을 사거나 빌릴 수 있도록 해마다 조금씩 저축해 두었다고 말했다.

"재산에 관한 한 이삼 년 뒤에는 분명 네가 네 형들보다 훨씬 나을 거다."

그의 아버지가 말했다.

아버지의 이런 자상함에 용기를 얻은 엔젤은 더 중요한 다른 문제를 꺼냈다. 그는 이제 자기 나이도 스물여섯이 되었고, 농사를 시작하게 되면 뒤에서 모든 일을 돌봐 줄 사람—그가 들판에 나가 있는 동안 집안일을 돌볼 사람—이 필요할 테니 결혼을 하는 게 좋지 않겠느냐고 말했다.

그의 아버지는 이 생각이 터무니없다고 여기지는 않는 듯했다. 그래서 엔젤은 이렇게 물어보았다.

"검소하고 부지런한 농부가 되어야 할 저에게 어떤 여자가 가장 어울릴 거라고 생각하세요?"

"네가 나갈 때나 들어올 때나 너한테 도움이 되고 위로가 될 진실한 기독교인이어야 하겠지. 그 밖의 것은 사실 별로 중요하지 않다. 마침 그런 신붓감이 주위에 있어. 사실은 나의 절친한 친구이자 이웃인 찬트 박사네."

"하지만 무엇보다 소젖을 짤 줄 알고 좋은 버터를 만들고 치즈도 많이 만들 줄 아는 여자라야 하지 않겠어요? 암탉과 칠면조 알을 품게 하는 법과 병아리를 기르는 법, 급할 때는 들에 나가서 일꾼들에게 지시하는 법, 양이나 송아지 값을 매기는 법을 아는 여자라야 할 거예요."

"그래, 농부의 아내는 그래야 하겠지. 맞아, 그게 바람직하지."

클레어 씨는 솔직히 전에는 이런 문제를 생각해 본 적이 없었다.

"한마디만 더 하마." 그가 말했다.

"정숙하고 신심이 있는 여자라면 네 친구 머시보다 너한테 정말 도움이 되고 네 어머니나 내 마음에 드는 여자는 없을 거야. 하긴 우리 이웃 찬트네 딸도 최근 교회 축제 때에는 이 근방 젊은 성직자들의 유행을 좇아 성찬식 탁자를 꽃이니 뭐니 하는 걸로 장식을 했단다. 언젠가 그 애가 그걸 제단이라고 부르는 걸 보고 내 질겁한 일이 있다만, 나만큼이나 그런 겉치레를 싫어하는 그 애 아버지는 그런 버릇이 고쳐질 거라고 하더구나. 나도 그게 단지 소녀 시절에 한번쯤 해 보고 싶은 행동에 지나지 않는다고 생각한다. 오래가지는 않을 거다."

"네, 그럼요. 머시는 착하고 신앙심도 깊은 애인걸요. 저도 알아요. 하지만 아버지, 머시 못지않게 착하고 정숙하면서도 그 애의 종교적 소양 대신에 농부처럼 농장에서 하는 일을 잘 아는 여자가 저한테 훨씬 더 잘 어울릴 것 같지 않아요?"

그의 아버지는, 아무리 농부의 아내가 될 여자라 하더라도 바울처럼 인간을 바라보는 것이 농사에 관한 지식보다 더 중요하다는 자신의 신념을 굽히지 않았다. 충동적인 엔젤은 아버지의 기분을 상하게 하지 않으면서도 자기 마음속에 있는 이야기를 꺼내고 싶은 마음에 그럴듯하게 말을 꾸며 댔다. 운명인지 하느님의 섭리인지 농부의 배우자가 되기에 모든 자격을 갖춘 데다 마음도 진실한 여자가 자기 앞에 나타났는데, 그녀가 아버지와 같은 저교회파에 속하는지 어떤지는 알 수 없지만 아버지의 신앙을 아마 열린 마음으로 받아들일 거라고 말했다. 그녀는 주일마다 교회에 나가는 순수한 신앙심의 소유자이고, 정직한 마음과 깊은 감수성을 지니고 있고, 총명하고, 우아하고, 베스타 여신(로마 신화의 화로 부엌, 가정의 수호 여신_옮긴이)처럼 순결하고, 용모 면에서도 뛰어나게 아름답다고 덧붙였다.

"네가 결혼해도 될 만한 집안의 딸이냐, 요컨대 숙녀냔 말이다?"

부자가 대화를 나누는 동안에 서재에 조용히 들어와 있던 그의 어머니가 깜짝 놀라서 물었다.

"일반적인 의미의 숙녀는 아니에요. 자랑스럽게 말씀드리지만, 농사꾼의 딸이거든요. 그래도 정서나 성품은 숙녀라고 할 수 있어요."

엔젤이 움츠리지 않고 말했다.

"머시 찬트는 아주 좋은 집안의 딸이야."

"어머니도, 참! 그게 무슨 소용이에요? 지금도 그렇고 앞으로도 험한 일을 해야 하는 사람의 아내에게 좋은 집안이 무슨 소용이 있어요?"

엔젤이 재빨리 말했다.

"머시는 교양을 갖췄어. 교양에는 매력이 있지."

그의 어머니는 은테 안경 너머로 아들을 바라보며 말했다.

"외적인 교양 같은 게 앞으로 제가 살아갈 인생에 무슨 도움이 되겠어요? 그녀의 독서에 관해서라면 제가 이끌어 줄 수도 있어요. 그녀는 총명해서 잘 배울 거예요. 어머니도 그녀를 알게 되면 그렇게 말씀하실걸요. 그녀는 시로 가득하답니다. 이런 표현이 가능하다면 살아 움직이는 시라고 할 수 있어요. 시인들이 종이 위에 쓰는 것을 그녀는 실제로 살아가고 있거든요. 그리고 나무랄 데 없는 기독교도라고 분명히 말씀드릴 수 있어요. 아마 어머니가 전파하려고 하는 바로 그런 과(科), 그런 종족, 그런 인종일걸요."

"오, 엔젤, 네가 어미를 놀리는구나."

"어머니, 죄송해요. 하지만 그녀는 거의 매주 주일날 아침이면 교회에 나가는 정말 훌륭한 그리스도교도예요. 이 점을 감안해서서 혹 사회적으로 부족한 점이 있더라도 너그럽게 봐주시고, 제가 그녀를 아내로 맞는 것이 나쁘지 않은 선택이라고 여겨 주셨으면 해요."

엔젤은 사랑하는 테스가 정통 신앙을 무조건적으로 믿고 있다는 사실을 점점 열성적으로 강조했다. 하지만 그는 그녀의 이런 면이 자기에게 이렇게까지 큰 도움이 되리라고는 상상도 못했었다. 사실 그는 테스나 다른 처녀들이 주말마다 교회에 나갈 때 그들의 신앙을 업신여기곤 했었다. 근본적으로 자연주의적인 믿음을 갖고 살아가는 그들에게 있어 그 신앙은 분명히 비현실적인 것이었기 때문이다.

클레어 부부는 알지도 못하는 처녀에게 정통 신앙이 있다고 주장하는 아들 자신은 정작 그런 신앙을 가지고 있는가 하는 서글픈 의심이 들었지만, 그 여자가 적어도 사고방식이나마 건전하다는 점은 무시하지 말고 좋게 보아야 한다고 생각했다. 특히 엔젤이 전에 없이 정통 신앙을 배우자 선택의 조건으로 내세우는 것을 보고 어쩌면 정말로 두 사람의 결합이 신의 섭리에 의한 것일지도 모르겠다는 생각마저 들었다. 그래서 결국 그들은 서두르지 않는 게 좋겠지만 그녀를 만나 보는 것에는 반대하지 않겠다고 말했다.

그래서 엔젤은 더 자세히 이야기하는 것을 참았다. 그는 부모님이 성실하고 희생정신이 강한 분들이시지만 중류 계급으로서 그들 나름의 편견을 가지고 계셔서 그것을 극복하려면 요령이 필요하다고 느꼈다. 그는 법적으로 자기가 원하는 여자를 선택할 수 있는 자유를 가지고 있었고, 아마 결혼 후에는 부모님과 아주 멀리 떨어져 살게 될 것이므로 며느리의 자격이 부모님의 생활에 실질적으로 큰 영향을 미칠 일은 없을 테지만, 자신의 일생에서 가장 중요한 문제를 결정하면서 사랑하는 두 분의 마음을 상하게 하고 싶지는 않았다.

그는 테스의 삶에서 부수적인 것들을 마치 중요한 특성인 양 내세우고 있는 자신의 모순을 발견했다. 그가 사랑하는 것은 그녀 자체였다. 그녀의 영혼, 그녀의 마음, 그녀의 본질을 사랑하는 것이지 그녀의 소젖 짜는 솜씨나 배우는 사람으로서의 자질, 무조건적인 신앙 때문에 사랑하는 것은 아니었다. 들판에서의 그녀의 순수한 모습을 사랑하는 데에는 어떠한 인습적인 겉치레도 필요 없었다. 그는 아직까지는 교육이 가정의 행복을 결정하는 감정이나 정서의 울림에 별로 영향을 주지 못한다고 생각했다. 세월이 지나면 개선된 도덕적, 지적 훈련 체계를 통해 인류의 비의지적이고 심지어 무의식적인 본능까지 어느 정도, 혹은 상당한 정도로 향상시킬 수 있을지도 모른다. 하지만 그가 아는 한 현재까지 교양이란 그 영향권 안에 있는 사람들의 정신적 표피에만 영향을 끼쳤다. 교양 있는 중류 계급 여성들만 알아 오다 최근에 농촌 여성들까지 알게 되면서 이 믿음은 더욱 확고해졌다. 이 경험으로 그는 한 사회 계층의 선하고 지혜로운 여성과 다른 사회 계층의 선하고 지혜로운 여성 간의 본질적 차이는 같은 계층 혹은 계급에 속하는 선한 여자와 악한 여자 간의 차이, 지혜로운 여자와 어리석은 여자 간의 차이에 비해 얼마나 미미한 것인지 알 수 있었다.

　그가 떠나는 날 아침이었다. 그의 형들은 이미 사제관을 떠나 북쪽으로 도보 여행을 시작했는데, 거기서 하나는 자신의 대학으로 다른 하나는 자신의 교구로 돌아갈 터였다. 엔젤은 그들과 동행할 수도 있었지만 탤버테이스 목장에 가서 사랑하는 여인을 만나는 게 더 좋았다. 그는 그 일행에 끼어 봤자 어색하기만 했을 것이다. 그는 셋 중에서 가장 안목 있는 인문주의자였고 가장 이상적인 종교주의자였고 심지어 그리스도교에 대해서도 가장 박식했지만, 그의 의식 속에는 자신의 모난 성격이 자기에게 마련된 둥근 구멍에는 어딘지 들어맞지 않는다는 소외감이 항상 있었기 때문이다. 그래서 그는 펠릭스나 커스버트 누구에게도 테스 이야기를 하지 않았다.

　어머니가 샌드위치를 만들어 주었고, 아버지는 말을 타고 길목까지 배웅해 주었다. 엔젤은 애초에 계획한 일에 상당한 진척을 보였으므로 아버지와 함께 그늘진 오솔길에서 말을 타고 가는 동안 흡족한 마음으로 잠자코 아버지의 말에 귀를 기울였다. 아버지는 교구의 어려운 일이며 사랑하는 동료 성직자들이 자기에게 쌀쌀맞게 구는 이야기를 했다. 그것은 아버지가 그들이 유해하다고 보는 칼뱅주의에 입각해서 신약 성서를 엄격하게 해석하기 때문이라는 것이었다.

　"유해하다니!"

　클레어 신부는 온화하지만 냉소적인 표정으로 말하고는, 그 생각의 터무니없음을 보여 줄 만한 경험담을 늘어놓았다. 못되게 살던 사람들이 자기의 설교를 듣고 놀라운 개종을 한 사례를 들었는데, 그중에는 가난한 사람은 물론 부유한 사람도 있었다. 그리고 그는 실패한 적도 많았다고 솔직하게 인정했다.

실패한 예로 그는 65킬로미터쯤 떨어진 트랜트리지 마을의 더버빌이라는 젊은 벼락부자 이야기를 했다.

"킹스비어 등지에 살았던 유서 깊은 그 더버빌 가문 중 하나를 말씀하시는 건 아니죠? 사두마차에 관한 무시무시한 전설을 갖고 있는 그 제법 유명하고 낡아 빠진 집안 말이에요."

그의 아들이 물었다.

"아, 아니다. 원래의 더버빌 가문은 60년에서 80년 전에 몰락해 사라져 버렸어. 적어도 내가 알기로는 그렇지. 이 집안은 그 이름만 따온 것으로 보여. 그 옛날 기사 가문의 위신을 위해서라도 난 그들이 가짜이기를 바란다. 그런데 네가 옛 명문가에 관심을 다 나타내다니 이상하구나. 그런 건 나보다 더 무시하는 줄 알았는데 말이다."

"아버지가 절 잘못 아신 거예요. 자주 그러시긴 하지만요. 물론 전 정치적인 면에서는 옛 명문이라는 게 무슨 미덕이 되는지 회의적이에요. 그들 가운데에도 몇몇 지혜로운 사람들은 햄릿이 말한 대로 '자신들의 세습에 반대'하고 있어요. 하지만 전 시적으로, 극적으로, 역사적으로는 그들에게 애정을 가지고 있답니다."

엔젤은 다소 신경질적으로 말했다.

이 구별은 결코 미묘한 것이 아니었지만, 클레어 신부에게는 아직 너무나 미묘해서 포착하기 어려웠기 때문에 좀 전에 하던 이야기로 돌아갔다. 더버빌가 노인이 죽고 나자 그 아들은 장님인 어머니를 모셔야 했지만 철이 안 들고 날이 갈수록 허랑방탕해졌다는 것이다. 전도 설교를 하러 그 마을에 갔을 때 그의 이런 행실에 관한 소문을 듣게 된 클레어 신부는 기회를 잡아 그 젊은 난봉꾼에게 그의 정신 상태에 관한 설교를 했다. 비록 그는 타지방 사람이고 남의 설교단을 사용하고 있었지만 그렇게 하는 것이 자신의 의무라고 생각했고, 설교 주제로는 누가복음의 '어리석은 자여, 오늘 밤 네 영혼을 네게서 도로 거둬들일 것이다(〈누가복음〉 12장 20절_옮긴이)!'라는 구절을 택했다. 그 젊은이는 신부의 이 직접적인 질타에 몹시 분개했고, 다음에 둘이 만나 설전을 벌일 때 그는 클레어 신부의 백발을 존중하기는커녕 아무런 양심의 가책도 없이 공공연히 신부를 모욕했다는 것이다.

엔젤은 괴로움에 얼굴을 붉혔다.

"아버지, 전 아버지가 그런 못된 녀석들한테 쓸데없이 그런 고통을 당하지 않았으면 좋겠어요."

엔젤이 슬픈 얼굴로 말했다.

"고통이라고? 내 유일한 고통이라면 그 가엾고 어리석은 젊은이를 위한 고통밖에 없단다. 그가 격분해서 하는 말이나 심지어 그의 주먹질조차 나한테 무슨 고통을 줄 수 있을 것 같으냐? '후욕을 당한즉 축복하고, 핍박을 당한즉 참고, 비방을 당한즉 권면하니, 우리가 지금까지 세상의 더러운 것과 만물의 찌끼같이 되었도다(〈고린도전서〉 4장 12~13절_옮긴이).'라는 성경 말씀도 있지 않니. 고린도 사람에게 주신 이 고귀한 옛 말씀은 지금도 엄연한 진리란다."

그의 아버지가 주름진 얼굴에 새겨진 자기희생의 열정을 빛내며 말했다.

"아버지, 주먹질은 안 했겠지요? 그 녀석이 아버지께 주먹까지 휘두른 건 아니죠?"

"그래, 그러지는 않았어. 술에 취해 미친 사람처럼 날뛰는 사람들에게 맞아 본 적은 있다만."

"아니, 그런 일이."

"여남은 번은 될 거다, 얘야. 그러면 좀 어떠냐? 그렇게 해서 그들이 자신들의 육신을 죽이는 죄를 짓지 않도록 그들을 구해 주었으니 그걸로 족하지. 그 사람들은 계속 살아서 지금까지 나한테 고마워하고 하느님을 찬양하고 있단다.

"그 젊은이도 그랬으면 좋겠군요! 그러나 지금 말씀 같아서는 안타깝게도 그렇게 될 것 같지는 않네요."

엔젤이 열성적으로 말했다.

"그래도 나는 그렇게 되리라는 희망을 버리지 않는다. 아마도 이 세상에서 그 젊은이를 다시 만날 일은 없을 것 같다만, 난 그를 위해 계속 기도하고 있어. 어쩌면 보잘것없는 내 말 한마디가 좋은 씨앗처럼 그의 가슴에서 결국엔 싹을 틔울지도 모를 일이니까."

클레어 신부가 말했다.

클레어의 아버지는 여느 때와 마찬가지로 지금도 어린아이같이 낙천적이었다. 아들은 아버지의 편협한 교리를 받아들일 수는 없었지만 아버지의 실천 정신을 존경했고 그 지극한 경건함 속에서 영웅의 모습을 발견했다. 테스를 아내로 삼겠다고 말씀드렸을 때 그녀가 부유한 집 딸인지 가난한 집 딸인지 물어볼 생각조차 않는 아버지를 보고, 그는 전보다 훨씬 더 아버지의 실천 정신을 존경하게 되었는지도 모른다. 이런 아버지의 탈속성이 엔젤로 하여금 부의 삶을 선택하도록 인도하고, 그의 형들로 하여금 활동하는 동안 가난한 신부의 자리를 지키도록 인도했을 것이다. 그럼에도 엔젤은 아버지의 이런 탈속성을 접할 때마다 감탄을 금치 못했다. 사실 엔젤은 자기의 생각에 이단적인 면이 있더라도 인간적인 면에서는 두 형보다 자기가 더 아버지와 가깝다고 느낄 때가 많았다.

27

눈부신 한낮의 햇빛 속에서 언덕을 오르고 골짜기를 내려가며 30여 킬로미터를 말을 타고 가자 오후에는 탤버테이스 서쪽 이삼 킬로미터 거리에 있는 외딴 언덕에 다다랐다. 거기서 그는 다시 한 번 그 수액과 습기가 많은 초록색 골짜기, 곧 바 골짜기 또는 프룸 골짜기라 불리는 곳을 내려다보았다. 언덕을 내려가 아래의 평평한 충적토에 들어서자 공기가 점점 묵직해졌다. 여름 과일과 안개, 건초, 화초 따위의 나른한 향기가 그 안에서 거대한 향기의 웅덩이를 이루어 이때쯤에는 동물과 벌과 나비도 졸린 듯했다. 클레어는 이제 이곳에 아주 익숙해져서 풀밭에 흩어져 있는 소들을 멀리서 보고도 소 하나하나의 이름을 알 수 있었다. 그는 이곳에 와서 자기에게 인생을 내면에서부터 바라볼 수 있는 능력이 있다는 것을 알게 되어 무척 흐뭇했다. 학창 시절에는 전혀 모르던 것이었다. 그리고 그는 부모님을 아주 많이 사랑하고 있었지만, 집에서 지내다 이곳에 돌아온 지금 마치 부목과 붕대를 벗던진 느낌이 드는 걸 감출 수 없었다. 더욱이 탤버테이스에는 토착 지주가 없었으므로 통상적으로 영국 농촌 사회의 흥겨운 분위기를 억누르는 한 가지 구속도 없는 셈이었다.

낙농장 밖에는 한 사람도 나와 있지 않았다. 모두 여느 때처럼 한 시간 가량의 오후 낮잠을 즐기고 있었는데, 여름철에는 아주 이른 아침에 일어나야 했기 때문에 낮잠을 잘 수밖에 없었다. 문간에는 나무로 테를 두른 우유통들이 우유에 불고 무수한 솔질에 허옇게 탈색이 된 채 걸려 있었다. 저녁에 우유를 짤 때 쓰려고 말리고 있는 것이었다. 엔젤은 안으로 들어가서 조용한 복도를 지나 뒤편으로 가서 잠시 귀를 기울여 보았다. 남자 일꾼 몇 명이 자고 있는 짐마차 창고에서 코 고는 소리가 지속적으로 들려왔고, 더 멀리서는 더위에 지친 돼지들이 꿀

꿀대고 꽥꽥대는 소리가 들려왔다. 넓은 잎을 가진 대황과 양배추 역시 펴다 만 양산처럼 햇볕 아래에서 그 널찍한 이파리를 축 늘어뜨리고 낮잠을 자고 있었다.

클레어는 말의 고삐를 풀고 말에게 먹이를 주고 난 뒤 다시 집 안으로 들어갔다. 시계가 3시를 쳤다. 3시는 오후에 우유 더껑이를 걷어내는 시간이었다. 시계 종소리와 함께 위층 마룻바닥이 삐걱대는 소리가 클레어의 귀에 들려왔고, 뒤이어 층계를 내려오는 발걸음 소리가 들렸다. 그것은 테스의 발소리였고, 다음 순간 그녀가 그의 눈앞에 나타났다.

테스는 클레어가 들어오는 소리를 듣지 못했기 때문에 그가 거기에 있는 것을 알지 못했다. 그녀는 하품을 했고, 그는 마치 뱀의 입 속처럼 붉은 그녀의 입 속을 보았다. 그녀가 틀어 올린 머리 위로 한쪽 팔을 높이 뻗으며 기지개를 켜자 햇볕에 탄 피부 위쪽의 매끄럽고 연약한 살갗이 보였다. 그녀의 얼굴빛은 낮잠을 자서 발그레했고 눈꺼풀은 눈동자 위로 무겁게 내려와 있었다. 온몸에 가득해서 넘칠 듯한 그녀의 자연미가 훅 끼쳐 왔다. 한 여인의 영혼이 다른 어느 때보다 더 많이 육화된 순간이었다. 가장 정신적인 아름다움도 육체의 형태로 모습을 드러내고 성(性)이 외부에 나타났다.

그녀의 얼굴의 나머지 부분이 아직 완전히 잠에서 깨기도 전에, 흐릿하고 몽롱한 두 눈이 갑자기 환한 빛을 냈다. 반가움과 수줍음, 놀라움이 묘하게 뒤섞인 표정으로 그녀가 외쳤다.

"아, 클레어 씨! 깜짝 놀랐어요. 전⋯⋯."

처음에 테스는 클레어의 사랑 고백 이후 두 사람의 관계가 달라졌다는 사실을 떠올릴 시간적인 여유가 없었다. 그러나 클레어가 층계 맨 아랫단으로 다가올 때 그의 다정스런 표정을 마주하자 그녀의 얼굴에는 그때의 일을 완전히 감지한 듯한 표정이 나타났다.

"사랑하는 테스. 제발, '씨' 자는 빼고 불러요. 당신 때문에 이렇게 빨리 돌아왔소!"

클레어는 그녀를 끌어안고 그녀의 발그레한 뺨에 자기의 얼굴을 갖다 대며 속삭였다.

흥분하기 잘하는 테스의 심장이 대답이라도 하듯 맞닿은 그의 가슴에 고동쳤다. 그들은 문간의 붉은 벽돌 바닥에 이러고 서 있었는데, 그가 그녀를 자기 가슴에 꼭 껴안고 있을 때 창문으로 비스듬히 들어온 햇빛은 그의 등이며 그녀의 숙인 얼굴과 관자놀이의 푸르스름한 핏줄이며 그녀의 팔과 목, 그리고 그녀의 머리카락 깊숙한 곳을 비추었다. 그녀는 옷을 입은 채 낮잠을 잤기 때문에 볕을 쬔 고양이처럼 몸이 따뜻했다. 처음에 그녀는 그를 똑바로 올려다보려고 하지 않았으나 곧 눈을 들었고, 그는 시시각각 변하는 그 눈동자의 깊이라도 재듯 지그시 내려다보았다. 두 번째로 잠을 깬 이브가 아담을 바라보았을 것 같은 눈으로 그를 바라보는 동안 테스의 두 눈동자는 파란색, 검은색, 회색, 보라색으로 빛나고 있었다.

"우유 더껑이를 걷으러 가야 해요. 그리고 오늘은 저를 도와줄 사람이 데버러 할머니뿐이에요. 크릭 부인은 크릭 씨하고 시장에 갔고, 레티는 아파요. 그리고 다른 사람들은 모두 어디론가 외출을 해서 소젖 짜는 시간이 돼서야 돌아올 거예요."

그녀가 애원하듯 말했다.

그들이 우유 창고로 가고 있을 때 데버러 파이안더가 층계에 나타났다.

"데버러 할머니, 제가 돌아왔어요. 그러니 우유 더껑이 걷는 일은 제가 도울 수 있을 거예요. 많이 피곤하실 텐데, 소젖 짜는 시간까지 푹 쉬세요."

클레어가 위를 보며 말했다.

아마도 그날 오후 탤버테이스 낙농장의 우유는 더껑이가 제대로 걷히지 않았을 것이다. 테스는 늘 보던 물건들의 밝음과 어두움이나 위치는 알 수 있었으나 그 윤곽은 명확하게 보이지 않는 게 마치 꿈속에 있는 듯했다. 그물 국자를 식히려고 펌프 아래에 놓을 때마다 그녀의 손이 떨렸고, 클레어의 애정이 어찌나 열정적이었던지 그녀는 마치 작열하는 태양 아래의 식물처럼 움츠러드는 것 같았다.

그때 그는 다시 그녀를 자기 옆쪽으로 끌어안고는, 그녀가 집게손가락으로 통 가장자리를 훑어 더껑이를 떼어 내고 나면 자연의 방식으로 손가락을 깨끗하게 해 주었다. 탤버테이스 농장의 거침없는 풍습이 지금 꼭 알맞았던 것이다.

"나중에 말하느니 지금 말하는 게 낫겠소. 지난주 풀밭에서 그 일이 있고 난 후 줄곧 생각해 온 건데, 당신에게 아주 현실적인 청을 한 가지 하고 싶소. 난 곧 결혼을 하고 싶은데, 알다시피 난 농부니까 농장 일을 잘 아는 여자를 아내로 얻어야 합니다. 테시, 당신이 그 여자가 되어 주겠소?"

그가 다정하게 말을 꺼냈다.

그는 깊은 생각 없이 그저 충동에 이끌려 청혼하고 있다는 인상을 그녀에게 주게 될까 봐 자신의 마음을 그런 식으로 표현했던 것이다. 그녀는 몹시 근심스런 표정이 되었다. 그녀는 그와 가까운 곳에서 생활하다 보니 필연적으로 생긴 결과, 즉 그를 사랑하게 된 운명은 어쩔 수 없이 받아들였지만, 이런 갑작스런 결과는 전혀 예측하지 못했던 것이다. 사실 클레어도 이렇게 일찍 말할 생각이 없었는데 그렇게 되었던 것이다. 내장이 녹아내리는 쓰라림과도 같은 고통을 느끼며 테스는 지조 있는 여자로서 반드시 해야만 하는, 그리고 스스로 맹세한 대답을 중얼거렸다.

"아, 클레어 씨, 전 당신의 아내가 될 수 없어요. 그럴 수 없어요."

스스로 결심한 것을 말하는 테스의 심장은 찢어지는 듯했고 너무 슬퍼서 고개를 숙였다.

"하지만 테스!"

그는 그녀의 대답에 놀라서 더욱 정열적으로 그녀를 바싹 끌어안으며 말했다.

"안 된다고 했어요? 나를 사랑하잖아요?"

"그럼요, 그렇고말고요! 이 세상의 다른 누구보다도 당신 아내가 되고 싶어요. 하지만 당신과 결혼할 수 없어요."

비통해하는 처녀의 감미롭고도 솔직한 음성이 대답했다.

"테스, 다른 사람과 약혼한 거로군요."

그는 테스를 붙잡은 채 팔을 뻗으며 말했다.

"아니, 아니에요."

"그러면 왜 나를 거절하는 거요?"

"전 결혼할 마음이 없어요! 생각해 본 적도 없어요. 할 수 없어요! 전 그냥 당신을 사랑하기만 할래요."

"그건 왜 그렇소?"

구실을 대야 하는 상황에 몰리자 그녀는 말을 더듬었다.

"당신 아버님은 신부님이시고, 당신 어머님께서는 당신이 나 같은 여자와 결혼하는 걸 좋아하지 않으실 거예요. 당신이 지체 높은 집안의 숙녀분과 결혼하기를 바라실 테니까요."

"말도 안 되는 소리 마오. 그러지 않아도 두 분께 말씀드렸어요. 사실 그러려고 집에 갔다 온 거요."

"안 될 것 같아요. 절대로! 절대로!"

그녀가 되풀이해 말했다.

"내가 너무 갑작스럽게 얘기를 꺼낸 건가요, 우리 예쁜 아가씨?"

"네, 상상도 못했어요."

"테시, 뒤로 미루고 싶다면 시간을 주겠소. 집에 돌아오자마자 갑자기 이런 말을 해서 몹시 당황했을 겁니다. 당분간은 이 얘기를 꺼내지 않겠소."

그녀는 번쩍이는 국자를 다시 집어 들고 그것을 펌프 아래에 갖다 댄 다음 다시 우유 더껑이 걷어 내는 일을 시작했다. 하지만 그녀는 아무리 잘해 보려고 해도 여느 때처럼 정교한 솜씨로 더껑이를 걷어 낼 수가 없었다. 때로는 우유까지 떠내기도 하고 때로는 허공을 쳤다. 그녀는 슬픔에서 솟아난 눈물이 두 눈에 그렁그렁해서 앞을 볼 수가 없었지만, 그 슬픔을 그녀의 가장 절친한 친구이자 지지자에게 설명할 수 없었다.

"도무지 일을 할 수가 없어요. 잘 안 되네요!"

그녀는 이렇게 말하며 그에게서 얼굴을 돌렸다.

사려 깊은 클레어는 더 이상 그녀를 불안하게 해서 일을 방해하지 않도록 보다 일반적인 이야기를 하기 시작했다.

"당신은 내 부모님을 오해하고 있어요. 그분들은 누구보다도 소박하고 욕심 없는 분들이십니다. 이제는 얼마 남지 않은 복음주의자(18세기 유럽에서 일어났던 신앙 부흥 운동을 일반적으로 복음주의 부흥 운동이라 부르고 이 부흥 운동에는 유럽의 경건주의 등이 포함되었는데, 성례전과 교회의 전통보다 개인의 신앙이나 회심 체험, 성서에 대한 신뢰, 복음 전도 활동을 강조했다_옮긴이)들이랍니다. 테시, 당신도 복음주의자이죠?"

"모르겠어요."

"당신은 매 주일마다 꼬박꼬박 교회에 나가지는 않소. 그리고 이곳 신부는 고교회파가 아니라고들 하던데."

매 주일마다 말씀을 듣는 교구 신부의 견해에 대한 그녀의 생각은 그 신부의 설교를 들어 본 적이 없는 클레어의 생각보다 더 막연한 듯했다.

"교회에서 신부님이 하시는 말씀에 좀 더 정신을 집중할 수 있었으면 좋겠어요. 자주 슬퍼지곤 해요."

테스는 확실한 일반 원리를 이야기했다.

그녀가 교회의 방침에 전혀 영향을 받지 않은 걸 보고 엔젤은 테스가 자기의 종교적 입장이 고교회파인지, 저교회파인지, 광교회파인지(영국 국교회의 세 가지 주요 흐름으로, 고교회파는 질서와 권위를 강조하여 가톨릭의 전통과 예배 의식을 중시하는 입장이고, 저교회파는 개인의 회심과 성서의 최우위성, 복음의 설교 등을 강조하는 복음주의적 입장이고, 광교회파는 신앙의 본질과 권위를 협소하게 이해하는 다른 두 파의 태도를 비판하고 복음의 사회 및 문화에 대한 적응성을 강조하는 자유주의적 입장이다_옮긴이) 모른다고 해도 아버지가 종교적인 이유로 그녀를 반대하지는 않을 거라고 내심 확신했다. 엔젤은 어린 시절부터 주입받아 온 것으로 보이는 그녀의 혼란스런 신앙을 굳이 한 가지로 집어서 표현하자면 용어로는 트랙터리언(영국 국교회의 개신교적인 경향에 반대하고 구교의 사상과 전례 의식을 존중하자는 교파_옮긴이)이고 본질적으로는 범신론이라는 것을 알고 있었다. 혼란스럽든 아니든 간에 그는 그녀의 믿음을 방해하고 싶지 않았다.

누이가 기도할 때에는 방해하지 말라
어린 시절의 천국과 행복한 풍경을
어두운 말로 어지럽히지 말라
즐거운 날들로 이어지는 삶을
(알프레드 테니슨의 장시 〈인 메모리엄〉 중 일부_옮긴이)

그는 이따금 이 충고가 솔직하다기보다 음악적이라고 생각한 적이 있었지만 지금은 흔쾌히 이 충고에 따랐다.

그는 계속해서 이번에 집에 갔을 때 있었던 일이며 아버지의 생활 방식, 그리고 원칙에 대한 열정에 대해 이야기했다. 그녀는 차츰 차분해졌고 우유 더껑이를 걷어 내는 동작도 정확해졌다. 그녀가 한 통 한 통 일을 끝낼 때마다 그가 따라와서 우유를 쏟아 내도록 마개를 뽑아 주었다.

　"아까 들어오실 때 보니까 좀 기운 없어 보이시던데요."

　테스는 화제를 그녀 자신에게서 다른 데로 돌리고 싶은 마음에 억지로 용기를 내어 말했다.

　"그래요…… 음, 아버지께서 선교를 하며 겪는 어려움과 고민을 저한테 많이 말씀해 주셨는데, 그 얘기를 들으면 언제나 우울해져요. 아버지는 너무 열성적이셔서 다른 생각을 가진 사람들한테서 냉대와 수모를 받으신답니다. 그 연세에 그런 모욕을 당하셨다는 이야기를 들으면 기분이 안 좋아요. 더욱이 열성도 지나치면 좋지 않은데 말입니다. 최근에 아주 불쾌한 일을 당하셨던 걸 하나 말씀해 주셨는데요. 여기서 65킬로미터쯤 떨어진 트랜트리지 마을에 어떤 선교 단체를 대신해서 선교하러 가셨다가 거기서 만난 행실 나쁜 한 젊은이에게 훈계를 하셨던 모양이에요. 그 젊은이는 그 마을 지주의 아들로, 그 모친은 앞을 못 본다더군요. 여하튼 아버지는 그 젊은이에게 단도직입적으로 훈계를 하셨고 그 때문에 한바탕 소란이 일어났나 봅니다. 아무 소용이 없을 게 분명한데도 낯선 사람한테 무리하게 설교를 감행하셨으니 아버지도 참 어리석었지요. 그러나 아버지는 당신이 해야 한다고 생각하는 일은 그게 무엇이든 때와 장소를 가리지 않고 하려는 분이랍니다. 물론 그래서 적도 많아요. 그중에는 정말 나쁜 사람도 있지만 미움받는 것을 싫어하고 그저 편하게 살려는 사람도 있지요. 아버지는 그런 일을 당하고도 영광으로 여기며 간접적으로라도 효과가 있기를 바란다고 말씀하신답니다. 그렇지만 이제 아버지도 늙어 가시니 공연히 몸만 축내지 말고 그런 돼지 같은 놈들은 제멋대로 진창에서 뒹굴게 내버려 두었으면 좋겠어요."

테스의 얼굴은 딱딱하게 굳어지며 지친 기색을 띠었고, 붉은 입술은 슬픈 표정을 지었다. 하지만 그녀는 더 이상 떨지 않았다. 아버지 생각이 되살아나는 바람에 클레어는 테스를 자세히 살피지 못했다. 그들은 계속해서 길게 늘어선 직사각형의 흰색 우유통에서 더껑이를 걸어 내고 쏟아 내는 일을 했다. 일을 끝냈을 때 다른 아가씨들이 돌아와서 자기 통을 가지고 갔고 데버러도 와서 새 우유를 담을 우유통을 헹궜다. 테스가 젖소가 있는 들판으로 물러나려 하자 그가 그녀에게 조용히 말했다.

"그런데 테스, 내 물음에 대한 답을 주겠어요?"

"아, 안 돼요, 안 돼요."

그녀는 알렉 더버빌 이야기를 듣고 자신의 아픈 과거가 다시 생각났기 때문에 무거운 절망감을 느끼며 대답했다.

"그럴 수 없어요!"

그녀는 바깥 공기를 쐬어 슬픈 압박감을 털어 내려는 듯 한달음에 풀밭으로 달려 나가 다른 아가씨들에 합류했다. 이들은 모두 젖소가 풀을 뜯고 있는 먼 풀밭으로 걸어갔다. 마치 바다에서 헤엄치는 사람처럼 대기에 몸을 내맡긴 채 앞으로 나아가는 그 모습─무한한 공간에 익숙한 여인들의 거침없고 자유로운 움직임─은 마치 야생 동물처럼 늠름하고 우아했다. 그 속에서 테스의 모습을 다시 본 클레어는 그녀가 인공의 거처가 아니라 아무런 구속 없는 자연에서 벗을 선택한 게 아주 자연스러워 보였다.

28

테스의 거절은 예상하지 못한 것이었으나 그래도 클레어는 오랫동안 의기소침해 있지 않았다. 그는 여자의 거절이란 흔히 승낙의 전주곡에 지나지 않는다는 것을 알 만큼 여자 경험이 충분했다. 하지만 이번에 테스가 거절하는 태도에는 수줍어서 주저하는 것과는 크게 다른 점이 있다는 사실을 알아차릴 만큼은 많지 못했다. 그는 그녀가 이미 자기의 사랑을 받아들였다는 사실을 또 하나의 확증으로 여겼으나, 이 들판과 목초지에서는 '아무런 목적 없이 사모하는 것(셰익스피어《햄릿》2막 2장의 한 구절_옮긴이)'도 결코 부질없는 일이라고 여기지 않는다는 것을 충분히 알지 못했다. 이곳에서는 달콤함을 즐기기 위해 깊이 생각하지 않고 구애를 받아들이는 일이, 야심이 많아서 괜스레 애를 태우는 집안에서보다 더 흔했던 것이다. 이런 집안의 딸들은 시집을 잘 가려고 열망하는 탓에 사랑 자체를 목적으로 여기는 건강한 사고가 마비되어 있었다.

"테스, 그렇게 단호하게 거절한 이유가 뭐예요?"

며칠 후에 클레어는 그녀에게 물었다.

그녀는 움찔했다.

"제발 묻지 마세요. 이유를 말씀드렸잖아요…… 어느 정도는요. 저는 당신과 결혼할 만큼 좋은 여자가 못 돼요. 그럴 자격이 안 돼요."

"어째서? 품위 있는 숙녀가 아니라서?"

"맞아요. 그 비슷한 거예요. 당신 식구들이 저를 업신여길 거예요."

그녀가 중얼거렸다.

"정말 당신은 오해하고 있군요. 우리 아버지와 어머니를 말입니다. 우리 형들에 관해서는 난 개의치 않아요."

그는 그녀가 빠져나가지 못하도록 그녀를 안고 그녀의 등 뒤에서 양

손에 깍지를 꼈다.

"자, 진심이 아니죠, 테스? 분명 진심이 아닐 거예요. 당신 때문에 불안해서 책을 읽을 수도 하프를 켤 수도 없고 도무지 아무것도 할 수가 없어요. 테스, 난 서두르지 않아요. 다만 당신이 언젠가는 내 아내가 되어 줄 수 있다는 말을 당신의 따스한 입술을 통해서 듣고 싶을 뿐이죠. 결혼은 언제든 당신이 원하는 때에 하면 돼요."

테스는 고개를 저으며 그에게서 시선을 돌릴 수밖에 없었다. 클레어는 그녀를 유심히 바라보며 마치 상형 문자를 판독하듯 얼굴에 나타난 표정을 꼼꼼히 살폈다. 그가 보기에 거절은 진심인 것 같았다.

"그렇다면 내가 당신을 이렇게 안고 있어서는 안 되지. 그렇지 않소? 난 당신한테 아무런 권리도 없으니까. 당신이 있는 곳을 찾아갈 권리도 당신과 산책할 권리도 없지! 테스, 솔직히 말해 보아요. 다른 남자를 사랑하고 있는 거요?"

"어떻게 그런 말씀을?"

그녀는 여전히 스스로를 억제하며 말했다.

"나도 그렇지 않다는 것은 알고 있어요. 그렇다면 왜 나를 거부하는 거요?"

"당신을 거부하는 게 아니에요. 전 당신이 저를 사랑한다고 말해 줘서 좋아요. 당신이 제 곁에 있는 한 늘 저한테 말해 주었으면 해요. 전혀 기분 나쁘지 않다니까요."

"그런데 나를 남편으로는 받아들이지 않겠다는 거요?"

"그건 달라요. 그건 당신을 위해서랍니다. 정말이에요! 아, 제발 제 말을 믿어 주세요. 오로지 당신을 위해서예요. 당신의 아내가 되겠다는 약속을 하는 커다란 행복을 내 자신에게 주고 싶지 않아요. 왜냐하면 그래서는 안 된다는 걸 전 확실히 알고 있으니까요."

"하지만 당신은 나를 행복하게 해 줄 사람이요."

"아, 그렇게 생각하시겠죠. 하지만 당신은 몰라요."

이럴 때면 그는 그녀가 거절하는 이유가 사교와 교양 면에서 부족하다고 겸손하게 느끼기 때문이라고 생각해서 그녀에게 아는 것도 아주 많고 다재다능하다고 말해 주었는데, 이건 분명한 사실이었다. 테스는 천성적으로 총명한 데다 엔젤을 존경하고 있었기 때문에 그의 어휘와 어투, 단편적인 지식까지 놀랄 만큼 많이 받아들여서 제 것으로 만들었다. 이렇게 다정한 말싸움을 벌이다가 그녀가 이기고 나면 소젖 짜는 시간엔 그녀 혼자 가장 멀리 떨어져 있는 소 아래로 가고, 휴식 시간엔 사초(莎草) 덤불이나 자기 방으로 가곤 했다. 겉으로는 냉담하게 거절을 해 놓고 1분도 지나기 전에 소리 없이 슬퍼하곤 했다.

그녀의 갈등은 지독했다. 그녀의 마음은 엔젤을 향해 있었다. 열렬한 두 마음이 가련하고 약한 한 양심과 싸우는 격이었다. 그녀는 자신의 결심을 지키기 위해 온갖 방법을 다 동원해야 했다. 그녀는 탤버테이스 낙농장에 올 때 굳게 결심해 둔 것이 있었다. 자기의 아픈 과거에 대해 모르고 결혼한 남편이 나중에 몹시 후회하게 될 일은 무슨 수를 써서라도 막아야 한다는 것이었다. 그래서 그녀는 자기의 마음이 어느 한쪽으로 기울지 않았을 때 양심이 결정한 것을 지금 와서 뒤집을 수는 없다고 생각했다.

"왜 그분한테 나의 모든 과거를 얘기해 주는 사람이 없을까? 겨우 65킬로미터밖에 떨어져 있지 않은데 왜 여기까지 소문이 퍼지지 않았을까? 분명 알고 있는 사람이 있을 텐데!"

그녀가 혼잣말로 중얼거렸다. 하지만 아무도 알지 못하는 것 같았고, 클레어에게 그 얘기를 할 사람은 더더욱 없었다.

이삼 일 동안은 더 이상 아무 말도 오가지 않았다. 테스는 같은 방 친구들의 슬픈 안색을 보고 클레어가 자기를 가장 좋아하는 것뿐 아니라 선택했다는 사실도 그들이 눈치채고 있다는 걸 짐작했다. 그러나 그들은 테스가 그의 바람대로 해 주지 않는다는 것도 알고 있었다.

테스는 지금까지 자기의 삶이 이렇게 뚜렷이 구별되는 분명한 기쁨과 분명한 고통이라는 두 가지 가닥이 함께 얽혔던 때를 경험한 적이 없었다. 다음번 치즈 만들 때가 되자 다시 두 사람만 남게 되었다. 지금까지는 낙농장 주인 크릭 씨가 일을 거들어 주었었다. 그의 아내와 마찬가지로 그는 두 사람이 서로 관심이 있다는 낌새를 최근에 알아차린 모양이었다. 두 사람은 산책을 할 때에도 신중을 기했기 때문에 그 낌새는 아주 어렴풋한 것이었지만 말이다. 어쨌든 주인은 그들만 남겨 두고 자리를 피했다.

그들은 큰 통에 담을 응고된 우유 덩어리를 부수고 있었다. 이 일은 대규모로 빵을 부수는 일과 비슷했는데, 티 없이 새하얀 우유 덩어리 사이에 있는 테스 더비필드의 두 손이 마치 분홍색 장미처럼 보였다. 두 손 가득 우유 덩어리를 집어 통을 채우고 있던 엔젤은 갑자기 동작을 멈추고 그녀의 손 위에 자기 손을 얹었다. 테스의 소매는 팔꿈치 위쪽까지 걷어 올려져 있었는데, 그는 그녀의 부드러운 팔 안쪽 핏줄이 보이는 부분에 입을 맞췄다.

9월 초순의 날씨는 아직 무더웠지만, 그녀의 팔은 우유 덩어리 속에서 철버덕거리고 있었기 때문에 그의 입술에 갓 따 온 버섯처럼 차고 촉촉한 촉감을 주었고 유장(乳漿) 맛을 느끼게 해 주었다. 한편 그녀는 얼마나 예민한 감각을 지녔던지 클레어의 입술 감촉을 느끼고는 심장의 맥박이 빨라지고, 피가 손가락 끝으로 모여 차갑던 팔이 화끈 달아올랐다. 그때 마치 그녀의 마음에서는 '더 이상 주저할 필요가 있을까? 남자와 남자 사이와 마찬가지로 남자와 여자 사이에도 진실은 진실이다'라는 소리가 들리는 듯했다. 그녀는 눈을 들었는데 그의 눈을 바라보는 그녀의 눈이 기쁨으로 빛났고, 다정한 미소를 반쯤 머금은 그녀의 입술이 살짝 올라갔다.

"내가 왜 이러는지 알아요, 테스?"

그가 말했다.

"저를 무척 사랑하시니까요."

"그래요, 그리고 다시 간청을 하려는 준비 단계이기도 해요."

"그건 안 돼요!"

테스는 자신의 저항이 자신의 욕망에 굴복하고 말 것 같다는 돌연한 두려움을 느꼈다.

"오, 테스! 왜 이렇게 애를 태우는지 도무지 알 수가 없군요. 왜 이렇게 나를 실망시키는 겁니까? 당신은 마치 요부 같소. 정말, 도회지의 일류 요부 말이오! 그 여자들은 당신이 그렇듯 금세 뜨거워졌다 차가워지죠. 이런 일이 탤버테이스 같은 시골에서 일어날 줄은 상상도 하지 못했어요. 그렇지만, 테스."

그는 이 말에 테스의 마음이 상했다는 것을 눈치 채고는 황급히 말을 덧붙였다.

"난 당신이 이 세상 누구보다도 정직하고 깨끗한 사람이라는 걸 알고 있소. 내가 어떻게 당신을 요부라고 생각할 수 있겠소. 테스, 나를 사랑하면서 왜 내 아내가 되는 건 좋아하지 않는 거요?"

"전 좋아하지 않는다고 말한 적 없고, 그렇게 말했을 리 없어요. 사실이 아니니까요."

긴장감이 견딜 수 있는 한계를 넘어서자 그녀의 입술이 떨렸고, 그녀는 자리를 뜰 수밖에 없었다. 클레어는 너무 괴롭고 당혹스러워서 복도까지 그녀를 쫓아가서 붙잡았다.

"말해 줘요, 말해 줘요!"

그는 손에 응고된 우유가 묻은 것도 잊고 그녀를 격정적으로 껴안으며 말했다.

"나 말고는 어느 누구하고도 결혼하지 않겠다고 해 줘요."

"말할게요, 말하겠어요! 지금 저를 놓아준다면 대답을 할게요. 제 경험과 저에 관한 모든 것을 말씀드리겠어요!"

그녀가 소리쳤다.

"당신의 경험이라고? 테스, 좋아요. 뭐든지 다 털어놔 봐요. 우리 테스는 분명 저 정원의 울타리에서 오늘 아침에 처음 핀 나팔꽃만큼 경험이 많을 거야. 뭐든 말해 봐요. 하지만 내 아내가 될 자격이 없다느니 하는 시답잖은 말은 하지 말아요."

그는 그녀의 얼굴을 들여다보며 사랑스러워하면서도 놀리듯 동의했다.

"알았어요. 안 할게요! 내일…… 아니, 다음 주에 말씀드리겠어요."

"일요일이 어떻소?"

"좋아요, 일요일에 말씀드릴게요."

마침내 그녀는 거기서 벗어나 계속 걸어서 마당 아래쪽에 있는, 짧게 가지를 쳐낸 버드나무 숲속으로 들어갔다. 거기에 있으면 누구의 눈에도 띄지 않았다. 여기서 테스는 마치 침대에 몸을 부리듯 서걱대는 갈대밭에 털썩 주저앉았다. 비통함으로 두근대는 가슴을 안고 몸을 웅크린 채 가만히 있었다. 이따금 순간적으로 걷잡을 수 없는 기쁨이 용솟음쳤는데, 훗날 어떤 일이 일어나게 될 것인가에 대한 두려움도 그 기쁨을 억누를 수 없었다.

사실 그녀의 마음은 어쩔 수 없이 승낙하는 쪽으로 흘러가고 있었다. 숨결 하나하나, 솟구치는 핏줄기 하나하나, 귀에 울리는 맥박 소리 하나하나가 본능과 하나가 되어 그녀의 양심에 반항하며 외치는 목소리를 냈다. 깊이 생각할 것 없이 과감하게 그를 받아들이자. 아무것도 밝히지 말고 밝혀지느냐 아니냐는 우연에 맡기고 교회의 제단 앞에서 그와 혼인하는 것이다. 고통의 칼날이 그녀를 내려치기 전에 무르익은 즐거움을 낚아채자. 이것이 사랑이 충고하는 소리였다. 여러 달 동안 혼자서 자책하고 번민하고 심사숙고하고 장차 간소하게 혼자 살아갈 계획을 세워 봐야 결국 사랑의 충고가 승리하고 말 것임을 테스는 거의 공포에 가까운 환희 속에서 간파했다.

오후가 되었지만, 그녀는 여전히 버드나무 숲속에 있었다. 우유통 걸이에서 우유통을 내리는데 덜그럭대는 소리며 젖소들을 불러 모으는 '워어, 워어' 하는 소리가 들렸다. 그러나 그녀는 우유를 짜러 나오지 않았다. 사람들은 그녀가 불안해하는 것을 알아차릴 것이고, 낙농장 주인은 그 이유가 단지 사랑 때문인 줄만 알고 호의에서 그녀를 놀려 댈 텐데, 그녀는 그런 시달림을 견뎌 낼 자신이 없었다.

그녀를 찾거나 부르는 소리가 들리지 않는 걸로 보아, 그녀의 애인이 그녀가 몹시 흥분한 상태에 있다는 것을 짐작하고는 그녀가 못 나오는 이유를 그럴듯하게 지어낸 게 틀림없었다. 6시 반이 되자 태양은 마치 하늘에 걸린 거대한 용광로 같은 모습으로 지평선으로 가라앉았고, 이내 호박처럼 괴상한 모양의 달이 반대편에서 떠올랐다. 가지를 쳐 낸 버드나무들은 끊임없이 가지를 잘라 내는 고문을 당한 까닭인지, 원래의 모습과는 딴판으로 삐죽삐죽 가시 머리카락을 한 괴물이 되어 달빛을 배경으로 서 있었다. 그녀는 집 안으로 들어가서 불도 켜지 않고 이층으로 올라갔다.

그때가 수요일이었다. 목요일이 되었고, 엔젤은 멀리서 그녀를 주의 깊게 바라보기만 할뿐 전혀 대답을 강요하지 않았다. 메리언을 비롯한 같은 방 친구들 역시 방에 있을 때에도 테스에게 아무 말도 걸지 않는 것으로 보아 결정적인 일이 진행 중임을 눈치챈 것 같았다.

'난 굴복하고 말거야…… 승낙하게 되겠지…… 그분과 결혼하게 될 거야. 어쩔 수 없어!'

테스는 그날 밤 같은 방 처녀들 중 하나가 잠꼬대로 엔젤의 이름을 부르는 것을 듣고 질투를 느끼며 달아오른 얼굴을 베개에 파묻은 채 가쁜 숨을 내쉬며 중얼거렸다.

"나 아닌 다른 누가 그분과 결혼한다면 견딜 수 없을 거야! 하지만 그렇다고 그분에게 해가 될 행동을 할 수는 없어. 그분이 그 사실을 알게 되면 그분은 죽음과도 같은 고통을 겪게 될 테니까! 아 내 사랑……아…… 아!"

29

"자, 오늘 아침 내가 누구의 소문을 들었는지 맞춰 봐요. 자, 누구일 것 같아?"

낙농장 주인 크릭 씨는 다음 날 아침 식탁에서 수수께끼를 내는 듯한 눈길로 일꾼들을 둘러보며 물었다.

일꾼들의 입에서 이 사람 저 사람의 이름이 튀어나왔다. 크릭 부인은 이미 알고 있었기 때문에 잠자코 있었다.

"글쎄, 그 덜떨어진 떠돌이 녀석 잭 돌롭 이야긴데 말이야. 그자가 최근에 어느 과부하고 결혼을 했다는구먼."

"잭 돌롭이요? 그 악당 같은…… 생각만 해도!"

한 남자 일꾼이 말했다.

그 이름은 곧 테스 더비필드의 의식 속에 떠올랐다. 애인의 신세를 망쳐 놓고는 나중에 버터 교유기 속에서 그 젊은 여자의 어머니에게 단단히 혼났던 사내의 이름이었기 때문이다.

"그는 약속한 대로 그 용감한 아주머니의 딸하고 결혼했습니까?"

엔젤 클레어가 읽고 있던 신문을 넘기며 무심히 물었다. 그는 크릭 부인이 그의 신분을 의식하여 따로 마련해 준 작은 식탁에서 신문을 읽던 중이었다.

"아뇨, 결혼하지 않았어요. 그건 녀석의 본심이 아니었으니까요. 아까 말한 대로 녀석은 돈 많은 과부하고 결혼했대요. 과부에겐 1년에 50파운드쯤 들어오는 돈이 있었던 것 같은데, 녀석은 그걸 노린 거였어요. 두 사람은 급히 결혼식을 올렸고 여자는 결혼을 하는 바람에 1년에 50파운드씩 받아 오던 돈을 못 받게 되었다고 말했는데, 녀석이 그 말을 듣고 어떤 기분이었을지 한번 상상해 보세요! 그 뒤로 두 사람은 개와 고양이처럼 아옹다옹 다투며 살고 있대요. 녀석이야 그런 일을 당해도 싸지만, 그 불쌍한 여자만 재수 없게 낭패를 보게 된 셈이죠."

낙농장 주인이 대답했다.

"그런데 그 어리석은 여자는 전남편 귀신이 괴롭힐 거라고 결혼하기 전에 말했어야죠."

크릭 부인이 말했다.

"그래, 그래. 하지만 어떻게 그렇게 되었는지는 안 봐도 훤하지 뭐. 결혼은 하고 싶고, 남자를 놓칠지도 모르는 위험은 감수하고 싶지 않았던 거겠지. 그런 게 아니었을까, 아가씨들?" 주인은 어정쩡하게 대답했다. 그러고는 그는 여자 일꾼들을 쭉 훑어보며 말했다.

"남자가 꽁무니를 빼지 못하도록 교회에 들어가기 바로 전에 얘기를 했어야죠."

메리언이 큰 소리로 외쳤다.

"그래, 그래야 했어."

이즈가 맞장구를 쳤다.

"그 여자도 남자가 뭘 노리는지 알고 있었을 텐데, 그럼 거절했어야죠."

레티가 흥분해서 외쳤다.

"테스 생각은 어때?"

주인이 테스에게 물었다.

"제 생각엔 여자가 사정을 제대로 이야기하든…… 아니면 거절하든지 했어야…… 전 잘 모르겠어요."

테스는 버터 바른 빵을 먹다 목에 걸린 채 대답했다.

"나라면 고백도 안 하고 거절도 안 해요. 사랑할 때와 전쟁할 때는 무슨 짓을 해도 괜찮거든요. 나였어도 그 여자가 한 것처럼 결혼했을 거예요. 그리고 내가 전남편에 대해 미리 말해 주지 않았다고 녀석이 두 마디만 씨부렁대면 반죽 미는 밀대로 때려눕히면 되죠. 그까짓 말라비틀어진 녀석쯤이야! 어떤 여자라도 그 정도는 손봐 줄 수 있을 거예요."

마을에 살며 일을 돕는 부인네들 중 한 명인 벡 닙스가 말했다.

이 재담에 한바탕 웃음이 터졌고 테스도 마지못해 씁쓸하게 웃는 시늉을 했다. 그들에게는 우스갯소리에 불과했지만, 그녀는 서글펐고 그 유쾌한 분위기를 좀처럼 견디기 어려웠다. 그녀는 일찌감치 식탁에서 일어났는데 클레어가 뒤따라올 것 같은 느낌을 받았다. 그녀는 구불구불 이어지는 오솔길을 따라 걸었다. 관개용 도랑의 이쪽저쪽을 건너뛰어가며 계속 가서 바 강의 본류에 이르렀다. 사람들이 강 상류에서 수초를 베어 내고 있는지 수초 더미가 그녀 곁을 지나 떠내려갔다. 그 초록 미나리아재비 더미는 움직이는 섬처럼 보여 그녀가 그 위로 올라타도 될 것 같았다. 젖소들이 건너가지 못하도록 박아 놓은 말뚝에는 머리채 같은 기다란 수초들이 걸려 있었다.

그렇다, 고통은 바로 거기에 있었다. 여자가 자신의 과거를 얘기하는 문제는 본인에게는 가장 무거운 십자가이지만 다른 사람들에게는 그저 웃음거리에 지나지 않는 것이다. 마치 군중이 순교자를 보고 비웃는 것처럼 말이다.

"테스! 머지않아 내 아내가 될 사람."

뒤에서 부르는 소리가 들렸고, 곧이어 클레어가 도랑을 건너뛰어 그녀의 발 옆에 착지했다.

"아니요, 안 돼요. 전 그럴 수 없어요. 당신을 위해서라고요, 클레어 씨. 당신을 위해서 안 된다고 하는 거예요."

"테스."

"역시 안 되겠어요."

이런 대답을 예상하지 못했던 그는 말을 끝내기가 무섭게 테스의 길게 늘어뜨린 머리(테스를 비롯한 젊은 여자 일꾼들은 일요일 아침이면 머리를 길게 늘어뜨리고 아침을 먹었는데, 교회에 나가려면 머리를 아주 높이 틀어 올려야 했기 때문이다. 이 머리 모양은 소 옆구리에 머리를 기대어 소젖을 짜야 하는 평소에는 할 수 없는 스타일이었다) 아래에, 그러니까 그녀의 허리께에 팔을 가볍게 두르고 있었다. 만약 그녀가 '안 돼요' 대신에 '네'라고 했다면 그는 그녀에게 키스를 했을 것이다. 그러고 싶은 기색이 역력했다. 하지만 그녀가 단호히 거절했기 때문에 양심에 반하는 행동을 하지 않는 그는 단념하고 말았다. 그들은 같은 집에서 함께 지내는 동료이기 때문에 억지로 육체적인 접촉을 하면 이런 경우 여자들이 으레 그렇듯 테스도 불리한 입장에 처하게 될 터였다. 그래서 엔젤은 그녀가 그를 잘 피할 수 있는 상황에 있었다면 솔직히 달콤한 말로 압력을 가했을 수도 있었지만, 지금은 그렇게 하는 것이 정당하지 못하다고 느꼈다. 그는 잠시 잡고 있던 그녀의 허리를 놓아주고 키스하고 싶은 마음을 억제했다.

허리를 놓아주면서 모든 게 변해 버렸다. 이번에 그녀가 거절할 힘을 얻은 것은 낙농장 주인이 말한 과부 이야기 덕분이었다. 조금만 시간이 지났다면 그 힘도 아무 소용이 없었을 것이다. 하지만 엔젤은 더 이상 아무 말도 하지 않고 당혹스런 표정을 지으며 가 버렸다.

날마다 두 사람은 만났다. 그러나 전보다 자주는 아니었다. 그렇게 이삼 주가 지났다. 9월 말이 다가오자 그녀는 그의 눈에서 다시 청혼할 것 같은 기색을 눈치챘다. 이번에 엔젤이 계획한 방법은 좀 달랐다.

그는 테스가 거절하는 것이 갑작스런 청혼에 놀란 처녀의 수줍음 때문이라고 생각한 모양이었다. 그 얘기를 꺼낼 때마다 발작적으로 회피하는 그녀의 태도가 그 생각을 뒷받침해 주었다. 그래서 그는 말로 달래고 설득하는 방법을 택했다. 다시는 말 이외에 껴안거나 입을 맞추려는 시도를 하지 않고, 그저 말로서 최선을 다했다.

이런 식으로 클레어는 마치 졸졸 흘러나오는 우유 소리처럼 나지막한 음성으로 끊임없이—젖소 옆에서 우유를 짤 때, 우유 더껑이를 걷어 낼 때, 버터를 만들 때, 치즈를 만들 때, 알을 품은 암탉들 사이에 있을 때, 새끼 낳는 돼지들 사이에 있을 때—구애를 했다. 소젖 짜는 여자 일꾼들 중에 이런 남자한테서 이렇게까지 구애를 받아 본 사람은 이전에 아무도 없었을 것이다.

테스는 자기의 결심이 꺾이고 말리라는 것을 알고 있었다. 이전 결합의 도덕적 정당성에 대한 종교적 분별력이나 솔직히 털어놓고자 하는 양심적인 소망도 그것에 맞서 더 오래 버틸 수 없었다. 그녀는 그를 열렬히 사랑했고 그는 그녀의 눈에 신과 같은 존재로 보였다. 비록 교육을 많이 받지는 못했지만 본능적으로 감식력을 타고난 그녀의 천성이 그가 교사로서 지도해 줄 것을 갈망했다. 그래서 테스는 "난 그의 아내가 될 수 없어"라고 계속 혼잣말을 되뇌었지만, 그래 봐야 소용이 없었다. 차분한 마음 상태라면 구태여 말하지 않아도 되었을 말을 되뇌어야 한다는 것은 그녀의 마음이 약해졌다는 증거다. 그 오랜 화젯거리를 시작하는 그의 음성 하나하나가 공포에 가까운 기쁨으로 그녀를 흔들었고 그녀는 자기의 결심을 뒤엎게 되는 걸 두려워하면서도 그렇게 되기를 갈망했다.

그의 태도는—어느 남자인들 안 그러랴마는—어떤 상황에 놓이건, 어떤 변화가 일어나건, 어떤 비난을 받건, 어떤 사실이 드러나건 그녀를 사랑하고 아끼고 보호해 줄 것 같았으므로 그를 만나기만 하면 그녀의 우울함은 줄어들었다. 그러는 동안 계절이 지나고 추분이 가까워왔다. 날씨는 여전히 좋았지만 낮의 길이가 훨씬 짧아졌다. 낙농장에서는 아침에는 다시 촛불을 켜놓고 오랫동안 일했다. 그러던 어느 날 새벽 3시에서 4시 사이에 엔젤은 다시 청혼을 하기 시작했다.

테스는 여느 때처럼 잠옷 차림으로 엔젤의 방문 앞까지 뛰어가서 그를 불러서 깨운 다음에 자기 방으로 돌아와서 옷을 갈아입고 다른 사람들을 깨웠다. 그리고 10분 뒤에 촛불을 들고 층계참으로 걸어가는데 바로 그때 엔젤도 셔츠 바람으로 위쪽 계단을 내려오더니 팔을 벌리고 길을 가로막았다.

"이봐요, 바람둥이 아가씨. 내려가기 전에 해야 할 게 있소. 내가 말을 꺼낸 지 2주가 되었어요. 이대로는 더 이상 안 되겠소. 당신의 본심을 말해 주시오. 그렇지 않으면 난 이 집을 떠나야 할 거요. 아까 내 방문이 빠끔히 열려 있어서 당신 모습을 보았소. 당신의 안전을 위해서라도 나는 떠나야 하오. 당신은 모를 테지만 말이오. 자, 이제 승낙하는 게 어때요?" 그가 단호하게 말했다.

"클레어 씨, 전 방금 일어났는데 저를 꾸짖기에는 너무 시간이 이르지 않나요? 저한테 바람둥이라고 하실 것까진 없잖아요. 그건 사실도 아니고 너무 가혹해요. 조금만 기다려 주세요. 제발 조금만 기다려 주세요! 조만간에 그 문제에 대해서 정말 진지하게 생각해 볼게요. 내려가게 해 주세요."

그녀는 입을 삐죽거렸다

촛불을 옆으로 들고 자기 말의 심각함을 웃음으로 지워 보려는 그녀의 모습은 엔젤의 말대로 약간은 바람둥이 같아 보이기도 했다.

"그럼 날 클레어 씨라고 부르지 말고 엔젤이라고 불러 봐요. 엔젤, 사랑하는 엔젤…… 그렇게 부르는 건 어때요?"

"그러면 제가 승낙한다는 뜻이 되는 게 아닌가요?"

"그건 당신이 그저 나를 사랑한다는 뜻이 되겠죠. 나와 결혼할 수 없더라도 말이에요. 나를 사랑한다는 건 오래전에 시인하지 않았소?"

"그럼 좋아요, 사랑하는 엔젤. 꼭 그래야 한다면."

테스는 손에 든 촛불을 바라보며 중얼거렸다. 마음은 불안했지만 입에는 개구쟁이 같은 미소가 떠올랐다. 클레어는 그녀가 승낙하기 전까지는 키스를 하지 않기로 결심해 두었다. 하지만 소젖 짤 때 입는 옷 소매를 예쁘게 걷어 올린 모습 하며 우유 더껑이 걷어 내는 일과 소젖 짜는 일을 마쳐야 손질할 여유가 생기는 머리를 아무렇게나 틀어 올리고 서 있는 테스를 보자, 순간 결심이 무너지고 그도 모르게 그녀의 볼에 입술을 갖다 댔다. 그녀는 뒤도 돌아보지 않고 아무 말 없이 재빨리 계단을 내려갔다.

다른 아가씨들이 벌써 내려와 있었기 때문에 그 문제는 더 이상 거론할 수 없었다. 메리언을 제외한 모든 아가씨들은 두 사람을 부러움과 의심이 뒤섞인 눈으로 쳐다보았다. 새벽의 첫 징후인 바깥의 차가운 공기와는 대조적으로 아침 촛불은 쓸쓸히 누르께한 빛을 내고 있었다.

우유 더껑이 걷어 내는 일이 끝나자—가을이 다가오면서 소젖의 양이 줄어들었기 때문에 작업량이 날마다 줄었다—레티를 비롯한 다른 아가씨들은 밖으로 나갔다. 두 사람도 그들 뒤를 따라 나갔다.

"우리들의 가슴 설레는 삶은 저들의 삶과는 많이 다를 거요, 안 그렇소?"

그는 새벽녘의 싸늘하고 어슴푸레한 대기 속으로 경쾌하게 걸어 나가는 세 사람을 바라보며 생각에 잠긴 어조로 테스에게 말했다.

"제 생각엔 그다지 많이 다른 것 같지 않아요."

그녀가 말했다.

"왜 그렇게 생각하죠?"

"가슴 설레며…… 살아가지 않는 여자는 거의 없으니까요."

테스는 그 새로운 단어에 깊은 인상을 받은 듯 그 단어에서 잠시 말을 멈추었다.

"저 세 친구들에게는 당신이 생각하는 것 이상의 뭔가가 있어요."

"뭐가 있는데요?"

"셋 중에 누구든 저보다는 더 훌륭한 신붓감일 거예요. 게다가 아마 저 못지않게 당신을 사랑하고 있을걸요."

"아, 테스."

테스는 용기를 내어 관대한 마음으로 그녀 자신에게 불리한 말을 했지만, 엔젤의 탄식을 듣자 묘하게도 안도감이 밀려왔다. 이제 할 일은 한 셈이었고, 그녀에겐 또다시 자기를 희생할 힘이 없었다. 마을에서 온 소젖 짜는 일꾼이 끼어들었기 때문에 그들이 깊은 관심을 가지고 있는 그 문제에 대해서는 더 이상 이야기할 수 없었다. 그러나 테스는 오늘 그 문제가 결정되리라는 것을 알고 있었다.

오후에는 여느 때와 마찬가지로 낙농장 식구들과 일꾼들 여러 명은 농장에서 멀리 떨어진 목초지로 나갔다. 젖소들을 낙농장으로 몰아오지 않고 그곳에서 젖을 짜는 것이었다. 어미 소의 배 속에서 송아지가 자라면서 나오는 젖의 양도 점점 줄어서 초목이 무성한 초록빛 계절에 임시로 고용했던 일꾼들은 이미 해고되었다.

작업은 느긋하게 진행되었다. 우유통이 가득 차면 그 작업 현장에 끌어다 둔 대형 짐마차에 실린 깊은 양철통에 부어 넣었다. 그리고 젖짜기가 끝나면 젖소들은 천천히 물러났다.

크릭 씨도 다른 일꾼들과 함께 그곳에 있었다. 그의 흰색 앞치마는 저녁 하늘을 배경으로 기이한 빛을 냈다. 그는 갑자기 육중한 시계를 꺼내어 들여다보며 말했다.

"이런, 생각보다 늦었는걸. 제기랄! 우유를 역까지 운반할 시간이 충분하지 않아. 오늘은 보내기 전에 집에 가지고 가서 다른 것과 섞을 시간이 없어. 여기서 역으로 바로 가야겠는걸. 누가 가겠소?"

클레어 씨는 자기 일이 아니었지만 자원하고는 테스에게 함께 가자고 했다. 해는 없어도 계절에 비해 날씨가 후덥지근했기 때문에 테스는 소젖 짤 때 쓰는 머릿수건만 썼을 뿐 재킷을 입지 않은 맨팔 차림이었다. 마차를 탈 차림이 아니었던 것이다. 그래서 테스는 자신의 얇은 옷차림을 훑어보는 것으로 대답을 대신했지만, 클레어는 은근히 졸라 댔다. 그녀는 자기 우유통과 의자를 낙농장 주인한테 집에 가져다 달라고 맡기는 것으로 그 부탁에 응하겠다는 뜻을 표하고는 마차에 올라 클레어 옆에 앉았다.

30

햇빛이 차츰 사라지는 가운데 그들은 풀밭 사이로 난 평평한 길을 따라 달렸다. 풀밭은 잿빛에 휩싸인 채 몇 킬로미터에 걸쳐 뻗어 있었고 저 멀리 풀밭 가장자리에는 엑든 히스의 가파른 구릉지가 거무스름하게 솟아 있었다. 그 꼭대기를 따라 전나무 숲이 길게 이어지고 있었는데, 전나무의 맨 위 끄트머리가 톱니 모양이어서 꼭대기에 톱니 모양 벽이 있고 앞면이 시꺼먼 마법의 성처럼 보였다.

그들은 서로 가까이 앉아 있다는 생각에 너무 골몰해 있어서 한참 동안 아무 말도 하지 않았다. 뒤쪽에서 통에 담긴 우유의 찰랑거리는 소리만이 정적을 깨고 있었다. 그들이 가는 길은 아주 한적한 곳이어서 개암나무 가지에 달린 열매가 저절로 떨어질 때까지 그대로 달려 있었고 검은 산딸기가 송이송이 늘어져 있었다. 엔젤은 간간이 채찍을 휘둘러 열매를 따서 테스에게 주었다.

흐린 하늘은 곧 빗방울을 뿌리기 시작하면서 그 속셈을 드러냈고, 갑갑하던 한낮의 공기는 변덕스런 산들바람으로 변해서 그들의 얼굴을 장난스레 어루만지며 지나갔다. 강과 웅덩이에서 번쩍이던 은빛 광택은 사라졌다. 커다란 거울처럼 환하게 빛나던 수면은 표면이 고르지 못한 무광택 납판으로 변해 있었다. 그러나 이런 풍경도 생각에 몰두해 있는 테스에게 영향을 주지 못했다. 여름 볕에 약간 그을린 그녀의 담홍빛 안색은 빗방울을 맞자 그 색조가 더욱 짙어 보였고, 젖소의 옆구리에 머리를 대고 우유를 짰기 때문에 머리카락이 여느 때처럼 매듭에서 흘러내려 옥양목 모자 가리개 밑으로 나와 있었는데, 비에 젖어 축축해지자 끈적끈적한 해초처럼 보였다.

"전 오지 말걸 그랬나 봐요."

하늘을 쳐다보며 그녀가 중얼거렸다.

"비가 와서 미안하기는 하지만, 당신이 이렇게 옆에 있어서 얼마나 행복한지 몰라요!"

그가 말했다.

멀리 보이던 엑든은 비의 휘장 너머로 차츰 모습을 감추었다. 날은 더욱 어두워졌고 길옆에는 밭으로 통하는 출입문이 있어서 걷는 속도보다 더 빨리 말을 모는 것은 안전하지 않았다. 공기는 다소 차가웠다.

"당신은 팔과 어깨에 걸친 게 없어서 감기에 들까 봐 걱정이오. 내 곁으로 바싹 다가앉아요. 그러면 비를 덜 맞을 테니까. 비가 나를 도와줄지도 모른다고 생각하니까 한결 덜 미안하네요."

그가 말했다.

테스는 알아차릴 수 없을 만큼 약간만 다가앉았고 클레어는 우유통에 햇볕을 가리기 위해 가끔 사용하는 큼지막한 범포(돛을 만드는 피륙_옮긴이)를 두 사람의 머리 위에 둘러썼다. 클레어는 손을 쓸 수 없었기 때문에 테스는 그녀 자신뿐 아니라 그에게서도 천이 흘러내리지 않도록 천을 꼭 붙잡았다.

"자, 이젠 됐어요. 아…… 아직 안 됐네! 내 목으로 비가 약간 새어 들어오는데, 당신 쪽은 더하겠어. 그게 더 낫군. 테스, 당신 팔은 젖은 대리석 같구려. 천으로 좀 닦아요. 자, 이제 가만히 있으면 한 방울도 맞지 않을 거요. 그런데 테스, 내가 했던 질문에 대해…… 오래 끌어온 그 문제에 대해 생각해 봤소?"

얼마 동안 그가 들을 수 있는 대답이라곤 젖은 땅에 부딪치는 말발굽의 철벅거리는 소리와 등 뒤의 우유통에서 출렁대는 우유 소리뿐이었다.

"당신이 뭐라고 했는지 기억하고 있소?"

"기억해요."

그녀가 대답했다.

"집에 돌아가기 전까지는 꼭 말해 줘요."

"그렇게 해 볼게요."

그는 더 이상 아무 말도 하지 않았다. 그들이 말을 몰고 가는 동안 캐롤라인 시대(영국 왕 찰스 1, 2세 시대_옮긴이)의 오래된 장원 저택이 하늘을 배경으로 우뚝 서 있는 모습이 보였는데 곧 옆으로 지나쳐서 뒤로 사라졌다.

"저 집은…… 흥미로운 고택이죠. 옛날에 이 지방에서 위세가 대단했던 더버빌이라는 유서 깊은 노르망디 가문이 살았던 여러 저택 가운데 하나랍니다. 여길 지날 때마다 그 사람들을 생각해 보게 되는데, 명문가의 몰락에는 뭔가 구슬픈 게 있어요. 그 집안이 아무리 사납고 거만하고 봉건적이라는 평판이 있더라도 말입니다."

그는 그녀를 재미있게 해 주려고 이야기를 꺼냈다.

"그래요." 테스가 말했다.

그들은 어둠에 묻힌 벌판 속에서 희미한 불빛으로 자신의 존재를 드러내고 있는 어떤 지점을 향해 천천히 나아갔다. 그곳은 낮이면 진초록 초목을 배경으로 한 줄기 흰색 연기가 나타나서 그들의 외딴 세계와 현대적인 삶이 간헐적으로 접촉하는 순간을 보여 주는 장소였다. 현대적인 삶은 하루에 서너 차례 이 지점까지 그 증기 촉수를 뻗쳐서 자연적인 삶을 건드려 보고는 촉감이 성미에 맞지 않는 듯 재빨리 촉수를 거둬들였다.

그들은 희미한 불빛이 있는 곳에 당도했다. 그 불빛은 조그만 기차역의 연기에 그을린 램프에서 나오고 있었다. 그 초라한 지상의 별은 하늘의 별에 비하면 너무나 볼품없어 보였지만 탤버테이스 낙농장과 인류에게는 어떤 의미에서 하늘의 별보다 훨씬 중요한 것이었다. 빗속에서 새 우유가 담긴 우유통을 내리는 동안 테스는 근처 호랑가시나무 아래에서 겨우 비를 피하고 있었다.

그때 기차가 칙칙 소리를 내며 다가와서 거의 아무 소리도 내지 않고 젖은 철로 위에 멈추어 섰다. 우유통은 하나씩 신속하게 무개 화차에 실렸다. 기차의 불빛이 커다란 호랑가시나무 아래에서 꼼짝 않고 서 있는 테스 더비필드의 모습을 잠깐 비추었다. 은은한 빛이 나는 크랭크와 바퀴에게 이 순박한 처녀의 모습보다 더욱 기이해 보이는 것은 아무것도 없는 듯했다. 통통한 팔, 비에 젖은 얼굴과 머리, 우호적인 표범이 휴식을 취하고 있는 것 같은 정지 자세, 유행 지난 낡은 날염 윗도리에 이마까지 내려오는 옥양목 모자.

정열적인 사람들은 이따금 아무 말 없이 순종하는 특징을 보이는데, 테스도 그렇게 다시 그의 옆에 올라타서 범포로 머리와 귀를 모두 둘러쌌고, 그들은 짙은 어둠 속으로 말을 몰았다. 테스는 무척 감수성이 예민했기 때문에 겨우 이삼 분 동안 물질적인 진보의 소용돌이에 접촉한 것뿐인데도 계속 그 생각이 머리에 맴돌았다.

"런던 사람들은 내일 아침 식탁에서 저 우유를 마시겠네요, 그렇죠?

우리가 한 번도 본 적 없는 낯선 사람들이 말이에요."

그녀가 물었다.

"그럴 테죠. 하지만 우리가 보낸 그대로 마시는 건 아닐 거예요. 저 대로 마시면 너무 진하니까 농도를 연하게 낮춘 뒤에 배달될 겁니다."

"소라곤 구경도 못해 본 귀족, 대사, 장군, 귀부인, 상점의 점원, 아기 들이 말이죠."

"음, 그럴 겁니다. 아마도, 특히 장군들이 마실 거예요."

"그들은 우리에 대해서 전혀 모를 뿐 아니라, 우유가 어디에서 왔는 지도 모르고, 우유가 제시간에 도착하도록 오늘 밤 우리가 빗속에서 수 킬로미터나 초원을 달려왔다는 것도 모르겠지요?"

"우리는 단지 그 귀하신 런던 사람을 위해서만 달려온 건 아니에요. 어느 면에서는 우리 두 사람을 위해서 온 것이기도 하죠. 사랑하는 테스, 오늘은 그 불안한 문제를 결정해 주겠지요. 자, 이제 내가 이렇게 말하는 것을 허락해 주오. 당신은 이미 내 사람이오. 내 말은 당신 마음 말이오. 그렇지 않은가요?"

"저만큼이나 잘 알고 계시네요. 그럼요, 그렇고말고요!"

"그렇다면 마음은 주면서 왜 손은 내주지 않는 겁니까?"

"오로지 당신을 위해서 그러는 거예요. 문제가 있기 때문이에요. 말 씀드릴 게 있어요."

"그렇지만 그것이 전적으로 내 행복과 내 세속적인 편의를 위한 길 이라면?"

"아! 그래요, 그것이 당신의 행복과 편의를 위한 길이라면 승낙할 거예요. 하지만 이곳으로 오기 전의 제 경험을…… 말씀드리고 싶은 데……."

"음, 그건 내 행복뿐 아니라 생활의 편의를 위한 길이오. 영국이나 식 민지에 내가 아주 큰 농장을 갖게 되면 당신은 내 아내로서 이 지방에서 가장 큰 저택을 가진 집안의 여자보다 더 소중한 사람이 될 거요. 그러니 제발, 제발, 사랑하는 테스, 당신이 나한테 방해가 될 거라는 쓸데없는 생각에서 벗어나요."

"하지만 제 과거를 아셨으면 해요. 저한테 말씀드릴 기회를 주세요. 그렇지만 그 말을 듣고 나면 저를 그다지 좋아하지 않으실 거예요!"

"당신의 과거를 정 말하고 싶으면 그렇게 해요, 테스. 자, 어디 들어 봅시다. 서기 몇 년에 어디서 태어나……."

테스는 엔젤이 가볍게 던진 말에 도움을 얻어 이야기를 시작했다.

"전 말롯에서 태어나 거기서 자랐어요. 그리고 저는 초등학교 6학년 때 학교를 그만두었는데 사람들은 제가 총명해서 좋은 선생님이 될 거라고 했어요. 그래서 저도 그래야겠다고 마음을 먹었지만, 집안에 문제가 있었어요. 아버지는 별로 부지런하지 않으신 데다 약주까지 좀 하셨거든요."

"그래, 그래요. 불운한 어린 시절을 보냈군요! 하지만 특별한 얘기는 아니네요."

그는 그녀를 좀 더 가까이 끌어당겼다.

"그런데 그러고 나서…… 아주 이상한 일이 있어요. 저한테요. 저는…… 저는……."

테스의 숨이 가빠졌다.

"그래요, 테스. 걱정 말아요."

"저는…… 제 성은 사실 더비필드가 아니라 더버빌이에요. 우리가 지나온 고택을 소유했던 그 가문의 후손이에요. 하지만…… 지금은 완전히 몰락해 버렸죠!"

"더버빌이라고? 이런! 사랑하는 테스, 걱정이란 게 그게 다요?"

"네."

그녀가 힘없이 대답했다.

"그렇다면…… 어째서 이 이야기를 듣고 나면 당신을 덜 사랑하게 된다는 거죠?"

"낙농장 주인 아저씨한테서 당신이 옛 가문을 싫어한다는 얘기를 들었어요."

그는 웃음을 터뜨렸다.

"아, 어떤 의미에서는 사실이에요. 난 무엇보다 혈통이 제일이라고 내세우는 귀족들의 생각을 싫어하죠. 그리고 이성적인 사고를 하는 사람으로서 우리가 존경해야 하는 유일한 혈통은 육체적인 핏줄과는 관계없이 지혜와 덕성을 갖춘 정신적 혈통이라고 생각하거든요. 어쨌든 그건 굉장히 흥미로운 소식이군요. 내가 얼마나 흥미를 느끼는지 당신은 모를 거요! 자신이 그 유명한 가문의 후손이라는 게 흥미롭지 않나요?"

"천만에요. 오히려 슬펐는걸요. 특히 이곳에 와서, 눈에 보이는 언덕과 들판 대부분이 우리 조상들 소유였다는 걸 알고 나니까 더 슬펐어요. 하지만 다른 언덕과 들판은 레티의 조상 것이었고, 또 다른 땅은 어쩌면 메리언의 조상 것이었을지도 모르니까, 특별할 것도 없죠."

"그래요. 현재 이 토지에서 일하는 일꾼들 가운데 많은 사람들이 옛날엔 이 땅의 주인이었다는 게 놀라워요. 그래서 가끔 난 정치 집단들이 이런 사정을 이용하려 들지 않는 것이 의아하곤 한답니다. 모르고 있겠지요. 내가 당신 이름이 더버빌과 비슷하다는 걸 왜 진작 발견하지 못했는지, 그리고 더비필드는 잘못된 발음이 굳어져서 변한 이름이라는 걸 왜 일찍 알아차리지 못했는지 이상할 따름입니다. 그래, 이게 당신을 괴롭힌 비밀이었단 말이오!"

그녀는 말하지 않았다. 마지막 순간에 그녀의 용기는 꺾이고 말았다. 왜 진작 말하지 않았느냐고 그가 책망할까 봐 겁이 났다. 그녀의 자기 보호 본능은 솔직히 털어놓으려는 용기보다 더 강했던 것이다.

아무것도 알아채지 못한 클레어가 계속 말했다.

"난 당신이 남을 희생시켜 권력을 누려 온 이기적인 소수의 후손이 아니라 오랫동안 묵묵히 수난의 세월을 견뎌 온 이름 없는 영국 서민의 후손이었다면 더 기뻤을 거요. 하지만 테스, (그는 말을 하며 웃었다) 당신을 사랑하다 보니 이 생각도 사라져 버렸소. 나도 그들과 다를 바 없이 자기 본위가 되어 버린 거예요. 당신 때문에 당신의 혈통도 좋아졌지 뭡니까. 사회는 가망 없을 만큼 속물적이어서, 이 사실은 당신을 내 아내로 받아들이는 걸 훨씬 쉽게 만들어 줄 겁니다. 내가 마음먹은 대로 당신에게 공부를 좀 더 시키고 나면 말이에요. 가엾은 우리 어머니도 이 사실을 알게 되면 당신을 훨씬 더 호의적으로 생각하실 거예요. 테스, 이제부터는 당신 이름을 더버빌이라고 정확히 쓰도록 해요."

"전 더비필드가 더 좋아요."

"하지만 그래야 해요, 테스! 그런 이름을 갖고 싶어 하는 벼락부자들이 얼마나 많은데! 그러고 보니 그 이름을 택한 부자가 있다는 것 같던데, 어디서 들었더라? 맞아요, 체이스 숲 근처에 있는 마을에 사는 사람이라고 했어요. 아, 내가 말한 적이 있는 바로 그 우리 아버지와 말다툼을 했다는 녀석이로군요. 참 희한한 우연이네!"

"엔젤, 전 그 이름을 쓰고 싶지 않아요! 어쩐지 불길해요!"

그녀는 불안해졌다.

"자, 그럼, 테레사 더버빌 양, 난 당신을 택했으니, 당신이 내 청혼을 받아들이면 내 성을 따르게 될 테니까 그 이름은 쓰지 않아도 될 거요! 이제 비밀도 밝혀졌으니 더 이상 거절하지 않겠지요?"

"절 당신 아내로 삼아서 당신이 행복해지는 게 확실하다면, 또 당신이 저랑 정말로, 정말로 결혼하기를 원하신다면……."

"물론이오, 테스!"

"제 말은, 당신이 저를 무척 원해서 제게 어떠한 흠이 있더라도 저 없이는 살 수 없다고 하시면 결혼하겠다고 말하겠어요."

"결혼하겠다고 말해 줘요! 영원히 내 사람이 되어 줄 거죠?"

그는 그녀를 꼭 껴안고 키스했다.

"네."

그녀는 이 말을 하자마자 눈물 없는 격한 흐느낌을 막을 수 없었다. 그 흐느낌이 어찌나 격렬했던지 그녀의 가슴이 찢기는 듯했다. 테스는 결코 신경이 예민한 여자가 아니어서 그는 깜짝 놀랐다.

"왜 울어요, 테스?"

"모르겠어요. 정말이지, 당신 아내가 되어 당신을 행복하게 해 드릴 생각을 하니까 너무 기뻐서 그래요!"

"하지만 이건 기뻐서 우는 울음처럼 보이지는 않은데, 테스!"

"그러니까…… 저는 맹세를 지키지 못해서 우는 거예요! 죽을 때까지 결혼하지 않기로 맹세했었거든요."

"나를 사랑한다면 내가 당신 남편이 되는 게 좋지 않나요?"

"좋아요, 좋고말고요! 그렇지만 아, 저는 가끔 이 세상에 태어나지 않았으면 좋았을걸 하는 생각이 들어요."

"자, 내 사랑, 테스. 당신이 너무 흥분해 있고 세상 경험이 아주 부족하다는 걸 내가 몰랐다면 그 말은 내 기분을 상하게 했을 거요. 나를 좋아한다면서 어떻게 그런 생각이 들 수 있지요? 나를 좋아하긴 하는 거요? 난 당신이 어떤 식으로든 그 증거를 보여 주었으면 좋겠소."

"지금까지 보여 드린 것보다 어떻게 더 많은 증거를 보여 드릴 수 있을까요? 이렇게 하면 더 확실할까요?"

그녀는 그의 목을 끌어안았고, 클레어는 테스가 그를 사랑하는 것처럼 한 열정적인 여인이 온 마음과 영혼을 다해 사랑하는 남자의 입술에 하는 키스가 어떤 것인지 처음으로 알게 되었다.

"자, 이젠 믿어 주시겠어요?"

그녀는 얼굴을 붉히며 이렇게 묻고는 눈물을 닦았다.

"그럼요. 정말 의심하지 않았어요, 절대로!"

그렇게 해서 그들은 범포 속에서 한 덩어리가 되어 어둠을 뚫고 달렸다. 말은 제 마음대로 가고 비는 그들 위에 계속 내렸다. 그녀는 승낙한 것이었다. 처음부터 승낙하는 편이 나았을지도 모른다. 모든 피조물에 가득한 '기쁨을 향한 욕망', 다시 말해 조수가 가련한 해초를 쓸어가듯 그 목적대로 인간을 몰고 가는 그 어마어마한 힘은 사회적 규범에 대한 막연한 불안이 통제할 수 있는 게 아니었다.

"어머니께 편지를 써야겠어요. 그래도 괜찮겠죠?"

그녀가 말했다.

"당연하죠. 테스, 당신은 내가 보기에 아기 같아요. 이런 경우에 어머니께 편지를 보내는 게 얼마나 당연한 일인지, 내가 그걸 반대한다면 얼마나 부당한 일인지 모르니 말이오. 어머니는 어디에 사시죠?"

"같은 곳…… 말롯에요. 블랙무어 계곡 저편에 있어요."

"아하, 그럼 올여름 이전에도 당신을 본 적이 있었겠는걸."

"맞아요. 풀밭 위에서 춤출 때 뵀죠. 하지만 당신은 그때 저하고는 춤을 추지 않았어요. 아, 그게 지금의 우리한테 나쁜 징조가 되지 않았으면 좋겠어요!"

31

테스는 바로 다음 날 어머니에게 애처롭고도 다급한 내용의 편지를 써 보냈고, 주말쯤에는 조운 더비필드의 비뚤비뚤한 구식 필체로 씌어진 답신이 도착했다.

테스 보아라.

네가 별 탈 없이 잘 지내고 있기를 바라며 몇 줄 적는다. 다행히 나도 잘 지내고 있다. 테스야, 네가 곧 결혼하게 되었다는 소식에 우리는 모두 기뻐하고 있단다. 그렇지만 네 질문에 대해서는 말이다, 테스야, 아무도 모르게 너에게만 은밀하고 간곡히 부탁하고 싶은 것은 어떤 경우에도 지난 일을 그 사람에게 말해서는 안 된다는 거야. 네 아버지한테 그 일을 모두 말씀드리지는 않았다. 그 양반은 자기 가문이 아주 훌륭하다고 여기고 계셔서 자부심이 하늘을 찌를 정도니까. 그건 네 약혼자도 마찬가지일 거야. 많은 여자들이—이 나라에서 제일 높은 신분의 여자들도—젊었을 때는 문제가 있었단다. 다른 여자들은 잠자코 있는데 뭐 하러 너 혼자만 알리려고 하느냐? 그런 바보는 아무도 없을 거다. 하물며 아주 오래전의 일이고, 결코 네 잘못도 아니었잖니. 네가 쉰 번을 물어도 난 똑같은 대답을 하게 될 거다. 게다가 너한테는 네 마음에 있는 걸 모두 털어놓아야 하는—얼마나 단순한 행동인지—어린애 같은 천성이 있잖니. 이 어미가 그런 네 성품을 알기에 네 행복을 생각해서 말로든 행동으로든 절대로 그것을 드러내지 말라고 맹세하게 했던 것이고, 너도 이 집 문을 나서며 아주 엄숙하게 그러마고 약속했다는 사실을 명심해야 하느니라. 네 질문은 물론이고 네가 곧 결혼한다는 소식도 아버지한테는 말씀드리지 않았다. 그러면 그 가련하고 철없는 양반은 동네방네 돌아다니며 떠들어 댈 테니까 말이야.

테스야, 기운을 내거라. 집에서는 네 결혼식에 사과주 한 호그즈헤드(약 52.5갤런, 약 240리터들이 큰 통_옮긴이)를 보낼 참이다. 네가 있는 곳은 사과주가 많지 않고 그나마 있는 것도 붉고 시다고 들었다. 그럼 오늘은 이만 줄이마. 네 신랑 될 사람에게도 안부를 전해다오. 사랑하는 어미 씀.

조운 더비필드.

"아, 어머니, 어머니." 하고 테스는 낮은 소리로 중얼거렸다.

그녀는 그토록 무겁게 자신을 짓누르던 일들이 더비필드 부인의 탄력성 있는 정신에 닿으니 얼마나 가벼워지는지 실감했다. 그녀의 어머니가 인생을 바라보는 방식은 테스와는 달랐다. 그 잊을 수 없는 지난날의 사건은 어머니에겐 한낱 스쳐 지나가는 우연일 뿐이었다. 논리상으로야 어떻든 간에 앞으로 취해야 할 태도로는 어머니의 말이 옳은 것 같았다. 얼핏 보기에 침묵이 그녀가 사랑하는 사람의 행복을 위해서 가장 좋은 방법인 것 같았다. 그렇다면 침묵을 지켜야 했다.

이렇게 해서 테스는 이 세상에서 그녀의 행동을 통제할 권리를 조금이나마 가지고 있는 유일한 사람의 명령에 따라 마음을 가라앉혔고, 좀 더 차분해졌다. 책임을 벗어 버리고 나니 그녀의 마음은 몇 주일 만에 처음으로 가벼워졌다. 그녀가 결혼에 동의한 뒤에 이어진 나날들은 10월과 함께 시작된 만추의 계절과 겹쳐져, 그녀가 살아온 어느 시기보다 황홀경에 가까운 정신적 경지를 경험하게 해 주었다.

클레어에 대한 그녀의 사랑에는 세속적인 기미라곤 조금도 없었다. 그녀의 지극한 신뢰를 받는 그는 선이라 이름 붙일 수 있는 모든 것이었고, 안내자로서, 철학자로서, 친구로서 알아야 할 모든 것을 알고 있었다. 그녀가 생각하기에 그의 외모의 윤곽 하나하나는 남성미의 완벽함을 보여 주는 것이었고, 그의 영혼은 성인의 영혼이었고, 그의 지성은 선각자의 지성이었다. 그녀는 자기가 연인으로서 그를 사랑하고 있다는 것을 알게 되자 거동에 품위가 생겨 마치 왕관이라도 쓰고 있는 것 같았다. 그리고 그가 그녀를 사랑하고 있다는 것을 느낄 때마다 그녀의 마음은 더욱 헌신적으로 그에게 향했다. 그는 가끔 그녀가 존경심이 가득한 커다란 눈으로 자기를 바라보고 있는 모습을 목격했다. 바닥을 가늠할 수 없을 정도로 깊은 그녀의 두 눈이 마치 불멸의 존재가 눈앞에 보이기라도 하는 듯 그를 그윽한 시선으로 바라보고 있었던 것이다.

그녀는 과거를 기억에서 지워 버렸다. 불씨가 남아 타오를 위험이 있는 석탄불을 발로 짓밟듯이 발로 마구 밟아서 꺼 버렸다.

그녀는 여자를 향한 남자의 사랑이 그의 사랑처럼 그렇게 사심이 없고 예의 바르고 사려 깊다는 것을 예전에는 알지 못했다. 그러나 이 점에 있어서 엔젤 클레어는 그녀가 그에 대해 생각하는 것과는 달랐다. 정말 터무니없이 거리가 멀었다. 사실 그는 동물적이기보다는 정신적인 편이었고 스스로를 잘 제어할 수 있어서 천박함과는 아주 거리가 멀었다. 성격이 차갑지는 않았지만 정열적이기보다는 밝았고 바이런보다는 셸리에 가까웠다. 필사적으로 사랑할 줄도 알았으나 공상적이고 고상한 쪽으로 기우는 경향이 있었다. 또한 사랑하는 사람을 지켜주기 위해 방심하지 않고 자신의 욕망을 억제할 줄 아는 세심한 결벽함도 있었다. 이제까지 하찮고 불행한 일만 경험했던 테스는 이런 사랑을 대하자 놀랍고도 황홀했다. 남성에 대한 분노의 반작용으로 그녀는 클레어를 지나칠 정도로 존경했다.

그들은 진심으로 함께 있고 싶어 했고, 테스는 그를 완전히 신뢰했으므로 함께 있고 싶은 마음을 감추지 않았다. 이 문제에 관한 그녀의 직관을 간추려 간명하게 표현하면 일반적으로 여자들이 남자를 유혹할 때 내숭을 떨곤 하지만 본질상 거기에는 가식의 기미가 있으므로 클레어처럼 완벽한 남자는 여자가 사랑을 시인한 뒤에까지 그런 태도를 보이면 싫어할 것 같았다.

약혼 기간 중에는 바깥에서 스스럼없이 함께 다닐 수 있는 시골 풍습이 그녀가 알고 있는 유일한 풍습이어서 그녀는 그렇게 하는 것이 전혀 이상하지 않았다. 그러나 클레어는 그녀의 이런 태도를 접하고 이상하게 서두르는 것으로 오인했다. 나중에야 그녀도 다른 여자 일꾼들과 마찬가지로 그것을 당연하게 여기고 있었을 뿐임을 알게 되었다.

그리하여 그들은 이 10월의 멋진 오후에 졸졸거리는 작은 시내를 따라 난 오솔길을 천천히 걷기도 하고 작은 나무다리를 건너 반대편으로 갔다가 다시 돌아오기도 하며 목초지를 거닐었다. 그럴 때면 언제나 보글대는 물결이 강둑에 부딪치는 소리가 들리며 그들이 속삭이는 소리에 장단을 맞추었다. 거의 풀밭만큼이나 수평으로 누운 햇살은 주변 풍광에 찬란한 꽃가루를 뿌리고 있었다. 나무와 울타리 그늘에만 조금씩 파르스름한 안개가 보일 뿐 그 밖의 곳에는 아직 환한 햇빛이 있었다. 해는 땅으로 바싹 내려앉고 풀밭은 아주 평평해서 클레어와 테스의 그림자는 두 사람 앞으로 400미터나 길게 뻗어 있었는데, 그것은 초록빛 충적토 지대가 골짜기의 경사면과 만나는 지점을 가리키는 두 개의 기다란 손가락처럼 보였다.

여기저기에 일하는 사람들이 보였다. 지금은 겨울철 관개를 위해 도랑을 깨끗이 치우고 젖소들이 밟아서 뭉개진 강둑을 보수하는 등 목초지를 손질하는 시기였다. 일꾼들이 삽질하고 있는 흙은 검은 진주같이 새까만 진흙으로, 강물이 골짜기 가득 흘러갈 때 이곳에 밀려온 흙 중에서도 가장 좋은 질의 흙이었다. 오랜 세월 동안 강물에 씻기고 정제되어 가루처럼 고와진 이 놀랄 만큼 기름진 토양 덕분에 목초는 물론이고 거기서 풀을 뜯는 소들도 잘 자라는 것이었다.

클레어는 사람들 앞에서 연애하는 데 익숙한 남자처럼 수로의 일꾼들이 보는데도 그녀의 허리에 팔을 두른 채 의연하게 걸어갔고, 테스는 입술을 약간 벌린 채 곁눈질로 일꾼들을 의식하며 경계하는 동물의 표정을 짓고 있었다. 그러나 실은 클레어도 테스만큼이나 수줍었다.

"사람들 앞에서 저를 데리고 다니는 게 창피하지 않으신가 봐요?"

"아, 그럼요."

"하지만 소젖 짜는 여자와 이렇게 돌아다닌다는 소문이 에민스터의 가족들 귀에 들어가면……."

"소젖 짜는 여자들 중에서 가장 매력적인 아가씨와 말이지."

"그분들은 집안 체면이 깎인다고 생각할지도 몰라요."

"사랑하는 테스…… 더버빌 가문이 클레어 가문의 체면을 깎는다고? 당신이 그런 이름 있는 가문의 후손이라는 사실이 큰 도움이 될 때가 있을 거요. 난 우리가 결혼할 때 트링엄 신부님께 당신의 혈통에 관한 증언을 받아서 사람들을 놀라게 해 주려고 그 사실을 아직 알리지 않고 있어요. 그건 그렇다 치고 내 앞날은 우리 가족들과는 전혀 관계가 없어요. 그들의 생활에 조금도 지장을 주지 않을 거니까. 우리는 이 지방을 떠날 거요. 어쩌면 영국을 떠날지도 모르지. 그러니 여기서 사람들이 우리를 어떻게 보든 그게 무슨 상관이오? 당신도 떠나는 게 좋지요, 안 그렇소?"

테스는 클레어의 정다운 아내가 되어 세상을 돌아다닌다는 생각을 하자 가슴이 뭉클해져 겨우 그렇다는 말밖에 할 수가 없었다. 그녀는 감정이 격해져서 시냇물이 졸졸대는 소리로 귀가 멍멍해졌고 눈에 눈물이 솟았다. 그녀는 클레어와 손을 잡은 채 계속 걸어서 다리 아래에서 강물에 반사된 햇빛이 눈부시게 반짝이는 지점까지 갔다. 해는 다리에 가려 보이지 않았지만 강물의 수면은 녹은 쇠에서 나오는 광채처럼 눈부시게 빛났다. 그들이 걸음을 멈추고 가만히 서 있을 때 털이 복슬복슬한 머리들이 매끄러운 수면에서 솟아오르다가 훼방꾼들이 지나가지 않고 멈춰 선 것을 보고 다시 모습을 감추었다. 안개가 그들을 둘러싸기 시작하여—일 년 중 이맘때쯤 저녁 안개는 아주 일찍 찾아왔다—그녀의 속눈썹에 수정처럼 맺히고 그의 눈썹과 머리카락에 내려앉을 때까지 그들은 이 강둑 위를 천천히 거닐었다.

일요일이면 조금 더 늦게, 사방이 꽤 어두울 때 산책을 했다. 그들이 결혼을 약속한 후 첫 일요일 저녁 밖에 나와 있던 낙농장 사람들 가운데 몇몇은 너무 멀어서 두 사람의 대화 내용은 들을 수 없었으나 기쁨에 들뜬 그녀의 격정적인 말소리를 띄엄띄엄 들을 수 있었다. 그녀는 클레어의 팔에 기대어 걷는 동안 말을 하다 가끔씩 목이 메었고 두근거리는 심장 박동 때문에 말소리가 음절마다 끊기곤 했다. 만족감이 깃든 침묵, 그리고 그녀의 영혼이 실린 것 같은 작은 웃음소리, 즉 다른 여자들을 제치고 사랑하는 남자와 함께 있는 여자의 웃음소리가 간간이 이어졌다. 그녀의 발걸음은 땅에 내려앉지 않고 사뿐히 스치기만 하는 새처럼 가벼웠다.

클레어에 대한 테스의 사랑은 이제 그녀의 숨이요, 생명이었다. 그 것은 하나의 광구(光球)처럼 그녀를 에워싸고 빛을 발해서 슬픈 과거를 잊게 했고, 그녀를 괴롭히려고 끈질기게 다가서는 어두운 유령—의심과 두려움, 침울, 근심, 수치—을 물리쳤다. 그녀는 자신을 둘러싸고 있는 광채 바로 바깥에는 이 유령들이 마치 늑대처럼 기다리고 있다는 것을 알고 있었다. 하지만 그녀는 그것들이 거기서 허기져 굴복하게 만들 만큼 오래 버틸 힘을 갖고 있었다.

정신적인 망각과 지적인 기억이 공존했다. 그녀는 밝은 빛 속을 걷고 있었으나 배경에는 늘 어둠의 유령들이 포진하고 있음을 알고 있었다. 그것들은 날마다 조금씩 멀어지다가 다시 다가서기를 반복하는 듯했다.

어느 날 저녁, 다른 식구들이 모두 나가고 없자 테스와 클레어가 집을 지켜야 했다. 그들이 이야기를 나눌 때 그녀는 생각에 잠겨 그를 바라보다가 그의 감탄 어린 시선과 마주쳤다.

"전 당신의 아내가 될 자격이 없어요. 정말, 자격이 없어요!"

그녀는 그의 사랑과 그것을 마음껏 즐기고 있는 자신에게 놀라기라도 한듯 의자에서 벌떡 일어나며 소리쳤다.

클레어는 그녀가 흥분하는 중요한 이유를 모른 채 그저 일부분에 불과한 이유를 전체 이유려니 생각하고는 이렇게 말했다.

"테스, 난 당신이 그런 식으로 말하지 않았으면 좋겠소! 훌륭함이란 혐오스런 인습을 따르며 손쉽게 살아가는 데 있는 게 아니라 테스 당신처럼 참되고, 정직하고, 올바르고, 정결하고, 사랑할 만하고, 칭찬할 만한 사람으로 살아가는 데 있소(〈빌립보서〉 4장 8절을 인용한 것임_옮긴이)."

그녀는 북받치는 흐느낌을 억누르려고 애썼다. 지난 몇 해 동안 교회에서 이런 덕목들을 들을 때마다 그녀의 어린 마음은 얼마나 자주 고통스러웠던가. 그런데 지금 그 구절을 그이가 인용하다니 얼마나 이상한 일인가.

"왜 그때 남아서 저를 사랑해 주지 않으셨어요? 제가 어린 동생들과 같이 살던 열여섯 살 때 말예요. 당신이 그 풀밭에서 춤을 추셨을 때 말예요. 아, 왜 그러지 않으셨어요, 왜요?"

그녀는 두 손을 꽉 마주 잡으며 격정적으로 말했다.

엔젤은 그녀가 감정의 기복이 심하다고 느끼며 그녀가 그녀의 행복을 오로지 자기에게만 맡기는 때가 되면 아주 세심하게 보살펴 줘야겠다고 속으로 생각하고는 그녀를 달래기 시작했다.

"아…… 왜 내가 남아 있지 않았을까! 내 생각도 똑같아요. 그때 알았더라면 좋았을 텐데. 하지만 그렇게까지 원통해할 일은 아니잖소? 왜 그렇게 슬퍼해요?"

그가 말했다.

숨기고 싶은 여자의 본능에 따라 그녀는 황급히 말머리를 돌렸다.

"4년이나 더 일찍 당신의 사랑을 받을 수 있었을 테니까요. 그랬다면 헛된 세월을 보내지 않았을 테고, 더 오래 행복을 누렸겠죠."

이렇게 괴로워할 때의 그녀는 길고도 어두운 파란의 세월을 뒤에 감춘 성숙한 여인이 아니라, 경험 없고 미성숙한 상태로 잡힌 덫에 걸린 새처럼 아직 스물한 살도 채 되지 않은 순박한 처녀였다. 테스는 좀 더 마음을 진정하기 위해 의자에서 일어나 방을 나갔는데, 그녀의 치맛자락에 걸려 의자가 넘어졌다.

클레어는 벽난로의 장작 받침대 위에 쌓아 놓은 초록색 물푸레나무 장작더미에서 신나게 타오르는 불꽃을 바라보며 앉아 있었다. 장작은 경쾌하게 딱딱 소리를 내며 타올랐고, 장작 끝에서는 나무 진이 지글지글 거품을 냈다. 테스는 마음을 가라앉히고 돌아왔다.

"테스, 당신은 당신 자신이 약간은 변덕스럽다고 생각하지 않소? 당신한테 뭘 좀 물어보려는데 그순간 당신이 나가 버리더군."

그는 그녀가 앉을 의자에 방석을 깔아 주고 자기도 그 옆의 긴 의자에 앉으며 쾌활하게 물었다.

"네, 변덕스러운 건지도 모르죠."

그녀가 우물거리며 대답했다. 그녀는 갑자기 그에게 다가가서 그의 팔을 잡았다.

"아니에요, 엔젤. 사실은 안 그래요. 제 말은 원래는 안 그렇다는 말이에요!"

자신이 안 그렇다는 것을 좀 더 확실히 보여 주기 위해 그녀는 긴 의자에 앉은 클레어 옆에 바짝 다가앉아서 그의 어깨에 머리를 기댔다.

"저한테 뭘 묻고 싶으셨어요? 꼭 대답해 드릴게요."

그녀가 공손히 말했다.

"음, 그러니까 당신이 날 사랑하고, 나와 결혼하는 것도 동의했으니, 이제는 언제 결혼할까라는 세 번째 문제가 남았어요."

"전 이렇게 사는 게 좋은걸요."

"하지만 새해에는 혹은 조금 뒤에는 내 일을 시작할 생각이오. 새로 일을 벌이면 여러 가지 복잡한 일이 많아질 테니까, 그 전에 결혼을 하는 게 좋을 것 같소."

"그렇지만…… 실리적으로 말하면, 그 모든 일을 끝내고 나서 결혼을 하는 게 가장 좋지 않을까요? 하긴 절 여기에 남겨 두고 당신

혼자만 가 버린다고 생각하면 견딜 수 없지만요."

그녀가 머뭇거리며 대답했다.

"물론 그럴 수 없죠. 그리고 이 경우에는 그게 최선책이 아니에요. 일을 시작할 때 당신이 여러 모로 나를 도와줬으면 하거든요. 그럼 언제로 할까요? 앞으로 두 주일 후가 어때요?"

"안 돼요. 전 그 전에 생각해야 할 게 많아요."

그녀는 심각해지며 말했다.

"하지만……."

그는 그녀를 더 가까이 지그시 안았다.

결혼이라는 현실이 눈앞에 다가오자 그녀는 당황스러웠다. 그 문제를 좀 더 의논하려는데 낙농장 주인 부부와 여자 일꾼 둘이 긴 의자를 돌아 난롯불이 환히 비치는 곳으로 들어왔다.

그의 옆자리에 앉아 있던 테스는 마치 고무공이 튀어 오르듯 발딱 일어서며 얼굴을 붉혔다. 그녀의 두 눈이 벽난로 불빛에 반짝였다.

"이분 옆에 너무 가까이 앉으면 어떻게 될지 알고 있었는데! 십중팔구 사람들한테 들킬 거라고 생각했는데! 혹시 내가 이분 무릎에 앉아 있는 것처럼 보였을지 모르지만 실제로는 안 그랬어요!"

그녀가 당황해서 외쳤다.

"글쎄…… 말해 주지 않았으면 이런 불빛으로는 누가 어디에 앉아 있는 것도 몰랐을 거야."

낙농장 주인이 대답했다. 그는 결혼에 관한 이야기로 심각해진 분위기를 감지하지 못한 채 무덤덤한 표정으로 그의 아내를 돌아보며 말을 이었다.

"크리스티나, 이걸 보면 말이야, 남들은 생각하지도 않는데 지레 그런다고 상상해서는 안 된다는 걸 알겠지. 아, 정말, 본인 입으로 말해 주지 않았으면 이 아가씨가 어디에 앉아 있건 난 전혀 신경도 쓰지 않았을 테니까."

"우린 곧 결혼할 겁니다."

클레어가 즉흥적으로 냉담하게 말했다.

"아, 그래요! 정말 반가운 소식입니다. 얼마 전부터 그럴 거라고 짐작은 했었죠. 테스는 낙농장 일꾼이 되기에는 너무 아까운 처녀지요. 테스를 처음 봤을 때에도 이렇게 얘기했었죠. 어떤 남자에게도 부족하지 않은 신붓감이고말고요. 더군다나 신사 출신 농부의 부인으로는 아주 적격입니다. 테스가 옆에 있으면 농장 관리인이 제 마음대로 하지 못할 거예요."

테스는 어느 틈에 사라지고 없었다. 그녀는 크릭의 노골적인 칭찬에 무안하기도 했지만, 그를 뒤따라온 처녀들의 표정에 더욱 충격을 받았다.

저녁 식사를 마치고 그녀가 방에 들어가 보니 다들 와 있었다. 등불 하나를 켜 놓고 세 명 모두 하얀 옷을 입고 테스의 침대에 나란히 앉아 기다리고 있었는데 마치 복수를 하려고 늘어앉은 유령들처럼 보였다. 그러나 테스는 그들의 마음에 아무런 악의가 없다는 것을 곧 알게 되었다. 이룰 수 있으리라고 기대하지 않았던 일이기에 그들은 상실감을 느끼지 않았을 것이다. 그들의 마음 상태는 상당히 객관적이고 명상적이었다.

"그분이 테스하고 결혼할 거래. 테스의 얼굴에도 그렇다고 쓰여 있잖아."

레티가 테스에게서 눈을 떼지 않은 채 나직한 소리로 말했다.

"네가 그분하고 결혼할 거라는 게 정말이니?"

메리언이 물었다.

"응."

테스가 대답했다.

"언제?"

"언젠가는⋯⋯."

그들은 이 대답을 단순히 얼버무리는 것으로만 생각했다.

"그래⋯⋯ 그분하고 결혼한단 말이지⋯⋯ 신사분하고!"

이즈 휴에트가 되풀이해 말했다.

그러고 나서 세 처녀는 무엇에 홀린 것처럼 한 사람씩 침대에서 기어나와 맨발로 테스의 주위에 모여 섰다. 레티는 이런 기적이 실제로 일어나고 있는 건지 확인이라도 해 보듯 테스의 어깨에 손을 얹었고, 나머지 두 처녀는 테스의 허리에 팔을 둘렀다. 모두들 테스의 얼굴을 유심히 들여다보았다.

"정말인가 봐! 생각할 수도 없는 일인데."

이즈 휴에트가 말했다.

메리언이 테스에게 키스를 하고는 그녀에게서 입술을 떼면서 중얼거렸다.

"그렇구나."

"그 키스는 테스를 사랑하는 마음에서 한 거야, 아니면 지금까지 테스의 입술에 닿아 있던 다른 입술 때문이니?"

이즈가 천연덕스럽게 메리언에게 말했다.

"그런 건 생각하지 않았어. 난 그저 신기하다고 느꼈을 뿐이야. 다른 사람이 아니라 테스가 그분의 아내가 된다는 사실이. 난 반대하지 않아. 우리가 다 그렇겠지만 말이야. 그분과 결혼할 수 있으리라고는 기대도 안 했고 그저 그분을 사랑했을 뿐이니까. 그래도 세상에 그분과 결혼할 사람이 다른 누가—비단으로 치장한 부잣집 규수가—아니라 우리처럼 살아가는 테스라니!"

메리언이 순진하게 대답했다.

"그것 때문에 내가 싫지 않니?"

테스가 나직한 소리로 물었다.

그들은 마치 테스의 표정을 보고 대답하겠다는 듯 대답은 뒤로 미룬 채 흰색 잠옷 차림으로 그녀의 주위에 다가섰다.

"난 모르겠어…… 미워하고 싶은데 그럴 수 없어."

레티 프리들이 중얼거렸다.

"나도 그래. 테스를 미워할 수가 없어. 어쨌든 내 사랑을 방해했는데 말이야."

이즈와 메리언도 맞장구를 쳤다.

"그분은 너희들 중 하나와 결혼했어야 하는데."

테스가 중얼거렸다.

"왜?"

"나보다 나으니까."

"우리가 너보다 낫다고? 아냐. 안 그래, 테스."

처녀들은 낮은 목소리로 천천히 말했다.

"그렇다니까."

그녀는 격렬하게 반발하고는 친구들의 팔을 세차게 뿌리치며 신경 질적인 울음을 터뜨렸다. 그리고 서랍장 위에 엎드린 채 계속해서 "그 래, 그래, 그렇단 말이야" 하고 되풀이하는 것이었다.

한번 울음이 터지자 그녀는 울음을 그칠 수 없었다.

"그분은 너희들 가운데 한 명을 택했어야 했는데. 지금이라도 그렇 게 하도록 해야 할 것 같아! 그분한테는 너희들이 훨씬 더 좋은…… 내 가 지금 무슨 말을 하고 있는 거야! 아! 아!"

그녀가 울부짖었다.

그들이 테스에게 다가와서 꼭 안아 주었지만 테스의 흐느낌은 그 칠 줄 몰랐다.

"물 좀 가져와. 우리 때문에 흥분했어, 가엾은 것."

그들은 그녀를 다시 침대 옆으로 데리고 간 다음 다정하게 키스를 했다.

"그분한테는 네가 제일 잘 어울려. 우리보다 더 숙녀답고 더 똑똑하잖아. 특히 그분이 너한테 많은 걸 가르쳐 준 뒤로는 더 그렇지. 자부심을 가져도 돼. 넌 자존심 있는 아이잖아!"

메리언이 말했다.

"그래, 맞아."

테스가 대답했다.

"너무 흥분해서 창피하구나."

모두가 잠자리에 들고 불을 껐을 때 메리언이 테스에게 다가와 속삭였다.

"테스, 그분 아내가 된 뒤에도 우리를 기억해 주겠지. 우리가 그분을 사랑한다고 말했던 것과, 우리가 널 미워하지 않으려고 노력했고 그래서 정말 미워하지 않았고 미워할 수 없었던 것까지 말이야. 그럴 수 있었던 건 네가 그분이 선택한 여자이고 우리는 그분의 선택을 바라지 않았기 때문이야."

이 말 때문에 쓰라린 통한의 눈물이 테스의 베개 위로 다시 흐르고 있다는 것을 그들은 알지 못했다. 테스는 가슴이 터질 것 같은 고통을 느끼며 어머니의 당부에도 불구하고 엔젤 클레어에게 자신의 모든 과거를 털어놓기로 결심했다. 알리지 않고 결혼하는 건 그를 배반하는 것 같았고 어쩐지 이 친구들에게도 부당한 일처럼 느껴졌다. 그래서 침묵을 지키느니 차라리 자신이 숨 쉬고 살아 있는 이유가 되는 사람에게서 멸시를 받고 어머니한테서 바보 소리를 듣게 되는 쪽을 택하게 되었다.

32

이런 죄책감 때문에 테스는 결혼 날짜를 정하지 못했다. 클레어는 기회가 날 때마다 그녀를 재촉하였으나 11월 초가 되어도 날짜는 정해지지 않았다. 테스는 모든 것이 지금과 같이 유지되는 약혼 상태가 영원히 계속되었으면 하고 바라는 것 같았다.

목초지의 모습도 이젠 바뀌어 가고 있었다. 그러나 아직은 젖을 짜기 전 이른 오후에는 잠시 한가롭게 거닐 수 있을 만큼 따뜻했고 1년 중 이맘때쯤에는 목장 일도 한 시간쯤 빈둥거려도 될 만큼 여유가 있었다. 태양이 있는 쪽으로 축축한 잔디밭을 굽어볼 때면 섬세한 거미줄이 마치 바다 위에 어린 달빛처럼 물결치며 반짝이는 게 보였다. 자신의 짧은 영화를 전혀 모르는 각다귀들은 마치 제 몸 속에 불빛을 지닌 듯 반짝거리며 이 오솔길에서 이리저리 날아다니다가 이내 길을 벗어나 완전히 자취를 감추었다. 이런 풍경 속에서 그는 그녀에게 아직도 날짜를 정하지 않은 사실을 상기시키곤 했다.

혹은 밤에 크릭 부인이 그에게 기회를 주려고 테스에게 일부러 심부름을 시키면 그녀와 동행하며 재촉하곤 했다. 이 심부름이란 주로 골짜기 위쪽 비탈에 있는 농가에 가서 출산일이 다가와 헛간에 옮겨 놓은 암소들이 잘 지내는지 살펴보고 오라는 것이었다. 일 년 중 이맘때는 암소들 세계에 큰 변화가 일어나는 시기였다. 날마다 새끼를 밴 암소들 무리가 출산을 위한 이 헛간으로 옮겨져서 송아지가 태어날 때까지 밀짚 위에서 지내다가 해산을 하고, 송아지가 걸을 수 있게 되자마자 어미와 새끼는 목장으로 옮겨졌다. 물론 송아지가 팔리기 전까지는 거의 우유를 짜지 않았지만, 송아지가 팔려서 다른 곳으로 가고 나면 소젖 짜는 처녀들은 곧바로 평소처럼 일을 시작해야 했다.

이런 밤길에서 돌아오던 어느 날, 그들은 수면 바로 위의 거대한 사력층(沙礫層) 벼랑에 이르렀을 때 걸음을 멈추고 가만히 귀를 기울였다. 마침 높이 불어난 강물이 둑을 뚫고 분출하여 배수로 아래에서 졸졸거리고 있었다. 작은 도랑마다 물이 가득했기 때문에 보행자들은 지름길을 이용하지 못하고 큰길로 가야 했다. 캄캄한 계곡 전체에서 갖가지 물소리가 들려와, 마치 그들의 발아래에 거대한 도시가 있어 그 주민들이 떠드는 소리를 듣는 것 같은 착각을 일으켰다.

"마치 수만 명의 사람들이 장터에 모여 토론하고 설교하고 싸우고 흐느끼고 신음하고 기도하고 욕을 해 대는 것 같아요."

테스가 말했다.

클레어는 별로 그 소리에 주의를 기울이고 있지 않았다.

"테스, 오늘 주인한테서 겨울철에는 도와줄 일손이 별로 필요 없다는 말을 들었소?"

"아뇨."

"젖소들 젖이 빠르게 줄어들고 있소."

"그래요. 어제 예닐곱 마리가 헛간으로 갔고 그제는 셋이 갔으니까, 벌써 거의 스무 마리가 헛간에 가 있네요. 아, 그건 젖소의 새끼를 받는 일에는 제 도움이 필요 없다는 말인가요? 아, 이제 난 여기서 필요 없는 사람이 되었군요! 그렇게 열심히 일했는데……."

"당신이 필요 없다고 주인이 딱 잘라서 말한 건 아니오. 다만 주인은 우리 관계를 알고 있으니까 좋은 뜻에서, 그리고 지극히 공손한 태도로 말을 하더군요. 크리스마스가 되어 떠날 때 내가 당신을 데리고 갈 것으로 생각한다고 주인이 말하기에 당신이 없으면 낙농장 일을 어떻게 할 작정이냐고 내가 물었더니 사실 이제는 여자의 일손이 거의 필요하지 않은 철이라고 한 거예요. 주인이 이렇게 당신을 밀어내 주니까 나는 좀 미안한 생각이 들면서도 기쁩니다."

"기뻐할 일은 아닌 것 같아요, 엔젤. 아무리 한편으로는 편하게 됐어도 필요 없다는 말을 듣는 건 언제나 슬픈 일이죠."

"그럼요, 편하게 되었고말고요. 당신도 인정했어요. 아, 이것 보라니까!"

그는 그녀의 볼에 손가락을 갖다 대며 말했다.

"뭐예요?"

"꼬리가 잡히니까 얼굴이 붉어졌는걸! 그런데 왜 이렇게 싱거운 짓을 하고 있담! 실없는 소리는 그만둡시다. 인생은 심각하니까."

"그래요. 아마 그건 내가 당신보다 먼저 알았을 거예요."

그때도 그녀는 인생의 심각성을 느끼고 있었다. 전날 밤의 결심에 따라 결국 그와의 결혼을 거절하고 탤버테이스 낙농장을 떠난다는 것은 이제 암소가 새끼를 낳는 시기가 다가오면서 소젖 짜는 일꾼은 필요하지 않을 테니까 낙농장이 아닌 생소한 곳으로 가는 것을 의미했다. 엔젤 클레어 같은 훌륭한 사람이 없는 농장으로 가는 걸 뜻했던 것이다. 그녀는 그런 것은 생각하기도 싫었고, 집에 가는 건 더더욱 싫었다.

"그래서 말인데, 테스, 이젠 좀 진지하게 의논합시다."

그가 말을 이었다.

"어차피 크리스마스에는 당신도 여길 떠나야 할 테니까, 그때 내 사람이 되어 함께 떠나는 게 여러모로 바람직하고 편리할 거예요. 더군다나 당신이 이 세상에서 가장 어리석은 여자가 아니라면 언제까지나 우리가 이런 식으로 지낼 수 없다는 건 알고 있겠죠."

"그럴 수 있다면 좋겠어요. 늘 여름과 가을이었으면, 그리고 늘 당신이 저한테 구애를 하고, 늘 지난여름처럼 저만 생각해 주신다면 얼마나 좋을까요!"

"언제나 그렇게 하겠소."

"아, 당신이 그러리라는 걸 알아요."

테스는 그에 대한 열렬한 믿음이 솟구치는 걸 느끼며 소리쳤다.

"엔젤, 영원히 당신의 사람이 될 날짜를 정할게요."

그렇게 해서 두 사람은 낙농장으로 돌아오는 밤길에 오른쪽 왼쪽에서 들려오는 무수한 물소리를 배경으로 마침내 날짜를 정했다.

그들은 낙농장으로 돌아오자마자 크릭 부부에게 그 사실을 알리며 다른 사람들에게는 비밀로 해 달라고 당부했다. 되도록 결혼식을 은밀하게 치르는 게 두 연인의 바람이었기 때문이다. 낙농장 주인은 그녀를 곧 내보낼 생각을 하고 있었으면서도 막상 그녀가 떠난다는 것이 확실해지자 상당히 걱정스러웠다. 우유 더껑이를 걷어 내는 일은 어떻게 할 것인가? 앵글베리나 샌드본의 귀부인들에게 보내는 장식용 버터는 누가 만든단 말인가? 크릭 부인은 결정하지 못하고 망설이던 일이 드디어 결말을 보게 된 것을 축하해 주며, 자기는 테스를 처음 보았을 때부터 보통 일꾼이 아닌 특별한 사람의 선택을 받게 되리라는 걸 알았다고 말했다. 테스가 낙농장에 도착한 날 오후에 안뜰을 걸어오는 모습이 어찌나 우아하던지 분명 좋은 집안의 처녀일 거라고 생각했다는 것이었다. 사실 크릭 부인은 테스가 걸어오는 걸 보며 단아하고 예쁘다고 생각했던 것은 기억하고 있었으나, 테스가 좋은 집안의 처녀처럼 보였다는 것은 아마도 나중에 알게 된 사실의 도움을 받아 상상한 결과였을 것이다.

테스는 이제 자기의 의지대로 해 보겠다는 생각을 접고 시간의 날개에 실려 날아가고 있었다. 이미 결혼하기로 약속도 하고 날짜도 정했다. 같은 인간들보다 자연 현상과 더 널리 교제하는 사람들이나 야외에서 일하는 사람들처럼 테스는 타고난 영리함으로 운명론적인 신념을 받아들이기 시작했다. 그리하여 테스는 그런 사고의 틀을 가진 사람들이 그렇듯 애인이 제안하는 일을 고분고분하게 따르는 쪽으로 변해 갔다.

그러는 한편 테스는 어머니에게 편지를 썼다. 명목상은 결혼 날짜를 알리기 위한 편지였으나 실제로는 다시 한 번 더 조언을 구하기 위한 것이었다. 자신을 택한 남자가 지체 높은 신사라는 사실을 어머니가 충분히 고려하지 않고 조언을 하셨던 게 아니냐는 내용이었다. 결혼한 후에 고백을 하게 되더라도 하층민이라면 가볍게 받아들일지도 모르지만 그 사람은 그럴 것 같지 않다는 것이었다. 그러나 더비필드 부인에게서 이 편지에 대한 답장은 오지 않았다.

엔젤 클레어는 그들이 곧 결혼해야 하는 실질적인 필요성을 자기 자신과 테스에게 그럴듯하게 설명했지만, 훗날 뚜렷해지듯이 사실 거기에는 경솔한 면이 있었다. 클레어는 테스를 무척 좋아했지만 테스의 클레어를 향한 감정이 철저히 정열적인 데 비해 그의 감정은 관념적이고 공상적인 편이었다. 그는 생각해 왔던 대로 지적인 세계와는 거리가 있는 농촌 생활을 할 때 이런 오지의 시골 처녀에게서 그렇게 대단한 매력을 발견하게 되리라고는 생각지 못했다. 순진함에 대해서 이야기를 나눠 본 적은 있었지만, 이곳에 올 때까지는 그게 실제로 그토록 사람의 마음을 잡아끌 줄은 몰랐던 것이다. 그는 아직 자신의 장래를 분명하게 내다보지 못했고, 한두 해는 더 있어야 제법 스스로 인생을 시작했다고 생각할 수 있을 터였다. 그의 이력과 성격에 이렇게 다소 경솔한 점이 나타나는 것은 가족의 편견으로 인해 자신의 진정한 운명의 길을 놓쳐 버렸다는 생각 때문이었다.

"당신이 중부 지방의 농장에 완전히 자리를 잡을 때까지 기다리는 게 좋지 않겠어요?"

언젠가 그녀는 조심스럽게 물었다(그때는 중부 지방의 농장을 염두에 두고 있었다).

"솔직히 말해서 테스, 난 당신을 내가 보호해 주고 사랑해 줄 수 없는 곳에 내버려 두고 싶지 않아요."

그 점에 관한 한 그 이유는 합당했다. 그녀에 대한 그의 영향력은 정말 대단해서 그녀는 그의 예법과 습관, 말투와 말씨, 그가 좋아하는 것과 싫어하는 것까지 닮아 갔다. 그녀를 농장에 두고 가면 다시 옛날의 그녀로 돌아가서 그와는 어울리지 않게 될 터였다. 그에게는 그녀를 곁에 두고 싶어 하는 또 다른 이유가 있었다. 그의 부모는 당연히 그가 영국이든 식민지든 먼 곳으로 떠나기 전에 적어도 한 번은 그녀를 보고 싶어 했는데, 그는 부모의 의견에 따라 자기의 계획을 바꿀 사람은 아니었지만, 그의 판단으로는 유리한 농장을 찾는 동안 두어 달 셋방을 얻어서 테스와 함께 생활하면 그녀가 어려운 시련이라고 느낄지도 모르는 일—사제관에서 어머니를 뵈는 일—을 치를 때 필요한 사교적인 예법에 도움이 될 것 같았다.

다음 이유로, 그는 밀농사를 하면서 방앗간을 겸해 볼 생각도 있었기 때문에 방앗간 일을 조금 배우고 싶었다. 웰브리지에 있는 커다란 옛날 물방앗간—한때는 수도원에 속해 있던 물방앗간이었다—주인이 언제든 편한 때에 와서 며칠간 일을 도우며 유서 깊은 작업 방식을 살펴보라고 권한 적이 있었다. 그래서 클레어는 이즈음 어느 날 몇 킬로미터쯤 떨어진 그곳을 방문하여 자세한 것을 물어보고 저녁때가 되어 탤버테이스에 돌아왔다. 그녀는 그가 웰브리지 제분소에서 얼마간 머물기로 결정했다는 것을 알아차렸다. 그는 무엇 때문에 그런 결정을 내렸을까? 그것은 밀을 빻고 가루를 체질하는 방법을 자세히 살펴볼 수 있는 기회라는 점보다는, 몰락하기 전에는 어느 더버빌 가문의 저택이었던 바로 그 농가에서 숙소를 구할 수 있다는 우연한 사실 때문이었다. 이게 언제나 클레어가 실제적인 문제를 결정하는 방식이었다. 실제 문제와는 아무 관련이 없는 감정이나 정서에 의해 결정을 내렸던 것이다. 그들은 결혼식을 올리고 난 뒤에 이곳저곳 도시의 여인숙을 전전하는 대신에 곧바로 그곳으로 가서 보름정도 지내기로 했다.

"그런 다음에는 여기를 떠나서 내가 소문으로 알아 둔 런던 저편의 농장 몇 군데를 둘러봅시다. 그러고 나서 3월이나 4월쯤에는 부모님을 뵈러 갑시다."

이런 절차상의 문제들이 제기되고 해결되어 가는 동안 테스가 클레어의 사람이 되는, 믿기 어려운 그날이 목전에 다가왔다. 12월 31일 섣달 그믐날이 그날이었다. "내가 그의 아내가 된다" 하고 테스는 혼자 소리 내어 보았다. 그럴 수 있을까? 두 사람이 하나가 되고, 어떤 것도 그들을 갈라놓지 못하고, 무슨 일이든 함께하게 된다. 못할 것도 없지 않은가? 그러나 그래야 하는 이유는 또 무엇인가?

어느 일요일 아침 교회에 다녀온 뒤에 이즈 휴에트가 테스에게 살짝 말했다.

"오늘 아침에 네 결혼 예고(결혼식을 올리기 전 주일마다 세 차례에 걸쳐 결혼에 이의가 없는지 물어보는 절차_옮긴이)를 안 하더라."

"뭐라고?"

"오늘이 결혼 예고를 해야 하는 첫 번째 날이었잖아. 얘, 너 섣달 그믐날에 결혼할 거 아니니?"

테스를 조용히 바라보며 이즈 휴에트가 대답했다.

곧 그렇다는 대답이 돌아왔다.

"세 번 예고를 해야 하잖아. 이제 일요일은 두 번밖에 안 남았어."

테스는 자기 얼굴이 창백해지는 것을 느꼈다. 이즈의 말이 맞았다. 물론 세 번 예고를 해야 한다. 아마 클레어가 잊어버린 모양이다. 그렇다면 한 주일을 연기해야 하는데, 불길한 느낌이 들었다. 이 사실을 그에게 어떻게 알려야 할까? 그토록 소극적이던 테스는 갑자기 귀중한 보물을 잃을지도 모른다는 생각에 불안과 놀라움으로 마음이 급해졌다.

그녀의 불안은 자연스럽게 해결되었다. 이즈는 교회에서 테스의 결혼 예고를 하지 않았다는 얘기를 크릭 부인에게 했고, 크릭 부인은 나이 지긋한 부인의 특권으로 그 문제를 엔젤에게 말했던 것이다.

"잊어버리셨어요, 클레어 씨? 결혼 예고 말입니다."

"아니요, 잊어버린 게 아니에요."

그는 테스와 단둘이 만나자마자 이렇게 안심시켰다.

"결혼 예고 문제로 걱정할 건 없어요. 결혼 허가증이 더 조용할 것 같아서 당신한테 물어보지도 않고 결혼 허가증으로 결정했어요. 그러니 일요일 아침에 교회에서 당신 이름을 듣고 싶더라도 듣지 못할 거예요."

"그걸 바란 건 아니었어요."

그녀가 자랑스럽게 대답했다.

테스는 결혼 예고를 하게 되면 누가 자신의 과거를 문제 삼아 이의를 제기하지나 않을까 걱정을 했었는데, 결혼 예고 없이도 결혼식 준비가 잘 되고 있다는 것을 알고 나자 한결 마음이 놓였다. 일이 얼마나 잘 풀려 가고 있는가!

"마음이 그리 편한 건 아니야. 나중에 수많은 불행이 닥쳐와 이 모든 행운을 산산이 부숴 버릴지도 몰라. 하느님이 하시는 일이란 대개 그렇거든. 그냥 일반적인 방식대로 결혼 예고를 했으면 좋았을걸!"

그녀는 혼잣말로 중얼거렸다.

그러나 모든 일은 순조로웠다. 테스는 결혼식 날 자기가 현재 가지고 있는 옷 중에 가장 좋은 흰색 원피스를 입는 걸 그가 좋아할지, 아니면 새 옷을 사야 할지 망설였다. 그 문제는 클레어가 자상하게 미리 마음을 써 준 덕분에 곧 해결되었다. 테스 앞으로 커다란 소포 꾸러미 두어 개가 배달되었는데, 그 안에는 아침 예복은 물론 모자에서 신발까지 그들이 계획한 간소한 결혼식에 잘 어울릴 만한 옷 일습이 들어 있었다. 소포가 도착하고 곧이어 집으로 들어온 클레어는 위층에서 테스가 소포를 푸는 소리를 들었다.

잠시 후 테스가 기쁨으로 상기된 얼굴에 눈물을 글썽이며 아래층으로 내려왔다.

"이렇게 자상하실 수가! 장갑에 손수건까지 다 챙겨 주시다니! 아, 내 사랑, 당신은 정말 자상하고 좋은 분이세요!"

그녀는 그의 어깨에 볼을 대며 나직이 말했다.

"아니오, 아니오, 테스. 난 그저 런던에 있는 양장점에 주문을 했을 뿐이오. 대단치 않아요."

그리고 그는 너무 고마워하는 테스의 마음을 다른 데로 돌리기 위해 그녀에게 위층으로 올라가서 천천히 입어 보고 혹시 안 맞으면 마을의 재봉사에게 부탁해서 고쳐 입으라고 말했다.

테스는 이층으로 돌아와서 드레스를 입어 보았다. 그리고 혼자 잠시 거울 앞에 서서 비단 옷을 입은 자신의 모습을 바라보았다. 그런데 그때, 어머니가 즐겨 부르던 신비한 옷에 관한 노래가 머릿속에 떠오르는 것이었다.

한번 잘못한 여자에게는
절대로 어울리지 않는 옷

더비필드 부인은 테스가 어렸을 때 한쪽 발을 요람에 얹고 가락에 맞춰 흔들면서 명랑하고 장난스럽게 그 노래를 불러 주곤 했었다. 기네비어 왕비(영국 전설 속 인물로, 아서 왕의 기사 랜슬럿과 사랑에 빠졌던 왕비_옮긴이)의 옷이 비밀을 드러냈던 것처럼 이 옷의 색깔이 변하여 테스의 비밀이 탄로 난다면 어떻게 될까? 그녀는 낙농장에 온 뒤로 한 번도 그 노래를 떠올려 본 적이 없었다.

33

엔젤은 결혼식을 올리기 전에 연인 사이로 함께 가는 마지막 소풍 삼아 목장에서 멀리 떨어진 곳에 가서 테스와 하루를 보내고 싶었다. 중요한 날이 목전에 다가오자 다시는 느껴 보지 못할 상황에서 낭만적인 하루를 보내고 싶었던 것이다. 그래서 클레어는 그 전주에 가까운 읍내에 가서 물건 몇 가지를 사자고 제안했고, 그들은 함께 길을 나섰다.

클레어의 낙농장 생활은 그가 속한 계층 사람들의 관점에서 보면 은둔 생활에 가까웠다. 몇 개월 동안 그는 읍내 근처에는 가지 않았고 마차도 필요 없었기 때문에 마차를 갖고 있지 않았다. 어쩌다 말이나 마차를 타야 할 때에는 낙농장 주인의 것을 빌려 탔다. 그래서 그들은 그날도 주인의 이륜마차를 빌려 타고 갔다.

그리고 그들은 난생처음으로 같은 관심사를 가진 동반자로서 함께 쇼핑을 했다. 그날은 마침 크리스마스이브여서 여기저기에 장식용 서양 호랑가시나무와 겨우살이가 잔뜩 쌓여 있었고 거리마다 크리스마스를 맞아 인근 시골 마을에서 모여든 낯선 사람들로 가득했다. 이 사람들 속에서 클레어의 팔을 끼고 걸을 때 테스의 얼굴은 원래의 아름다움에 행복감까지 더해져, 사람들의 주목을 받지 않을 수 없었다.

저녁이 되자 그들은 미리 잡아 두었던 여관으로 돌아왔다. 엔젤이 말과 마차를 문 앞에 끌고 오는 동안 테스는 문간에서 기다리고 있었다. 공동 응접실에는 손님이 가득했고, 계속해서 사람들이 입구로 들락날락하고 있었다. 사람들이 드나들면서 문을 여닫을 때마다 응접실의 불빛이 테스의 얼굴을 환히 비추었다. 다른 사람들 틈에 섞여서 두 남자가 그녀 옆을 지나갔다. 그중 하나가 놀란 표정으로 테스를 아래위로 훑어보았고, 테스는 그 남자를 트랜트리지 사람일 거라고 짐작했다. 트랜트리지 마을은 이곳에서 수십 킬로미터나 떨어져 있어서 그 마을 사람을 여기서 보게 되는 일은 거의 없지만 말이다.

"매력적인데, 저 아가씨."

그와 동행하는 사내가 말했다.

"맞아, 꽤 매력적이군. 그런데 내가 잘못 본 게 아니라면……."

그리고 그는 그다음 말을 입안에서 우물거렸다.

마침 마구간에서 막 돌아온 클레어는 입구에서 그 사내와 마주치며 그 말을 듣게 되었고, 테스가 움츠러드는 걸 보았다. 클레어는 테스가 모욕을 당했다고 느끼자 머리끝까지 화가 치밀어 생각을 할 겨를도 없이 주먹을 불끈 쥐고 있는 힘껏 그 사내의 턱을 후려쳤고, 그 사내는 비틀거리며 복도 쪽으로 물러섰다.

그 사내가 정신을 차리고 덤벼들 것처럼 보이자 클레어는 문밖으로 나가며 방어 자세를 취했다. 그러나 상대방은 생각을 고쳐먹었다. 테스 옆을 지나갈 때 다시 그녀를 쳐다보고는 클레어에게 말했다.

"미안합니다. 완전히 착각했군요. 여기서 65킬로미터나 떨어진 곳에 사는 다른 여자인 줄 알았지 뭡니까?"

클레어는 클레어대로 자기가 너무 성급했고 더구나 그녀를 여관 복도에 세워 둔 것은 자기 잘못이라는 생각이 들었다. 그래서 이런 경우에 으레 하듯이 그 사내에게 상처에 바를 약 값으로 5실링을 주었다. 그렇게 해서 그들은 서로 평화로운 작별 인사를 나누고 헤어졌다. 클레어가 마부한테서 고삐를 받아 들고 그녀와 함께 마차를 타고 떠나자, 두 사나이는 그들과 반대 방향으로 걸어갔다.

"착각한 거였나?"

다른 사내가 물었다.

"천만의 말씀. 다만 그 신사의 기분을 상하게 하고 싶지 않았을 뿐이야."

한편 두 연인은 마차를 타고 계속 달리고 있었다.

"결혼식을 조금 늦출 수 있을까요? 제 말은, 우리가 원한다면요?"

테스가 감정 없고 맥 빠진 목소리로 물었다.

"안 돼요, 내 사랑. 진정해요. 그 녀석이 폭행을 당했다고 나를 고소할까 봐 그래요?"

그는 기분 좋게 물었다.

"아니에요. 제 말은 그냥…… 만약 연기를 해야 하는 상황이 생기면 어떻게 되나 해서요."

테스의 말뜻이 무엇인지 분명하지 않았기 때문에 클레어는 그녀에게 그런 공상은 그만두라고 했고, 그녀는 할 수 있는 한 그의 말에 따르려고 노력했다. 하지만 집으로 오는 내내 그녀는 마음이 무거웠다. 결국 이런 생각을 하며 겨우 마음을 추슬렀다.

'우리는 떠날 거야, 아주 멀리. 이곳에서 수백 킬로미터나 떨어진 곳으로 가서 살 거야. 그러면 다시는 이런 일도 일어나지 않겠지. 과거의 그림자도 거기까지 따라오지는 못할 테니까.'

그날 밤 그들은 층계참에서 다정하게 헤어졌고, 클레어는 자기의 처소인 다락방으로 올라갔다. 테스는 결혼식 날까지 남은 시간이 충분하지 않을 것 같아서 미리 자질구레한 물건들을 챙기느라 늦게까지 잠을 자지 않고 깨어 있었다. 그렇게 앉아서 이것저것 챙기고 있는데 머리 위 엔젤의 방에서 쿵쾅거리며 싸움을 하는 것 같은 시끄러운 소리가 들려왔다. 집 안의 다른 사람들은 모두 잠들어 있었기 때문에, 혹시 클레어가 아픈 건 아닌가 하는 걱정에 그녀는 위층으로 뛰어올라가 그의 방문을 두드리며 무슨 일이냐고 물었다.

"아, 테스, 아무 일도 아니에요. 이거, 잠을 깨워서 미안하군요! 그런데 소음이 났던 이유가 좀 우스워요. 잠이 들어 꿈을 꾸다가 오늘 당신을 모욕했던 그 녀석과 다시 싸움을 하고 있었던 거예요. 당신이 들은

그 시끄러운 소리는 오늘 짐을 싸려고 꺼내 놓은 여행 가방을 내가 주
먹으로 마구 때리는 소리였어요. 난 가끔씩 잠을 자다가 이렇게 괴상
한 짓을 한답니다. 이제 걱정 말고 가서 자도록 해요.”

그가 방 안에서 말했다.

이 일은 천칭처럼 망설임을 거듭하던 테스의 마음을 한쪽으로 쏠리
게 한 마지막 저울추 역할을 했다. 그녀의 입으로 과거를 밝히는 것은
도저히 할 수 없을 것 같았다. 하지만 다른 방법이 있었다. 그녀는 자리
에 앉아 편지지 넉 장에다 삼사 년 전에 있었던 일을 간결하게 적어서,
그것을 봉투에 넣고 겉봉에 클레어의 이름을 썼다. 그리고 다시 마음
이 약해질 것이 두려워 신발도 신지 않고 위층으로 올라가서 그의 방
문 아래로 봉투를 밀어 넣었다.

당연한 일이겠지만, 그날 밤 그녀는 한숨도 자지 못했다. 언제 위층
에서 처음으로 희미한 소리가 들릴까에 신경을 곤두세운 채 귀를 기울
였다. 그 소리는 여느 때와 다름없었고, 클레어는 여느 때와 다름없이
내려왔다. 테스도 아래층으로 내려갔다. 그는 맨 아래 층계에서 그녀
에게 키스를 했다. 분명히 여느 때처럼 따스한 키스였다!

테스는 클레어가 다소 불안하고 피곤해 보인다고 생각했다. 그러나
그는 둘만 있을 때에도 그녀가 털어놓은 이야기에 대해서 한마디도 하
지 않았다. 그 사실을 받아들일 수 있었을까? 그가 그 얘기를 꺼낸다면
모를까 그녀가 먼저 그 얘기를 꺼낼 수는 없었다. 그렇게 그날은 지나
갔다. 그는 어떻게 생각하고 있든 그것을 입 밖에 내지 않으려는 게 분
명했다. 그러나 그는 여전히 솔직하고 다정했다. 그녀의 근심은 유치
한 것이었을까? 그는 그녀를 용서하고, 그녀를 있는 그대로의 모습으
로 사랑하고, 그녀의 걱정을 하찮은 악몽쯤으로 웃어넘겼을까? 그가
그녀의 편지를 제대로 받기는 한 것일까? 그녀는 그의 방 안을 힐끗 들
여다보았으나 편지는 눈에 띄지 않았다. 그가 그녀를 용서한 모양이었

다. 혹시 그가 편지를 못 받았다 하더라도 틀림없이 자기를 용서해 줄 거라는 열렬한 믿음이 갑자기 그녀를 사로잡았다.

다음 날 아침과 밤에도 클레어의 태도는 여전했다. 그렇게 며칠이 지나고 드디어 결혼식 날인 섣달 그믐날이 밝았다.

이 연인들은 낙농장에 머무르는 마지막 주 내내 손님 대접을 받았기 때문에 소젖 짜는 시간에 일어나지 않았고, 테스는 독방을 쓰는 영광을 누렸다. 그들이 아침 식사를 하러 아래층으로 내려왔을 때 간밤에 그 커다란 부엌이 멋지게 장식된 것을 보고 깜짝 놀랐다. 그들을 축하하는 의미에서 낙농장 주인이 이른 새벽에 꾸며 놓았던 것이다. 벽난로 가장자리는 하얀 칠을 했고, 벽돌로 된 벽난로 바닥은 붉은 칠을 했으며, 아치 위에는 그전까지 그곳에서 제 소임을 다하던 검은 잔가지 무늬의 푸르게한 그을음투성이 무명 바람막이 대신에 선명한 노란색 비단 바람막이가 걸려 있었다. 사실 그 방의 중심인 벽난로의 모습을 새롭게 단장하니까 우중충한 겨울 아침인데도 방 전체에 화사한 기운이 감도는 것 같았다.

"결혼을 축하하기 위해 뭘 좀 해 드리고 싶었습니다. 옛날 풍습대로 바이올린이랑 베이스 비올(옛 현악기로 오늘날 첼로의 전신. 비올라 다 감바라고도 한다_옮긴이)이랑 갖춰 놓고 한바탕 신나게 놀아 볼까 하는 생각도 했지만 싫어하실 것 같아서 조용하게 축하할 수 있는 방법을 찾다 보니 이 방법밖에 생각나는 게 없었죠."

낙농장 주인이 말했다.

테스의 식구들은 너무 멀리에 살아서 설령 결혼식에 초대를 하더라도 참석하기는 쉽지 않았겠지만 사실 말롯 사람들은 아무도 초대하지 않았다. 엔젤은 자기 가족에게 편지를 보내어 정식으로 결혼 일시를 알리고 만약 그럴 생각이 있으면 한 분만이라도 참석해 주시면 좋겠다고 분명히 말했다. 형들은 분개했는지 전혀 답장이 없었고, 아버지와 어머니는 다소 슬픈 답장을 보내왔다. 결혼을 너무 성급하게 서두르는 걸 한탄하는 한편, 소젖 짜는 여자가 며느리가 될 줄은 전혀 상상도 못 했지만 아들이 제 일은 제가 잘 판단할 수 있는 나이가 되었으니 인정해야지 어쩌겠냐는 식이었다.

머지않아 가족들을 놀래 줄 비장의 카드가 없었다면 클레어는 가족들의 이런 냉담한 반응에 무척 상심했을 것이다. 그는 낙농장에서 갓 나온 테스를 더버빌 가문이니 숙녀니 하면서 그들 앞에 내놓는 것은 무모하고 위험한 일이라고 생각했다. 그래서 몇 달 동안 자기와 함께 여행도 하고 독서도 하여 부모님께 소개해도 될 만큼 세속적인 방식에 익숙해질 때까지 그녀의 혈통을 숨겨 왔던 것이고, 그때에는 유서 깊은 명문가의 후예로 손색이 없는 처녀로 그녀를 자랑스럽게 선보일 계획이었다. 그것은 사랑하는 사람만이 가질 수 있는 어여쁜 꿈이었다. 이 세상의 어느 누구도 클레어 자신보다 테스의 혈통이 더 필요하지는 않을 것 같았다.

편지를 보냈음에도 그녀에 대한 엔젤의 태도가 전혀 바뀌지 않고 예전 그대로인 걸 보고 테스는 죄책감을 느끼며 그가 제대로 편지를 받아 보았는지 의혹이 일었다. 그녀는 엔젤이 식사를 끝내기 전에 아침 식탁에서 일어나 서둘러 위층으로 올라갔다. 아주 오랫동안 엔젤의 동굴, 아니 둥지였던 그 괴상하고도 휑한 방을 다시 한 번 자세히 들여다보아야겠다는 생각이 들었던 것이다. 그녀는 사다리를 올라간 다음 열린 방문 앞에 서서 곰곰 생각하며 방 안을 응시했다. 그리고 허리를 굽혀 이삼 일 전에 떨리는 마음으로 편지를 밀어 넣었던 문지방을 살펴보았다. 양탄자가 문지방에 바싹 닿아 있었고 양탄자 가장자리 밑으로 흰 봉투의 귀퉁이가 희미하게 그녀의 눈에 들어왔다. 그것은 그에게 보낸 편지가 든 봉투였다. 문 밑으로 잘 넣는다는 것이 허둥대는 바람에 양탄자 밑으로 들어갔던 것이다. 그래서 엔젤이 편지를 못 봤

305

던 게 틀림없었다.

현기증을 느끼며 그녀는 편지를 꺼내 들었다. 편지는 며칠 전에 그녀의 손을 떠났던 그대로 봉해진 채였다. 엔젤이 못 본 게 확실했다. 아직도 태산 같은 걱정거리는 제거되지 않았던 것이다. 결혼식 준비로 집 안이 들썩거리고 있는 지금, 엔젤에게 편지를 읽게 할 수는 없었다. 그래서 그녀는 그것을 자기 방으로 갖고 내려와 찢어 버렸다.

테스의 얼굴이 어찌나 창백했던지 엔젤이 그녀를 다시 만났을 때 사뭇 걱정스러울 정도였다. 편지가 잘못 들어갔다는 것을 알게 되자 그녀는 그게 고백을 하지 말라는 하늘의 뜻이 아닐까 하는 비약적인 생각을 하게 되었다. 하지만 그녀의 양심은 아직 시간이 있으니 그렇지 않다고 말하는 듯했다. 그러나 집 안은 활기로 들썩거렸고, 사람들이 계속 들락날락했고, 모두들 옷을 차려입어야 했고, 낙농장 주인인 크릭 부부는 입회인으로 참석해야 했기 때문에, 차분하게 생각하거나 신중하게 이야기하는 것은 거의 불가능했다. 테스가 클레어와 단 둘이 있을 수 있었던 때는 한 번 뿐이었는데 잠깐 층계참에서 만났을 때였다.

"꼭 말씀드리고 싶은 게 있어요. 제 결점과 잘못을 모두 털어놓아야 해요!"

그녀는 짐짓 쾌활하게 말했다.

"안 돼, 안 돼요. 지금은 그럴 때가 아니오. 사랑하는 테스, 적어도 오늘만은 완전무결한 사람으로 보여야 해요. 과오에 대한 이야기라면 나중에 얼마든지 시간이 있잖소."

그가 큰 소리로 말했다.

"하지만 전 지금 고백하는 게 낫겠어요. 그래야 당신이……."

"이런, 돈키호테 같은 아가씨, 뭐든 말해도 좋아요. 들어가 살 집에 자리 잡고 나면 말이죠. 그때는 내 잘못도 말하겠소. 하지만 오늘처럼 기쁜 날을 그런 얘기로 망치지 말도록 합시다. 그런 얘기는 무료할 때 하면 좋을 거예요."

"그럼 정말 듣지 않으실래요?"

"그래요, 테시. 정말 듣지 않겠소."

옷을 차려 입고 출발하기 위해 서두르느라 더는 이야기할 시간이 없었다. 그의 말을 곰곰 생각해 볼수록 안심이 되는 것 같았다. 결혼식까지의 결정적인 두세 시간 내내 그녀는 그를 향한 열렬한 사랑의 물결에 휩쓸려 거기서 벗어나지 못했기 때문에 더 이상 조용히 생각할 수 없었다. 그의 사람이 되어 그를 그녀의 남편으로 그녀만의 남편으로 삼고 싶다는—그런 다음엔 꼭 그래야 한다면 죽어도 좋다는—그녀의 욕망은 그토록 오래 저항해 왔건만 결국 그녀를 지루한 반성의 골목길에서 들어 올려 거기에서 빠져나오게 했다. 옷을 차려입는 동안 그녀의 정신은 오색영롱한 이상의 구름 속을 떠돌고 있었는데, 그 광채가 모든 불길한 예감을 덮어 버렸다.

교회는 꽤 먼 거리에 있었고 더욱이 겨울이었기 때문에 그들은 마차를 타고 가야 했다. 노변 여관에서 유개(有蓋) 마차를 빌렸는데, 그 마차는 오래전 사륜 역마차가 이동 수단이던 시절부터 줄곧 거기에 있었다. 마차는 견고한 바큇살과 육중한 바퀴의 테와 커다란 곡면(曲面) 밑판, 거대한 띠쇠와 스프링, 파성퇴(옛날에 성벽을 부술 때 사용했던 무기_옮긴이)처럼 생긴 채 등으로 이루어져 있었다. 마부는 예순쯤 된 노인이었는데 젊어서 지나치게 풍상에 시달린 데다 그 아픔을 잊으려고 독한 술을 마셔 대는 바람에 류머티즘 계열의 통풍에 걸려 고생하고 있었다. 그는 더 이상 역마차 마부로서 마차를 몰 일이 없어진 이래 지난 25년 동안 마치 옛 시절이 다시 돌아오기를 기다리는 사람처럼 할 일 없이 여관 문간에 서 있었다. 그의 오른쪽 다리 바깥쪽에는 좀처럼 아물지 않고 고름이 나는 상처가 있었는데, 그것은 그가 캐스터브리지의 킹스 암스에 정식으로 고용되어 일을 하던 오랜 세월 동안 귀족들의 마차 끌채에 계속 피부가 쓸려서 생긴 상처였다.

움직임이 날렵하지 못하고 삐걱거리는 마차 안에, 그리고 이 노쇠한 마부 뒤에 네 사람—신랑과 신부, 그리고 크릭 부부—이 타고 있었다. 엔젤은 형들 중에 한 사람만이라도 신랑 들러리로 참석해 주기를 바랐으나, 그런 의중을 은근히 암시하는 편지를 보내도 아무런 답장이 없다는 것은 올 생각이 없다는 것을 의미했다. 형들은 이 결혼에 동의하지 않았으므로 결혼식에 참석해주기를 기대할 수는 없었다. 어쩌면 참석하지 않는 게 오히려 좋을지도 몰랐다. 그들은 세속적인 청년들은 아니었으나, 이 결혼에 대한 그들의 의견은 논외로 하더라도 편협하고 까다로운 성격 때문에 낙농장 사람들과 허물없이 지내는 걸 불쾌하게 여겼을 것이다.

그저 시간의 힘에 실려 흘러가고 있던 테스는 여기에 대해 아는 게전혀 없었고, 눈에는 아무것도 보이지 않았고, 어느 길로 교회에 가고있는지도 알지 못했다. 그녀는 엔젤이 옆에 있다는 것만 느낄 뿐 그 밖의 모든 것은 휘황한 안개 같았다. 그녀는 마치 시(詩)에나 나올 법한천상의 여인—두 사람이 함께 산책할 때 클레어가 그녀에게 얘기해 주던 고전에 등장하는 여신—같았다.

결혼 허가증에 의한 결혼이었기 때문에 교회에는 겨우 여남은 명만이 와 있었다. 천 명이 있었더라도 테스에게는 별 인상을 주지 못했을 것이다. 그들은 현재 테스가 있는 세계에서 별처럼 아득히 먼 거리에 있었다. 남편에 대해 신의를 지키겠다는 서약을 할 때에는 황홀하고 엄숙한 기분이 들었는데 성(性)에 국한하여 생각하는 일반적인 정서조차 경박하게 느껴질 정도였다. 함께 무릎을 꿇고 예배를 드리다가잠시 예식 중간에, 그녀는 무의식적으로 엔젤에게로 몸을 기울여 그녀의 어깨가 그의 팔에 닿았다. 그녀는 언뜻 지나가는 생각에 너무 두려운 나머지 엔젤이 정말 거기에 있는지 확인하고 그의 사랑은 어떤 일에도 변하지 않을 것이라는 자신의 믿음을 더욱 확고히 하기 위해 반사적으로 몸을 움직였던 것이다.

클레어는 그녀가 자기를 사랑하고 있다는 것을 알고 있었으나—그녀의 모습 하나하나에 드러나 있었다—그때 그 사랑이 얼마나 깊고 성실하고 순종적인지, 그리고 오랜 고통과 정직과 인내와 선의를 보증하고 있는지는 몰랐다.

그들이 교회 밖으로 나왔을 때 교회의 종지기가 종루에서 종을 울리자 세 가지 음색의 소박한 종소리가 울려 퍼졌다. 종소리는 그다지 다채롭거나 우렁차지는 않았지만 교회를 건립한 사람들은 이렇게 작은 교구의 경사를 알리기에는 충분하다고 여겼던 것 같다. 남편과 나란히 문을 향해 걸어가던 테스는 종루를 지날 때 지붕창이 있는 그 종루에서부터 그들 주위로 윙윙 소리를 내며 동그랗게 퍼져 나가는 공기의 떨림을 느낄 수 있었다. 그것은 극도로 긴장된 그녀의 정신 상태와 맞아 떨어졌다.

테스는 사도 요한이 태양 속에서 본 천사처럼 자신의 것이 아닌 다른 빛으로 영광을 누리고 있다는 느낌이 들었고, 이런 심리 상태는 교회의 종소리가 사라지고 결혼 예식의 흥분이 가라앉을 때까지 계속되었다. 그제야 그녀는 세세한 것들을 좀 더 또렷이 볼 수 있었다. 크릭씨 부부는 집으로 돌아갈 때 타고 갈 이륜마차를 보내오도록 미리 일러두었으므로, 타고 온 마차는 신혼부부에게 내주었다. 테스는 처음으로 그 마차의 모습과 특징을 살펴보았다. 묵묵히 앉아서 마차를 오랫동안 주시했다.

"테시, 피곤해 보이는군요."

클레어가 말했다.

"네. 여러 가지 일로 가슴이 떨려요. 모든 게 너무 심각하게 보여요,

엔젤. 다른 무엇보다 우선 이 마차를 전에 어디선가 본 것 같아요. 아주 낮이 익어요. 정말 이상하네요. 꿈에서 본 것 같아요."

그녀는 손을 이마에 갖다 대며 대답했다.

"아, 더버빌가의 마차에 관한 전설을 들은 모양이군요. 당신 집안이 이 지방에서 명성을 누릴 때 이 지방에 널리 나돌던 당신 집안에 대한 미신인데, 이 육중하고 낡은 마차를 보니 그 미신이 떠오른 모양이오."

"제 기억으로는 그런 얘길 들은 적이 없는데요. 무슨 전설인데요. 알려 주시겠어요?"

그녀가 말했다.

"글쎄…… 지금은 자세히 얘기하지 않는 게 좋겠소. 16세기인가, 17세기쯤 더버빌가의 누군가가 가문 전용 마차에서 끔찍한 범죄를 저질렀는데, 그 후로 그 집안사람들은 그 낡은 마차가 보이거나 소리가 들릴 때마다…… 다음에 얘기해 줄게요. 좀 음울한 얘기라서, 이 고색 창연한 마차를 보니까 희미한 기억이 되살아난 걸 거예요."

"전에 이런 얘길 들은 기억이 없는데. 엔젤, 우리 집안사람들이 그 마차를 본다는 건 죽을 때가 되었다는 뜻인가요? 아니면 죄를 지었다는 뜻인가요?"

그녀가 중얼거렸다.

"그만해요, 테스!"

그는 키스로 그녀의 입을 막았다.

집에 도착할 무렵 그녀는 양심의 가책으로 의기소침해 있었다. 이제 그녀는 정말로 엔젤 클레어 부인이 되었으나 과연 도의적으로 그 이름을 얻을 자격이 있는가? 사실 알렉산더 더버빌 부인이라는 게 더 진실에 가깝지 않을까? 고결한 사람이라면 미리 말하지 않고 결혼한 행동을 파렴치한 기만 행위라고 생각할 텐데, 그걸 사랑의 열정으로 정당화할 수 있을까? 이런 경우에 여자는 어떻게 해야 할지 그녀는 알지 못했고, 의논할 사람도 없었다.

그러나 그녀는 잠시 자기 방에 혼자 있게 되었을 때—이 방에 들어오는 것도 그날로 마지막이었다—무릎을 꿇고 기도를 했다. 그녀는 하느님께 기도를 드리려 했으나 실제로는 남편에게 애원하는 것이 되어버렸다. 그에 대한 그녀의 사랑은 거의 우상 숭배에 가까우리만치 맹목적이어서 그게 혹시나 불길한 징조나 되지 않을까 두려울 정도였다. '이 격렬한 기쁨으로 인해 격렬한 종말을 보게 되리라'고 했던 로렌스 신부의 말이 떠올랐다(《로미오와 줄리엣》 2막 6장_옮긴이). 그것은 인간이 감당하기에는 너무나 절망적이고 지독하고 격심하고 치명적인 상황이었다.

"아, 내 사랑, 내 사랑. 왜 난 이토록 당신을 사랑하는 걸까요! 그대가 사랑하는 여자는 지금의 진짜 내가 아니고 당신 눈에 비친 내 이미지, 한때 나였을지도 모르는 그 여자랍니다."

테스는 거기서 혼자 속삭였다.

오후가 되어 떠날 시간이 다가왔다. 그들은 웰브리지 방앗간 근처에 있는 옛 농가에 방을 얻어 며칠간 묵기로 했던 계획을 실행하기로 결정했다. 거기에 있는 동안 클레어는 제분 작업을 살펴볼 작정이었다. 2시가 되자 모든 준비가 끝나고 출발할 일만 남겨 놓고 있었다. 낙농장 일꾼들 모두 붉은 벽돌로 된 현관 입구에 서서 그들을 전송했고, 낙농장 주인 부부는 바깥 출입문까지 따라 나왔다. 테스는 같은 방을 쓰던 세 친구가 수심에 잠겨 고개를 숙인 채 벽을 등지고 나란히 서 있는 것을 보았다. 그녀는 작별의 순간에 그들이 나타날지 무척 궁금했었는데, 그들은 마지막까지 의연하고 충실했다. 테스는 민감한 레티가 왜 저렇게 파리한지, 이즈가 왜 저렇게 슬픈 표정인지, 메리언이 왜 저렇게 넋 나간 모습인지 그 이유를 알고 있었다. 그녀는 그들의 슬픔을 생각하느라 끈질기게 따라다니던 자신의 불안은 잠시 잊었다.

그녀는 충동적으로 클레어에게 속삭였다.

"저 가엾은 친구들에게 한번만 키스해 줄래요? 처음이자 마지막으로요."

클레어는 그런 작별의 형식에 대해서는 전혀 거부감이 없었으므로—그에게 그건 형식적인 행위일 뿐이었으니까—그들 곁을 지날 때 순서대로 키스를 하며 일일이 "잘 있어요" 하고 인사를 했다. 문간에 이르렀을 때 테스는 그 자비의 키스가 어떤 효과를 냈는지 알고 싶어서 뒤를 힐끗 돌아보았다. 그녀의 시선에 만족감이 어렸을 법도 한데 그렇지 못했다. 설령 그랬더라도 그 처녀들 모두가 얼마나 동요하고 있는지 보았을 때 사라졌을 것이다. 키스는 그들이 애써 억누르고 있던 감정을 일깨워 그들의 마음을 더욱 아프게 했던 게 분명했다.

이 모든 것을 클레어는 의식하지 못했다. 샛문을 향해 갈 때 그는 주인 부부와 악수를 하며 그동안 보살펴 준 데 대해 마지막으로 감사 인사를 했다. 그러고 나서 그들이 떠나기 전에 잠시 침묵의 순간이 있었다. 그런데 그 침묵을 깨는 수탉 울음소리가 들려왔다. 장밋빛 볏을 가진 흰 수탉 한 마리가 그들이 서 있는 곳에서 불과 이삼 미터 떨어진 집 앞 울타리에 앉아 있었는데, 그 울음소리는 그들의 귀를 쩌렁쩌렁 울리고 바위 골짜기 아래로 메아리치며 사라졌다.

"아니, 오후에 닭이 울다니!"

크릭 부인이 말했다.

남자 두 명이 마당 문 옆에 서서 문을 연 채 붙잡고 있었다.

"저건 나쁜 징조인데."

한 명이 다른 한 명에게 속삭였다. 샛문에 있는 사람들의 귀에 들릴 것이라는 생각은 하지 못했다.

닭이 또 울었다. 똑바로 클레어 쪽을 향해서.

"이런!" 하고 낙농장 주인이 말했다.

"저 소리는 듣기에 안 좋군요! 마부한테 출발하라고 하세요. 안녕히 계세요!"

테스가 남편에게 말했다.

닭이 또 울었다.

"워이! 저리 꺼지지 않으면 모가지를 비틀어 놓을 테다, 이놈!"

낙농장 주인이 닭을 쫓으며 짜증 어린 목소리로 말했다. 그리고 집 안으로 들어가며 아내에게 말했다.

"그런데 하필 오늘 같은 날 울게 뭐야! 일 년 내내 오후에 우는 건 한 번도 들어 본 일이 없는데."

"그냥 날씨가 바뀌려는 것뿐이에요. 당신이 생각하는 그런 건 아니에요. 그런 일은 있을 수도 없어요."

크릭 부인이 말했다.

34

그들은 골짜기를 따라 난 평평한 길로 몇 킬로미터를 달려 웰브리지에 당도하자 왼쪽으로 방향을 틀어 엘리자베스 시대풍의 커다란 다리를 건넜다. 이 고장 이름에 브리지, 즉 다리라는 뜻의 단어가 들어간 것은 이 다리 때문이었다. 그 바로 뒤쪽에 그들이 세를 낸 집이 있었는데, 그 집의 겉모습은 프룸 골짜기를 지나다니는 사람들에게 아주 잘 알려져 있었다. 한때는 근사한 장원 저택이었고 더버빌가 사람들이 소유하고 거주했던 곳이었으나 그 가문이 몰락한 뒤로는 농가로 쓰이고 있었다.

"당신네 조상의 저택에 온 것을 환영합니다."

클레어는 테스의 손을 잡아 마차에서 내려 주며 말했다. 하지만 그

익살을 부린 걸 곧 후회했다. 빈정대는 것처럼 들렸을 수도 있었기 때문이다.

집 안으로 들어간 그들은, 자기네가 세낸 방은 두 개뿐이었으나 주인은 그들이 와 있는 기간을 이용하여 몇몇 친지들에게 신년 인사를 하러 멀리 떠나고 없다는 사실을 알게 되었다. 그들을 돌봐 주기 위해 이웃집 아낙이 와 있었다. 어쨌든 그들은 집 전체를 독차지하게 되었다는 사실에 기뻤고, 그것이 한 지붕 아래에 단둘이 있는 첫 순간이라는 걸 깨달았다.

하지만 그는 이 곰팡내 날 정도로 오래된 집 때문에 신부가 다소 우울해졌다는 것을 알아차렸다. 마차가 떠나자 그들은 이웃집 아낙의 안내를 받으며 손을 씻으러 위층으로 올라갔다. 층계참에서 테스는 깜짝 놀라며 걸음을 멈췄다.

"무슨 일이오?"

그가 물었다.

"저 무시무시한 여자들 좀 보세요. 얼마나 놀랐는지 몰라요."

그녀가 미소를 지으며 대답했다.

클레어가 눈을 들어 올려다보니 실물 크기의 초상화 두 점이 돌벽에 고정된 화판에 그려져 있었다. 이 저택에 와 본 사람이라면 누구나 알겠지만, 이 그림은 이백 년 전쯤에 살던 중년 여인을 그린 초상화로 한 번 보고 나면 절대 잊을 수 없을 것 같은 인상이었다. 한 여자의 길고 뾰족한 얼굴에 가느다란 눈과 억지웃음은 무정한 배신을 연상시켰고, 다른 한 여자의 매부리코와 커다란 입과 대담한 눈은 무서울 정도로 거만해 보였다. 나중에 꿈에 나타날 것 같은 얼굴들이었다.

"저 그림들은 누구의 초상화입니까?"

클레어가 이웃집 아낙에게 물었다.

"노인들 얘기로는 이 장원의 옛 주인이었던 더버빌가의 부인들이라고 합디다. 벽에 고정되어 있어서 떼어 내지도 못해요."

그녀가 말했다.

이 그림이 기분 나쁜 점은 테스를 놀라게 했다는 것 말고도 이 과장된 얼굴에 테스의 아름다운 얼굴의 흔적이 분명히 나타난다는 것이었다. 그러나 그는 이 점에 대해서는 아무 말도 하지 않았고, 좋을 것도 없는 이런 집에서 구태여 신혼을 보내기로 했던 것을 후회하며 옆방으로 갔다. 그 방은 그들을 위해 다소 급하게 준비된 탓에 대야가 하나밖에 없어 그들은 한 대야에서 함께 손을 씻었다. 클레어의 손이 물속에서 테스의 손에 닿았다.

"어떤 게 내 손가락이고 어떤 게 당신 손가락이지? 뒤섞여서 분간이 안 되는걸."

클레어가 올려다보며 말했다.

"모두 당신 거예요."

테스는 아주 귀엽게 말하고는 좀 더 명랑해지려고 애썼다. 클레어는 이런 날에 그녀가 너무 생각에 잠겨 있다고 불쾌해한 적은 없었다. 지각 있는 여자들은 으레 그러려니 했다. 그러나 테스는 자기가 지나치게 생각에 잠겨 있었다는 걸 알고 있었기에 그러지 않으려고 애썼다.

겨울이라 해가 금세 기울었는데, 그해의 마지막 날 오후의 햇살이 좁은 틈으로 비쳐 들어와 테스의 치마 위로 황금빛 줄무늬를 길게 뻗친 모습이 마치 페인트가 묻어 생긴 얼룩 같았다. 그들은 오후 간식을 먹으러 고풍스러운 거실로 갔고, 여기서 둘만의 첫 식사 시간을 가졌다. 그들은, 아니 그는 어린아이처럼 재미있어 하며 그녀와 빵 접시를 같이 쓰고 그녀의 입술에 묻은 빵 부스러기를 자기 입술로 닦아 주곤 했다. 그리고 그는 테스가 자기처럼 신이 나서 장난을 치지 않는 것을 조금은 의아하게 생각했다.

클레어는 마치 어려운 대목을 표현할 참된 문장을 찾고 있는 작가처럼 테스를 한참 동안 말없이 바라보다가 혼자 이렇게 생각했다.

'이 여인이 그토록 사랑스런 테스구나. 이 귀여운 여인이 좋은 쪽이든 나쁜 쪽이든 상관없이 내 신의와 운명에 얼마나 철저히 의존하고 있는지 나는 과연 진지하게 인식하고 있는가? 아닌 것 같다. 내가 여자가 아닌 한 그건 가능하지 않겠지. 내가 세상에서 차지하는 위치에 이 여자도 있게 될 것이다. 내가 되는 대로 테스도 될 것이다. 내가 되지 않는 건 테스도 될 수 없을 것이다. 그런데도 내가 이 여자를 소홀히 하거나 아프게 하거나 돌보는 것을 잊을 수 있겠는가? 하느님, 그런 죄를 짓지 않게 해 주소서!'

그들은 탁자 앞에 앉아, 낙농장 주인이 어두워지기 전에 보내 주기로 약속한 짐이 도착하기를 기다렸다. 그러나 날이 저물어 가는데도 짐은 오지 않았다. 그들이 가지고 온 것이라고는 입고 있는 옷이 전부였다. 해가 지자 겨울날의 차분한 분위기가 변했다. 문밖에서 마치 비단을 세게 비비는 듯한 소리가 나기 시작했다. 조용히 누워 있던 지난 가을의 낙엽들이 화가 난 듯 들썩거리며 되살아나, 반발하듯 소용돌이치며 덧창을 툭툭 두드려댔다. 곧 비가 내리기 시작했다.

"그 수탉이 날씨가 변할 줄 알고 있었군."

클레어가 말했다.

시중을 들어주던 여자는 탁자 위에 양초 몇 자루를 갖다 둔 뒤에 집으로 돌아갔다. 그들이 양초에 불을 붙이자 불꽃이 벽난로 쪽으로 너울거렸다.

"오래된 집이라 외풍이 심하군."

엔젤은 촛불과 옆으로 흘러내리는 촛농을 바라보며 말을 이었다.

"짐은 대체 어디에 있는 걸까? 칫솔이고 머리빗이고 아무것도 없는데."

"저도 모르겠어요."

테스가 멍하니 대답했다.

"테스, 오늘 저녁엔 조금도 즐거워 보이지 않는군. 전에는 안 그랬잖소. 저 위층의 화판에 그려진 그 험상궂은 노파들이 당신을 놀라게 한것 같소. 이런 데로 데리고 와서 미안하군. 그런데 당신이 나를 정말로 사랑하기는 하는 건지 잘 모르겠소."

클레어는 테스가 자기를 사랑하고 있다는 걸 알고 있었다. 그래서 별 뜻 없이 한 말이었다. 그러나 테스는 감정이 북받쳐서 마치 상처받은 동물처럼 몸을 움츠리며, 눈물을 흘리지 않으려고 애를 썼다. 그래도 눈물 한두 방울이 떨어지고 말았다.

"진담이 아니었는데, 짐이 도착하지 않아서 걱정이 되어 그런다는 거 다 알아요. 조너선 영감이 왜 아직도 짐을 갖고 오지 않는지 알 수가 없군. 아니, 벌써 일곱 시잖아! 아, 저기 오는군."

그가 미안해하며 말했다.

문을 노크하는 소리가 들렸다. 응답할 사람이 그들 외에는 아무도 없었기 때문에 클레어가 나갔다가 손에 작은 꾸러미를 들고 거실로 돌아왔다.

"조너선이 아니야."

그가 말했다.

"정말 말썽이군요."

테스가 말했다.

그 꾸러미는 에민스터 사제관에서 특별히 보낸 심부름꾼이 가져온 것이었는데, 그 심부름꾼은 신혼부부가 떠난 직후에 탤버테이스 낙농장에 도착했다가 그들이 없자 여기까지 뒤따라온 것이었다. 다른 사람의 손을 거치지 말고 그들에게 직접 전하라는 당부가 있었기 때문이었다. 클레어는 그것을 불 앞으로 가지고 왔다. 길이가 30센티미터도 채 안 되는 그 꾸러미는 캔버스 천으로 싸고 꿰매어져 있었고 아버지의 도장과 빨간 봉랍으로 봉인이 되어 있었다. 그리고 아버지의 필체로 '엔젤 클레어 부인 앞'이라고 씌어 있었다.

"테스, 당신 앞으로 온 작은 결혼 선물이군요. 참 자상도 하시지!"

그는 그녀에게 그것을 건네주며 말했다.

테스는 좀 당황한 표정으로 그것을 받았다.

"당신이 풀어 주셨으면 좋겠어요. 전 이렇게 어마어마한 봉인을 뜯고 싶지 않아요. 너무 엄숙해 보이거든요. 대신 풀어 주세요."

꾸러미를 뒤집어 보며 그녀가 말했다.

그는 꾸러미를 풀었다. 안에는 모로코가죽으로 만든 상자가 있었고, 상자 위에 편지와 열쇠가 놓여 있었다.

편지는 클레어에게 보낸 것으로 내용은 다음과 같았다.

　사랑하는 아들에게.

　아마 너는 잊었겠지만, 너의 대모 피트니 부인(허영심은 강했으나 다정한 분이셨지)이 돌아가실 때 당신의 보석함 속에 들어 있던 보석 가운데 일부를 나한테 맡기시면서 나중에 네가 결혼하게 되거든 네 아내에게 전해 주라고 하셨단다. 네가 고른 여자가 누구든 네 아내와 너에 대한 애정의 표시로 말이야. 나는 그분의 위임을 이행하려고 그동안 다이아몬드 장신구들을 내가 거래하는 은행에 보관해 두었어. 지금 이런 상황에는 다소 맞지 않는다는 생각이 들긴 하지만, 이것들을 평생 사용할 권리를 가진 여인한테 전해 주는 게 내 의무이니 때맞춰 보내는 것이다. 이 물건은 엄밀히 말해 네 대모의 유언에 따라 대대로 물려줘야 하는 상속 재산이다. 이 문제를 언급한 정확한 유언 구절을 동봉한다.

"이제야 기억나는군. 까맣게 잊고 있었는데."

클레어가 말했다.

열쇠로 상자를 열자 목걸이, 펜던트, 팔찌, 귀걸이, 그리고 그 외의 몇 가지 자잘한 장신구들이 들어 있었다.

테스는 처음에는 거기에 손을 대지도 못할 만큼 두려워하는 것 같았으나, 클레어가 보석을 죽 늘어놓자 잠시 그녀의 눈이 보석만큼이나 반짝였다.

"이게 내 거예요?"

그녀는 믿기지 않는 듯 물었다.

"그럼, 물론이지."

그가 대답했다.

그는 난롯불을 들여다보았다. 기억이 났다. 그가 열다섯 소년이었을 때 대지주의 부인—그가 알고 지내던 유일한 부자였다—이었던 그의 대모가 그의 성공을 굳게 믿으며 훌륭한 사람이 될 거라고 예언했던 일. 그렇게 출세할거라고 믿었으니 그의 아내와 그 후손들의 아내를 위해 이렇게 화려한 장신구들을 모아 두었다는 것은 전혀 이상한 일이 아니었다. 하지만 지금 보석들은 어쩐지 비웃는 듯 반짝거렸다. '왜 그럴까?' 그는 스스로에게 물어보았다. 그것은 전적으로 허영의 문제에 불과했다. 만약 그 허영이 등식의 한쪽에 적용된다면 다른 한쪽에도 적용되어야 한다. 그의 아내는 더버빌 가문이었다. 그녀보다 이 보석이 더 잘 어울릴 사람이 어디 있겠는가?

별안간 그가 열을 올리며 말했다.

"테스, 그것들을 해 봐요. 어서!"

그리고 그는 거들어 주기 위해 난로에서 몸을 돌렸다.

신기하게도 그녀는 벌써 목걸이며 귀걸이 팔찌 등 온갖 장신구를 하고 있었다.

"그런데 테스, 옷이 안 어울려. 그렇게 빛나는 보석을 할 때에는 목선이 깊이 파인 옷을 입어야 해요."

클레어가 말했다.

"그래요?"

테스가 말했다.

"그럼."

그가 대답했다.

그는 얼추 야회복처럼 목선을 파려면 그녀가 지금 입고 있는 웃옷의 깃을 어떻게 집어넣어야 하는지 알려 줬다. 테스가 그의 조언대로 하자 목걸이에 달린 장식이 그녀의 하얀 목에 훤하게 그 모습을 드러냈다. 그는 뒤로 물러서서 그녀의 모습을 바라보았다.

"와, 이렇게 아름다울 수가!"

클레어가 말했다.

누구나 알고 있듯이, 아름다운 깃털이 아름다운 새를 만드는 법이다. 그저 적당한 정도로 매력적인 시골 처녀라 하더라도 인공이 줄 수 있는 도움을 받아 귀부인처럼 차려입으면 겉으로 대충 바라보는 사람의 눈에는 놀랄 만큼 아름다운 미인으로 보일 것이고, 반면에 한밤의 무도회에서 눈에 띄는 미인이라 하더라도 우중충한 날에 농촌 여자의 옷을 입혀 단조로운 순무 밭에 세워 놓으면 처량한 몰골로 보일 것이다. 클레어는 그때까지 테스의 몸매와 얼굴이 그토록 빼어나게 아름다운 줄은 알지 못했었다.

"당신이 무도회에 나타나기만 해도 대단하겠어요! 아, 아니지. 아니요, 테스. 차양 달린 모자에 무명 작업복을 입고 있는 당신 모습이 난 제일 좋아요. 그럼, 이런 차림보다 훨씬 좋지. 여하튼 이렇게 우아한 차림도 잘 어울리는구려."

그가 말했다.

테스는 자기의 모습이 굉장히 예쁘다는 것을 깨닫자 흥분으로 얼굴이 상기되었으나 행복한 기분이 드는 건 아니었다.

"조녀선이 볼지도 모르니까 이제 풀어야겠어요. 저한테는 어울리지 않아요, 그렇죠? 팔아야 하겠지요?"

"조금만 더 그냥 둬요. 판다고? 절대 안 팔아요. 그런다면 그건 신의를 저버리는 일이 되는 거요."

테스는 다시 생각을 해 보더니 순순히 그의 말을 따랐다. 그녀는 해야 할 이야기가 있었으므로 혹시 이런 차림이 도움이 될지도 모른다고 생각했다. 그녀는 보석을 단 채로 앉았고 그들은 다시 조녀선이 짐을 가지고 어디쯤 왔을까 하는 생각을 하기 시작했다. 조녀선이 오면 마시게 하려고 따라 놓은 맥주도 너무 오랜 시간이 흘러 김이 빠져 버렸다.

잠시 후 그들은 이미 식탁에 차려 둔 저녁을 먹기 시작했다. 식사가 아직 덜 끝났을 때 마치 거인이 굴뚝 꼭대기를 잠시 손바닥으로 막기라도 한 듯 굴뚝을 타고 오르던 벽난로의 연기 다발이 갑자기 방 안으로 퍼져 왔다. 그것은 현관문이 열렸기 때문이었다. 이어서 복도에 둔탁한 발걸음 소리가 들리자 엔젤이 거실 밖으로 나가 보았다.

"문을 두드려도 대답이 있어야죠. 밖에는 비가 내리고 해서 제가 그냥 문을 열고 들어왔습니다. 짐을 가져왔어요."

조녀선 케일이 변명했다. 마침내 그가 온 것이었다.

"드디어 짐이 왔군요. 정말 반가워요. 그런데 너무 늦었네요."

"아, 네. 그렇게 됐습니다."

조녀선 케일의 어조는 낮에 들었던 것보다 가라앉아 있었고, 이마에는 세월의 주름살에 더해 근심의 주름살이 깊게 패어 있었다. 그가 말을 계속했다.

"오늘 오후에 서방님하고 아씨가—이젠 아씨라고 해야겠죠—떠나신 후에 정말 끔찍한 재해가 될 뻔한 일이 생겨서 낙농장 식구들이 모두 애를 태웠답니다. 오후에 닭이 울던 거 기억하시죠?"

"저런, 무슨 일이 있었는데?"

"그걸 가지고 이러쿵저러쿵 말이 많았는데, 글쎄, 무슨 일이 벌어졌냐 하면 그 불쌍한 철부지 레티 프리들이 물에 빠져 죽으려고 했지 뭡니까."

"아니, 그럴 리가! 정말인가? 다른 사람들과 함께 우리한테 작별 인사도 했는데."

"예, 그렇습죠. 서방님하고 아씨께서—이젠 법적으로도 그렇게 되었군요—마차를 타고 떠나신 뒤에 레티와 메리언은 모자를 쓰고 밖으로 나갔습니다. 마침 연말이어서 할 일도 많지 않았던 터라 사람들은 회포를 풀며 한잔씩 했기 때문에 아무도 이상하다고 느끼지 못했던 거예요. 두 사람은 류 엘버라드 술집에 가서 술을 마시고는 드리 알스 크로스 주막에 갔다가 거기서 헤어진 모양입니다. 레티는 집으로 가겠다며 풀이 무성한 강변 목초지를 가로질러 갔고, 메리언은 또 다른 술집이 있는 이웃 마을로 갔답니다. 그 뒤로 레티를 보거나 들은 사람이 아무도 없었는데, 집으로 돌아가던 뱃사공이 그레이트 풀 저수지 근처에 뭐가 있어서 가까이 다가가 살펴봤더니 레티 모자와 숄이 뭉쳐 있더랍니다. 그래, 그이가 물속에서 레티를 찾아내어 다른 동료와 함께 집으로 데려왔죠. 처음에는 죽은 줄 알았는데, 다행히 조금씩 의식이 돌아오고 있답니다."

엔젤은 문득 이 우울한 이야기가 테스에게 들릴지도 모르겠다는 생각을 하고는 테스가 있는 거실에 딸린 곁방과 복도 사이의 문을 닫으러 갔다. 하지만 그의 아내는 벌써 어깨에 숄을 두르고 곁방에 나와서 노인의 이야기에 귀를 기울이고 있었고, 그녀의 두 눈은 문밖의 짐꾸러미와 그 위에 맺혀 반짝이는 빗방울을 멍하니 바라보고 있었다.

322

"게다가 메리언은 떡이 되도록 취해서 버드나무 풀밭에 쓰러져 있더랍니다. 전에는 맥주도 조금밖에 못 마시던 그 아이가 말입니다. 하긴 얼굴 생긴 걸 보면 알 수 있지만 언제나 먹성이 좋긴 했죠. 어떻게 된 일인지 아가씨들의 정신이 모두 나간 것 같다니까요."

"이즈는요?"

테스가 물었다.

"이즈는 평소처럼 집에 있었어요. 그렇지만 어떻게 그런 일이 생겼는지 짐작이 된다고 하더군요. 당연한 일이겠지만 가엾은 그 아이는 이 일로 몹시 침울한 기색이에요. 이 모든 일이, 서방님 소지품, 아씨의 나이트가운, 옷가지 등을 짐마차에 싣고 있을 때 벌어지는 바람에 이렇게 늦고 말았습니다."

"알았어요. 자, 조너선. 짐을 위층으로 옮기고 나서 맥주나 한잔해요. 그리고 낙농장에서 찾을지도 모르니까 가능한 빨리 돌아가도록 해요."

테스는 벌써 거실로 돌아가 불가에 앉아서 불을 들여다보며 수심에 잠겨 있었다. 짐을 위층에 옮겨 놓느라 층계를 오르내리는 조너선 케일의 육중한 발소리가 들렸고, 뒤이어 남편이 건넨 맥주와 수고비를 받고 고맙다고 인사하는 소리가 들렸다. 그러고 나서 조너선의 발소리가 문에서 멀어져 갔고, 짐마차가 삐걱거리며 떠났다.

엔젤은 큼직한 참나무 빗장을 밀어 문을 잠근 다음 테스가 앉아 있는 난롯가로 다가와 등 뒤에서 그녀의 볼을 두 손으로 감쌌다. 그는 그녀가 명랑하게 뛰어 일어나 그렇게 고대하던 화장 도구를 풀어 볼 줄 알았다. 그러나 그녀는 일어나지 않았기 때문에 그도 난롯가의 그녀 옆자리에 앉았다. 저녁 식탁 위에 놓여 있는 촛불은 난롯불에 비하면 너무도 가냘프고 희미했다.

"친구들의 슬픈 소식을 듣게 되다니 참 안됐소. 그래도 그 일로 우울해하지는 말아요. 당신도 알다시피 레티는 원래 좀 병적인 데가 있었소."

그가 말했다.

"조금도 그럴 이유가 없었어요. 그럴 이유가 있는 사람은 오히려 그걸 감추고 안 그런 척해요."

테스가 말했다.

이 사건으로 테스의 마음은 다시 흔들렸다. 그들은 짝사랑의 불행에 빠져 버린 소박하고 순결한 처녀들이었다. 그들은 더 좋은 운명을 받을 자격이 있었던 반면 자기는 더 나쁜 운명을 받아야 마땅했다. 그런데도 클레어의 선택을 받은 것은 자기였다. 아무런 대가를 치르지 않고 모든 것을 받는 것은 나쁜 짓이었다. 마지막 한 푼까지도 다 갚고 싶었다. 고백하리라, 지금 이 자리에서. 테스는 클레어에게 손을 잡힌 채 난롯불을 들여다보며 이렇게 마지막 결심을 했다.

이제 불꽃이 사그라진 등걸불에서 은은하게 흘러나오는 불빛은 벽난로의 옆면과 뒷면, 반들거리는 장작 받침쇠, 이가 안 맞는 낡은 놋쇠 부젓가락을 빨갛게 물들였다. 벽난로 선반 아랫면과 불에 가장 가까이에 있는 식탁 다리도 붉게 물들어 있었다. 테스의 얼굴과 목에도 똑같이 따스한 빛이 어렸는데, 그 빛은 보석을 황소자리나 천랑성 별자리로 바꿔 놓았다. 흰빛, 붉은빛, 초록빛으로 반짝이는 그 성좌는 테스의 맥박이 뛸 때마다 빛깔을 바꿔 가며 반짝였다.

"오늘 아침에 우리가 서로의 잘못을 털어놓기로 한 거 기억나요? 아마 우리는 가벼운 마음으로 말했을 거요. 당연히 당신은 그랬겠죠. 하지만 나한테는 그게 결코 가벼운 약속이 아니었오. 테스, 당신한테 고백할 게 있어요."

클레어는 테스가 여전히 꼼짝도 하지 않는 것을 보고 불쑥 말을 꺼냈다.

324

예기치 않게 적절한 순간에 그한테서 이런 말을 듣게 되자 그녀는 하느님이 개입하고 있는 것 같은 느낌이 들었다.

"고백할 게 있다고요?"

그녀는 심지어 반가움과 안도감을 느끼며 재빨리 되물었다.

"뜻밖이죠? 아, 당신은 날 너무 대단하게 생각했소. 자, 들어 봐요. 머리를 거기에 기대고 날 용서해 주고, 미리 얘기하지 않았다고 화내지 않았으면 좋겠어요. 사실 미리 얘기했어야 했는데 그러지 못했어요."

참으로 기이한 일이었다! 그도 그녀와 똑같은 처지인 것 같았다. 그녀가 대답하지 않자 클레어가 계속 말했다.

"내가 말을 하지 않았던 건 내 생애 최고의 상—난 당신을 내 장학금이라고 여겼지—인 당신을 놓치게 될까 봐 두려워서였소. 우리 형은 대학에서 장학금을 탔지만 난 탤버테이스 목장에서 장학금을 탄 셈이죠. 그래서 위험을 감수하고 싶지 않았던 거요. 한 달 전 당신이 내 사람이 되겠다고 동의했을 때 말하려고 했지만 그럴 수 없었소. 당신이 놀라서 달아날 것 같았으니까 미루고 미루다 어제는 꼭 말해야겠다고 생각했어요. 적어도 당신에게 달아날 기회는 줘야 하니까. 하지만 못했어요. 그리고 오늘 아침에 당신이 층계참에서 서로의 잘못을 털어놓자고 제안했을 때에도 털어놓지 못했죠. 난 이렇게 계속 죄를 지었어요. 하지만 당신이 거기에 그렇게 심각하게 앉아 있는 걸 보니 이젠 정말 고백해야 할 것 같소. 날 용서해 주겠지?"

"아, 그럼요. 그렇고말고요!"

"그래요, 그러길 바라오. 그러나 잠깐 기다려요. 당신은 아직 내용을 모르니까 처음부터 이야기하리다. 불쌍한 우리 아버지는 내가 영원히 신앙을 잃어버렸다고 걱정하고 계시지만 나도 물론 테스 당신만큼이나 건전한 도덕을 믿는 사람이오. 난 한때 사람들에게 깨우침을 주는 사람이 되고 싶었소. 그래서 내가 성직자가 될 수 없다는 걸 알았을 땐 몹시 낙담했었죠. 내가 그런 사람이라고 주장할 수는 없더라도 난 도덕적으로 결백한 걸 동경하고 불결한 것은 증오했소. 지금도 그 생각에는 변함이 없고요. 우리가 완전 영감설(성서의 글은 처음부터 끝까지 성령의 계시를 받아 기록된 것이므로 오류가 있을 수 없다는 설_옮긴이)에 대해 어떤 생각을 갖고 있든 바울의 이 말에는 전적으로 동의해야 할 거요. '그대는 말과 행실과 사랑과 믿음과 정절에 있어서 믿는 이들의 본이 되십시오.'(《디모데전서》 4장 12절_옮긴이) 나약하고 가련한 우리 인간에게는 이 원칙이 자신을 지키는 유일한 방어 수단이 되지요. 얼핏 보기에 바울과는 어울리지 않을 것 같은 어느 로마 시인(호라티우스를 가리킴_옮긴이)은 그것을 '고결한 삶(Integer Vitae)'이라고 불렀다고 하오.

고결한 사나이는 유혹에 빠지지 않으니
무어 족의 창이나 활이 필요 없다.

글쎄, 어떤 길은 선의로 포장되어 있다('지옥으로 가는 길은 선의로 포장되어 있다.'는 서양 속담을 일컬음_옮긴이)고 하던데, 이 모든 것을 그토록 강렬하게 깨닫고 있던 내가 다른 사람들에게 도움이 되는 삶을 살려는 훌륭한 목표를 가지고 있으면서도 그만 타락하고 말았으니 그때 내 죄책감이 얼마나 끔찍했는지 당신도 짐작할 수 있을 거요."

그리고 나서 그는 전에도 잠시 언급한 적이 있던 그 시절, 즉 런던에서 마치 이리저리 물결에 따라 흘러 다니는 코르크 병마개처럼 회의와 고난으로 방황하던 때에, 낯선 여자와 48시간 동안 방탕한 생활을 했던 일을 테스에게 고백했다.

"다행히 난 곧 정신을 차려서 내 어리석음을 깨달았소."

그가 말을 이었다.

"난 그 여자에게 더 이상 아무 말도 하고 싶지 않아서 그냥 집으로 돌아와 버렸죠. 그리고 다시는 그런 잘못을 저지르지 않았소. 하지만 난 정말 솔직하고 떳떳하게 당신을 대하고 싶었기 때문에 이 고백을 하지 않을 수 없었던 거요. 나를 용서해 주겠소?"

그녀는 대답 대신 손을 꼭 잡아 주었다.

"그럼 이제 이 일은 영원히 잊어버립시다! 이런 날에 그렇게 불쾌한 이야기를 해서 미안하오. 이제 좀 더 밝은 이야기를 합시다."

"오, 엔젤, 전 오히려 반가운걸요. 왜냐하면 이제는 당신이 날 용서할 수 있을 테니까요! 난 아직 고백을 하지 않았어요. 나도 고백할 게 있거든요. 내가 그렇게 말했던 거 기억하시죠?"

"아, 그렇지! 그렇다면 자 이제 말해 봐요, 우리 예쁜 아가씨."

"당신은 웃고 계시지만 어쩌면 당신이 고백한 것만큼, 아니 그보다 더 심각한 일일지도 몰라요."

"그보다 더 심각한 일은 있을 수 없을걸."

"그럴 거예요. 아, 그래요. 그럴 거예요!"

그녀는 희망에 부풀어 신이 나서 벌떡 일어나며 소리쳤다.

"그렇죠, 확실히 더 심각한 일은 아니에요. 똑같은 일이니까요! 이제 말할게요."

그녀는 다시 자리에 앉았다. 그들의 손은 여전히 마주잡은 채였다. 난로 받침쇠 밑의 재는 수직으로 내리비치는 불빛을 받아 태양이 작열하는 황무지 같았다. 상상력이 풍부한 사람이라면 이 새빨간 숯불 속에서 최후의 심판 날의 불을 보았을지도 모른다. 그 불빛은 클레어의 얼굴과 손은 물론 테스의 얼굴과 손을 비추었는데, 그녀의 이마로 흘러내린 머리카락 사이로 스며들어 그 밑의 고운 살갗까지 붉게 물들였다. 테스의 거대한 그림자가 벽과 천장에 비쳤다. 그녀가 앞으로 몸을 구부리자 목걸이의 다이아몬드가 마치 두꺼비가 눈을 껌벅이는 것처럼 불길하게 번쩍거렸다. 그녀는 이마를 그의 관자놀이에 대고 눈을 내리깐 채, 알렉 더버빌을 알게 된 경위와 그 결과를 위축되지 않고 차근차근 이야기하기 시작했다.

(2권에 계속)

더클래식

세계문학
컬렉션

11 | 그리스인 조르바 | 니코스 카잔차키스

미국대학위원회 선정 SAT 추천도서 / 한국간행물윤리위원회 선정추천도서
한국출판인회의 출판인이 선정한 100권의 도서

12 | 위대한 개츠비 | 프랜시스 스콧 피츠제럴드

〈타임〉지 선정 현대 100대 영문소설 / 어니스트 헤밍웨이가 인정한 완벽한 일급 작품
20세기 100대 영문소설 1위 / 미국대학위원회 선정 SAT 추천도서 / 뉴욕 공립도서관 추천도서
대한민국 명사 101인의 대표 추천작 / WTO 북클럽 추천도서

13 | 도리언 그레이의 초상 | 오스카 와일드

미국대학위원회 고교 추천도서 101 / 대한민국 명사 101의 대표 추천작

14 | 벨 아미 | 기 드 모파상

모파상의 가장 매력적이고 파격적인 작품 / 19세기 파리를 뒤흔든 파격 스캔들
2012년 개봉한 영화 〈벨 아미〉 원작

15 | 이상한 나라의 앨리스 | 루이스 캐럴

난센스와 판타지의 대표작 / 아카데미 '미술상' 수상한 영화의 원작
19세기 가장 유명한 영국 아동문학 작가

16 | 두 도시 이야기 | 찰스 디킨스

영국이 낳은 가장 위대한 소설가 / 영화 〈다크나이트〉의 모티프
미국대학위원회 선정 SAT 추천도서 / 서울시 교육청 선정 청소년 필독도서

17 | 햄릿 | 윌리엄 셰익스피어

대한민국 명사 101인의 대표 추천작 / 서울대학교 권장도서 100선 / 서울대학교 동서고전 200선
연세대학교 필독도서 / 미국대학위원회 선정 SAT 추천도서 / 국립중앙도서관 선정 청소년 권장도서

18 | 오페라의 유령 | 가스통 르루

4대 뮤지컬 〈오페라의 유령〉 원작 소설 / 프랑스 최고 추리소설 작가

19 | 1984 | 조지 오웰

〈타임〉지 선정 세상을 움직인 책 100권 / 〈텔레그라프〉지 완벽한 도서관을 위한 권장도서 100
세계 3대 디스토피아 미래 소설 / 〈가디언〉지 권장도서 / 뉴욕 공립도서관 추천도서
하버드 대학생이 가장 많이 산 책 1위

20 | 수레바퀴 아래서 | 헤르만 헤세

대한민국 명사 101인의 대표 추천작 / 헤르만 헤세의 사춘기 시절 경험을 바탕으로 한 자전적 소설
노벨문학상 수상 작가/ 국립중앙도서관 선정 청소년 권장도서

21 22 23 | 안나 카레니나 1~3 | 레프 니콜라예비치 톨스토이

톨스토이 생애 최고의 리얼리즘 소설 / 서울대학교 권장도서 100선 / 서울대학교 동서고전 200선
연세대학교 필독도서 / 미국대학위원회 선정 SAT 추천도서 / 오프라 윈프리 북클럽 권장도서
논술 및 수능에 출제된 책(1998~2005)

24 | 오즈의 마법사 1 – 오즈의 위대한 마법사 | 라이먼 프랭크 바움

미국대학위원회 선정 SAT 추천도서 / 연세대학교 필독도서 / 국립중앙도서관 선정 우수 번역서

* 더클래식 세계문학 컬렉션은 계속 출간될 예정입니다.